U0919728

WAN QINGSI

肆

波波 著

百花洲文艺出版社

图书在版编目（CIP）数据

缩青丝. 4 / 波波著. —南昌：百花洲文艺出版社，2015.6

ISBN 978-7-5500-1425-1

Ⅰ. ①缩… Ⅱ. ①波… Ⅲ. ①长篇小说－中国－当代 Ⅳ. ①I247.5

中国版本图书馆CIP数据核字（2015）第125476号

出 版 者　百花洲文艺出版社
社　　址　南昌市红谷滩世贸路898号博能中心20楼　邮编：330038
电　　话　0791-86895108（发行热线）　0791-86894790（编辑热线）
网　　址　http：www.bhzwy.com
E-mail　bhz@bhzwy.com

书　　名　缩青丝.4
作　　者　波　波
责任编辑　童子乐
经　　销　全国新华书店
印刷装订　北京京都六环印刷厂
开　　本　700mm×980mm　1 / 16
印　　张　22
字　　数　390千字
版　　次　2015年8月第1版
印　　次　2015年12月第2次印刷
定　　价　25.00元
书　　号　ISBN 978-7-5500-1425-1

赣版权登字号：05-2015-257

如发现图书质量问题，可联系调换。质量投诉电话：010-82069336

CONTENTS

目录

第四卷 绝胜篇

CONTENTS

目录

绾青丝

第四卷

绝胜篇

❋ 第四十二章　因缘

云德把我连人带椅从老爷子屋里搬出去，刚刚放稳轮椅到地面上，我叫住他："德管事，你马上让人去一趟户籍司，请个官媒来。"云德应声出去。小红推我回房。我一路上沉默不语，胸口堵着一口闷气，加上怨愤的情绪，令我的心情恶劣到了极点。小红感觉到我的情绪不佳，乖巧地不多问。刚推进舒园，听到我房里发出一声轰然巨响，然后听到诺儿的奶娘惊呼一声："小世子！快别……"

我吃了一惊，小红赶紧加快脚步推我到房前，扶我踏上石阶。我忍着腿伤的痛楚，急步冲进房去："诺儿！"

诺儿坐在地板上，拍打着不知道怎么躺在地上的吉他。见我回来，他停下拍打琴弦的手，扬起笑脸："娘亲……"奶娘赶紧抱他起来，跑到我面前："少夫人，小世子一定要玩夫人的琴，奴婢……"我听不进她的话，只顾着检查诺儿可有摔伤，见他没事，才舒了口气。奶娘一脸紧张地看着我。我笑了笑："我还当诺儿出了什么事，他要玩也没什么打紧，只注意着别让弦割伤了手。"

小红扶我坐到软榻上。诺儿伸手过来，我抱住他，他软软的身子紧偎过来。我微笑着看着那双和云峥一模一样的眼睛，有一丝恍神。云峥……我已经很努力了，努力做好云家的媳妇、诺儿的娘亲，把云家当成自己的家，把老爷子当成自己的亲人。可是你不在了，我做得再好也是不够，我再怎么努力，老爷子仍对我心有猜忌。我真的很难过，很灰心，很想放弃。云峥，我带诺儿走好不好？不理什么云家，不理什么责任。你好狠心，留我一个人面对这一切……诺儿软软的脸在我眼前晃："娘亲……弹咚咚……"我怔怔地看着他明亮的眼睛，透过他仿佛看到我深爱的人，唇角带着一丝微笑："叶儿……"

"云峥……"我欣喜地低叹，抚着诺儿的脸，紧紧抱住他。诺儿在我怀里不舒服地挣扎："娘亲，痛……"

"姐姐？"小红见我神志有些昏乱，赶紧摇了摇我，"姐姐，你把诺儿抱得太紧了，他不舒服。"

我清醒过来，赶紧松开诺儿。他爬到一旁，指着被奶娘捡起来的吉他："娘亲，弹咚咚，诺儿听……"

我笑起来，接过奶娘递过来的吉他，随手拨出一串音符。诺儿眼睛顿时一亮，兴奋地抓着我的衣摆："娘亲，弹咚咚……"我怔了怔。这孩子竟喜欢吉他的声音。作为永乐侯世子，我的诺儿以后可能会被逼着学很多他不一定喜欢的东西，做很多他不一定喜欢的事，所以我从不约束他的喜好，能让他更多地享受到一份简单的快乐，也是好的。我笑了笑，不禁认真起来，叮叮咚咚地弹了一首《小松树》。诺儿兴奋地拍着手，奶声奶气地跟着曲子哼哼，竟隐约成调。我笑吟吟地看着他，云峥，我们的诺儿是多么聪明。我不由得兴起，弹完这首曲子，几乎没停，立即弹起Akon的*Mr Lonely*。当初听这首歌的时候，我就想，以后一定要用这首歌来哄孩子，虽然歌词并不适合孩子听，不过，从开始就穿插在歌曲中奶声奶气不断唱着"寂寞，我是寂寞先生"的声音实在太逗趣，我每次听都忍俊不禁。果真，当我嘴里发出这样声音的时候，诺儿瞪大了眼，傻乎乎地看着我，连手都忘了拍。小红和奶娘也是瞪大了眼，忍不住捂着嘴哧哧偷笑。我反复弹唱着这一段，省去那大段的说唱。诺儿只呆了一会儿，就跟着我奶声奶气地唱："搂……你……搂……你……"这下子，连我也憋不住笑了，把吉他搁到身侧，一把抱过诺儿，亲到他的小脸上，笑道："宝贝儿……"

笑闹一阵，诺儿有些困了，我让奶娘带他去睡觉。小开心果一走，我的笑容淡下来，手无意识地拨着吉他的琴弦，望着窗外奶娘抱着诺儿消失的背影若有所思。云峥，如果诺儿能简单地长大多好。我不喜欢他陷入侯门深宅的阴谋算计中，如果可以，我真希望带着他走得远远的，离开这个乌七八糟的地方。

窗外骤然吹进一阵和风，微微撩起我耳鬓的发丝，我闭上眼睛。云峥，云峥，我想你，想你，想得都快透不过气了。你说你是清风，那我把我的思念托给风，你能收到吗？垂着眼睑，手指在琴弦上拨动起来，我跟着调子，轻声哼唱：

想要长相厮守却人去楼空，红颜也添了愁。
是否说情说爱终究会心事重重，注定怨到白头。
奈何风又来戏弄已愈合的痛，免不了频频回首。
奈何爱还在眉头欲走还留，我的梦向谁送。

离不开思念，回不到从前，我被你遗落在人间。
心埋在过去，情葬在泪里，笑我恋你恋成癫。
离不开思念，回不到从前，我被你遗落在人间。
心埋在过去，情葬在泪里，笑我恋你恋成癫。

情愿梦醒成空偏又多折磨，只见红颜消瘦。
是否说痴说狂终究会泪眼婆娑，注定不能重逢。
奈何风又来戏弄已愈合的痛，免不了频频回首。
奈何爱还在眉头欲走还留，我的梦向谁送。

离不开思念，回不到从前，我被你遗落在人间。
心埋在过去，情葬在泪里，笑我恋你恋成癫。
离不开思念，回不到从前，我被你遗落在人间。
心埋在过去，情葬在泪里，笑我恋你恋成癫。

云峥，想你的时候，心痛着，却又快乐着。我不能停止这种自虐的快感，如贪吸毒品的瘾君子，你美丽的谎言是温柔的刀，每一次想你，思绪都如同被一寸一寸地凌迟。我用血肉模糊的心痛幻想你的甜，饮鸩止渴。云峥啊，这一生还有那么长，我怎么办？我怎么办？

颓然按住琴弦，琴音戛然而止，我幽幽一叹。小红走过来，轻声道：“姐姐，别弹了，歇一歇吧。段先生回来了，在外面候着呢。”

我抬起脸，把吉他搁到一旁：“快请。”

转眼看向窗外，果见段知仪候在室外，小红把他请进室内。段知仪看着我点了点头：“云夫人！”

“段先生请坐。”我示意他坐下。终于等到段知仪从司天台衙门回来了，困扰我的那些疑惑，正等着他来解答。

“先生相救之恩，妾身不胜感激。”之前我对段知仪的突然出现以及为何助我尚有不解，在知道了鬼面人就是安远兮之后，一切想不通的地方都联系起来了。我看着段知仪的眼睛：“妾身有些问题，想请教先生。”

见他点头，我径直道：“日前京师这场地震，别人或许不知道是什么原因，但我知道这定瞒不过像先生这样的奇人。我想知道，若护国神鼎当真被人动了，会有什么后果？”

如果景王真如老爷子所言，是那个幕后黑手，当初因为争位不成才对云峥下手，而老爷子那份情报的内容若无误，当年楚殇领导的无极门，竟是景王一手建立的，连楚殇都只是他安排的棋子，那么，他对皇位肯定也有着不小的野心。只是这人心计深沉，将心思潜伏得极深，这样一个苦等机会，或者说是在努力制造机会，想谋朝篡位的人，在皇帝离宫之际的大好时机内，会做些什么？

玛哈虽然死了，但因为刚死不久，景王未必就知道，且不说他是否知道玛哈的洞府，即使他知道，要派人到玛哈藏身的洞里去查看，也因为那洞被山石所堵，不是一时半刻可以疏通的。如果我是他的话，首先要确定皇帝的生死。只要皇帝没死，就继续制造流言，或者在京中搞点儿什么祸事出来，把一切罪名都归到皇帝妄动神器上。这件事若闹大了，甚至可以逼皇帝下罪己诏，引咎退位。

怪不得他要如此着急地联络朝中老臣去太庙面圣了，名为关心，实则是想确定皇帝到底死了没有。只要他确定皇帝死了，就可以名正言顺地谋划那个位子。当今天子无嗣，这皇位自然落到皇族旁支身上，如像他这样的皇叔，或者像九王爷那样的皇弟。无论皇帝生死与否，形势都不容乐观，难怪皇帝走之前要让九王爷来监国了，只怕就是想以九王爷来牵制朝廷中的各股势力吧？九王爷背后有凤太妃和凤家的南疆军做后盾，如果皇帝有不测，他是继位的有力人选，而其他各股势力要想夺位，即便是皇帝死了，也得先扳倒九王爷。

越想，我心中越是惊疑不定，这么说，皇帝是早就知道朝堂之上有不止一股势力对他的皇位虎视眈眈了。他甘愿冒这么大的风险救寂将军，只怕不仅仅是因为寂将军是他的心腹大臣、国之栋梁，或许主要是想通过这件事，将朝中潜伏的那些势力提到明处，伺机一网打尽。

心中的线一股一股地理顺，景王，你想做皇帝，只怕没那么容易，莫说皇帝对我有照拂之义，就算是与我毫无关系之人，我也不会让你的阴谋得逞。你千不该万不该，不该算计云峥。景王！君慕玄！我叶海花定要让你血债血偿！想到那日皇帝不肯离开太庙，要在太庙那个阵法内待足四十九日，复原神鼎的灵力，否则会有严重的后果。他不肯说那后果是如何，我也要尽快打探出来，否则让景王占了先机，先行作了部署，可就不妙了。

段知仪怔了怔："移动神鼎的后果，那日知仪不是告诉夫人了？会影响皇帝的气运，七七四十九日之内，空门大开，无所依恃，任何邪物都可以置他于死地。"

"再没有其他的恶果了？"我心中闪过一丝什么，快得让我抓不住，总觉得还应该有些什么，却一时又想不起来。见段知仪肯定地点头，我揉了揉额头，舒了口气："没有就好。"皇帝在太庙那个怪异的阵法中，应该是安全了，皇家护身保命的阵法，不用想也知道是极为厉害的。玛哈已死，应无人再能破解，而太庙方圆十里都有御林军驻守，想行刺更是不可能。皇帝既然敢动神器，必然对自身的安全有周全的部署，这点倒不用我担心。

想通这一层，稍稍安心，我抬眼看着段知仪，微笑道："麻烦先生了，先生忙了一天也该累了，回房歇着吧。"

段知仪看着我，笑了笑："夫人没有疑问了？"

我想了想，摇摇头："暂时没有了。"

段知仪看着我，片刻不语，眼中却充满了打量之色。我略觉奇怪："先生为何这样问？"

"昨日在四经山，夫人似乎有很多疑问。"段知仪静静地道，"不想今日夫人问出的问题，却与昨日完全无关。"

我想起昨日从玛哈藏身的那洞中出来，追问他们是"怎么来的""怎么找到我们的"那些话，心中苦笑。我既已知安远兮是那鬼面人，那些问题不是就迎刃而解了吗？何须再问？至于安远兮怎么成了平遥散人的徒弟，怎么练就了那身高深的武功，我已问过他，他既不肯说，我再问又有何用？只要我知道他不管如何绝不会害我，就够了。

"原来夫人知道我师弟是谁了。"段知仪虽然单纯，却不愚笨，见我沉吟不语，立即猜到原因。他目光灼灼地看着我，微微一笑，"我师弟断不会对夫人言，是夫人慧敏过人，猜中的吧？”

我眼神一黯，苦笑不语。段知仪叹了口气：“我现在才知道，何以师弟对夫人的事如此上心。”

这话由段知仪说出来，算是交浅言深了。我蹙了蹙眉，知道自己不该任他继续说下去，偏偏又无法制止他，因为他接下来说了一句：“师弟虽然不肯说，知仪却不忍见他如此受苦，总该让他受苦受得有价值才是。夫人想知道他是如何拜到家师门下的吗？”

我怔怔地看着他，无法言语。段知仪笑了笑，似乎并不需要我的回答，叹道：“师父这数十年隐居巍山，已经很久不曾下山云游了，那日他发现在夜空天河两端，各有一颗从未见过的星星突然出现，掐指一算，突然面色一肃，对我说要下山一趟，没过多久，就带了师弟回来。”

我望着他，专心倾听。段知仪接着道：“师弟刚来的时候，整天沉默不语，也不理人，每日除了吃饭都待在房里，望着一幅画发呆，一坐就是一整天。我听师父说他脑袋受了伤还没有好，开始还以为他被砸傻了，直到有一天，我按捺不住心中的好奇，趁他吃饭没回来，跑到他房里找出那幅画，想看看他整天在看什么，结果被师弟回来撞见，冲过来夺走我手里的画，寒着脸对我说了他来之后的第一句话——出去！我才知道，原来他不是没有情绪的傻子。”

我咬紧了唇，垂了眼，只听段知仪道：“那幅画真是奇怪，我从未见过可以把人画得那样有趣，一个乌龟身子顶着个大脑袋，那脑袋的五官全变了形，我却一眼能看出那画中的人是师弟……”

我闭了闭眼睛，费力地开口，声音有一丝喑哑：“段先生，你到底想说什么？”

段知仪顿了顿，似乎是笑了一下：“夫人不愿意听，我便长话短说。之后不久，师父带着师弟闭关，帮师弟打通了全身经脉，将一生所学倾囊相授，不仅是武功，还有奇门遁甲之术，与教我的方法截然不同，不仅亲自示范、口口传授、时时点拨，甚至涉险为他寻来断魂崖的马龙果，助他一夕之间获得一甲子的内力。”

“平遥散人何以对他如此厚待？”原来如此，原来安远兮一身的武艺是这样来的。我望着段知仪，“先生不怪尊师厚此薄彼吗？”

“我与师弟的福缘不同，家师传授我的是修仙之道，传授师弟的却是人杰之道。”段知仪笑了笑，淡淡地道，“至于家师为何对师弟另眼相看，倒未细说，只言师弟有他自己的命数，他有自己的劫要度、债要还，他若劫度债清，则有助于天下苍生。家师交代我，不管何时，只要师弟向我开口求助，我必得帮他。”

我听得有些蒙，什么劫？什么债？又怎么扯上了天下苍生？但段知仪知之甚少，恐怕只有安远兮这个当事人才最清楚。段知仪接着道：“没过多久，师父便让师弟下了山，后面的事我知道得也不详尽。家师归天后，其实并未让我来京师，只是前不久我收到师弟的灵识传信才赶来。师弟只简单地说是云老爷子找到他，原来他竟是云家的二少爷。老爷子知道师弟师从家师，十分欣慰，委以重任与我。我若没见过夫人，没有去那洞中救夫人，没有看到师弟见夫人坠入地火池中几欲成狂的样子，知仪倒是挺为师弟高兴的……”

“段先生！”我打断他的话，平复了一下思绪，“先生是世外高人，自不把世俗礼仪放在眼里，只是在云府说这样的话，只怕会为我和小叔惹来麻烦，请先生慎言。”

“师弟的事，知仪本不想多言，也知和夫人说这些非常失礼。”段知仪笑了笑，温和地看了我一眼，“不过，知仪怜惜师弟的心情，只望夫人凡事三思，莫再伤他。”

我伤他？我们之间，到底是谁伤谁？在这侯府大院，我对他是能避则避，还要如何？老爷子已经在暗示我、警告我了，我受的伤害又有谁来怜惜？段知仪看到我愤愤的目光，笑了笑，低声道：“知仪回来时，见到德管事请来了官媒，目前恐怕还在前院里候着。这件事，师弟恐怕不知吧……”

我这才明白过来，何以段知仪会对我说这么多越礼的话，原来是见着了云德请回来的官媒。这件事真会伤到安远兮吗？我心里有些迟疑，随即想到老爷子的那番话，无奈地微微一笑：“段先生，每个人活在这世上，都有自己的义务和责任，便是随性如你，也有须遵循的东西，比如尊师的嘱托。有些事，是不能由着我们的性子来的，这俗世自有它的规则。”

段知仪默默地看着我，半晌，点了点头：“知仪僭越了。告辞。”

看着他转身出去，我半晌无语。小红进来见我呆坐着，迟疑了一下：“姐姐……”

我淡淡地看她一眼：“官媒来了？”

“是，在前院候着呢。”小红赶紧道。我理了理衣服，平静地道：“请她进来吧。”

✵ 第四十三章　丧亲

官媒进屋给我见礼，我请她坐下，打量了她一眼。前世在电视上看到的媒婆，大都打扮成一个德行，头上包个抹额，穿得花花绿绿，腮红和唇角的黑痣是必不可少的点缀，但这位嬷嬷却打扮得极为端庄，看上去像小户人家的夫人，也不像电视里见到的那些媒婆一样一见面就唧唧喳喳说个不停。我心下反倒生了些好感，笑道："嬷嬷怎么称呼？"

"妾身夫家姓刘。"官媒有礼地道，接过馨儿奉上的茶，道了声谢。我笑了笑："今儿请刘嬷嬷来，是想请嬷嬷给咱们侯府的二少爷做个大媒。嬷嬷回去替咱们留意一下京中的大家闺秀，选个德容兼备的好姑娘。这事儿办成了，云家一定重谢刘嬷嬷。"

刘嬷嬷笑道："荣华夫人，侯府这样的豪门望族，结亲自然也要选个门当户对的。只是皇上刚刚选秀，京中名门望族的姑娘多进了宫了，现下倒不好选呢。"

我倒忘了这一茬，想了想，笑道："云家这样的门楣，倒不一定要豪门望族来锦上添花，只要姑娘德行好，就是小家碧玉也成的。"

刘嬷嬷点头道："有夫人这句话，妾身一定尽力帮夫人将这件事办得漂漂亮亮的。"

我笑了笑，示意小红将准备好的红包递过去："那一切拜托刘嬷嬷了。"

刘嬷嬷坦然地收下红包，笑道："那过两天妾身就将画像拿到府上给夫人挑选。妾身不打扰夫人了，先行告辞。"

等她出去，我的笑容淡下来。刚刚段知仪说的那番话又浮上心头，这件事要不要先同安远兮说一声呢？思量片刻，想到他的伤，终是决定等官媒的画像送来了，再和他谈。我抬起头，叫过宁儿："宁儿，你跟厨房说一声，这段时间给二少爷多备些补血养气的药膳和补品，先让厨子安排个膳食单子给我看看。你一会儿把前些日子老爷子送来的人参和血燕拿过去。"

宁儿应声出去。我让馨儿把吉他收起来，突然想到什么："对了小红，冥焰今儿怎么没过来？"

平日里他每天都要来看我的，是不是昨天精力消耗太多，太累了？也不知道觉魂和他合体之后，他有没有什么不适。小红笑道："冥焰一早就出去了，说是去给姐姐寻药，姐姐莫担心。"

我笑了笑，这孩子真是个急性子。觉魂已经和他合体，他仍是没有以前的记忆，不知道冥王对他的惩罚要到什么时候才结束。其实我心里对冥焰没有恢复记忆，既忧又怕，还隐隐地松了口气。不是我不想他恢复记忆，而是我怕他恢复了记忆，面对现在的我会伤心。他为我做了那么多事，我却负了他，心里不是没有愧疚的，可如今我无心也无力对他的付出作出任何回应，我欠冥焰的，只能下辈子还他了。

还有安远兮，老爷子竟然把整个隐势力交给他执掌。如今老爷子既然知道景王极可能是那个幕后黑手，肯定会对他的一举一动上心，相信过不了多久会有更多的情报传回来。如今我最关心的，是安远兮从景王身边那个暗桩那里会了解到什么材料。想到当初铁山郡暴乱，我遇到那些无极门的杀手，如果景王是无极门的掌控人，那说明铁山郡的事是他一手策划的。景王一直没有放弃过对云家出手，看来是真的觊觎云家这份家财，有了云家的钱做后盾，他谋位就有了保障。我冷笑，景王，好个景王！我若让你轻轻松松就如了愿，我就不叫叶海花！

在房里查看了这几日的账簿，发现太后要的钱，爷爷还没有支出去，而有本账簿的账也透着些古怪，心中正疑惑，宁儿来推我去主厅用膳。老爷子身体越发不好，每日除了晚膳坚持一家人一起吃之外，其余时间都待在房里。我让奶娘抱着诺儿，随我去主厅，见厅里除了老爷子、安远兮和云德，还有一个五十余岁的精壮老头，老爷子正拉着他亲热地聊着，见我进来，笑道："叶丫头，你来得正好，来见见修叔。"

修叔？我有些诧异地看向那个陌生男子。那男子见我进来，赶紧站起来："云修见过少夫人。"

云修？我望着那张与云德有着七八分相似的脸，再看云德一脸喜悦，蓦地想起他是谁了。他就是云德的父亲——云府的大总管云修。这人据说是老爷子的心腹，对老爷子忠贞不贰，十几年前为了老爷子和云峥的病，带了些人出海寻仙，只望能找到灵丹妙药帮主子治病，却一去没了消息，很多人都猜测他可能已经死在海上了，没想到这会儿突然冒了出来。我赶紧道："修叔免礼，妾身腿上有伤，不能给您见礼了。"这云修虽然是家仆，但在云家的地位不比二房的那几位执事低，我对他自然也得客客气气。

"少夫人客气了。"云修仔细看了我一眼，眼神一黯，"云修离府数年，走时峥少爷还拖着我的手让我早日回来，没想到等我回来时，峥少爷已经……"说着，两行热泪已经从眼眶里涌了出来。听他提起云峥，屋子里顿时一阵沉默。老爷子幽幽一叹，脸上也带上一抹痛色。

我听云峥说过，这位大总管以前很疼他，心中也是一酸，强笑道："修叔别太难过，云峥泉下有知，也不希望你为他如此伤心。"

云修擦了擦眼泪，见到我身后奶娘抱着的诺儿，迟疑了一下，道："这……是不是小少爷？"

我赶紧让奶娘把诺儿抱到他身边，柔声道："诺儿，叫修爷爷！"

"修爷爷！"诺儿乖巧地扑到他身上，"诺儿抱抱！"

"哎，小少爷！"云修手忙脚乱地抱起诺儿，看着诺儿清秀的小脸，老泪又滚出来，"小少爷长得跟峥少爷小时候一模一样……"

我眼眶微红，任何人在我面前提到云峥，我都忍不住想要落泪。老爷子见我泫然若泣，赶紧道："云修啊，好不容易才回来，别提那些伤心的事，咱们老哥儿俩好好喝一杯。云德，你爹今天回来真是难得，你也坐下来一块儿吃。"

大家围桌而坐，桌上已经摆满佳肴，老爷子和安远兮面前还摆了两道药膳，老爷子平日里就是吃着药膳的，安远兮见他面前也摆了两道，怔了怔，抬眼看了看我，又垂了眼。这顿饭我和安远兮都没说话，桌上只听到老爷子和云修聊天的声音，云修讲他这些年在海外的新奇见闻，我听得心不在焉，老爷子却感兴趣地听着。听得兴起，云德偶尔也插嘴问上几个问题，一顿饭倒不因我和安远兮的沉默吃得冷场。

饭毕，老爷子拉着云修回他房里，说要与他秉烛夜谈。我见老爷子兴致勃勃，也不好破坏他的兴致，只唤住云德，交代他不可让老爷子太过劳累。云德点头去了。我抬眼见安远兮也站了起来。他看了我一眼，低声道：“谢谢大嫂！”我见他面前的药膳盘子都空了，扯了扯唇角：“小叔客气了，这本是我应该做的。”比起他为我做的，我做的这些实在算不得什么。安远兮似乎也不知道该说什么了，只欠了欠身：“那我先走了。”

我点了点头，安远兮踏出厅离去。看着他的背影消失在门外，我怔了片刻，对小红道：“小红，推我去院子里走走。”

坐到荷塘边，感受着温暖的夕阳，看到荷塘里抽出一茎嫩嫩的花苞，才恍然已是初夏。我来到这个时空，不知不觉，已有六年时光。才六年啊，为什么我觉得仿佛已经经历了一生这么漫长？我的身体、我的情感，都垂垂老矣，再没有初入异世的锋芒。想到六年前那个不知天高地厚的自己，我唇角一动，泛起一丝苦笑，那样的桀骜不驯，怕是再也回不来了吧！

“姐姐！”远远传来一声呼唤。我抬起眼，见冥焰急匆匆地奔过来，不由得笑了笑：“什么事跑得这么急？你刚回府吗？用了晚膳没有？”

“姐姐，不好了。”冥焰不理我一连声的问话，跑到我身边，蹲下身道，“我刚刚在街上听到个消息，寂将军他……他……”

“他怎么了？”我诧异地问。冥焰吸了口气，沉声道：“寂将军他死了！”

“什么？”我惊得站起来，腿上骤然一痛，又跌坐到轮椅上。我不敢置信地抓住他的手腕，“你从哪里听来的？会不会听错了？寂将军怎么会死了？”

皇上明明用护国神鼎解了寂惊云身中的邪降，虽然那天我离开之前寂将军还没有醒，可是皇上也说过他已无大碍，怎么突然就死了？我冷汗涔涔，寂将军在朝堂局势如此混乱的节骨眼儿上出事，那皇上会不会也出事了？

“我没听错。我一早起来去各大药铺给姐姐配药，听到街上好多人都这么说，还说将军府已经挂了白绫出来，寂将军的灵柩已经运到将军府了。”冥焰赶紧道，“我还听人说，是宫里传来的消息，寂将军前几日被闯入皇宫行刺皇上的刺客重伤，今日不治身亡。九王爷向皇上请旨，追封寂将军为忠勇王，秉笔尚仪寂平安加封为承恩郡主。”

我心中大乱，诏书怎么写寂将军的死因，都是表面说辞，寂将军难道是真的死了？强自镇定了思绪，我立即道：“冥焰，你让铁卫备车，随我去将军府，我要搞清楚到底是怎么回事！”说完，让小红把安远兮请来，“小叔，麻烦你让人查查太庙那边的消息，看看有什么异状，还有宫里也不要忘了打听一下。”

安远兮点头应了。铁卫护送我出门，匆忙赶到将军府，将军府果然一片缟素。我看到大门外结的白绫和悬挂的白灯笼，只觉得眼睛一花，身子忍不住晃了晃。老管家林伯见到我，忍不住跪到地上哭起来：“荣华夫人，我家将军……我家将军他……您帮我去劝劝我家大小姐吧，将军的灵柩一运回来，她就像傻了一样呀……”

“平安在哪里？”我扶起他，沉声道。

“在……在灵堂……”林伯用袖管擦着眼泪，抽泣道。我打量了一下四周，已经有收到消息前来吊唁的朝官和武将了，沉声道：“林伯，你是将军府的老人了。将军府现在不比寻常，平安还小，遇到这种事一定心神大乱，下人们更是手足无措，你可要帮她撑着，这会儿可不能没了主意，让人看笑话。”

林伯听了，赶紧点头：“夫人说得是，老奴失礼了，老奴带夫人去见大小姐。”

进了灵堂，入目即见黑色的棺椁摆在房间上首，平安身着孝服，正跪在棺椁右侧。她身后是平日里侍候她和寂将军的丫鬟小厮，也跟着跪了一地。她的贴身丫鬟正在旁边哭着劝慰：“小姐，您别这样，您心里难受就哭出来吧……”

冥焰赶紧推我过去，我看到平安眼神空洞，面无表情地跪在地上，像一具死气沉沉的木偶，心中一酸：“平安！”

她仿佛根本听不到我叫她，没有应声，也没有任何反应。她身边的丫鬟哭道：“荣华夫人，小姐她……”

我试探着将手放到平安肩上，放缓了语速，温和地道：“平安，我是叶姐姐，你抬眼看看我。”

她眨了眨眼，眼神迷茫地转向我。我赶紧唤她：“平安，好姑娘，不要怕，姐姐在这里……”

她失去焦距的眼睛渐渐有了一丝神采，望了我半晌，突然紧紧地抓住了我的手，撕心裂肺地哭起来：“姐姐，我二叔死了呀，姐姐，我没有二叔了，我再也没有亲人了，姐姐呀……”她扑倒在我的双膝上，号啕大哭，眼泪浸湿了我的罗裙。我的眼泪掉下来，轻柔地拍着她的背，哽咽道：“哭吧，哭吧，把你的伤心和难过都哭出来，不要憋着……”

她哭得像只失孤的小兽，破碎的哭声一声未完一声又起，稍时，撕裂的哭声戛然而止，平安伏在我膝头一动不动。我赶紧抬起她的脸，她的脸上犹带着泪痕，已是生生哭晕过去。

“平安！”我心中一紧，赶紧招过两个丫鬟，“快把你家小姐扶回房去，再让人去太医署请位太医过来。”

※ 第四十四章　争执

寂家上下乱成一团，主人死了，主母下落不明，没人知道赛卡门被皇帝“请”进了宫，少主人又伤心过度晕过去，寂府下人像无头苍蝇一般仓皇无措。好在林伯是寂府的老家人，跟了两代主子，见过些世面，在经过最初的慌乱之后，也渐渐有条不紊地安排府中大小事务。太医来看过平安，说她只是伤心过度，一时气闷晕了过去，并无大碍。我嘱咐她的丫鬟小心侍候着，然后让冥焰推我去灵堂。

灵堂上，黑色的棺椁像钢针一样刺眼。我给寂将军上了一炷香，林伯又迎进一位朝官，拜奠寂将军。我让冥焰请林伯过来，低声问道：“林伯，寂将军的灵柩送回来，你们可有见将军一面？”

“有的。”林伯含泪点头，“大小姐不相信将军死了，哭着闹着坚持要开棺，见到将军躺在棺里，大小姐才止了哭闹，就像傻了似的。唉……我家将军和大小姐真是可怜呢……”

我蹙起眉，这么说，寂家已经验明正身了？门外匆匆跑进一个寂府的家仆，对林伯道：“林伯，九王爷来拜奠将军了。”

林伯吃了一惊，赶紧出去相迎，一会儿，见他躬身请进一个带着两个侍从的素服公子，正是九王爷君千翌。他目不斜视地接过寂府下人递来的香，对着寂惊云的棺椁道：“寂将军惨遭蒙难，为国捐躯，实乃国之不幸。将军忠君爱国，平北疆之祸，屡建奇功，实乃朝廷之栋梁、三军之楷模。惜将军英年早逝，千翌怆然哀泣，将军英魂有灵，以鉴吾心，愿英魂早日安息。”言毕，躬身三拜，将香插到香炉内。

九王爷这番话说得情真意切，眼有泪光，听得众人唏嘘不已。朝官见九王爷来了，纷纷上前见礼，九王爷示意他们不必多礼，转眼见我坐在轮椅上，怔了一下，上前行了一礼：“荣华夫人也来了？”

“妾身惊闻噩耗，赶来拜奠将军，看看平安。”我欠身还礼，“平安悲伤过度，身体抱恙，无法相迎，失礼之处，王爷莫怪。”

“怎么会，本王十分体谅承恩郡主失去亲人的痛苦。”九王爷微微一叹，“朝廷失去一位良将，本王之心痛，也不亚于承恩郡主。”

“是啊，妾身听闻这个噩耗，简直不敢相信。”我叹了口气，看着九王爷，试探道，“王爷，寂将军怎么走得这么突然？”

“我等也很想知道，何以寂将军会突然暴毙。”门外踏进一个人，听到我的问话，也大声道。我抬头望去，却见门外踏进几个身着素服的朝官，刚刚那句话正是为首的那个人问的。

“下官见过监国大人！”刚到的几个朝官给九王爷行了礼。九王爷表情淡然地轻“嗯”一声。几个人见九王爷面色不悦，互看一眼，便到灵柩前上香。领头那朝官上完香，行完礼，突然凑到棺前，抚棺哭道：“寂将军，你武功盖世，天下间何人能伤得了你？怎么会被刺客害死……”

同他一起来的朝官赶紧上前扶住他，抬眼看了灵堂内众人一眼，愤声道：“尚大人说得不错，寂将军死得不明不白，当中定有冤情，朝廷一定要彻查到底，为将军讨回公道，不让阴险小人阴谋得逞！”

此言一出，举座皆惊，一些武将已经站起来，激动地嚷道：“李大人，你说咱们大将军是被人害死的？此话当真？”其余众人也面带惊疑之色。林伯听到此言，更是瞪大了眼，又惊又怒：“这……这……”九王爷微微蹙了蹙眉，望着那李大人道：“李大人何出此言？”

李大人看了九王爷一眼，目光扫向众人，字字铿锵：“寂将军神勇无双、战功彪炳，是从千军万马中闯出来的人物，岂会被几个小小的刺客所害？大家不觉得奇怪吗？”

朝官武将议论纷纷，一个武将大声道：“不错，咱们大将军是天曌国的战神，武功天下无敌，什么刺客能伤他？”

一位朝官插言道：“既是刺客，所行必非正大光明的手段，寂将军定是被暗算的。”

那尚大人冷哼道："前几天寂将军还在宫中养伤，也没听说病情有变。如今皇上刚刚到太庙为天下百姓祈福，将军却突然伤重不治，这当中定有蹊跷，定是有人趁皇上不在，谋害将军，意图不轨！"

"尚大人，那人是谁？"早有暴躁的将士按捺不住，拔刀怒吼，"我定要将此人碎尸万段，为大将军报仇！"林伯从刚刚听到尚大人的哭诉便惊白了脸，此际更是忍不住，突然跪到九王爷面前，哭道："王爷，你定要为我家将军申冤呢……"

我冷冷地看着这几个人义愤填膺的样子，抿紧了唇。寂将军被刺客所伤本就是皇帝放的假消息，他死亡的真相是因为被下了降，而这个原因我却不能说出来，只由得他们互相猜忌。不过对于寂将军死亡的消息，我到现在心中还不敢置信。皇帝明明已经动用护国神鼎救了他，怎么他又突然死了？那日我离开后，在太庙到底又发生了什么事？我一时心浮气躁，恨不得立即赶去太庙，找皇帝问个清楚。

"太医说寂将军的确是伤重不治，不过听几位大人这么一说，本王也觉得有些蹊跷。"九王爷是何等聪慧之人，立即顺着尚、李两位大人的话头应和，"皇上委托本王监国，本王也想查清此事，定不辜负皇上的重托。"

"那监国大人准备如何查证这件事？"那李大人想必是个急性子，立即追问道。满屋的眼睛全都盯着九王爷。九王爷看了李大人一眼，把问题丢回给他："李大人认为呢？"

李大人义正词严地道："下官认为，应该先将替寂将军诊治的那些太医抓起来，严加审问。寂将军的灵柩也应暂时移往刑部，请验尸官为将军验尸，查出将军的死因。"

众人一听，交头接耳地议论起来，不待九王爷开口，已经有一个朝官站出来道："李大人，皇上听闻将军过世，哀痛不已，下旨封寂将军为忠勇王，交代无论何人都不得对忠勇王有丝毫不敬。此刻大人要求开棺验尸，必得惊扰王爷遗体，实乃大不敬，恐怕……"

"严大人此话差矣，是礼仪重要，还是查明寂将军死亡的真相重要？皇上与寂将军君臣之情挚切，必不至让寂将军蒙冤而死！"李大人冷哼一声，看向九王爷，大声道，"监国大人以为下官的意见如何？"

我蹙起了眉，这个李大人言语之间对九王爷颇有质问之意，语气又冲，莫非是和寂将军相熟要好的同僚？这几位朝官突然来寂府灵堂说这番话，看似为寂将军抱不平，言辞之中却有挑拨之意，似乎有把事情闹大的意思，莫非平日与九王爷是政敌？可是九王爷向来不太理朝堂上的事，又与百官交好，这几位大人怎会贸然针对他呢？莫非……我心中一动，这几个人是受人指使的？九王爷微微蹙了蹙眉，不待开口，门外传来一个威严的声音："谁在这里吵成这样？闹闹嚷嚷的，成何体统？"

我抬眼看去，呼吸一窒，进来的是景王君慕玄。我顿时心头一亮，只怕这几个正是受他指使，这会儿皇帝不在宫中，委托九王爷监国，突然出了这么大的事，莫不是想指责九王爷监国不力，有失职之嫌，他好取而代之？九王爷迎上去，欠身行礼："王叔！"其余众人也纷纷给景王见礼。我冷眼旁观，见景王面色不悦地扫了堂内众人一眼，径直走到灵柩前取了一炷香，凑到烛上，点了香，对着棺椁拜了三拜，说了一番和九王爷刚刚差不多内容的话，插上香，背着双手，转过身，脸色不悦地道："你们刚刚在寂将军灵前吵什么？朝廷命官怎能如此失仪？"

堂内鸦雀无声，刚刚吵得最大声的尚大人和李大人也不敢吭声了。我心中更是笃定，这几人必跟他是一党的，倒故意把他王爷的面子抬了个十足。九王爷将刚才众人的议论跟景王说了一遍。景王幽幽一叹，沉声道："既然大家都认为应该彻查寂将军的死因，开棺验尸倒是大有必要。"

我的唇角冷冷一勾，心里揣测着景王的用意，只感觉他醉翁之意不在酒，替寂将军翻案是假，验证他是否真的死亡才是真，毕竟寂将军死得过于突然，连我也不敢相信他是真的死了。何况景王还抱着皇帝有可能会救寂惊云的希望，若寂惊云真的死了，唯一的可能就是皇帝根本没有动用神器，那景王的一切部署就都成了泡影，所以他一定会查实这关键的一步。

只听得景王继续道："皇上才去太庙几天，朝中就出了这么大的事。早知如此，本王昨日就算是闯关，也要跟皇上商量一下……"

闯关？我挑了挑眉。九王爷诧异道："王叔昨日去过太庙？"

"不错。"景王点点头，叹道，"可惜本王被御林军拦了下来，言皇上下旨祈福期间不见任何人，没有见着皇上的面。"

"皇上下旨不见任何人，怎么会知道寂将军身亡的消息，还颁了圣旨追封？"尚大人看了九王爷一眼，语气不善，"监国大人是几时见到皇上的？"

这话矛头直指九王爷，分明是咄咄逼人的质问，便是九王爷雅量再好，再礼贤下士，在这满屋朝官面前，脸上也有几分挂不住。九王爷眼中闪过一丝嗔怒，他身后的侍从已经出声大声呵斥："大胆，竟敢对王爷如此无礼！"

尚大人双眼一瞪，呵斥回去："你才大胆，不分尊卑，这里岂有你说话的份儿？"那侍从一听就火了，正待开口，九王爷摆了摆手，看着尚大人，耐住性子道："尚大人，皇上虽然不在宫中，但并不表示他不清楚朝堂的事，皇上身边也自然有人联络本王，你无须操心。"言下之意，是你管得太多了，管好你自己的分内事吧。

那尚大人被九王爷暗贬暗训了一顿，老脸一红，大声道："那可难说，皇上就算是在太庙为天下百姓祈福，也没理由不见臣子。下官怀疑有人假借皇上之名，愚弄朝廷百官……"

"胡说八道！"景王听他越说越不像话，瞪了尚大人一眼，怒道，"你当文武百官都是没脑子的吗？"

"下官不是这个意思，下官只是担心……"尚大人也来了脾气，紧绷着脸，双眼一凛，闪过一抹厉色，一字一字地道，"有人'挟天子以令诸侯'！"

此言一出，举座哗然，前来吊唁的文臣武将皆硬生生倒抽一口气，脸上的表情既惊又惧。这话是任何人都担不起的，便是向来温雅淡然的"雅王"，脸色也沉了下来。九王爷身后的侍从更是急了，怒道："尚大人慎言！那圣旨是皇上御笔亲题，盖着皇上从不离身的玺印，难道还有假不成？尚大人如此质疑我家王爷，到底是何居心？"

"下官对朝廷、对皇上一片赤诚之心，绝无半点私欲。"尚大人冷冷地道，"只是自从皇上离宫之后，朝堂之上发生的事太过不寻常，难道下官连质疑的权利都没有吗？"

两人像斗鸡一样斗起来，互瞪双眼。这话题太敏感了，满屋朝官无一敢上前插嘴，只是脸上的表情各异，不可避免地都带上几分疑惑，显然都受了尚大人那番话的影响。

我心中一动，也不由得有些猜疑。自从那日我离开太庙，就没了皇上的消息，九王爷这监国之职虽然是皇上当着朝臣授予的，但如果皇上的情况不妙，这监国变成国君，岂不是名正言顺？

"都别吵了！"景王呵斥两人，怒道，"你们当自己是菜市的商贩不成？"

"景王殿下，您德高望重，您看此事应该如何解决？"李大人见尚大人被景王斥责之后不再出声，赶紧道。

“皇上委托九皇侄监国，自有其法与其联络，这也没错。我们见不着皇上，不等于九皇侄见不到。”景王沉吟片刻，缓缓道，“不过寂将军之死确有可疑之处，我也赞同尚、李两位大人的意见，将寂将军的灵柩运至刑部开棺检验。九皇侄，你以为如何？”

我心中暗骂景王真是只老狐狸，表面上看起来似乎真是在为九王爷和尚、李两位大人打圆场，实际上什么事都没有解决。他前一句话说只有九王爷才能见着皇上，联络皇上，看似在为九王爷辩解，实际是坐实了“挟天子以令诸侯”的嫌疑；后一句话则分明是站在那几个朝官一边，逼着九王爷低头，暗贬这位监国大人，有监国之权又如何，众人还不是以我景王马首是瞻？

九王爷的脸色不太好看，他缓缓抬起头，看了众人一眼，正待开口，灵堂外却冒出个女子的声音：“谁敢开我二叔的棺？”

“平安！”我失声道。转头看去，见平安在丫鬟的搀扶下走进来，身后跟着我曾经见过的风清和一个壮年男子。平安怒目而视：“谁敢？”

“承恩郡主，我们怀疑将军之死另有隐情……”那尚大人赶紧上前解释，被平安狠狠瞪住，打断他的话头：“所以，你要开我二叔的棺，要验尸，要将我二叔开膛剖肚，让他不得善终吗？”

尚大人脸色一变：“郡主误会了……”我见平安愤然的眼神，猛然想起天曌国的风俗，人死之后，若尸身有破损或不完整，则归于不得善终之类，灵魂会在地府受尽酷刑，沦为畜生道。平安气势逼人，仿佛一夜之间脱了满身稚气，长成大人。她再次打断尚大人的话，怒道：“我二叔一生忠君爱国，为朝廷立下多少汗马功劳，临死却有人要折腾他的尸身，让他灵魂不得安息，沦为畜生道，你到底安的是什么心？”

这话说得尚大人冷汗直冒：“可是，下官也是想查明真相……”平安冷哼一声，不再理他，转头看向景王和九王爷，愤声道：“景王殿下，监国大人，朝廷就养了这些没用的官员吗？你们对我二叔的死有疑惑，可以通过很多办法查证，为什么一定要毁我二叔的尸身？”

景王尴尬地咳了一下，笑道：“平安，其实验尸也不一定要开膛剖肚……”

“就是外部检查我也不准，我不准有人对我二叔的尸身不敬！再有人敢提‘验尸’二字，我立即将他从将军府轰出去！”平安怒道，小手一挥，打断景王的话，毫不给景王面子。景王脸上有些挂不住，但又不好和一个晚辈女子计较，只得隐忍不发，额头青筋直跳。

九王爷看了景王一眼，微微一笑，对平安道："平安，你说得对，朝廷不养无能的官员，我们会用其他办法查将军的死因。本王向你担保，绝不会有人妄自惊扰寂将军！"说着，扫了扫全场，扬声道，"你们说，是不是？"

"是！监国大人说得有理……"形势立即逆转，景王心中只怕恨得吐血，半晌强笑道："平安说得也有道理，寂将军为天塱国戎马一生，英年早逝，实在令人痛心，可恨本王竟不能得见将军最后一面……"

平安看了景王一眼，欠了欠身："殿下有心了。今日将灵柩运回府，万事仓促，原本是想明日布置好了让各位大人瞻仰二叔遗容的，没想到就来了这么多人，平安也不好叫景王殿下和各位大人再跑一趟。风将军，打开棺盖。"

她身后那壮年男子过去把棺盖打开，我才恍然悟出他的身份，这人是寂将军身边的副将，风清的爹。景王站到棺前，凝视着棺中人，掩面痛哭："寂将军……"朝官见他如此情状，也纷纷逼出眼泪。平安也不去劝。他哭了半晌，抹了眼泪，对平安说了一番望她珍重之类的话，然后让其他人依次上前瞻仰。折腾了好一阵，众人才纷纷散去，九王爷对平安安抚一番，向我施了一礼，也离开了将军府。

灵堂清静下来，我让冥焰推我上前，扶我勉强站起来。我看向棺中躺着的人，果真是寂惊云，脸色苍白，双目紧闭，双手端放在腹部，手下压着一把黑漆漆的刀，正是寂惊云的冰魄刀。我倒抽一口气，那刀跟寂惊云一起在太庙，此际却随寂惊云躺于棺内，这人必是寂惊云无疑了。之前的一丝不敢置信，此时也烟消云散，我心中顿时难受无比，想起来到这个时空，寂将军对我颇为关照，没想到那样豪爽的人，竟会……

"姐姐，你的腿不宜长站。"冥焰把我扶到轮椅上坐下。我擦了擦眼泪，见平安呆立在一旁，拉住她的手："平安……"此时说什么话安慰她都是多余，那种失去亲人的痛，我感同身受。

"姐姐，别担心……"倒是平安抹了脸上的泪，强笑道，"我没事，家里就算只剩下我一个人，我也会把将军府撑起来，不让人看寂家的笑话……"

"平安，你长大了。"看着她脸上坚毅的神情，我心中一酸。人的一生中要经历多少生离死别的痛苦？难道每一次的成长都要以痛苦作为代价吗？可是我们又能承受多少痛苦和灾难呢？我怔怔地望着平安哀伤倔强的脸，发现没有人能给我答案。

❋ 第四十五章　财富

回府赶紧去老爷子房里，想将寂府发生的事告诉他，修叔竟然还在老爷子房里。见我有事要和老爷子商量，他才跟老爷子行了礼退出房去。我将寂府的情形一一告知，老爷子听后点点头，却没有说话，只是闭着眼睛，不知道在想什么。我不知道老爷子的心思如何，一时不好开口，半晌才迟疑地道：“爷爷……”

老爷子缓缓睁开眼睛，表情平静：“你料得不错，那尚、李几个，确是景王一党。”

“景王已经开始行动了，他针对九王爷，不知道是不是对太庙的情况有所警觉？”我蹙眉道。

“太庙情况如何根本无关紧要，只要皇上不在宫中，这便是他绝妙的机会，无论如何他都不会放过。”老爷子淡定地道，“丫头，你猜他下一步会怎么做？”

“他将‘挟天子以令诸侯’的罪名安到九王爷头上，只要皇上真的出了事，他就可以名正言顺地擒拿逆臣。”我略一思索，心中已然雪亮，“虽然他不敢肯定皇上的生死，但是为了落实九王爷的罪名，一定会派人前去刺探。若皇上死了，正遂了他的意；若皇上还活着，只怕会部署行刺。”

“你说得不错。”老爷子微微点了点头，表情波澜不惊，像是早就对景王的计划了然于胸。我想了想，又道：“他想一箭双雕，可是九王爷身后有风家的南疆军，景王手中却没有兵权，他怎么敢冒此大险？莫非他还有什么底牌没拿出来？”

“风家的军力远在南疆，远水救不了近火。”老爷子唇边泛起一丝冷笑，“御林军只听天子号令，他也动不了。不过，皇上不在，寂将军一死，他手上的兵力就自然落到他的心腹下属手上。如果‘德高望重’的景王以雷霆之速查出‘谋害’寂将军的人是九王爷，那些寂将军的旧属势必对他感恩戴德。九王爷伏诛，皇上遇害，景王身为先皇兄长，可顺势登位，控制朝堂和京中的局势，等凤家的军队获悉赶来，已是不及，天下大局已定。”

“那我们应该如何阻止？”我听得心惊肉跳，“破坏他诬陷九王爷的行动吗？”

老爷子看了我一眼，淡淡一笑：“云家不必卷进去，就让他们狗咬狗好了。”

我微微一惊：“爷爷……”

“景王、九王爷、皇上，皆不是易与之辈。”老爷子漠然地道，“今日景王在将军府逼迫九王爷，引得人心浮动，你以为老九会束手待毙吗？至于皇上，既然走出离宫这步险棋，将朝堂暗伏的势力摆到明处，就自有部署。云家去凑什么热闹？”

他的表情淡漠，声音冷得叫人心颤。我望着老爷子，犹豫半晌，终是将心中一直想问的问题问了出来：“爷爷，你有没有想过做黄雀？”云峥对这天下没有野心，我相信，可是老爷子呢？他也没有野心吗？

他的目光凌厉地扫向我，冷冷的不发一言。我被他冰冷的眼神盯着有点冒冷汗。半晌，老爷子冷笑道：“本侯还有几天好活？争来这烫手的山芋，你和诺儿孤儿寡母的保得住吗？”

我咬了咬唇，心中却浮起一丝暖意，只要他心中还在为我们母子考虑，我就心怀感激：“是叶儿失言了。对不起，爷爷。”

老爷子轻声一哼，道：“本侯不稀罕君家这天下，但是，也绝容不得一个天曌盛世。”

我悚然一惊：“爷爷？”

老爷子的眼中冒出寒光，咬牙恨道：“君家人害我云家血脉，当真以为本侯还会愚忠于他？当年峥儿中降，我抱着命悬一线的峥儿在朝圣殿外跪求三天三夜，望先皇能用护国神鼎救我峥儿一命。可那个我一手扶上皇位的皇帝不但避而不见，还让群臣劝谏我以家国天下为重。家国天下……哈……本侯连家都保不住，何以卫国？”

竟还有这一段过往。我望着老爷子愤恨的目光，眼中微酸。当年，他抱着云峥在朝圣殿外跪求先帝时，是怎样一种心情？当心中仅存的一丝希望眼睁睁地被磨灭后那种灭顶的绝望，是怎样地令人窒息？不管他对我如何，他对云峥，却是一片真真正正的护犊之情，爱护关切之心绝非作假。

“所以爷爷才要在京中大乱时，给朝廷加一把火？”我吸了口气，想到那笔怪账，“江南盐商、米商囤米盐牟利的事，是爷爷操纵的吗？”

老爷子讶异地看着我，半晌，竟笑起来：“这么快就被你猜到了？爷爷没看错人，丫头，以后云家，唯你才能担起来。”

“爷爷太看高我了。”我摇头苦笑，“我不过是看南边报的账簿有些不对，再看爷爷没有筹那笔答应借给太后的钱，加上这几日发生的事，才想到的。”

“这些日子发生这么多事，你险些丧命，回府还能厘清思路，注意到这个问题，自是你的本事。”老爷子心情大快，“云家的当家主母，自当如你这般胆大心细、处变不惊，且能随机应变、思虑周详。”

被老爷子这样夸，我还真有些受不起。我的脸红了红，思虑道：“爷爷，这笔钱我已经答应了借给太后，如果你不想给，以什么理由拒绝呢？”

“谁说我不借给她？”老爷子笑了笑，“不过是拖几日，让朝堂的局势更乱一些，也让我看到这次江南盐祸能达到多大的效果。”

我有些不解。老爷子心情好，也有了耐心解释：“这些年我苦心经营，超越先祖，将云家的家业渗透到全国各地。别人都以为云家是为了赚更多的钱，可是丫头，你知道爷爷真正的用意吗？”

老爷子这话大有深意，我低头思索起来。云家的生意除了矿业、漕运、织造，还有开遍全国的米行、酒楼、当铺，甚至我以前存钱的“聚宝钱庄”，云家也占有一半以上的股份。从老爷子这次能操纵江南盐祸一事来看，只怕云家的势力还渗透到了其他行业。这些操纵着民生大计的生意，是国家的命脉。自古以来，皇帝提防士族，也忌惮着巨富大贾，借“囤货居奇、祸害百姓”为名，将商人排在了“士农工商”之末，冠以“奸”名，赋予“贱”籍，就是怕商人坐大。因为对皇帝来说，商人既是让国家昌盛繁荣不可或缺的助力，又是极有可能扰乱国家秩序的隐患。商人也同士族一样读书识字，但商人比士族更聪明灵活，更精于算计，且深谙进退之道，一旦掌握国家命脉，即成统治者卧榻之虎，所以大多数巨商都成了统治者养肥再宰的猪羊。而云家既是士族又是商家，比纯粹的商人占尽更多先机，老爷子又精明过人，更懂进退和谋算，才变成了连朝廷都要忌惮的悍虎。此次的江南盐祸，已让南方动荡，朝廷头疼，而对云家来说不过是动动手指的事。如果云家操纵的产业全部乱了行市，天下起码要乱上五年。我现在才真正明白，以前富大康对我说“永乐侯跺跺脚，这天下都要颤的”，是绝无半分虚假。

“财富对个人和国家的作用，人人都清楚，可财富过于集中给个人和国家造成的后果，却非远见卓识者不能晓得。”我望着老爷子，缓缓道，“乱国乱民乱天下！”

我有些明白云家不争天下的原因，云家的财富可乱天下，却不能安天下。老爷子说得通俗，我们孤儿寡母守不住，因为云家没有忠于家族的兵权襄助，得了天下也会转瞬即逝。没有一个上位者可以容忍他手下有兵权、金钱两手抓的臣子，相对于商人对皇权的隐形威胁，来自兵权的威胁则是赤裸裸和血腥震慑的，且兵权往往系之一人，上位者除一人即可让其整个家族毫无保障。而财富集中的威胁是潜伏的、缓慢的，即使除去一人一族，其数十数百年经营出来的根深蒂固的影响力，仍然会撼动整个国家的行市。经济侵略，永远比其他侵略来得更为深远和彻底。我到现在才由衷地佩服当年云家先祖的远见，在敛权和敛财中，选择了后者，才得保云家这百余年的平安，即使如今这份平安也显得有些摇摇欲坠。云家一直都是皇帝打击的目标，景王这次发难，不管最后是谁成功，财雄势大的云家势必将成为上位者的下一个牺牲品。老爷子操纵此次盐祸，既是试探也是示警，看云家财富对天下的影响力到了何种程度，即使以后朝廷查出与云家有关，也不敢轻举妄动。

“丫头……”老爷子抓住我的手，眼睛亲切得发亮，“你能想明白这个，云家真是后继有人了。”

“爷爷，叶儿至今才明白爷爷的苦心，真是愚笨。”我见老爷子这么激动，眼中亦是一热。之前我受了点儿委屈就想带着诺儿远离是非，却不知道我们早就已经是是非圈中人。我是云峥的妻子、永乐侯府的少夫人、世子的母亲，我和诺儿的命运，早已和云家密不可分。既然我享受着云家带给我的尊贵地位、富贵荣华、锦衣玉食，就得担起家族兴亡和延续的责任。老爷子为了云家，如此长远绸缪、煞费苦心，我实在不该与他锱铢必较地斗气。

想通了这个，我对朝堂和云家又有了些全新的认识。从老爷子处理对待景王和先帝仇恨的态度上，我也学到了不用事事亲为、紧逼不放，而应把目光放得更长远，以对自己最有利、最省力的方式彻底消灭敌人。至于皇帝，我心中微微一叹，希望命运垂怜，不要把我和他推到对立的位置上，我永不想和他那样聪明到可怕的人成为敌人。

✵ 第四十六章　公主

次日，宫中传来太后懿旨，宣我进宫。

我琢磨着大概是为了那笔钱的事儿，便换了衣服出门。进了宫，经过御花园，见一个宫女抱着一个两岁左右的小女孩儿转到一处隐蔽角落的假山后面，隐约听到小女孩的呜咽声。我心中狐疑，原本想装作没看见，这宫里的事，沾到就是麻烦，可那女孩儿的哭声大起来，隐约还听到斥责声，终是叹了口气，让小红推我往那假山走去，于是那斥责声越发清晰起来。

"哭，还哭，哭死你……"宫女生气地低嚷，"叫你别哭了，偏要惹娘娘生气，你还当自个儿是德馨殿里的公主不成？"

我怔了怔，德馨殿，不是德贵妃的寝宫吗？这女孩儿，莫非是德妃的女儿君欣洁？这宫女是淑妃宫里的吧？德妃被打入冷宫之后，淑妃自请抚养小公主，太后还夸她贤惠有德、深明大义，怎么听这宫女的话，好像不是那么回事儿？

"呜呜……"小女孩儿的哭声压抑了些，但仍没能止住，"母妃……我要母妃……母妃不要弃洁儿……"

"你母妃被皇上打入冷宫了。"那宫女不耐烦地道，"淑妃娘娘不是你母妃！"

"母妃……"小公主只是哭。看来皇上赐死德妃的事的确还没有人知道，还是皇上根本没有赐死她，那日只不过是在诓我？只听那宫女接着道："要怪只怪你自个儿讨人嫌，别怪娘娘看见你就心烦。娘娘本以为要了你皇上会多来她那儿，没想到之后皇上连半步都不肯踏入琉璃殿，真是个害人精，居然还打破娘娘最喜爱的琉璃杯，害我也被娘娘骂……还哭，还哭，再哭把你也丢到冷宫去……"

这宫人的势利，我是一早就知道的，前世看了那么多电视小说，知道在这深宫大内，失势的人连狗都不如，一好众人抬，一沉万人踩，宫人欺负失势的主子，也不是什么稀罕事。只是我自己从来没有亲眼见过，这当儿亲耳听到，仍觉齿寒。那淑妃也是个有心机的，看着德妃失势，本以为装装贤德，把皇上唯一的孩子抱来养，以后皇上到她宫里去的机会也会增多，没想到皇上对德妃的心结太深，以致她的如意算盘落了空，就迁怒到孩子身上。我摇了摇头，这后宫的风波纷争，有哪一件不是女人为了争宠搞出来的？

那宫女一直骂骂咧咧，不知道是不是动手打了女孩儿一下，女孩儿痛哼一声，又不敢大声哭，只得呜咽着抽泣。我心中不忍，正待出去喝止那宫女，突听到一个男人厉声道："大胆奴婢，竟敢殴打公主！"

那男人语气严厉，却不是太监的尖细之声。那宫女显然吓了一跳，结结巴巴地道："雷侍卫，奴婢没、没有殴打公主……"

"我明明亲眼看见，你还敢狡辩？"那雷侍卫厉声道，"莫不是要我禀呈皇上，你才肯招认？"

"雷侍卫饶命……"那宫女哭起来，"奴婢再也不敢了，求求你不要告诉皇上……"

"起来吧。"那雷侍卫的语气松软了一些，"主子再怎么也是主子，这宫里的事谁也说不清。风水轮流转，你今日轻待的人明日指不定就得了势，到时候只怕你没有好日子过……"

"奴婢……奴婢谢雷侍卫提点……"宫女抽泣道，"您千万别告诉皇上……"雷侍卫沉默片刻道："你日后好好照顾小公主，也莫让别人欺负她，我自然不会告诉皇上。"

我心中一动，这侍卫心肠倒好，不过这深宫禁内，竟有这样热心助人的好人？他为什么要插手管这件事？嘱托那宫女关照小公主的语气也隐含着一丝关心，莫非此人和蔚相或是德妃，有些关系？

"奴婢再也不会了，奴婢以后一定尽心尽力照顾公主，否则天打雷劈、不得好死。"宫女赶紧道。那雷侍卫道："你记得自己发的誓就好，带公主走吧……"

我一听，赶紧让小红推我往回走，眼睛却瞅见那宫女抱着小公主走了出来，一时避无可避，只得装作刚到这儿的样子，拉着小红指着身旁不远处的一朵花道："小红，你看那朵花，颜色真美……”

那宫女见了我，吃了一惊，脸上惶惶不安，跪到地上行礼：“奴婢见过荣华夫人。”

我见那假山后没有声响，知道那个侍卫躲着不敢出来，让人撞见他与个宫女在假山后面，只怕长了十张嘴也说不清。我故意装作不知道，转头张望了一下，做出茫然的样子：“是谁？”

“姐姐，是位宫女姐姐给你请安。”小红扶着我的手，往那宫女的方向指了指。我做出恍然状：“快起来，我眼睛不好，看不太清，你是哪宫的？”

“奴婢是淑妃娘娘宫里的，带小公主出来玩。”宫女站起身，低着头道。我点了点头，笑道：“公主也在吗？快抱过来给我瞧瞧。”我故意装作看不清的样子，好让她以为我刚到这儿，眼神也不好，什么都没看到没听到。果然见那宫女如释重负地吐了口气，抱着小公主向我走来。

小公主刚才就止住了哭泣，一双乌溜溜的眼睛看着我。我伸出手指在她脸上刮了刮：“瞧这日子过得真快，我都快两年没见着公主了，公主竟长得这么大了。”

小公主见我对她笑，也忍不住笑起来，张开双臂，讨好地道：“抱抱……”

我心中一酸，只怕她平日里私下挨了不少骂，此际见着个人对她笑，这孩子立即加倍讨好，哪怕她根本不知道我是谁。公主到了我怀里，立即甜腻腻地叫道：“母妃……”

我失笑，那宫女也局促不安。我点了点她的鼻头，笑道：“母妃可不能乱叫，公主叫我姑姑吧。”

“姑姑……”公主立即改口。这孩子比诺儿大了近一岁，比诺儿更容易明白大人的话。我笑着应了声，公主越发高兴，叫得越发甜腻：“姑姑，陪洁儿玩……”

“公主，我们出来太久了，该回宫了。”那宫女惴惴不安地看了我一眼，大概是怕公主在我面前乱讲话。小公主紧紧搂着我的脖子：“不，我要跟姑姑玩……”

“公主，姑姑要去太后奶奶那里，不能陪你玩了……”我才这样一说，小公主的眼里便蓄起了泪，一双乌亮的眼睛，泪盈盈地望着我，像一只可怜兮兮的小狗。我叹了口气，心中一软：“公主跟姑姑一起去太后奶奶那里好不好？”

“好！”她赶紧点头。那宫女一脸紧张地道：“荣华夫人，这不太合适，淑妃娘娘知道了会责备奴婢的……”

“有什么不合适的，你还怕本夫人把公主拐跑了不成？”我淡淡地道，“我这么久没见着小公主，逗她玩一会儿，娘娘也不至于怪罪，何况还是去太后宫里。小红，我们走。”

小红推动轮椅转头就走，我让小公主坐在我的腿上，也不看那宫女一眼。一会儿眼睛余光见她已经匆匆忙忙地往一旁跑了，想是回去跟淑妃禀告了。

到了懿宁宫，芳婷嬷嬷迎出来，见我抱着小公主，愣了一下，笑道：“夫人怎么会……”

“我在御花园见宫女带着小公主玩，逗了她一会儿，没想到被公主黏上了，非要跟着我一起来。”我三言两语地解释了我带小公主来的原因。芳婷嬷嬷见小公主紧紧搂着我的脖子，想将她从我怀里抱下来：“公主，别累着夫人了，让奴婢抱你……”

“不！”小公主把脸扭过去，抱着我的脖子不放，“我就要姑姑！”芳婷嬷嬷悻悻地缩回手，笑道：“公主和夫人还真投缘。”

我笑了笑：“没事，就让我抱着好了。”芳婷嬷嬷也不再坚持，见我坐在轮椅上，也不多问。到了大殿，我才放下小公主，让小红扶我进了殿内。我拉着公主的手，在她耳旁轻声道：“公主，快去给皇祖母请安。”

她显然不是第一次来懿宁宫，倒是乖巧地不闹了，摇摇晃晃地走到太后面前，跪到地上去，奶声奶气地道：“洁儿给皇祖母请安！”

“哟，我的洁丫头来了，快来给奶奶瞧瞧。”太后见了小公主，倒是眉开眼笑。芳婷嬷嬷上前牵起小公主，带到太后面前。太后把她抱在怀里，笑道：“洁丫头跟谁来的呀？”

“跟臣妾来的。”我笑道。小红扶了我过去，我对太后施了礼，“公主要跟着来看太后，我就擅自带来了，太后莫怪。”

太后见我行动不便，诧异地道：“你的脚……”我笑了笑：“在家里崴了一下，不碍事。”太后赶紧对芳婷嬷嬷道：“芳婷，你把他们进贡的苦石莲膏给叶丫头拿一盒来。”说完转头对我道：“这苦石莲膏的功效是活血化瘀，治这扭伤崴伤的，最是有效。”

“臣妾谢太后赏。”我想站起来行礼，太后赶紧道：“免了，就坐着吧。”我欠了欠身，也不推辞了。

“今儿也是巧了，让你碰到她。”太后看着怀里的小公主，笑道，“说起来，你还是在欣洁满月时见过她，快两年了吧？”

“是。”我笑着点头，“公主真是越发冰雪可爱。”

太后点点头，叹了口气：“只是这孩子命苦，小小年纪便跟娘分开，幸好由品媛那孩子带着，否则本宫还真是不放心。”

品媛是淑妃的闺名，我不好说什么，只是笑。太后亲了亲小公主的脸，笑道：“宝贝儿，想死奶奶了。我的宝贝儿每天都干吗了？母妃对你好不好呀？”

“玩……”小公主的眼睛闪了闪，“母妃很疼洁儿。”

我分明看到那小人儿眼里一闪而过的犹豫，心中一紧，这孩子在撒谎。这么小的年纪，竟然晓得用撒谎来保护自己，是不是这吃人的后宫里长大的孩子都如此早慧？她刚刚在御花园里缠着我，是真的喜欢我，还是出于保护自己的本能，寻求护荫？

不知道为什么，我对这孩子感到莫名地心疼。她比诺儿大不了多少，我的诺儿还在享受家人的疼惜，她却得小心翼翼地讨好身边的人。蓦地一阵冲动，我开口就道：“太后这么喜欢小公主，不如把公主留在懿宁宫，整天都可以看见她。”

太后转头看了我一眼，笑道：“当初我就想将洁丫头留在身边，可是品媛将她求了去，这会儿怎么有要回来的道理？”

“太后，小公主是您的孙女儿，又不是赐给别人的东西，您想让她回来陪您，淑妃娘娘这么孝顺您，一定会同意的。”我笑道，“不然您问问小公主，愿不愿意回来陪您？”

我话音刚落，小公主就立即道：“洁儿愿意来侍奉皇祖母，皇祖母的脚疼，洁儿每天给皇祖母捶脚。”这丫头还真会争取机会。我笑着看了她一眼，想必她以前随淑妃来请安的时候，是不敢说这么多话的。

芳婷嬷嬷惊喜地道：“小公主真是聪明伶俐。上次请安时见宫娥给娘娘捶脚，就记在心上了。”

太后也是大喜，搂着小公主笑道：“真是个让人心疼的宝贝儿。”

我在旁边趁火浇油：“太后，小公主这么有孝心，您就成全她的心愿吧。”

太后点了点头，正待开口，有宫女进来禀报淑妃娘娘来了。我心中明白淑妃这么快赶来，定是怕小公主在懿宁宫不慎说错话。果然，淑妃进来给太后行了礼，笑着试探道：“母后，洁儿没说错什么惹您生气吧？”

太后笑道：“洁丫头哄得本宫正开心，真是个伶俐的孩子。品媛，你把洁儿带得很好，本宫要好好地赏你。”

淑妃眼中仍有一丝忐忑，笑道：“洁儿说了什么让母后这么高兴，还要赏臣妾？”

“洁丫头说要给本宫捶脚呢，真是贴心，让人恨不得天天见着。”太后笑道，“品媛，本宫想让洁儿住到懿宁宫来，你觉得如何？”

淑妃眼里先是一惊，复又一喜，低头道：“母后是觉得臣妾哪里失职吗？”我心里一哼，装腔作势，她巴不得摆脱这个让皇上讨厌的小公主，面上却要装出贤良的样子。

“你做得很好。”太后笑了笑，意味深长地道，“不过本宫很喜欢洁丫头，想让她陪在我身边。再说你和皇上都年轻，总要多些时间来相处。”

淑妃的脸红了起来，我心里也是暗惊，原来皇帝很久没去淑妃那里的事，太后竟然知晓。想来也是，这后宫里的事儿，哪能逃得过太后的耳目？这么说，这位小公主在琉璃殿不怎么受待见的事，也未必没有传一丝风声到她耳朵里。她早不要人晚不要人，偏在我提出让小公主回到她身边的时候向淑妃要孩子，莫非在对我施人情？我心里禁不住苦笑，太后，你也太精了吧？

“母后既然这样说，臣妾自当让公主承欢膝下，才是做儿女的孝道。”淑妃摆脱了个大麻烦，眼中喜不自胜。太后心领神会地笑了笑，道：“那你回去准备准备，将洁丫头的东西送过来。”

“是，臣妾告退。”淑妃退出去。太后屏退了众人，让芳婷嬷嬷抱走小公主：“洁丫头，跟芳婷嬷嬷去偏殿看看，以后你就住那里，去看看喜不喜欢。”

看着她们出去，太后幽幽一叹，抬眼看我的表情似笑非笑。我装作不知，端起茶杯喝了口茶，才笑道：“太后今儿召臣妾来……”

话音未落，外面传来大太监如意的声音：“启禀太后，景王殿下、监国大人和陈丞相、李丞相、刘尚书、许尚书诸位大人求见。”

景王、九王爷和这些朝臣到后宫来做什么？我诧异地看了太后一眼，太后也是满脸诧色：“他们来做什么？”

我赶紧道：“太后，臣妾是否先行告退？”

“不用。”太后要跟我说的事儿还没有说呢，自然不会放我走，可让我在这里又不太合礼数。她想了想，指了指一侧的屏风道：“你先回避一下。”

如意搬了凳子到屏风后，扶我转到后面坐下，听到太后传了一干人等进殿。

❋ 第四十七章　狼烟

随景王和九王爷进殿的几位大人，都是三朝老臣，德高望重，景王、九王爷和他们一起前来，想必是有要事禀呈太后。我一时觉得躲在屏风后也是坐立难安，万一一会儿听到他们要谈什么国家大事或是什么机密要事，我就是捂住耳朵不听，也不会有人相信。太后这不是摆明了在难为我吗？

我听到景王给太后行礼，太后赐了座，道：“王叔，千翌，诸位大人，何事一起来找本宫？”

只听景王道：“太后，皇上离宫去太庙之后，朝廷发生了很多事，南边的盐祸未平，京中又发生地震，寂将军还突然暴毙，民间流言四起，臣和几位大人深感忧虑。”

“民间有些什么流言？”太后问道。

“回太后，民间流传有人妄动护国神鼎，导致地震天灾，国之将乱。”景王道，“朝廷虽然将皇上去太庙为天下百姓祈福的圣旨诏告了天下，不过流言并未完全平息。”

“什么？”太后惊道，“民间真有这等流言？”

“不错。太后您也知道，护国神鼎是佑我天曌国江山社稷的神器。”景王道，“不管外面传的是否属实，臣等认为，都应尽快前往太庙，将此事澄清。”

太后迟疑道：“可是皇上如今正是在太庙，若护国神鼎当真有事，皇上怎么会不知道呢？”

“太后，臣担心不仅护国神鼎有事，连皇上也可能有意外。”景王道。

太后失声道："你是说皇儿出事了？"

"臣不敢肯定，不过寂将军突然身亡，朝中上下议论纷纷，都觉得此事蹊跷，皇上那道圣旨也下得有些奇怪。"景王道，"若护国神鼎当真被人动过，为臣担心有人借机对皇上不利……"

"谁这么大胆？"太后的语气有一丝慌乱了，事关她儿子的生死，她平日再镇定，此时心里也必定乱成一片。

"太后，臣也以为应该尽快去太庙核实此事。"九王爷道，"昨日王叔担心有人对皇上不利，臣连夜通知守卫太庙的御林军右营统领萧无望加紧防备，今晨果真收到御林军那边的密报，昨夜有来历不明的黑衣人企图潜入太庙行刺皇上！"

"竟有此事？"太后惊道，"皇上无恙吧？"

"黑衣人被御林军发现，连太庙大殿都没能接近。"九王爷道，"不过皇上的安危，臣认为应亲自去确定比较妥当。"

景王言下暗指对皇帝不利的某人自然是九王爷，九王爷不甘示弱，立即抬出黑衣人行刺之事暗示景王。太庙一事与九王爷无关，他自然不会心虚。景王昨晚果真开始行动，可惜九王爷也不是傻瓜，回去也作了部署。九王爷为了洗脱被景王扣下来的"挟天子以令诸侯"的罪名，肯定比景王还要心急想确定皇帝的生死。

"那、那你们快去太庙见皇上啊。"太后也没有主意，着急地道。

"太后，守在太庙的御林军得了圣旨，说皇上祈福期间不见任何人，臣前日已经被拒之门外。"景王道，"臣等来，是想请太后下旨，恩准臣等进入太庙，查实真相。"

"请太后下旨！"几个人异口同声地开口，吓了我一跳。

太后道："王叔之忧也正是本宫之忧，本宫这就让人拟旨。"半晌，外室再无人说话。一会儿，又听到太后道："本宫甚为担忧皇儿的现状，一会儿本宫让人随你们一同前往。"

景王道："有太后身边的人前往，自然是再好不过。"

只听太后道："荣华夫人，你且出来。"

我怔了怔，要我出去做什么？你现在叫我出去，刚才又何必让我躲起来？我摇摇头。如意进来，扶着我从屏风后转出去。见一屋子人的目光都落在我身上，我低头欠身行了一礼："妾身见过两位王爷及诸位大人。"

景王微笑道："原来荣华夫人也在这里。"

太后道："我找叶丫头商量商量给南方盐祸筹钱的事儿，正好，就让叶丫头随你们走一趟吧。"

让我跟着去太庙？我愕然地看着太后。景王似乎料到太后会如此说，笑道："也好，就劳烦夫人了。"眼睛却落到我的脚上，"不过夫人似乎行动不便……"

"无妨。"我咬了咬唇，心中苦笑，"太后有旨，臣妾便随王爷走一趟。"老爷子昨日才说了不让云家卷进这场争斗里，今天太后就把我拖下水，真是应了那句老话，是福不是祸，是祸躲不过。罢了，反正我也担心皇上的现况，走这一趟其实也正合我意。

景王他们拿了懿旨退出去，太后又留我说了几句话："叶儿，知道为什么你行动不便本宫仍要让你跟他们走这一趟吗？"

"请太后明示。"我做低首顺目状，知道她根本不是要我的答案。果然，太后接着往下道："哼，这些人到我这里来请旨，真当本宫什么都不知道吗？不过是互相踩着对方狗咬狗，我会相信他们报回来的消息？"太后转眼看着我，叹了口气道，"叶丫头，如今本宫身边，信得过的也只有你了。"

"臣妾惶恐。"我垂眼不再多言。呵呵……当真有趣，我倒成了太后"信得过"的人，这么说，太后是把我当心腹了？不知道是当真信得过我，还是以此为诱饵，拉拢我身后的云家。唇紧紧一抿，我颇有些不悦。她不是已经在拉拢了？派我这个"心腹"同往太庙，岂不等于告诉景王、九王爷和诸位朝臣，云家是站在她这一边的？你们怎么闹也得忌惮着云家一点儿！好沉的心机啊，太后。

见我不接话，太后拉着我的手，幽幽地道："叶丫头，本宫拿你当女儿一样看待，也不怕你笑话。本宫娘家势微，皇上登基之后，虽然也嘉赏了司氏亲族，可是在朝廷，到底只是新臣，面对那些位高权重的权臣，便是本宫也得低头忍让。这太后的位子，看着光鲜，个中甘苦却只有本宫自知……"

若不是之前见多了这位太后"变脸"，只怕我真会被她这些掏心掏肺的话感动，会为了她的"看重"肝脑涂地吧？我静静地听着她念叨，敬慈太后司红月，能在这钩心斗角的后宫忍辱负重地生存下来，登上太后的宝座，其心计自是不言而喻，只是，到底是出身寒门，即便如今贵为太后，也少了些胸有丘壑的大气睿智，于是那些心机和手段，自然地沦为下乘。

太后见我一直不搭腔，悻悻地住了嘴，顿了片刻，道：“罢了，本宫过于担忧皇上，晕了头了，你随景王他们去吧。”

“太后保重凤体，臣妾告退。”我行了礼，太后传了如意扶我退出懿宁宫。景王一众等在宫外。马车已经备好，小红扶了我上车，两位王爷和诸位大人都上了各自的马车，车队便浩浩荡荡地往太庙的方向行去。

离太庙还有约两公里，我们的车队便被一队御林军拦下来，景王出示了太后的懿旨，御林军首领语气之中透出犹豫，被景王疾言厉色地呵斥一顿。我撩了一角车帘望出去，见那队御林军首领有些眼熟，细一回想，认出正是当年在观音寺附近曾被云峥呵斥过的那个青年。这人军衔低微，此时被两位王爷及诸位大臣的身份一压，再加上有皇太后的懿旨，就算是皇上下令不准任何人踏入太庙，只怕他也挡不了多久。果然，那队长被景王一阵呵斥之后，涨红了脸退到一旁，让一个羽林郎去了前方的关口报信，这里却是放了行。

马车复又前行，我撩起窗帘往外看去，远远地见着了前次来太庙看到的第一重牌坊。想到上次来见到那遍地虫尸恶心恐怖的场景，我仍忍不住有些反胃。这几天过去，那些虫尸想必已经被后来的御林军清理干净了。想到那些平日里身娇肉贵的官家子弟打扫虫尸的样子，不知道有没有吓晕几个。想到这里，我不由得又觉得有些好笑。正思忖间，听到前方有人厉喝：“站住！何人擅闯太庙重地？”

抬眼望去，见前方道路两侧各站了一排站得笔挺的羽林郎，手中的长矛相互交叉将道阻住，拦下了车队。照旧是景王的侍卫上前说出一行的名号，称有太后懿旨，要进入太庙见皇上。哪知这队御林军却是毫不买账，领头的队长恭敬却冷淡地道：“两位大人，皇上有旨，祈福期间，任何人皆不得进入太庙，也未交代持太后的懿旨便可入内，恕末将无礼，各位大人请回！”

“放肆！”景王、九王爷和各位大人见这小小的御林军队长连太后的懿旨也不买账，不由得大怒，先后下车。景王怒道：“你们竟敢连太后的懿旨也不放在眼里，简直是以下犯上，信不信本王治你大不敬之罪！”

“王爷，御林军是天子亲卫，只听天子号令。”那御林军队长不卑不亢地道，“末将只知执行皇上的军令，若要降罪，也自有皇上下令！”

“你！”景王怒极，上前一步。御林军的长矛顿时整齐划一地向前一送，倒真把景王镇在原地，发作不得。九王爷见景王吃了瘪，上前两步，对那队长温和地笑道：

“这位兵长怎么称呼？”

“末将御林军右营先锋史毓祯。”那御林军队长抱拳答道。九王爷微微点头：“原来是史先锋。本王和诸位大人前来，是奉了太后懿旨，确有要事求见皇上，若先锋不能做主，能否请萧统领出来，让我等与他商量？”

九王爷所说的萧统领应是御林军右营统领萧无望了。自从前御林军殿前都指挥李南山因蔚相一案辞职之后，这御林军殿前都指挥、左右御林军统领等重要职务，全都换上一批皇上钦点的将领，无一不是皇帝的心腹之臣。九王爷素与朝臣交好，想来与那萧统领也有几分交情，否则断不会在这御林军先锋面前说出这样的话，明显是在扫景王的面子。景王的脸色果然阴沉下来。两人自从在寂府交锋之后，不管是今天在太后处，还是眼前，都隐隐有撕破脸的苗头，只是没到最后关头，仍在表面上保持着一戳即破的脆弱和谐。话音刚落，前方传来一个人的笑声：“九殿下要见末将，末将岂敢还躲在一旁？”

却见前方走来一位青年将领，目不斜视地踏入长矛阵中，那长矛一排排地在他前方收起，又整齐划一地一排排在他身后落回原样，军容整齐，便是景王等脸上也有两分动容。

想那御林军恶名在外不是一日两日的事，皇上收回大权后短短一年多的时间便让军容变了个样，看来他任命的这几位将领都不是无能之辈。九王爷笑道：“萧统领好严整的军纪！”

“遵守军纪、执行军令，本是军人的本分！”萧统领站到众人面前，抱拳道，“末将见过两位王爷和诸位大人！”

“萧统领，本王等奉了太后的懿旨前来求见皇上，有要事相商，请萧统领放我等进去！”景王看不惯九王爷和萧无望套近乎，沉着脸道。

“景王殿下，刚刚末将也说过了，遵守军纪、执行军令，是军人的本分。”萧统领笑了笑，“皇上下令让末将严守太庙，不让任何人进入，便是有太后的懿旨，末将也不敢遵从！”

“你……”没想到这个萧无望出来，仍是不准进去，景王连着被一个小先锋和一个禁军统领驳了面子，再也装不出平日的仁厚模样，一张脸也扭曲起来，厉声道，“给你三分颜色你倒开起染房来了，一个小小的御林军统领竟敢在本王面前猖狂，你真当本王不敢进去？我倒要看看，你们手中的长矛敢不敢在本王身上刺出几个窟窿！”

我蹙起了眉，这景王当真是口不择言了。却听那萧无望笑道：“景王殿下，您身娇肉贵，末将等自是不敢伤您的千金之躯，不过，把你绑了关到皇上祈福出来，末将倒是肯为您做！”

“大胆！”景王身旁的侍卫怒斥道，“竟敢对王爷无礼，还不受死！”说着，便向萧无望出手攻击。萧无望一边接招，一边笑道：“你算什么东西，王府中的一条走狗，也敢向天子亲卫动手动脚，当真反了不成？”说着，一掌击在侍卫的左肩上。那侍卫踉跄退了两步，脸色大愤，正欲上前，景王呵斥道：“住手！”

那侍卫顿住身形，躬身退到景王身后。景王的脸色倒渐渐地和缓下来，将太后的懿旨递到萧无望面前，缓缓道：“萧统领，既然你不肯让我等进去！那便将太后的懿旨呈给皇上。若皇上还是坚持不肯见我等，我等立即离开太庙！”

“这……”萧无望迟疑了一下，似乎在考虑景王的说法合不合规矩。九王爷接过景王手里的懿旨，递到萧无望手上，趁机道：“萧统领，皇上说不让任何人进入太庙，没有说不让物品进入，何况这还是太后的懿旨，不如你代我等请示一下皇上，并不算违反军令。”

萧无望点点头，还未说话，我身后突然传来嘚嘚的马蹄声。众人讶异地望去，却见身后的官道上骤然奔过来一匹骏马，马上是位身着军服的士兵，却不是御林军的特制军服，而是天曌国正规军的军服。那士兵见到车队，翻身下马，迅速跑到九王爷面前跪地道：“启禀监国大人，北郊长城之上燃起狼烟，北疆边关告急！”

“什么？”九王爷大吃一惊。景王和其他大臣也面带惊疑之色，纷纷道：“这是怎么回事？”

“边关的急报还未送到，只是烽火台上的狼烟从北边长城一直烧了过来。”那士兵道，“边关的急报应该随后送到！”

众人赶紧往北望去，只见北方天空之上，果真升起滚滚黑烟，每隔一段距离又有一柱。却听到萧无望不敢置信地道：“怎么可能有狼烟？我天曌皇朝近二十年来，只燃过三次狼烟，每次均是敌军大规模入侵。北方的辰星国经过五年前的北疆之战，元气大伤，根本不可能组织大规模的入侵，北疆边关怎么会点燃狼烟？”

众人纷纷点头，认同萧无望的话。景王却转身轻哼道：“萧统领，北方边关告急，这等紧要之事，你难道还不速去向皇上禀报？”

萧无望脸色一变，却不应景王的话，拿着太后的懿旨，转身往内急奔而去。长矛阵门开启又闭合，众人神色各异地望着天空之上的袅袅黑烟，各自猜测着北疆边关到底发生了什么事。我也有些坐不住，顾不得脚伤，从车里钻出来，望着天空之上翻滚纠结如一条条巨蛇的黑烟，蹙紧了眉。这场突如其来的战争，绝对是皇帝或景王任何一个人谋算中出现的意外，当皇帝知道边关告急之后，还能躲在太庙，实施他铲除异己的计划吗？

果真，一会儿萧无望急急忙忙地冲出来，对众人道：“王爷，各位大人，皇上传召诸位入内！”

❋ 第四十八章　帝伤

我忍着腿伤，随着众人一起踏进太庙大殿的大门。

大殿的大门已经修补好了，殿内的光线比我上次进来时明亮得多，加上我恢复了视力，所以把这殿内的情形看得很清楚。四壁上悬着天曌国历代以来的君主画像，前方正殿是呈阶梯状的巨大的神龛，供着历代皇帝的牌位，神龛前有一大鼎，鼎前的地板上有我上次见过的类似太极八卦图的圆形图案，图案正中背对大门盘腿坐着一个人，正是当今天子。空荡荡的大厅里，除了盘坐在地上的皇帝，右侧还站着四五个人，一位是我曾在关押寂将军的地牢里见过一面的司天台监正，另四位却是身着官服的太医。

众人看到皇帝静坐在大殿内，个个都不敢出声了，只在踏入殿门一米处站着。九王爷见皇帝好端端的，眼中闪过一抹喜色，景王的脸色却沉了下来。我蹙起了眉，无暇理会他们那些，思绪被另一件事占住了。记得我上次进来，这圆形图案正中明明有一个数级高的平台，眼下却消失得无影无踪，仿佛这殿内从未有过那样的建筑。圆形图案外围八方的黑木人俑和图案四个圆点处放置的奇特玉器，统统不见了踪影。我咬了咬唇，皇帝撤去了护身的阵法，莫非护国神鼎的灵力已经恢复了？想到这里，我心中倒是一松。

皇帝不说话，众人的眼睛便看向了站在一旁的太医和司天台监正。这几人却似老僧入定一般，垂着睫，面无表情，望也不望这边一眼。景王咬了咬牙，向着皇帝的背影跪下去："臣君慕玄叩见陛下。"

九王爷和朝臣也纷纷跪地，拜见皇帝，我也只得跟着跪下去。半晌，盘坐在前面的皇帝既不动也不出声，把一干人等晾在那儿。景王抬眼看了皇帝一眼：“臣君慕玄……”

“朕知道你跪在那里，”皇帝突然出声了，声音不大，语气却冷淡和不耐烦，“不用王叔提醒。”

景王的头伏得低了些，不敢出声了。看不到他脸上的表情，我猜测景王心中一定憋气得很。几个老臣都是老成了精的，见势不对，个个都不敢出声，九王爷更是一言不发。又过了半晌，皇帝才道：“王叔，你带这么多人来见朕，所为何事？”

景王被点了名，不得不硬着头皮道：“回皇上，京中流言有人妄动护国神鼎，臣等担心皇上的安危，所以才惊扰皇上为民祈福……”

“王叔现在看到了，朕有何危？”皇帝淡淡地道，“京中有流言，王叔不知先安抚百姓，却劳师动众地带着朝臣去惊扰太后，真是主次不分！”

“臣鲁莽，请皇上恕罪！”饶是景王再不甘心，也只得向现实低头。九王爷道：“皇上，王叔也是心系国家社稷和皇上的安危，请皇上念在王叔一片忠君爱国之心，不要责罚王叔。”

九王爷的求情听在景王的耳朵里，就不是个滋味了，但他此时也不敢多说什么。皇帝静了半晌，缓缓道：“朕也没有深责王叔的意思。”只听九王爷接着道：“皇上，刚才接到急报，北疆边关报急，烽火台上狼烟四起，请皇上回宫主持大局。”

“朕为天下百姓祈福，诏告天下要七七四十九日，如今数日而返，岂不是失信于天下？”皇帝的声音越发缓慢，“朕既将监国一职交予你，难道你就如此不堪重任？”

“皇上恕罪，臣弟惶恐……”九王爷赶紧伏地道。皇帝的语气越发奇怪起来：“朝中的事，朕让你全权负责，北疆告急一事，由……”

终于众人都觉出不对，几乎同一时间，抬头往皇帝看去，却见皇帝的身子已经软软地瘫倒在地上。几个太医已经冲上前去，两人将手指搭到了皇帝的腕上。“皇上！”景王大呼一声，也不顾什么君臣之礼了，立即站起来冲过去。其他人也围了过去，顿时殿内一片惊怒之声。“皇上……”“皇上怎么了？”“太医，怎么回事……”

我赶紧拖着伤腿跑过去，顿时骇然大惊，却见皇帝双目紧闭、脸色惨白、气若游丝，唇角挂着血渍，胸前斑斑点点染着一片猩红的血迹。两个太医脸色惨白地号着脉，一个翻看着皇帝的眼白，另一个掏出一颗药丸塞到皇帝的嘴里。那药转瞬便被皇帝呕了出来。几个太医的额上渗出冷汗，手控制不住地微微颤抖。景王一把抓起一个太医胸前的衣襟，怒道："皇上到底怎么了？快说！"

"回景王殿下，皇……皇上……"太医的声音里带着一丝哭腔，"怕……怕是不行了……"

我的头嗡的一下，顿时乱成一片，怎么会？他不是什么都布置好了吗？他应该安全无虞才是，他应该为自己处处打算周到才是，怎么会……不行了？

"什么？"众人大惊。九王爷也抓住了他："为什么会这样？快说！不然本王立即杀了你们……"

"九皇侄，杀了他们，好让皇上找不到太医诊治吗？"景王扫了他一眼，阴声道，"你安的好心！"

"王叔这是何意？千翌只是担心皇兄，一时情急……"九王爷抬眼瞪着景王，开口反驳。却听到一人沉声道："两位王爷请勿争吵，让刘太医把话说完。"

说话的是随景王一起来的四位重臣之一，丞相陈松南。蔚相倒台后，皇帝将丞相一职一分为二，由这位陈大人担任了左丞相之位，今天来的另三个人当中，李政哲担任了右丞相之位，加上两位尚书大人刘奎瑞、许智文，皆是三朝重臣，门生遍天下，却是朝廷的中立派，从不参与皇权之争。他们做官做得太久，深谙为官之道，处事圆滑，对朝廷有忠心，却又过于明哲保身。换言之，谁做皇帝，对他们来说都没有区别，所以无论谁上位，都不会去动他们。因此，当初皇帝在蔚相倒台，朝堂动荡的时候，从他们中间选了陈松南、李政哲做丞相，满朝文武竟无一有异议。

此时这位丞相大人面带忧色，皇帝如果出事，朝廷必定乱成一团，这不，眼前这两位王爷就已经吵上了，所以也不能再装聋作哑了。右相李政哲也面带不悦地看了两位王爷一眼，对太医道："刘太医，皇上到底怎么了？你别急，慢慢说。"

"回丞相大人，皇上他……"刘太医抹了抹额上的汗，声音有些发颤，"皇上之前听闻边关告急，就已经急怒攻心，咳出血来了，刚刚硬撑着跟诸位大人说了这么多话，实在是撑不住了……"

"本相是问你，皇上到底是怎么了，不要顾左右而言他！"李丞相脸色沉下来。刘太医抹了抹汗，抬眼看了一直立在旁边的司天台监正。那位监正大人上前一步，脸色苍白地道："下官来回丞相大人的话吧。"

众人的目光都盯向他。那监正大人额上也不禁见了汗："皇上不知道因为什么启动了护国神鼎，为了恢复神鼎的灵力，皇上一直用心头血祭养神鼎。可是皇上因为失了神鼎的灵力护佑，被人施了极邪恶的牵魂降术，所幸有神鼎剩余的部分灵力守护，未至心神大乱，但全身的经脉受到重创，还受了极为严重的内伤。下官和诸位太医，这些天一直在帮皇上调理，可是刚才听到边关告急，皇上心神大乱，当即就咯了血，又强撑着和诸位大人说话，所以才会……”

怎么回事？玛哈不是没有进殿就已经走了吗？还会有谁再跑来下降？难道那日我被玛哈抓走之后，太庙之中又生变故，所以寂将军明明已经解了降，竟然还是死了？脑子纷乱一片，心中又闷又痛，我望着皇帝苍白的面容，感觉快要透不过气了。

众人之中除了景王，想必都是初次听闻牵魂降之名，便是护国神鼎能解降毒，只怕不是皇族之人和像傅先生、段知仪或司天台监正这样的修行之人，根本不可能知晓。司天台监正也未多言解释，所以众人皆是一脸茫然之态，不断追问。等到众人将监正大人的话弄懂之后，皆是又惊又怒又惧，只有景王神情莫测。九王爷质问道：“难道皇上就没救了吗？刘太医，你们几位都是太医署执事，医术精妙，竟连皇上的伤都治不好？”

刘太医颤抖道：“皇上是被天下间最阴毒的邪术所伤，受伤之前，身体已经极度虚弱，如果不受刺激、安心静养，内伤尚可能痊愈，可是全身的经脉却无法治愈，便是伤好之后，也会四肢无力，全身无法动弹。如今急火攻心，邪风入脑，随时有可能……即使是醒过来，只怕也识不得人……”

许尚书也骂道：“没用的东西，来人，立即把皇上送回宫，再找别的太医诊治！”

“万万不可！”几位太医立即跪地，“大人，现在万万不可移动皇上！”

“这又是为何？”李丞相道。刘太医道：“此时皇上龙体极为脆弱，别说路上的颠簸会加重皇上的伤势，就是要将他移到马车上，可能就会……”

却听景王扬声唤进了候在殿外的心腹侍卫：“玄虎，你也略通岐黄之术，你帮皇上把把脉，看太医所言是否属实？”

那玄虎闻言蹲到皇帝身侧，把了脉，再快速在皇帝全身各处快速地移走揉捏，片刻后起身对景王道：“皇上身受极重的内伤，脉搏微弱几不可判，全身经脉尽断，治愈的可能几乎为零，就算是伤好……”那侍卫迟疑了一下。景王道：“如何？”那侍卫沉声道：“就算是伤好，也会全身瘫痪，成为废人！”

朝臣们硬生生抽了一口气。我退了一步，蹲到地上，望着昏迷不醒的皇帝，心中一片茫然。怎么可能？这个人怎么可能会死？他怎么可能会这样容易死？他是皇帝，要风得风，要雨得雨，手中掌握着天下大权，他不该这么容易就死！我所认识的他，是青楼中那个从容不迫的贵族少年，是将军府那个柔情脉脉的宇公子，是监狱里那个狠心绝情的皇帝，是皇宫中那个矛盾复杂的上位者。他那样聪明、那样善疑、那样心狠、那样果决，他做每件事都有两三个目的，这样的人，该为自己思虑周全才是，他怎么可能会这么简单地就死去？

泪不知何时从脸颊滑落，耳边纷乱一片，我听不清那些王爷、那些朝臣、那些太医说了些什么，似乎有人在争吵，似乎有人在呵斥，似乎有人怒气冲冲地冲了出去，似乎又有人在谆谆嘱托，似乎又有人在我面前低语，有轰隆声，有吱吱声，天地仿佛都在摇晃。当所有纷乱的声音都消失之后，一块丝帕递到我面前。我怔怔地看着眼前的丝帕，见到泪滴到丝帕上，迅速地晕染开来，在细腻的绢面上绽成一朵霜花。

我抬起头，眼泪的雨幕后面，是一张年轻的模糊的脸。我怔怔地看着他。他递着丝帕的手尴尬地停在半空，脸涨得通红："夫人……"

我回了神，接过他手里的丝帕，擦干脸上的泪："谢谢萧统领。"转头往大殿看去，这一张望，心中却是一惊，殿上已无人。不知何时，我和皇帝身处的地方，又升高成平台，四角的玉制法器和八角的黑木人俑就像突然从地底冒出来似的。眼前的布置，跟那天玛哈攻击太庙时一模一样，头顶有一柱淡淡光束打下来，将皇帝笼罩其中。我抬头一看，那光束，正是空中悬着的护国神鼎发出的。

萧无望许是见我面带惊色，解释道："护国神鼎尚有微弱灵力，可以护住皇上的心脉。"

我一听，转眼看着他，心中一喜："那皇上暂时不会有事，是不是？"

萧无望避开我的眼神，垂下眼睑，没有否认却也没有承认，顾左右而言他："那些王爷和大人们已经离开，夫人也该回宫向太后禀报了。"

"禀报……你要我怎么跟太后说？说皇上受了重伤，就快……"我咬住唇，低头看着平台上毫无生气的皇帝，心中骤然一痛。他唇角还沾着血渍，我伸出手，用手中的丝帕轻轻擦干净他的唇角。抬眼见萧无望定定地看着我，我迟疑了一下，仍是问出来："萧统领知道皇上怎么会受这么重的伤吗？"

我是想知道那日玛哈走后，之后又有谁来。萧无望垂下眼："在下不知。"

我也知他不会说，也不追问，转头看了看皇帝毫无生气的脸，咬了咬牙，起身道："妾身告辞，请萧统领小心守护皇上。"

✵ 第四十九章　逼宫

两位王爷和大人的车队并未等我。想来也是，得了这么一个惊人的消息，谁还有心思理我。皇城越近，我心里越忐忑，皇上伤成这样，太后只怕知道后还不知道会怎么样。这禁宫朝堂，只怕要乱上好一阵了。

果真，太后听我说皇上受了伤已经脸色大变，等我把太医所言那句“即使是醒过来，只怕也识不得人”刚刚说完，太后两眼一翻，当即昏厥过去，吓坏了芳婷和如意。懿宁宫顿时乱了套，端茶、顺气、召太医，也没人有空来招呼我了。我又不敢走，只得坐在轮椅上眼睁睁地看着眼前的纷乱。

一只小手悄悄抓住了我的手，我低头一看，微微笑了笑。小公主不知道何时跑了进来，小脸苍白，灵动的双眼有一丝隐隐的惊惶：“姑姑……”

“公主……”一个宫女着急地跟了进来，被太后身边的大太监如意轻斥道：“你是怎么服侍公主的？惊扰到太后怎么办？不长眼的东西！”

那宫女吓得立即跪到地上，大气也不敢出。我看了看被织锦屏风隔挡的内殿，刚刚太医匆匆赶来，把多余的人都赶出内殿，只留了芳婷嬷嬷在里面侍候。我看了如意一眼：“公公，这阵儿正烦着，你也别骂她了，让她出去吧。”

“听到夫人的话了没？”如意见我开了口，瞪了那宫女一眼，“还不出去！”

“奴婢谢谢荣华夫人，谢谢公公。”那宫女诚惶诚恐地退出殿去。我把小公主抱到腿上坐着，让宫人把我推到外殿。公主紧紧拽着我的手，虽然没有说话，却泄露了她心底的恐惧。我抱她坐到我的腿上，柔声道：“公主，别怕。”

“洁儿是不是要回淑妃娘娘宫里去住了？”怀中的小人儿低声却清晰地问出她心

底的恐惧。我望着这个冰雪聪明的孩子，她一定知道太后出事对她来说意味着什么。在这吃人的后宫，如果她不能被护卫在权势的羽翼下，她将过着猪狗不如的生活。

我眼中微热，想到她那还在太庙生死不明的父亲，心中蓦地一阵抽痛。我微笑着轻抚她的头发，尽量让自己笑得自然，不让这早慧的孩子看出我心底也和她存了同样的恐惧："不会的，公主只会留在皇祖母这里，不会到任何地方去。"

"真的，姑姑？"小公主不确定地追问。我用力点头，右手握住她两只小手，坚定地传递着慎重的承诺："真的。"

我做不到视若无睹。即使这个孩子的母亲与蔚家纠葛颇深，甚至曾经想取我的性命。我其实不是一个善良的人，也没有过于强烈的正义感，对于不相干的人的苦难，顶多只能成为我茶余饭后的谈资，即便是那些赤裸裸地摆在面前令我偶尔心软的，我也会首先衡量，帮人的结果会不会损害到我自身的利益。可是莫名地，我对这个孩子却硬不下心，看着她灵气逼人的眼睛，总会让我想起当年那个用装傻来保护自己的五岁男孩，聪慧得令人心疼和不舍。

怀中的小人儿安静下来，我也不再说话，只静静地等待着。内殿也安静得很，太医为太后诊脉施针几乎没有什么声响。懿宁宫的宫人们全都战战兢兢地各司其职，脸色比平日带上了三分惨淡。突然，外面轻手轻脚地跑进一个小太监，躬身对如意轻声道："公公，景王殿下带了多位大人求见太后。"

我抬眼看去，见如意双眉一蹙："太后现在这种情况，怎么见他？"说是这么说，人却已踏出殿外，想是去和景王解释了。未几，却见景王阴沉着脸带了些朝臣和侍卫踏进殿内。如意一脸着急之色地跟在后面："殿下，太后现在真的无法见您……"

景王根本不理他，进殿看到我抱着公主坐在轮椅上，才止住脚步："荣华夫人，太后当真身体不适？"

"是。"我点点头，"太后听了皇上的事，急火攻心，晕过去了。现下太医正在为太后诊治。"

皇帝伤重的事，我是单独跟太后禀报的，自然也不好当着这么多宫人讲出来。我打量着和景王一起进到殿内的那些朝臣，发现全是那天在寂将军府与景王一唱一和的那几个，闹得最凶的尚、李二位，紧随景王身后。景王眉头一蹙，正要讲话，突听到内殿里芳婷嬷嬷惊喜的声音："太后，太后您醒了？您觉得怎么样……"

又听到太医似乎长嘘了口气："太后醒来就好了，下官去安排煎药，太后要多多休息，切勿太过忧虑……"

景王听太后醒了，看了如意一眼："如意公公，请向太后禀报，本王和诸位大人求见！"

如意看了看他，低着头欠身进去，我却留意到他眼中带着一丝不满。过了片刻，太后脸色灰白地被如意和芳婷扶了出来，坐到榻上。景王见太后这样子，脸色稍霁。众人给太后行了礼。景王上前道："太后凤体抱恙，臣等本不该来烦扰太后，不过，臣和诸位大人有要事向太后禀报……"

"王叔，皇帝到底怎么了？刚才叶丫头说的，都是真的？"太后打断景王的话，咳起来。景王面色一沉，带上几分肃穆之色："回太后，是真的。"景王也知道我定不会向太后隐瞒太庙所见，即使没听到我说什么，也知道太后想问的问题。太后脸色更是灰白："本宫要去太庙，芳婷，如意，你们去准备鸾驾，本宫要马上去太庙！"

"太后且慢。"那天我在将军府见过的那位尚大人见太后心神大乱，出声道，"臣等有要事要禀报！"

"什么事有本宫去见皇帝要紧？"太后挥了挥手，不耐烦地道，"一切等本宫回来再说！"

"太后！"那些朝臣异口同声地叫起来，先前那个朝臣声音蓦地增大，强硬地道，"此事万分紧急，请一定要听臣等说完！"

太后气急地指着景王一众道："你、你们……"转瞬又咳得上气不接下气。有人帮景王开口，他自己此刻反倒沉默不语。我吃惊地看着他，发现他与之前完全不同，虽然做出无奈表情，面带苦笑，可笑容中却隐隐含着一丝戾气，眼中有束幽暗而诡异的火苗蠢蠢欲动，以前身上那种稳重而不狂傲的气质荡然无存。我心中一惊，皇上出事，他已经无须再作秀，只怕他的本来面目就要露出来了！

"什么事？讲！"太后咳得气顺了些，轻喘道。

众人都看向景王，景王苦笑道："太后，寂将军麾下多位将军怀疑寂将军遇害一事乃九皇侄所为，所以一直派人严密监视。今日臣等从太庙回来之后，九王爷府内的家丁家将果真有些异动。为防万一，风将军已经下令将九王爷府包围起来了。"景王的表情越发无奈，眼睛却越来越亮，"还拿下了九皇侄！"

遇害？我骇然地瞪着他，这景王倒是立即就把九王爷的罪名定性了，更惊人的是风清他爹竟然将九王爷抓起来了，这是演的哪出啊？难道昨日景王一众在将军府中的煽动竟然这么有影响力，还是这只不过是景王编出来的说辞？如果是这样，他怎么能控制寂将军的兵力？景王和九王爷他们回京也只不过比我早一步，没理由这么快九王爷就被他控制住了。若是真的，很明显这是他一早就布置好了的。那么，军中或许早就渗入了景王的势力？

"风将军要造反了吗？竟然包围了九王爷府！"太后一听，惊得目瞪口呆，"他说是千翌害寂将军？有何凭证？"

"就是因为九皇侄矢口否认，寂将军的部属又情绪激动，为了怕九皇侄有所损伤，所以在查清事实真相之前，臣暂时将他圈禁府中。"景王叹道，仿佛极度无奈，"而他的监国一职，恐怕也要暂时撤下。"

"无凭无证，你就将千翌圈禁，似乎不妥，何况千翌的监国一职，是皇上临行前亲自下诏的……"太后身在后宫多年，见惯权势斗争，虽然景王表现得仿佛是为形势所迫的样子，但她已经敏感地意识到景王此番话背后的意思了，所以本能地反对景王的意见。

"太后，九皇侄身负谋害忠臣的罪名嫌疑，实在不适合继续任监国一职！"景王无奈地摇头，"臣也是迫于无奈，才想出这个折中之法，臣一定竭力查明真相，若九皇侄当真无辜，臣也定当还他清白。"

说得可真好听，我冷眼看着景王做戏，只怕你找的不是洗刷九王爷冤屈的证据，而是证明他有罪的催命符。太后一直蹙着眉，明知道这样不妥，但景王这番话说得合情合理，可圈可点，倒是不好反驳，于是面带不悦地道："莫说还没有证据，便是有了证据，千翌身为王爷，也自有宗人府联合刑部、都察院和大理寺来审理。那些将军怎么可以带军包围王府？简直是无视朝廷、目无法纪，王叔也应一并拿下治罪！"

"若是平日，自当如此。"景王点头道，"不过太后，如今北疆边关报急，此时万万不可随意降罪武将，令军心动荡……"

"边关报急？"太后猛地抬眼看着他，脸色一白，"这又是怎么回事？"

景王将烽火台燃起狼烟一事告诉了太后，太后的身子微微颤抖起来，眼中带上一抹慌乱，知道再也不能提降罪武将一事。见太后不语，景王也不再多言。之前那尚大人却站出来道："太后，如今边关报急，皇上病重，监国待罪，无法处理国事，而国事却一日耽搁不得，朝中百官无首，需要有一位德高望重的人出来镇住局面，至为紧急！”

狐狸尾巴终于露出来了，我心中冷笑。景王带着他一党的朝臣，他扮白脸，那些人扮黑脸，戮力表演，便是这个目的！太后似乎也明白了，抬眼缓缓扫了一眼众人，还未说话，那尚大人又道：“朝中百官已经商议过，此人非景王殿下莫属。”话音刚落，一众朝臣便附和道：“不错，臣等皆认为景王殿下能担此重任！”

“这……”太后才刚张嘴，另一位李大人又出声了，根本不容她开口：“太后，臣这里有一份刚刚由朝中百官共同拟定的，撤销九王爷监国一职，推荐景王殿下暂代监国的谏书，请太后过目，若无疑义，盖上凤玺即可！”

我瞪大眼，这简直就是活生生地逼宫了。“你……”太后嘴唇哆嗦着，脸色苍白。那李大人从袖中捧出黄绫，上前两步，呈到太后面前，大声道：“请太后过目，盖上凤玺！”

一众朝臣跟着他异口同声地道：“请太后盖上凤玺！”

“你们，你们……”太后身子微微发抖，手捂着胸口，气得一句完整的话也说不出。朝臣的声音越发大起来，再次整齐地大声道：“请太后盖上凤玺！”

权臣逼宫，情形都是如此大同小异吧？“哇……”坐在我怀里的小公主被景王一伙儿突然一起发出的声音吓得哭起来。我抱紧她，看着一脸灰白的太后、怀中哭泣的稚儿、嚣张猖狂的朝臣和装出一脸无奈却眼中隐含得意的景王，气得浑身轻颤，再也憋不住，大声道：“混账！你们一个个好大的胆！是想逼宫篡位吗？竟敢这样跟太后说话！”

那李大人吃了一惊，见我恶狠狠地瞪着他，似乎才想起了做臣子的本分，赶紧退了两步，跪到地上，低头对太后道：“太后恕罪，臣一时情急，并非有意冲撞太后。”

那些朝臣也赶紧跪到地上。景王没想到我会突然发难，阻挠他的好事，眼中闪过一丝戾色，一闪而逝，面上却又带上谦和的笑容，对太后道：“太后，诸位大人也是一时情急，臣无德无能，从刚才就一直推拒监国一职，诸位大人只好来请太后定夺。”

“不错，臣等见景王殿下一直推拒，才一时情急，请太后定夺此事。”那尚大人跪在地上道，“不过，请太后慎重考虑臣等的意见。这谏书是由百官商议而成，左右两位丞相、刘尚书、许尚书都同意了。太后不懂朝堂上的事儿，还是听听百官的意见为好！”

那几个中立的臣子竟然同意了？我心中暗惊，景王是如何拉拢他们的？北疆有难，这些臣子不急着商讨边关战事，倒急着拉帮结派，真是些好臣子啊！再一细想，不对，如果他们被景王拉拢，为何此际来逼宫却没有那些人出面，白白放弃成为新朝功臣的机会？那几个老成了精的狐狸，从来不会做吊死在一棵树上的事情，此际朝堂大乱，皇帝的情形他们是知道的，景王的形势比九王爷强，能默许他在这个时候上位就差不多了，哪里还会帮他出面？不过只要他们不反对，景王也等于已经控制了朝堂的局势，太后同不同意，都影响不了他担任监国的事实，怪不得他的党众态度如此强横嚣张，原来只不过是需要一个表面上的正名。

太后定定地看着景王，脸色越来越灰，想来也已想清楚这其中的利害，咬紧了唇，强笑着微讽："几位大人说得不错，王叔德高望重、忠君爱国，此时正当为国效力！"

"太后过奖！"景王脸不红气不喘地道，"食君之禄，忠君之事，这本是身为臣子的本分！"

"好……好一个本分！"太后淡然地道，"呈上来吧！"

如意上前接过景王手中的黄绫，太后展开黄绫，紧紧地盯着黄绫上的谏书，一字一字看起来，仿佛要把那些字吃进肚子里一般。她看了很久，才将黄绫放到软榻的矮几上，接过芳婷嬷嬷取出的凤玺，狠狠地盖到谏书上。我看到她手背上的青筋一根根突起，可以猜到她此时的心情是多么屈辱悲愤。半晌，她的手蓦地一抬，如意从矮几上取下诏书，呈到景王面前。景王跪到地上，低眉顺目地接过谏书。一众朝臣异口同声地道："太后深明大义、当机立断，实乃天曌之福！"

"王叔，本宫想去太庙看皇上。"太后淡漠地道，"王叔和诸位大人无事请回。"

"太后和皇上母子情深，臣立即让人护送太后去太庙！"景王心愿达成，心情大悦。太后冷冷地道："此等小事，就不必麻烦皇叔了。"

景王也不勉强，欠身行了一礼，微笑道："那臣就不打扰太后了，告辞。"

太后瞪着景王的背影，等景王一行看不到影了，才一把将炕桌上的茶盏拂落到地上，面目恨得几乎扭曲，嘶声道："乱臣贼子！"

"太后息怒！"宫人们都跪到地上。小公主在我怀中抽泣，太后转眼看着我，一脸悲哀地道："叶儿，你看看，这些人是怎么欺负我们孤儿寡母的，他是算准了皇帝好不了了，是不是？"

“太后切莫着急。”我小声地安慰她，“皇上是真龙天子，有上天护佑，一定能平安渡过此次难关。眼下最紧要的……”我四下环顾。太后会意地屏退左右，芳婷嬷嬷把我怀中的小公主抱了出去。等门关上，我才道：“眼下最紧要的，是太后应该多找一些大夫为皇上诊治。除了太医，民间也不乏卧虎藏龙的奇人异士，天下万物，生生相克，未必不能找到救治皇上的方法。不过寻访一事不可过于张扬，景王目前以为皇上伤重不治，才如此张狂，若是知道我们四处搜寻救皇上的法子，只怕会痛下杀手……”我蓦地顿住，心中顿时灵光一闪，对啊，景王以为皇帝伤重不治，所以才懒得再对一个四肢瘫痪、即使伤好了也不可能再当皇帝的人下手，无谓地背个弑君的罪名。皇帝的伤、寂将军的死，都如此蹊跷，莫非……是计？

我心中蓦地一颤，越想越觉得有此可能。如果这是皇帝的计，景王必定上当无疑。他与玛哈勾结了这么多年，是清楚他的能耐的。他以为用二品牵魂降除掉皇帝和寂将军轻而易举，却不知道这当中横生变故，玛哈已经被冥焰他们除去。他过于相信玛哈之能，过于相信自己酝酿已久的毒计，再见到皇帝果真重伤，自是乐而忘形，深信不疑了。

会是这样吗？会是吗？我心中顿时起伏不定，若是这样，那皇帝受了那么重的伤，又做何解释呢？那可是景王的手下亲自验过的。我觉得心里仿佛想到了什么，一时间却又抓不住。只听太后道：“你说得不错，叶儿，还是你想得周到。”

我回过神，唇角动了动，道：“如今景王势盛，太后应避其锋芒，当忍则忍，以谋后断。或者太后太庙一行，会有转机也未可知。”

“叶儿……”太后抓紧了我的手，“真是日久见人心，你在这时候还肯帮本宫，日后……”

“太后……”我打断她的话，望着她的眼睛，“臣妾不是为日后谋求什么，忠君爱国是为人臣子的本分，臣妾但求无愧于心。”

太后静静地看着我，眼里闪过一丝复杂的光芒，嘴角动了动，低声微语：“或者是本宫错了……”

“呃？”我不解其意。太后笑了笑，拍拍我的手背：“罢了，你辛苦一日，先回去吧。”

我欠身行礼，退出懿宁宫。

※ 第五十章　错过

回府后我立即去见老爷子，发现云修又在老爷子屋内。看来老爷子跟他这么多年不见，是真有说不完的话了。云修见我进来，行了礼退出房去。我笑着对老爷子道：“爷爷和修叔都聊些什么呢？”

“还不是他海外的那些奇闻。”老爷子眼中亮光一闪，“没想到海外还有一番辽阔的天地，可惜爷爷这把老骨头不中用，不能亲自去看看……”

“瞧爷爷说的。”我笑着给老爷子倒了杯茶，“等爷爷养好了身子，爷爷想去哪里看名山大川，我和诺儿都陪您去。”

“就你嘴乖。”老爷子心情很好，笑着打趣我，接过我递上的茶，叹了口气，“我这把老骨头，该看的该享受的，都差不多了，以后有机会，你和诺儿代我去看看那海外风光，也当偿了爷爷的愿了。”

“爷爷一定能长命百岁。”我心中一酸，身边的亲人越来越少，如果在这侯府，连老爷子都不在了……我不敢再想下去，露出笑脸，“爷爷，等你身子好些了，叶儿陪您回沧都吧。”

老爷子看着我，笑了笑：“你不喜欢京城码？”

京城……这里有太多不好的记忆，朝堂的争斗又如此复杂，一不小心便被牵连进去，实在没有什么让我留恋的，唯一的牵挂，是玉雪山上的云峥。我垂下眼：“我更喜欢沧都，民风淳朴，可以远离纷争。”

老爷子微微一叹：“丫头，很多事情，我们都身不由己，纷争不是说远离就能远离的，你进宫一趟，朝中已经风云变色了吧？”

“爷爷已经知道了吧！”九王爷被圈禁这么大的事，云家隐势力的情报网只怕早就报给了老爷子。见老爷子微微颔首，我将宫里和太庙发生的事，还有我自己的猜想跟老爷子详细说了。老爷子神情平淡。我犹疑道：“爷爷，景王如今势盛，我们还是由着他吗？”

“你不相信自己的判断吗？”老爷子没有直接回答，反而问我，“既然你怀疑皇上是用的疑兵之计，为什么不等等看结果？”

我呼吸一窒。是啊，为什么我这么心急？或者是因为关系到皇帝的生死，所以关心则乱？对于皇帝，我自己也不清楚对他怀着什么样的感情。我清楚地知道我的爱情已经毫无保留地给了云峥，可是对皇帝，对这个我初入异世第一个令我心动的男子，我仍然保留了一份关心，不是对他的心意毫无感觉，只是我无力回应。

“侯爷！”云德在门外叫了一声。

“进来！”老爷子道。

云德进了房，欠了欠身：“侯爷，少夫人，官媒拿了些画像来，正在花厅里候着。”

那刘嬷嬷果真是个麻利人，动作这么快。我看了老爷子一眼，笑道：“爷爷，我去看看。”

老爷子点点头，意味深长地看着我道：“丫头，让你费心了。”

“这是应该的，爷爷。”我坦然地笑了笑，“也许不用多久咱们侯府就有喜事了。”

小红推我去了花厅，刘嬷嬷见我进来，赶紧起身道：“给荣华夫人见礼！”

“刘嬷嬷不用客气。”我看了一眼堆在桌面上的画轴，笑道，“刘嬷嬷，这些是你挑定的姑娘吗？”

“是，夫人。”刘嬷嬷拿起一幅画卷，走到我面前，“妾身照夫人的吩咐，选定了六户人家的千金，分别是户部郎中李冠廷大人的千金李心怡、翰林院修撰林冠行大人的千金林雅云，还有汝南周家的婉婷小姐、宣仪白家的苓雪小姐，以及‘天马行’金家的千金金镶玉、‘福禄’珠宝金行的千金富珍珠……”

“福禄？”我微微一愣，那不是富大康家吗？蓦地想起富大康还有七个姐妹，四位姐姐已经出嫁，还有三个妹妹待字闺中，不会这么巧吧？

刘嬷嬷见我的表情，以为我是对富家千金有意，赶紧拿出她的画卷：“荣华夫人，富家虽然是商户，可也是我们天曌国数一数二的大商家。这位珍珠小姐虽是庶出，但生母早亡，自幼便由正室夫人养育，琴棋书画都有涉猎，品貌端庄……”

“富家不是在沧都吗？”我淡淡地打断她的话，“怎么，你也有她的画像？”汝南周家和宣仪白家也都是偏隅一方的世家，宣仪白家还是云峥的母族，不过这些大世家旁枝太多，京中也有散落，倒不一定全是守在宣仪。

“夫人，户籍司的官媒录里不只有京官和驻全国各地文武外官千金的资料，还有各大世家千金的档案，年年更替，主要是为了皇上选秀、官家择婚，便于查档，择优而录。大商户千金，也可花重金将小姐们的档案存入官媒录。”刘嬷嬷解释道。

“原来如此。”我笑了笑，接过富珍珠的画像，见画上画着个穿金戴银的少女，模样倒生得漂亮，就是那身装束掩了气质，想来富家郑重其事，过于注重将家财雄厚展示出来，倒是有几分本末倒置了。

“白家的千金就不用看了，把周家千金的画像给我看看。”我让她收了画像。白家是云峥的母亲白玉瑾的娘家，是宣仪的五代世家，既有适龄的女儿，上次选秀理当收到花帖才是，怎么会有画像遗漏在官媒录？不过这不是我否决掉白家的原因，当年云峥的母亲虽是误中奸人之计才让人勒死了绮罗，不过安远兮的生母死在她手上也是事实，再让他娶白家女儿，情何以堪？

汝南周家也是世家望族，打开周小姐的画像，见一个明眸皓齿的少女拈着一朵芙蓉站在树边微笑。看了边上的资料，我有一丝恍然，笑道：“白家和周家的千金是否都未及笄，所以才没有收到选秀花帖？”

“夫人说得不错。”刘嬷嬷见我不看白家千金的资料，也识趣地只说周婉婷的事，“周家的婉婷小姐今年十五，明年三月及笄，所以错过了这次的选秀。夫人若中意周家，可先下聘，明年周小姐及笄之后，再行迎娶。”

天曌国的风俗是无论男女，都是十六岁举行成人礼，男子行冠，女子及笄。我点点头，让她依次再把那几位千金的画像一一展开。李家千金端庄柔媚，林家千金斯文雅秀，金家的千金倒是让人眼前一亮，却见画上一个身着红衣的美貌姑娘，骑在一匹骏马之上，眉目之间透着一股英气，这才想起“天马行”金家控制着整个天曌国的贩马生意，与辰星国和曜月国也有生意往来，金家的女儿如此飒爽，也就不奇怪了。我满意地点头，金镶玉，名也好听，俗到至雅。刘嬷嬷果真是精挑细选了的，这些小姐个个都出色，只消云家再分别落实每位小姐是否人如其画即可。

“谢谢你，刘嬷嬷。”我看完画像，让宁儿拿了赏银给她，笑道，“这些画像且留在侯府，等云家选定哪家的小姐，再托刘嬷嬷做媒。”

“少夫人！”馨儿踏进花厅，“二少爷有事要见您。”

我怔了怔：“请他进来。”转头对刘嬷嬷道，“刘嬷嬷，你先回去吧。”刘嬷嬷施了礼退出去，正撞到安远兮进门来。她抬眼看了他一眼，眼中露出惊艳之色，却也不像别的媒婆那样多事，夸几句“英伟不凡”之类的话，只是施了施礼，就离开了。

安远兮却不看她，只是上前道：“宁儿，小红，你们先出去！”

宁儿听话地出去，小红却看着我不出声。我轻声道：“你先出去。”小红看了安远兮一眼，有些不情愿地退出去。我转眼看他：“你……找我何事？你先坐下吧……”

自从知道安远兮就是鬼面人之后，我又不知道该如何面对他了。如果他是单纯的安远兮，我或者可以和他一直这么客气而疏离地保持着场面上的礼仪，可他现在不仅仅是安远兮，他还是鬼面人，是三番五次救我于危难的鬼面人；他还是诺儿的采生人，我的性命，甚至诺儿的性命，都是他救回来的。对一个多次救过自己性命的人，我还能这样冷淡客套吗?

“大嫂不是想知道景王身边的暗桩传来那条消息的真伪吗？”反倒是安远兮比我坦然自若，他坐下来道，“我已经查清了。”

“真的？”我赶紧道，“那消息是真是假？”

“消息属实。”安远兮点点头，“无极门确是景王暗中培植的势力，前门主楚殇不过是听命于他的棋子，不过这颗棋子势力越来越大，景王渐渐控制不住，所以起了杀心。蛊王设计给楚殇种下了蜘蛛降，在朝廷因寿王一案搜捕他之时，引发毒降，被官兵乱刀砍死……”

“不要说了。”我打断他的话，闭上眼睛，想到曾听月娘形容楚殇身上那些恐怖的伤口，心中一抽。我曾经那样恨那个男人，那个带给我伤害和屈辱的男人，我以为听到他的死讯我会拍手称快，可不是的。没有人生来就是恶人，在知晓他的身世经历之后，我不是不同情的，只是我固执地不肯在月娘面前承认。我们的恩怨，已经随着他的死亡了结；我对他的恨，已经随着时间的推移淡化；而他对我的伤害，也早被云峥用爱抚平。如今再想起这个男人的时候，心里竟有几分怅然，我自己也无法理清这种百味纠缠的复杂心情。

“大嫂认识这个人？”我听到安远兮带着几分探询意味的声音，睁开眼睛看向他，他的眼神中有一丝我看不懂的异色。我吸了口气：“你说楚殇？”

“是。”安远兮定定地看着我。我转过头，无意识地望着前方的地板，轻声道：“是，我认识他。”

“大嫂怎么会认识他这样的人？”安远兮的语气有些奇怪，但似乎不是厌恶和蔑视。书呆子的性子真是转变不少，若是以前，无极门里的杀手和青楼女子一样，想必都是他唾弃的异类吧。我幽幽地低叹道：“他这样的人……你不知道，远兮，他本不该是这样的人，本不该有这样的人生……”

我转头看他，飘忽一笑：“还记得当日皇上着我和云峥查当年慕容太傅通敌卖国一案的真相吗？楚殇……其实就是慕容太傅的公子慕容楚，当年太傅被蔚相陷害……”我幽幽地讲述着楚殇成长的经历，也不知道自己为什么要给安远兮讲这些。

安远兮也不打断我，只是静静地听我讲述。这个故事过于血腥和残酷，能消耗人的精气，我的声音有些疲惫和软弱，“若不是当年家门生变，以楚殇的聪明才智和坚忍的心性，必定会如同寂惊云和燕潇湘一样，成为辅佐天子的能臣。他也本该和那些豪门望族的世家公子一样，或开疆拓土、建功立业，或鲜衣怒马、仗剑江湖，或美人如玉、明月轻舟，他会荣耀显赫地过完一生，永不会挣扎在黑暗的底层，整日以杀人来换取生存下去的机会。可是命运偏偏跟他开了个玩笑，即使他报了大仇又如何？即使如今还了他一家清白又如何？就算他还活着，也只能背着楚殇的名字活下去，因为他虽是身不由己，却已令家门蒙污，已经没有脸到父母的灵前承认自己是慕容家的儿子。他其实……是很可怜的人……”

“你……”安远兮的声音有一丝喑哑，“是这样看他的？”

“啊？”我回过神，有些虚弱地笑了笑，“我扯得太远了，不好意思。”

“没关系。”安远兮深深地看着我，眼里有我看不懂的情绪，复杂难辨。我不明所以，觉得气氛有些尴尬，便转开脸，“对了，你说楚殇是被下降的，可是他武功那么高，怎么可能会……”

“武功再高也抵不过阴谋诡计，何况是下降这种邪术，令人防不胜防。”安远兮道，“楚殇身边有个婢女，是景王送给他的。那女子本就是蛊王的徒弟，景王让她给楚殇下降，轻而易举。”

我想起自己还魂那夜，他那个婢女把蜘蛛倒进装着蔚锦岚的瓮里，蜘蛛从蔚锦岚的脸上破体而出的恐怖场景，背上寒毛竖立。我摇了摇头，甩掉那些恐怖的记忆，听到安远兮道："可惜楚殇至死才知道是他一心侍候的主子要取他的性命……"

还有我。我垂下眼睑，咬紧了唇。我没有对安远兮讲我与楚殇之间的仇怨，人死恩怨消，他做错的事，没有必要再拿出来让别人鞭笞。也或许是，我不敢让安远兮知道，我也用阴谋诡计害过人，我的手上也沾染过血腥。

"那个暗桩，是如何得到这个消息的？"我下意识地有些逃避楚殇死亡的话题，"云家布下暗桩在景王身边，应该也有很久了吧？为何这些年一直没有查到无极门与景王有关，还与蛊王有勾结？"

"景王为人一向谨慎，从来不与无极门的人和蛊王亲自接触。"安远兮道，"不过，前不久却有一个来历不明的蒙面人，偷偷潜入景王府里，找景王质疑楚殇的死因，甚至拔刀相向。景王召来了侍卫，那蒙面人就跑掉了，潜在景王身边的暗桩就获得了这个消息。"

黑衣人？会是谁？跑去质疑景王楚殇的死因，莫非是……我猛地想到那个女子，是，应该是她没错，月娘，月晚池。难道是她从哪里知道了楚殇的死因与景王有关，所以才跑去质疑？景王若知道是月娘的话，恐怕会杀人灭口，那……凤歌会不会有危险？我心里一阵恐惧，蓦地站起来，脚下骤然一痛，扑倒在桌上，碰倒了桌上那堆画轴。画轴散落一地，安远兮赶紧冲上来扶住我："你没事吧……"

"痛……"腿伤未愈，加上今天在宫里太庙路上一阵折腾，双腿未得到好好休养，此时痛得我泪花乱转。安远兮情急地撩开我的裙子，看到小腿上包的纱布已经隐隐渗出血渍，脸色阴沉下来："怎么会弄成这样？"

"我……"我嗫嚅着不知道该怎么解释。只见他已经解开了我腿上的纱布，小心翼翼地一层一层剥下来，动作又轻又柔，注意不碰到我的伤口。剥到最后一层，见血块将纱布粘在一起，他不敢再剥，便从怀里掏出一瓶金创药，仔细地将药末抖到渗血渗得比较厉害的地方，然后才一层又一层地小心地将纱布重新绑回去。做这些事的时候，他的表情专注严肃，丝毫没有意识到自己的行为有什么不妥。他忘了叔嫂之礼，男女之别，眼中只有我腿上的伤。我怔怔地望着他英挺的脸，书呆子，和从前真的是判若两人。

"好了，你要注意一些，坐在轮椅上怎么会把伤口弄裂了？你……"他放下我的腿，替我整理好裙子，抬起头，迎上我的眼睛，怔了一下，赶紧站起来，“对不起，大嫂，我不是……”

你不是有心的。我微嘲地笑了笑，打断他的话：“小叔的伤好些了没？你随身带着金创药，是不是伤得很严重？”

“没什么大碍，药带在身上觉得方便些。”安远兮转过脸不看我，看到一地散落的画轴，弯腰捡了起来。我赶紧道：“那些一会儿让宁儿她们收拾就好了……”

却已经来不及阻止他看到那些画上的内容，安远兮的脸色变了变，以他的聪明，必然已经猜到这些画是做什么的了。既然瞒不住，索性也不瞒他了，我轻声道：“那些是我让官媒送来的画像，这几位姑娘的品貌家世都不错，你……”

“你这是为何？”安远兮将那些画重重地丢到桌上，转头看我，眼里有一丝怒气。我赶紧道：“你从小流落在外，爷爷心里一直觉得很对不起你，希望能尽快看到你娶妻生子，何况你年纪也不小了，成家立室也是应当……”

“所以就随便找些女人塞给我？”安远兮的脸色难看起来，“我不用你们操这份心！”

“我是你大嫂，你的婚姻大事由我来安排有什么不对？”我这话说得理不直气不壮，安远兮隐隐的怒火让我觉得有些心虚，顿了一下，又壮着胆子道，“我不是随便给你找个人，我跟官媒那边交代得很清楚，他们按我的条件进行了甄选的。这几位姑娘无论家世品貌都和你很般配，你若不喜欢，我让官媒再选些……”

“住口！”安远兮一把拂落那些画轴，弯腰逼近我，“你按条件甄选，说她们跟我很般配，这么说你很清楚我喜欢什么样的人了？那你说，我喜欢什么样的人？我喜欢什么样的人？你说，你说啊……”

他一把抓住我的肩膀，漂亮的眼睛里有愤怒和哀痛交织燃烧，我只觉得那怒火再烧得旺一些，就会连同我一起烧成灰烬。他的脸抽搐了几下，像困兽一样嘶吼：“你明知道我喜欢什么人，为什么要这样做？为什么要这样逼我？”

我怔怔地看着他，他眼里的悲哀扎疼了我。我转过脸，轻声道：“我知道你喜欢什么人，却不知道你为什么要放弃你喜欢的人。”

他的身子震了一下，双手仿佛要陷进我肩上。我自然知道他的心，他为我做了那么多事，我说我不明白，那是虚伪，只是，安远兮，我已经没有心来回应你，来回应任何人。我闭上眼睛，艰难地道：“远兮，有些事……错过了，便是一生。”

紧抓住我肩膀的手轻颤起来，静默半晌之后，便缓缓地松开了。我听到他仓皇退步的声音、脚踏在画轴上揉碎纸张的声音、门被撞开又弹回的声音……当四周安静下来，我仍然紧紧地闭着眼睛，眼泪，却从眼角悄然滑落。

❁ 第五十一章　醉吻

晚膳的时候，“安远兮没有回来吃饭？”老爷子问了一句。义管事答：“他出门了。”老爷子看了看我，没说什么。我强自镇定，不让傍晚那件事影响到表情，我还有很多事要做，无论哪件都比那件要紧。

陪爷爷用完晚膳，我让人备车出门。景王这一发难，京中风云变色。我担心着凤歌的安危，还未来得及去寻他，却有另外的人找上门来。看着她憔悴忧虑的脸，我的心情也变得格外沉重：“红叶姐姐……”

“很久没见着妹妹了，过来瞧瞧你。”红叶笑了笑，将带给诺儿和府中孩子的小礼物交给宁儿，然后坐到我身侧。我握着她的手，柔声道：“姐姐脸色不太好，酒肆的生意上了轨道，便多注意休息，到底身子要紧。”

“我知道，妹妹莫担心。”红叶淡淡一笑，我知道她定是听闻了九王爷被圈禁的事，赶来打探消息的，索性先开这个口，“九王爷的事，姐姐也别过于忧虑……”

“我不担心。”红叶笑了笑，倔强地道，“九王爷是个聪明人，怎么会做那么不聪明的事？等案子查清了，他自然无事。”

若不担心，你也不会眼巴巴地赶来了吧？不过她还晓得宽慰人，到底是好的。红叶的脸上带着一抹刚毅的神色：“便是九王爷有事，我一个无权无势的女子为他做不了什么，顶多随他去了，不让他一人在黄泉受苦。”

“姐姐莫要说这样的胡话。”我赶紧道，生怕她一时想不开真的做出傻事，“不到最后一刻，谁也不知道结局是什么样，千万不要放弃希望。”

红叶转脸看着我，神情有些复杂，半晌，怅然一笑：“妹妹是红叶这辈子唯一交到的真心朋友。”

“姐姐真心待我，我自然要回报姐姐真心。”我握着她的手，笑道，“这世上不没有什么无缘无故的好，也没有无缘无故的坏。”

“妹妹……”红叶回握住我，眼中一黯，“若是姐姐做了什么对不起妹妹的事，你要相信我绝不是存心想伤害你……”

“好端端的，说这些干什么？”我笑道，拍了拍她的手，“姐姐做了什么对不起我的事了？”

“没有，我就这样说说。”红叶笑了笑，“来找妹妹聊聊天，心情好多了。得，我先回去了。”

送走红叶，我才得以去“浣月居”。其实已经不适合出门，天已经黑了，但想到凤歌，我一刻也坐不住。从云峥的祭日后，我便没见过凤歌，我不知道再见到他，是不是仍会如之前一样相对无言，但我心里，从来没有忘记过这个朋友。

然而我却没有见到凤歌，只见到了对我没什么好脸色的月娘。我询问凤歌的去处，她有些淡淡的不耐烦：“你找他做什么？”

“我……”我欲言又止，想到见了凤歌又如何呢？他又不知道无极门的事，我无端端地提醒他小心景王，反倒有些奇怪。想了想，还不如提醒月娘来得好。我看着月娘，轻声道：“你最近是否去过景王府？”

“呃？”月娘怔了怔，随即冷冷一笑，“我去那里做什么？”

我知她不会对我说什么，淡淡地道：“景王若是知道那人是你，只怕会对你们不利，你们一定要小心些，若是可以，最好让凤歌离京避一避……”

“你在说些什么，我一点儿都不明白。”月娘冷冷地打断我，眼神微微有些凌厉，“你若是来说这些无聊话的，请你回去。”

我想起无极门是景王的势力并不为外人所知，我贸然提醒月娘其实很不妥，让她知道我知晓了这个秘密，还不知道是福是祸。凤歌是我的朋友，但月娘绝对不是我的朋友，说到底，她还是无极门的杀手，是景王的手下，就算她当真知道楚殇的死是与景王有关，也不一定真敢对景王做什么，到底是我冲动了。

不过既然已经说了，后面的事就不是我能控制得了的。她若真想对我不利，我也没什么好说的。我吸了口气：“那我回去了。”

我站起身，转身举步，月娘在身后淡淡地道：“凤歌在浣月亭。”

浣月居的背后，有一条浣月溪，蜿蜒到树林深处，有座浣月亭。我知道凤歌无事喜欢去那里坐坐，对月娘点了点头："谢谢。"

繁星满天，夏虫蝉鸣。皎洁的月光下，清澈的溪水闪烁着碎银般的光芒。我提着灯笼，沿着潺潺的浣月溪往前走，铁卫不声不响地跟在我身后。两旁是幽静的树林，萤火虫在林间一闪一闪优美地飞舞。脚踏在溪边湿润的青草上，发出细碎的响声。我呼吸着林间湿润的空气，隐隐看到浣月亭的飞檐。一缕婉转悠扬的箫音如泣如诉地被夜风送过来。我停下脚步，仔细地听那凄凉哀怨的箫音，体会着吹箫人的愁肠。

"你们在这里等我。"我制止了铁卫的跟随，一个人一步一步踏近前方的茅草亭。月光清冷地洒向地面，茅草亭一角悬着简易的灯笼。我已能清楚地看到倚坐在草亭木栏上静静吹箫的白衣男子，莹白如玉的手指在碧绿的洞箫上优雅地跃动，幽幽的箫音，渐成风中凝噎，回荡不绝。

"溪边倦客停兰棹，亭上何人品玉箫？"我心有所触，将元代散曲家曾瑞的一首《感怀》改了一字，微笑着吟出。箫从吹箫人的唇边离开，白衣男子幽幽地道："雪儿……"

"这么哀怨的曲子，令闻者伤心，吹者断肠。"我上前两步，仰望着木栅栏上风华绝代的男子，微笑道，"我不喜欢。"

他低低地笑了笑，轻声道："雪儿不喜，我便不吹。"

他还是这么纵容我的霸道。我把灯笼挂在一旁的树枝上，伸出手，拿下他手中的洞箫："我其实很喜欢笛箫的声音，以前还缠着云峥教过我，不过我总学不会。"

"哦？"凤歌微微转过头看我。我把洞箫拿到唇边吹了吹，发出沉闷难听的噗噗声，自嘲道："笛箫真是很耗力气的乐器，我吃不了那份苦。"我把箫递回他手上，打趣道："凤歌看似孱弱，气息倒是绵长。"

他笑了笑，接过洞箫不语。我突然闻到空气中一股淡淡的酒味，蹙起了眉："你饮酒了？"记得凤歌从不饮酒的。凤歌笑了笑，指了指亭内："不是我。"

我往亭内看了看，晃眼见对着凤歌的那边栏杆上，仰躺着一个拿着酒壶的布衣男子，脸转在外面，留给我一个黑黑的后脑勺。我微微一愣："你的朋友？"

"不是。"凤歌摇了摇头，笑得很温柔，"我今夜来，他便在此处了，大概是喝醉了酒误闯进来的。"

这片城中林是先皇御赐给凤歌居住的，虽然平日并没有什么人把守，可是也鲜少有人进来。这世上的东西一沾上“御赐”二字，瓦砾也立即变珍珠，老百姓都自觉遵从着这个铁律，与皇家、御赐沾边的东西，能躲多远就躲多远，碰坏了，赔不起，还要杀头。

“你竟容他在此？还同处一亭？”我有些诧异。我多少知道些凤歌的怪癖，他对看不对眼的人，绝不肯与之多待一秒。这茅草亭是凤歌独处的空间，一向不容人骚扰，以他的个性，进亭看到有个陌生人喝得烂醉如泥地躺在这里，就算不撵他走，也绝对是自己毫不迟疑地转身就走，怎么他不仅留了下来，还仿佛当那人不存在似的，自顾自地吹他的箫？

凤歌看到我诧异的眼神，微微笑了笑，轻声道：“我也觉得很奇怪，只是觉得他身上有一种似曾相识的气息，让我觉得他与我似乎是同一类人。”他转头看了那醉汉一眼，微微一笑，“不知为何，我就坐了下来，他喝他的酒，我吹我的箫，各不相犯。”

“这么有趣，我倒要瞧瞧他是何方神圣！”我笑道，转身走上一侧的木台阶，踏进茅草亭，只见亭内的木地板上，散落着三四个酒壶。亭内的酒气更重了，我好奇地看向那脸偏向右侧的醉汉，突然觉得那身形有些眼熟。不经意地碰到一个倒在地上的酒壶，那酒壶骨碌碌地滚出茅草亭，怀中抱着酒壶的男子蹙着眉转过头，乍一看见那张紧闭双眼的脸，我吃了一惊：“远兮？”

“雪儿认识他？”凤歌行到我身后，轻声问。我点点头，揉了揉额：“他是我小叔。”凤歌“啊”了一声：“原来他就是云府的二公子。”

安远兮没有醒，我弯下腰，轻声唤他：“远兮？远兮？你醒一醒，怎么喝得这么醉……”蓦地止声，想起傍晚与他那场争吵，或许正是他买醉的原因，心中不由得一紧。我不知道安远兮的酒量好不好，因为以前从没见他喝过酒。轻轻叹了口气，我伸手轻轻拍他的脸：“远兮？远兮？醒醒，别睡在这里……”

他不耐地拂了拂脸，身子却因动作过大从圆圆的木头栏杆上翻跌下来，沉闷地跌到地面上。他的眼皮动了动，微微睁开又合上，看样子还处在深度的酒精麻醉中。认识他这么久，几曾见过他这样失态？如果这亭建在高处，不跌伤才怪。我叹了口气，站起身：“凤歌，看来我得回去了。”

唤了铁卫来把安远兮搬上马车，我辞别了凤歌。他的眼中有温暖的笑意。我心中一暖，这些年来与他之间因楚殇而起的隔阂，就仿佛从来没有存在过。四目凝望，我眼中微润，凤歌，你一定要幸福，只有你幸福，才是对我罪孽的救赎。

马车缓缓地离开浣月居，往侯府方向行去。安远兮躺在车厢内，醉得不省人事。他不像一般人喝醉酒一样上脸，俊朗的脸一片青白。我探了探他的皮肤，不但不烫，反而冰得有些吓人。这样的体质，喝醉了酒，酒精不容易挥发，比一般人不易醒，也比一般人更辛苦。他的呼吸有些粗重，像是透不过气的样子。我把他的衣领往外扒开一些，好让他透气。这一扒拉，顿时见到从左肩一直绑到胸口的白色绷带，忆起他那日与玛哈斗法时左肩那血淋淋的伤口，我不由得咬紧了牙，暗自生气，明知道自己身上有伤，还跑去喝什么酒？就算……就算是我那番话有些伤人，也不能拿自己的身体不当回事，这么大个人，又不是小孩子！

从浣月居回侯府这段石板路不太平坦，马车把安远兮的身子颠得一摇一晃的，他蹙紧了眉，微微睁开眼睛，我赶紧唤他："远兮……"

他的表情似醒非醒，眼睛闭了闭，又微微睁开，迷茫地看着我，又像是透过我看到不知名的深处。他的唇微微一动，声音低沉暗哑："我在……做梦……"

"远兮，你有没有觉得不舒服？"我轻轻拍了拍他的脸，不知道他是清醒了还是醉得说胡话。安远兮蓦地按住了我的手，眼神涣散蒙胧，仿佛带上一层烟雾："叶儿……"

我有顷刻失神，他的表情脆弱得如同一个失去母亲的孩童。将我的手按在他的脸上，他轻喃道："只有在梦里……你才离我这么近……"

马车突然震了震，像是碾到了碎石，车厢猛然摇晃了一下，我失去平衡，扑倒在安远兮身上。我手忙脚乱地刚想爬起来，已被他紧紧搂在怀里："别走……叶儿……别走……"

那样卑微的、祈求的、绝望的、挣扎的语气，这样彷徨无助的安远兮，是我从未见过的。我呆住，听到他的声音有着难以言说的痛苦："别走，别离开我……叶儿……别恨我，别恨我……"

"远兮……"我想开口解释，我从来没有恨过你啊，安远兮。即使不明白当初你为什么不要我，可是我相信你有自己的苦衷。或许我怨过，怨你选择独自背负，怨你毫不留恋地放弃我们的感情，但我从来没有恨过你，从来没有。

甫一张口，他的唇便封到我的唇上，带着强悍的、霸道的、不容抗拒的气息。我吃了一惊，又急又恼，竭力挣扎。他翻身压住我，强健的身躯轻而易举地制服了我的挣扎。我气急地狠狠咬了一口他的下唇，感觉到腥咸的血味四溢出来。他闷闷地哼了哼，唇微微松开，低喃道："还是那么悍……"

"安远兮！"我咬牙切齿地猛地一推，这次竟一下将他推翻了。气急败坏地坐起来，我扬手想给他一巴掌抡过去，却见他一动不动地躺在车厢里，双眼紧闭，唇角微微扬起，竟然睡熟过去！

"该死的！"我扬起的巴掌在空中顿住，半晌，握成拳狠狠地往空气中砸了一下。你最好永远别醒过来！

❋ 第五十二章　拿人

一连几天，我都避开安远兮。明明那晚无理的人是他，可一看到他，我却没来由地感到心虚。那天晚上，他算是把自己内心的情感完全释放出来，毫无保留地让我知晓。可我的理智无法接受他，我的心无法容纳他，我甚至还有一丝害怕。那晚安远兮强吻我的强势和霸道，让我无端端地想起了那个被我埋葬在记忆深处的名字。明明是两个完全无关的人，可那种似曾相识的气息，那种陌生而熟悉的强悍的感觉，却让我不由自主地想到楚殇，我感到恐惧。

而安远兮，我不知道他是否还记得那天晚上在车厢里发生的事，每天见了我，倒与平日没什么不同，还是刻意地恭敬和有礼。他被我咬破的下唇，浸了瘀血，好几天都没有消退。每次看到他的唇，我总装成若无其事的样子转过头。我不敢看他的眼睛，不敢触碰他眼里那些过于复杂的情绪。

这些天里，朝堂变色，景王揽权。太后从太庙回来之后，下诏她要去皇家寺庙静慈庵带发修行，为病重的皇帝祈福。虽然此举貌似有将宫中的权力完全抛弃的味道，我却安了心，至少皇帝还活着。寂将军已经出殡，我本来很担心平安，可是在家门生变的当口，平安仿佛突然间长大成人，她把失去至亲的痛苦和哀伤深深地埋藏在心里，镇定自若地处理着寂惊云的后事，表现出一个大家闺秀稳重不凡的气度和能力。

我在陪了她几日后，真的放下心来，不再日日上寂府帮忙。

景王任了监国一职，在接到边关的加急军报之后，便命人绑了辰星国派来贺皇帝寿诞的使臣，并任命自己一派的陈书洋为大将军，带精兵两万，押着使臣奔赴边关。至此，景王掌握了国家三分之一的兵权，朝中的大权完全落到他手上。景王一党升官掌权，气势如虹，不可一世。

因为皇上病重，原本准备的寿诞庆典今年无法举行，加上数日前的烽火狼烟令所有人知道国家又有战事，京中局势紧张，各国各地的使臣和官吏开始准备回归的事宜。乌雷也不例外，派人送了请帖，邀我明日到归宁楼一聚。

前些日子因为事情太多，推了乌雷无数次邀约，他倒真是百折不挠。我搁了请帖，于情于理，这次约会都得去赴。没想到约还没赴成，家里又出了一件事。

收到请帖没多久，德管事急匆匆地跑来，说那位其其格公主带了人，要到我们永乐侯府拿刺客。

我一时错愕，又好气又好笑，不以为意地道："是不是冥焰又拿气给那位小公主受了？"

上次那位草原公主受了气跑掉之后，倒是让冥焰轻松了几天，谁想没几日，那朵草原之花又来找冥焰。我前世现世加起来好歹活了几十年，怎会看不出那位刁蛮公主对冥焰的刻意针对？分明是对他有意。只是冥焰仿佛还未开窍，一点儿也不懂人家小女儿的心思。不过自从上次他戏弄其其格被我撞到，说过他之后，他对这位草原公主的态度好多了，有时候也肯陪她上街瞎逛，不知道此番又是怎么惹到那位刁蛮公主不高兴了。我叹了口气，离别在即，冥焰也该对人家稍微好点儿才是。皇帝病重，朝堂局势不明，曜月国就算此番抱着和亲的意向而来，面对这种局面只怕也会重新考虑，其其格已经不可能像他们之前打算的，寿诞之后留在京城，必定要跟着乌雷回国。其实这对她来说，不能不说是一件幸事，至少她不必承受那种心里爱着一个人，却要为国家的利益、为巩固父兄的政权勉强自己嫁给不喜欢的人那种痛苦。

"这……"云德摇了摇头，"云德不知，不过那位其其格公主不只带了曜月国的卫士，还领了府尹大人来。"

"府尹大人？"我微微一愣，这又是唱的哪出？看来还是得去见到那位草原公主，才知道到底发生了什么事。我疑惑地起身，腿上的伤已经好得七七八八，不用成天坐在轮椅上了。本想活动活动筋骨走过去，小红却不肯让我多走路，只得由她将我按在轮椅上，推到主厅。我让云德将他们请进厅里，不一会儿，那其其格公主怒气冲冲地带着自己的人走进来，身后跟着京师府尹。我见她那剑拔弩张的样子，不由得笑了笑："公主这是干什么？"

"你们快把行刺我三哥的刺客交出来！"其其格像被人啄了毛的斗鸡一样，瞪着我道。

“公主这话是什么意思？”我蹙起眉，行刺乌雷？这当儿怎么会发生这样的事？而且矛头还直指永乐侯府？

“哼，昨夜有人潜入使臣行馆，行刺我三哥，被我三哥当场拿下。”其其格一脸怒气地看着我，“那刺客的妹妹就住在你们永乐侯府，定是同谋，请荣华夫人将人交出来！”

我愕然地看着她，根本不明白她在说什么，转而看向府尹大人：“大人，妾身不太明白其其格公主所指，你能否解释一下是怎么回事？”

“回荣华夫人，据其其格公主所言，昨夜行刺乌雷王子的刺客名叫丹尼，他还有个妹妹叫金莎，客居于侯府。”府尹大人垂首道，“行刺外国使臣是重罪，监国大人要求下官彻查，请夫人同意金莎姑娘跟下官走一趟。”

我倒抽一口气，丹尼行刺乌雷？这又是唱的哪出？丹尼不是在玄武山无相寺拜师学艺吗？几时回的京师？我皱了皱眉：“府尹大人不会弄错吧？”如果丹尼当真行刺乌雷，为何乌雷邀我赴会的帖子提都没有提一下？可是如果那刺客当真是丹尼，即使丹尼和金莎是曜月国人，可是人在天曌国，就得遵守天曌国的法律，官府若要追查，请金莎去问话是正常的程序；如果景王借机想针对云家，只怕连永乐侯府都脱不了干系，我还真没有什么理由阻止。

“其其格公主亲自到府衙报案，刺客目前被乌雷王子关在使臣行馆，下官也是循例来问一问。”府尹大人的态度倒还客气。人被乌雷关在行馆，这么说，乌雷不一定打算将这件事交给官府处理了，否则也不会约我明天见面，今天还弄出这件事。我心里有了点儿数，微微笑道：“大人，刺客都未送到府衙，就是说官府还未记案。没有人犯，没有初录的口供，大人就来永乐侯府请人，未免过于草率。”见府尹大人一脸尴尬，知道他也是受命而为，只怕是不敢得罪这位草原公主，加上有景王暗中推波助澜，不敢不来。我也不难为他，转头对其其格道：“公主殿下，官府做事，自有规矩，若公主要请官府做主，便将刺客送到府衙，等官府记案之后，妾身自当配合。此番仅凭一面之词，便冒冒失失到我永乐侯府拿人……”我脸色一沉，冷冷地道，“公主殿下，这里不是曜月国，可容不得你任性妄为！”

“你……”其其格瞪大眼，气愤地道，“你别仗着云家有权有势就可以包庇他。行刺外国使臣是死罪，难道你想挑动两国不和，引发争端？”

“公主言重了。”我微微一笑，“若妾身没有记错，此次贵国使臣团是由令兄带领，现在乌雷殿下还没有表态，公主越权而为，只怕不妥……”

“我三哥不……”其其格眼中闪过一丝心虚，随即又愤然道，“我三哥只是还没来得及送人过去，我怕刺客的同党得了消息跑掉了，先来拿下她有什么不对……”

话音未落，冥焰从门外匆匆跑进来，见了眼前一屋子人，脸色一变：“其其格，你来干什么？”

“我来干什么，与你无关！”其其格见他进来，把脸一扭，冷哼道。

冥焰吃了她一个硬邦邦的钉子，脸色沉下来：“我跟你的事与旁人无关，你别到侯府捣乱！”

“谁捣乱了？”其其格狠狠地瞪了他一眼，“冥少爷，你别太看得起自己，你以为你是谁？本公主没那闲工夫理你！”

“你……”冥焰被她拿话一噎，瞪着眼说不出话。我心里明白几分，定是两人不知为什么闹翻了，其其格迁怒到侯府，不过无缘无故扯上什么刺客和金莎，只怕丹尼真的是回京做了什么事，这倒有几分奇怪。

“府尹大人，你也听到监国大人是怎么说的了，就算本公主先一步来拿下刺客的同党，也不算太过吧？”其其格瞪了冥焰一眼，逼着府尹大人回话，“还不快将刺客的同党搜出来带回府衙？”

“你敢！”冥焰大声道，“你给我回去！”

“你凭什么命令我？”其其格不屑地看了冥焰一眼，“你才给本公主站一边儿去……”

两人像斗鸡一样大眼瞪小眼，正闹得不可开交，却听到门外传来一声轻斥：“宝儿，你怎么跑到侯府来胡闹？成何体统？”

我抬眼一看，见乌雷带了一个少年踏进厅内。我吃了一惊，跟在他身后的少年，可不正是四年不见的丹尼？他个子长高了不少，已经从一个孩童成长为翩翩少年。四年前家逢巨变已让他的心智急速成长，眉宇之间退去了稚气，这四年来在外学艺，更令他身上透出他这个年纪鲜有的坚毅果敢的气质。他见到我，仅微微点了点头，不急不躁、不卑不亢，颇有大将之风，我甚感欣慰。

“三哥……”其其格公主见乌雷来了，嚣张的气焰顿时消下去，“我……我来抓行刺你那个刺客的同党……”

“胡说什么？哪有什么刺客！”乌雷目光凌厉地瞪了其其格一眼，“你这任性胡为的性子什么时候才能改掉？永乐侯府是由得你任性妄为的地方？还不给我回去！”

“三哥，他明明是……”其其格指着丹尼，话还未说完，乌雷立即命令她带来的侍卫，“还不快把公主带回去！”

“是，王子殿下！”侍卫围上前，却不敢真的动手来拉这位刁蛮公主。其其格见乌雷动了真怒，眼泪滚了出来，跺脚道：“你帮着外人来欺负我，我讨厌你！我要回去告诉父王……”一边说，一边含着眼泪瞅向冥焰，见冥焰冷着一张脸不看她，一咬唇，甩手转身跑了出去。乌雷也不看她，沉着脸对其其格带来的侍卫道：“全部跟着公主回去！”

一转眼工夫，厅里的人退了大半，乌雷这才转身对府尹大人道：“让大人见笑了。乌雷管教不严，舍妹没搞清楚情况就跑去惊动大人，实在抱歉！”

府尹大人见势，正好下台，赶紧笑道：“王子殿下客气了。荣华夫人，既然是一场误会，下官也不便在府上叨扰，失礼之处，请夫人海涵。”

“大人也是职责所在，奉命而为，妾身怎会怪罪大人。”我笑了笑，“希望大人回去向监国大人解释清楚，是一场误会便好。”

“这是自然，这是自然……”府尹大人连连道。我挥了挥手：“德管事，送大人出去。”

等厅里只留了冥焰、乌雷和丹尼，我请他们坐下，带了几分不解，笑道：“现在请王子殿下给妾身讲讲，这到底是怎么回事吧。”

乌雷看了丹尼一眼，笑而不语。丹尼站起来，向我恭恭敬敬地行了一礼，道：“夫人，丹尼私自回京，本该先来拜会夫人，不过……”

我似笑非笑地看了丹尼一眼，丹尼的脸微微一窘：“夫人，我……”

“罢了，你觉得怎么叫着轻松就怎么叫吧。”我笑了笑，看出丹尼的性格改变不少，只怕再也无法像当年和金莎一样，毫无芥蒂地叫我“阿花姐姐”。我也不勉强，只要他自己觉得舒服就行。

“坐下来吧。丹尼，你怎么会突然回京城？难道你艺成下山了？”学武不是一朝一夕的事，四年，顶多打个基础，丹尼此番下山却是为了什么？

“不是。”丹尼摇了摇头，“是师父让我下山的。”

“哦？”我怔了怔，“慧禅大师让你下山的？为什么？”

“嗯，月余前，有个游方僧人到无相寺，与师父谈经论法，被师父引为至交知己。那位游方僧精通命理，师父让他给我推算了一卦，然后他不知道给师父说了什么，师父便让我下山进京。”丹尼道，“我问师父原因，师父只说，京中有我的贵人，只要找到他，我的灭族之仇即可得报。”

我闻言，不由得仔细地打量了丹尼的表情，见他说到灭族之仇时，眼中沉静，已无四年前那种暴戾之气，想来是慧禅大师教导有方，我心中庆幸当年送他去无相寺的决定没有做错。却不知慧禅大师所说之贵人是谁。我的眼睛落到乌雷身上，莫非是他？

“你怎么知道慧禅大师所说的贵人是谁？”我疑惑道，万一丹尼找错了人呢？

丹尼笑了笑：“师父说，既然是天意，上天自有安排。我觉得，能助我回草原，手不染血地解决仇人，帮助帕图斯一族重建家园的，便是师父说的贵人。”

“你找到了？”我的眼睛看向乌雷，他正含笑望着我。丹尼道：“是，就是王子殿下。丹尼此次想接金莎一起，随王子殿下返回曜月国。”

“回国？”我蹙起眉，“可是……”以眼前的情况来看，乌雷肯定是和丹尼有了什么协定。马尔蒂一族虽然在我的经济打压下叫苦不迭，可到底是曜月国的一大部族，丹尼和金莎回去，就算有乌雷的庇护，但人家若要对付两个孩子，也不是多大的难事，我实在是不放心。

“荣华夫人的顾虑，乌雷也想过。”乌雷见我蹙眉，想是猜出我在想什么，微笑道，“夫人请放心，乌雷可向夫人保证丹尼和金莎的安全。”

“你怎么保证？”我有些咄咄逼人，“王子殿下的白马阿蒂拉，是贵国的萨满巫女，又是马尔蒂族族长的女儿。她随口一个谎言，便可置人于死地，丹尼和金莎回国，是羊入虎口。”

“荣华夫人……”乌雷的笑意敛去，认真地看着我，慎重地道，“丽安娜不是那样的人，我深知她的秉性。她品性正直，绝不会姑息作恶之人，哪怕是她的至亲。对我们草原人来说，萨满神高于一切，萨满巫女不能说谎，否则会遭到神谴。丽安娜不会因为马尔蒂族族长是她的父亲，就帮他害人……”

“是吗？”我冷笑，对乌雷的解释嗤之以鼻，“我还记得当初在草原，她是如何诬蔑我和安远兮的。正直？哼！笑话！”那个白马阿蒂拉亲口说我和安远兮受恶魔引诱，砵魂附体，做出污秽之事，会给曜月国带来大祸，还把我和安远兮沉入湖中祭湖神。如此荒唐的理由和行径，正直？

“这……”乌雷有些语塞，见我面带嘲色，叹了口气，“乌雷也知夫人一定不信，不过当初丽安娜请神，没有半分作假，那的确是萨满神的指示！或许这中间还有什么误会……”

“我不管那些，我只担心丹尼和金莎随你回去，不但报不了仇，还会祸及性命。”我脸色一沉，“我不同意丹尼和金莎跟你回去！”

气氛顿时有些僵，丹尼看了看我和乌雷，站起来道：“夫人，我相信王子殿下定会护我兄妹周全，我很想跟殿下一起回国……”

“丹尼，当初伊夏大娘把你们兄妹托付给我，让我一定保住你们的性命。”我打断他的话，“我绝不会让你们在没有自保能力的情况下，回草原冒险。”

“可是，鱼儿终究要游向大海，鸟儿飞得再远，也要回到故乡。”丹尼望着我，眼里浮起一抹眷恋之色，“我和金莎是曜月国人，是草原的儿女，始终都要回草原的……”

“即使有朝一日你们要回到草原去，也绝不是现在。”我摇头，轻叹道，“丹尼，我知你报仇心切，可是你有没有听过一句话？君子报仇，十年不晚。如今你学艺未成，贸然回去只会枉送性命，能忍人所不能忍者，才能成大事。”

“可是……”丹尼又欲开口，门外突然传来一声惊喜的欢呼：“哥哥？”

话音未落，金莎已经像一只欢快的燕子般飞进来，扑到丹尼怀中：“哥哥，你什么时候回来的？是来看我的吗？”

“金莎！”丹尼看到妹妹，脸上露出笑容，“你好吗？”

“我很好呀，阿花姐姐和侯府的所有人都对我可好了。”金莎兴奋地拉着丹尼的手，“哥哥，你要在京城待多久？是不是不再回玄武山了？哥哥，我带你去外面玩吧，京城有好多好吃的东西，还有很多好玩的……”

我看着金莎缠着丹尼说了一大堆话，丹尼连一句嘴都插不上，笑道：“好了金莎，这儿还有客人，你先带丹尼出去，你们兄妹三年不见，一定有很多话要说。”

抬眼见陪着金莎进来的福生笑着站在一旁，又道：“福生，你跟义管事说，让人在你们院子收拾一间房出来给丹尼住下。”

“好的，叶姐姐。”福生笑着应声。金莎这才觉得自己有些兴奋过头，不好意思地吐了吐舌头，笑道：“阿花姐姐，我们先出去了！”说完，拉着丹尼就往外走。丹尼回头看了乌雷一眼，眼中带着几分无奈。

乌雷笑着点了点头，丹尼这才跟着金莎出去了。

我把两人的神情看在眼里，等他们离开，才意味深长地看了乌雷一眼：“王子殿下允了丹尼什么，让他执意要回曜月国？”

乌雷淡淡一笑，顾左右而言他：“就像丹尼所言，鱼儿始终要游向大海，鸟儿始终要飞回故乡。他心中已生回乡之意，恐怕不是夫人三言两语能劝阻得了的。”

我敛了笑容，心中有几分不悦。这乌雷笃定了丹尼会跟他走，我不知道他允诺了丹尼什么条件，倒真是没什么劝阻他的把握。静静地看了他半晌，我唇角淡淡一扬：“王子殿下怎么会遇上丹尼的？”

“丹尼进京之后本想先来侯府的，不过进城没多久，在街上见到此次随我出使的两个马尔蒂族的侍卫，丹尼见到他们身上有马尔蒂一族的饰物族徽，便跟踪他们到了使臣行馆。他以为是马尔蒂族族长来了京城，想待入夜之后潜进来探个究竟，不想被宝儿的侍卫发现，把他当成刺客抓起来送给我审讯，后来才弄清是一场误会。知道丹尼与夫人有些渊源，我才写了个帖子，想请夫人明日归宁楼一叙，谈谈丹尼兄妹回乡的事，没想到宝儿不知道又使了什么小性子，跑到侯府来打扰夫人，实在是……”

我抬眼看了一直站在我身侧的冥焰一眼，冥焰避开我的目光，我心知其其格公主跑到侯府来折腾的事必定与他有关，也避而不谈，对乌雷笑道：“原来王子殿下请我去归宁楼，就是想说丹尼的事。”

乌雷静静地看着我，微微一笑道：“此其一也。其二，是想向夫人辞行，此番在贵国京师能重遇夫人，实在是上天眷顾。乌雷还有些肺腑之言，想告诉夫人……”

“如此，归宁楼一聚可以取消了。”我打断他的话，怕他接下来又说出什么失礼之言，“既然主要是谈丹尼兄妹回乡的事，我刚才已经表明了态度，我是不会同意的。”

乌雷知道我是故意打断他的话，眼中带上一抹失落，起身强笑道：“荣华夫人，丹尼兄妹回乡一事，请再慎重考虑。乌雷回国之前，随时欢迎丹尼随我回去，他们兄妹的安全，乌雷也愿全力保障。”

“谢谢王子殿下，不过我想大概用不着。”我冷淡地道。乌雷唇角泛起一丝苦笑，微微一叹道：“如此，乌雷不打扰夫人了，告辞。”

“妾身腿脚不便，不送王子殿下了。”我坐在轮椅上，欠了欠身，让云德送乌雷出去。见他消失在门外，我忍不住重重地叹了一口气。冥焰蹲下身道：“姐姐为什么叹气？”

我转头看他，冥焰的表情带着关切。我笑了笑，轻声道：“我还没问你，你怎么又惹得其其格公主不高兴，还跑到府里来闹事？”

冥焰蹙眉道：“我哪有惹她，是她自己无理取闹！”

我打趣道：“她也不是第一次跟你斗气了，可也没像今次这样，带人到府里来闹。你们这阵子不是相处得挺好吗？我还以为过阵子可以给我弟弟娶个弟媳妇儿了呢……”

我并不真的认为冥焰和其其格是合适的一对儿，只是纯粹想逗逗冥焰。冥焰的脸顿时红起来，有些气急地瞪着我道：“姐姐胡说什么！我才不喜欢她呢！你别乱讲！我也是听姐姐的，不想让她太难堪才应酬一下她。她今天跟我说要跟她哥回国了，让我也跟她一起去曜月国，我不肯，她便威胁我说昨晚行刺她三哥的刺客与金莎有关系，要把金莎交到官府去，我说了她两句，她气呼呼地走了，没想到她真的带人来抓金莎。这种没轻没重的刁蛮公主，我才不喜欢。”

原来如此。我笑起来，看着冥焰红苹果一样的脸，忍俊不禁：“那她也是喜欢你嘛，我们冥焰现在能耐了，连人家堂堂一国公主都敢拒绝。你不喜欢她的刁蛮，那你喜欢什么样儿的人，跟姐姐说说？”

冥焰的脸更红了，不好意思地别开脸：“不告诉你。”

“哟？哟哟？”我大乐，“还真有心上人了？是谁？是谁？”

“姐姐！”冥焰大窘，又羞又气地站起来，“我让小红进来推你！”说完，不理我的叫唤，头也不回地跑得飞快，转眼便逃出了主厅。

我见他消失在门外，唇角浮起淡淡的笑容。冥焰不记得以前的事，不记得以前的我，也许是冥王对他格外仁慈。我这一世辜负了冥焰，希望他能遇到一个全心全意爱他、对他好的姑娘，在他恢复记忆以前，治愈好他的情伤。思及刚才冥焰的神情，没准那个姑娘真的出现了，却不知是谁，改天定要从他嘴里套出话来。

✲ 第五十三章　诽谤

不知道乌雷给丹尼灌了什么迷汤，接下来这两日无论我怎么苦口婆心地劝他不要回国，他就是不听。金莎知道哥哥的决定之后，也没了主意。丹尼说如果金莎不跟他一起回去，可以留在侯府，等他报完仇回来接她。金莎听了这话，当即就哭了，立即就要同丹尼一起走。我急得不行，两个孩子却异常固执。安远兮晓得这件事之后，也来劝说丹尼兄妹，可丹尼就像吃了秤砣铁了心。无奈之下，我决定去拜访一次乌雷，看来得从他那里下手。早知如此，那天他来的时候，就该对他态度好一些。

心中刚拿定主意，景王派人给我送来了一张请帖。打开一看，竟是景王在宫中准备了送行宴会，三日后为各国使臣饯行。说是各国使臣，其实只是曜月国乌雷一行，辰星国的使臣在大呼冤枉的情况下被景王绑了与大军一同奔赴北疆，红日国的使臣在烽火狼烟次日便动身返国，只余了迟迟没有离京的乌雷和被景王阻滞在京中的南疆苗寨使臣，大概是怕南苗人把九王爷被圈禁的消息过早地带给南疆的凤家军。表面上看来，乌雷迟迟不走，似乎与我有关。乌雷上请赐婚荣华夫人，早在京师上流社会传开。他这些日子百折不挠地送礼送物，被我拒之门外，更成了京中笑谈。不过不知为何，我总觉得事情没有那么简单。这会儿景王送来请帖，更是蹊跷无比。在情在理，他为使臣饯行，都与我一个深居简出的妇道人家没有什么关系，根本没有请我赴宴的理由。

我思忖着他请我赴宴的原因。如今景王得势，恐怕会铲除异己，当今天子是云家扶上宝座的，加上那天在懿宁宫太后对我的态度，足以让景王以为云家是站在皇帝一边的。云家的财力惊人，如果他不能拉拢为已所用，恐怕就会除之而后快了。从兵其格去府衙请府尹大人来云家捉拿金莎，景王的态度便可以推测出一些端倪，若不是对云家动了歪心，他堂堂一个监国大人，在这件事上明知道不合程序也要让府尹来彻查，多半是想给云家敲个警钟吧。

景王已经蠢蠢欲动，如果他拉拢云家不成，还不知道会使出什么阴谋来呢。他来拜访过老爷子，想让老爷子随他去太庙证实皇帝的生死，但老爷子最后却没有随他去，已知云家对他不怎么待见，再加上逼宫那日，我曾疾言厉色地呵斥过他的党羽，他会不会已经把云家列入开刀的名单？那他会做些什么呢？这场饯行宴上，又会演一出什么戏呢？

“饯行宴？”我合上请帖，唇角浮出冷笑，“只怕是一场鸿门宴吧。”

“我让人给景王回话，说你身体不适，不能前往。”安远兮也深知其中利害，见我表情不善，开口道，“你不要去。”

“不，我要去。”我摇了摇头。安远兮蹙起了眉：“大嫂……”

我看了他一眼，淡淡一笑：“我本来就要去找乌雷，现下正好省了事。景王的动机如何我们不清楚，此番正是打探他虚实的时候。面对恶狼，光躲不是办法，还需要主动出击。”

“可如果他在席间发难……”安远兮眼中有一丝担忧之色。我笑了笑：“我会小心应付的，绝不让他们抓到什么把柄，你不用担心。”

安远兮深深地看了我一眼，转过脸：“你若决定了，那就去吧。”

我垂下眼睑，知他未必会真的放心，或者他还会安排隐势力在宫中暗中保护我，就像他以前每次在紧要关头，以鬼面人的身份出场救我一样。我了然，但不用把这些事说破，就像他同样知道，我清楚他会做些什么一样。

经过这么多事，我与安远兮之间有了一种奇异的默契，是除了与云峥的心心相印之外，其他任何人也无法带给我的。只是，对不起，安远兮，我欠你的，可能这辈子都无法还你。

“少夫人！”宁儿踏进书房，“德管事有事找您。”

我让她请云德进了书房，云德欠了欠身道：“少夫人，泽云府的卢老夫人和马夫人到了，侯爷请您和二少爷去厅里。”

我诧异地扬了扬眉，泽云府即云家二房的府邸名称，云府两房当年皆是太祖皇帝赐的名。长房承永乐侯爵位，府邸自然是永乐侯府。二房赐名泽云府，有泽被云府之意。泽云府的卢老夫人，正是堂叔公云崇岭的正室，马夫人却是已故的云天奇的正妻、云想容的母亲。她们什么时候来的京城？云家虽然在全国都有不少别院房产，但世人皆知沧都才是云家的大本营，宗室宗亲全都在沧都两府，特别是女眷，只要是正式迎进门儿的，基本都守在沧都大本营，像我这样整整两年待在京师，已经是极特别的异数了。

“老夫人什么时候来京的？怎么没提前写信通知？”我疑惑地道。二房突然带了女眷来京，为了什么事呢？我略一思索，有些明白，莫不是为了想容来的？云家二房的想容进宫之后，一直没有什么声响，只怕这老夫人是担忧孙女儿，亲自上京打点来了。可如今京中盛传皇上病重，太后离宫，景王掌权，朝中局势莫测。她当初的来意是想为孙女儿打点，好早日爬上枝头，如今只怕却是想如何才能把她弄出宫来，不用做寡妇了。莫怪我要如此缺德地损人，只是云家二房那几位叔婆叔婶，我实在是不想与她们打什么交道。当初我嫁给云峥，虽然有老爷子和云峥护着我，表面上大家对我都客客气气，但我也知道，二房的那些三姑六婆私底下根本瞧不起我，背地里说了不少刻薄话，不过好在我不用跟她们住在一起过日子，她们那些刻薄话我也当耳旁风罢了。

云德低声道：“听说是昨天到的，在泽云府安顿好了，今儿才过来侯府见老爷子的。老爷子说，二少爷还没有见过几位夫人，让过去给夫人们见个礼。”

当初安远兮认祖归宗，是在京城举行的仪式，而且只有宗族的男人们参加，女人除了我，没有一个见过安远兮，这些长辈女眷来了，安远兮的确应该去见一见的。我看了他一眼，起身道：“走吧，去见见几位长辈。”

进了主厅，见老爷子难得地出了房间，修叔也站在他身旁。卢老夫人和老爷子都坐在上座，右边的侧座坐着三个中年妇人，正是马夫人和云天奇的妾室费姨娘、薛姨娘。屋里本来言笑晏晏，见我们进去，立时安静下来。宁儿扶着我上前，我笑着略略欠身道：“侄媳给叔婆和几位婶婶请安。”

卢老夫人笑道：“哟，峥儿媳妇儿，咱们可有两年没见了吧？怎么还是这么瘦啊？大哥，你可别把好东西都藏起来，也得给峥儿媳妇儿补补身子。”

老爷子只是呵呵一笑。我笑道：“叔婆说笑了，我就是这么一个光吃不长肉的身子，您可错怪爷爷了。”

“就是，婆婆您忘了，峥大嫂子是皇上钦封的一品荣华夫人，大伯父怎么会怠慢她呢？”说话的是费姨娘，她眼神轻慢地扫了我一眼，起身道，“说起来，我们才该给她见礼呢。是不是呀，峥大嫂子？”

啊，这话说得，敢情是故意找我的碴儿？老爷子脸上带着笑，眼神却没有了笑意。我淡淡一笑，随手一拂：“在家里就免了这些规矩，又不是在外面。费姨娘，坐吧。”

说完，我径直坐上左侧的主位，不再看她一眼。你说得没错，我虽是小辈，却是命妇，真要按起规矩来，你是该给我见礼。我本无意摆架拿势，我都不提了，偏有人不识趣地往枪口上撞，真不知这女人的脑袋是不是塞了一包草。

费姨娘的脸色顿时垮了下来，另外几位夫人的面上也有些挂不住。我看到马夫人和薛姨娘的眼中都带上了妒色。老爷子的眼中却带上了笑意，看了还站在一旁的安远兮一眼，笑道：“崎儿，来见过几位长辈。”

安远兮自从进房之后便没出声，此际见老爷子叫他，这才上前给几位夫人行礼：“云崎见过叔婆和诸位婶婶。”

几位夫人的目光落到安远兮脸上，皆带上惊艳之色，特别是费姨娘和薛姨娘，上上下下地打量着安远兮，眼里含着说不清的暧昧意味。

我蹙起眉，突然发现安远兮身上有一种奇怪的特质，他有着不逊于凤歌的容貌，可是却不像凤歌一样，一出场便艳光四射，能瞬间吸引所有人的目光。当他不想别人注意到他的时候，他身上的气质非常内敛，存在感异常微薄，甚至可以让别人完全忽略掉他的存在，就像刚才我与他一同进屋，几位夫人瞧都没瞧他一眼，直到老爷子叫了他，几位夫人的目光才落到他身上。

再回想过去，从我初见安远兮，他在茶楼大骂卡门，让我发现他异常俊美之外，以后的每一次，我其实并不太注意安远兮的容貌。他这种本领，倒有些像那些武林高手刻意内敛气息一般。可是我最初认识他的时候，他并不懂武功呀，难道是天生的？若真是生来便如此，倒真是上天对他的厚爱了，生得一副好皮囊，又不用担心这副容貌惹祸上身。

这头还在胡思乱想，那边听到卢老夫人啧啧赞道：“大哥，你这一房的孩子就是生得好，以前峥儿就是云家最出众的孩子，这孩子竟比峥儿还生得俊。”

“婆婆，你也不想想当年二公子他娘亲生得多美。二公子这模样，简直是跟他娘亲一个模子里铸出来的。”说话的是马夫人，她定定地看着安远兮，眼中闪过一丝怨恨。我一怔，她眼中怎么会有这样的神情？再仔细一看，她眼里却已是一片平静。我心中暗自狐疑，听到她提到绮罗，蓦地想到当年云天奇就是卷入绮罗下降一案，引咎自缢的。云天奇自缢的真相如何，已经不得而知，此际见到马夫人眼中的神情，我心中一震，莫非她知道当年那件事的真相？

“弟妹，你家想容才生得品貌端庄，皇上可是上记名将她留下的。”老爷子岔开话题，大概是不想让她们把话题引到绮罗身上去，故意扯上想容，想必也清楚这几位夫人的来意。果然，一提到想容，卢老夫人和马夫人立即面带忧戚。卢老夫人叹了口气道：“大哥，我本也以为让容容进宫，以她的才貌，必定能讨皇上欢心，让咱们云家光耀门楣，谁想到进了宫却迟迟不见皇上册封，这也罢了，只要人在宫里，迟早还有机会。可是这次我们上京，在路上就听说皇上病重，进了京才知道，皇上不单病重，只怕……”

她话未说完，老爷子就蹙紧眉，一脸严肃地道：“休要胡说，皇上吉人天相，定能逢凶化吉。”

“是是……”卢老夫人连连点头，“咱们这些妇道人家懂什么呀，要皇上真是吉人天相，老身也不担心容容那丫头了，可万一……容容不是还没有……就要守寡了，容容这孩子可真是命苦呀……”

她说着便抹起了眼泪，马夫人更是抽泣不已，费姨娘和薛姨娘见势，也跟着用袖子抹着眼角。老爷子的眉头越蹙越紧，我看得有些肉紧。本来想容这事儿，堂叔公也暗示过老爷子，不过见老爷子没表态，便不好追问。他倒会想办法，把家里的女人弄来哭哭啼啼地闹一闹，老爷子也不好用搪塞堂叔公那些话来搪塞这帮女人。我见老爷子拧紧眉头的样子，赶紧道：“叔婆，婶婶，想容这事儿，爷爷也记在心上呢。现下皇上病重，这当口去把想容求出宫，若是过些日子皇上病好了，会怎么看想容和云家呢？只怕想容的前途尽毁了……”

“皇上那病若是好得了，现在朝廷也不会是景王做主了。”费姨娘蓦地出声打断我，“想容还有什么前途？现在京里早就传开了，皇上迟早一病不起，到时后宫所有未生育的妃嫔，全都得送到静慈庵出家。想容现在不过是个上记名的采女，又未蒙圣宠，现在求出宫也容易，若等到皇上驾崩，难道峥大嫂子想让咱们想容当尼姑不成？你存的什么心？”

我愕然，以前虽然知道云家这些三姑六婆不怎么待见我，可我还真没想到她们敢当面对我发难。这几个女人虽然说起来是长辈，可我的身份与她们的身份岂止云泥之别？我是云家的当家主母、世子的母亲、皇上钦封的一品命妇，享受皇家俸禄和待遇。费姨娘这种人不过是二房子侄一个身份低微的妾室，以我目前的身份地位，她这样的态度跟我说话，我完全可以动用家法先把她整治了再说，她竟然敢来找我的晦气。我蹙了蹙眉，见卢老夫人和马夫人都没有喝止她的样子，颇有些纵容的味道，知道必然事出有因。我抿紧唇，忍下这口气，且看她们到底有何目的。

只听到薛姨娘在一边慢悠悠地道："费姐姐你这就不懂了，人家峥大嫂子是什么身份地位，哪里想得到我们的苦处。我们只想着为想容谋一条生路，哪比得峥大嫂子，孀寡之身也能引得人家堂堂曜月国的王子上请赐婚，我们想容能跟人家比吗？"

费姨娘冷哼一声："我们想容自是不能和这种不守妇道的女人比……"

"放肆！"还不等我变脸，老爷子已经气得阴沉了脸，"你胡说什么！泽云府就教出你这么个东西？"

费姨娘见老爷子发了怒，吓得赶紧跪下来，哭道："大伯父，妾身可没有胡说。您不知道，外边儿的人可传得绘声绘色……"

"你还敢说！"老爷子一把抓起桌上茶杯，砸到费姨娘身上，怒道，"给本侯滚出去！"

茶杯从费姨娘身上滚到地面，破成碎片，厅内顿时鸦雀无声。费姨娘被泼了一身茶水，不敢呼痛，跪在地上瑟缩着哀哀哭泣。卢老夫人见势不对，赶紧喝道："还不快滚！丢人现眼的东西！"

费姨娘狼狈地从地上爬起来，跌跌撞撞地跑出厅去。卢老夫人见老爷子气得脸色发青，赶紧赔笑道："大哥，是老身管教不严，您别生气……"

房里的丫鬟赶紧收拾地上的破茶杯，云修另外奉了杯茶给老爷子。老爷子将茶杯重重地搁到茶几上，眼神横向卢老夫人，冷笑道："得了，弟妹，本侯看你们今儿来也不单是为了想容的事，那贱人这样放肆，一定有原因。说吧，不用拐弯抹角的！"

卢老夫人看了看马夫人和薛姨娘，点了点头。薛姨娘见状，把跟着她们一起来的丫鬟都支使出去，又迟疑地看了一眼府中的丫鬟。老爷子挥手让下人们都退出去，薛姨娘这才吞吞吐吐地道："大伯父，您别生气，费姐姐这话是说得难听，可这话也不是由她那儿说出来的……"她顿了一下，眼睛扫了我和安远兮一眼，继续道，"是费姐姐的兄弟在沧都赌坊里听来的，说是有个赌鬼跟他说的，峥大嫂子和……和二公子有私情……”

我淡淡地扬了扬眉，这才算明白刚才她与费姨娘打量安远兮时，眼中的暧昧所为何来了。我转眼看向安远兮，见他面色阴沉，死死地盯着薛姨娘。老爷子的唇角抽了抽：“接着讲。”

薛姨娘的胆子大了些，接着道：“费姐姐的兄弟本也不信的，可那赌鬼的老婆，是峥大嫂子沧都‘天锦绣’绣庄的绣工头秀姐。那人口口声声说是听他堂客说的，峥大嫂子还没有嫁进云家之前，便与二少爷有暧昧，言之凿凿的……”

我有些想笑，我与安远兮的那段过去，老爷子和云峥都知道，想用这个来往我身上泼污水，真是打错了算盘。秀姐一年多前嫁了人我倒是听小红说过的，当时只听说男人似乎是个做小买卖的，怎么竟成了赌鬼？我倒不信这些话真是秀姐说出去的，她的为人我还是有几分了解，何况她对我和安远兮的事并不是很清楚。安远兮以前做过我绣庄的掌柜，这在沧都不是什么秘密，被人有心拿来利用一下，借题发挥，倒是极有可能。

“听风便是雨，崎儿以前在叶丫头铺子里做事，他们的事我一清二楚，哪有你们想得那么乌七八糟！”老爷子冷哼一声，“别人不清楚倒也罢了，你们怎么也跟着一起胡闹？”

薛夫人不敢开口了，马夫人赶紧赔笑道：“大伯父说得是，费姨娘就是那样口无遮拦的。其实我跟婆婆也是不信的，私下也训过费姨娘，咱们云府是什么家教？峥大嫂子和二少爷是什么身份，怎么可能会弄出这种丑闻来呢？不过……”她顿了顿，看了我和安远兮一眼，笑道，“峥大嫂子和二公子都是守礼的人，断不会有什么藕断丝连的，可如今两人成了叔嫂，整日里抬头不见低头见的，瓜田李下，难免有人风言风语，避避嫌总是没错……”

她每句话都像是在为我和安远兮开脱，但每一个字听到耳朵里，都是在坐实我和安远兮有过苟且。我淡淡一笑，这马夫人才是厉害角色，比起那两个被人当枪使的草包姨娘，手腕高明多了。老爷子抬眼看了看我和安远兮，淡淡一笑：“寡妇门前是非多，嘴巴长在别人身上，咱们管得了那么多吗？等崎儿成亲之后，自然没这些风言风语了。”

安远兮猛地抬眼看着老爷子，抿紧了唇。我担心他在这当口发脾气，心中一紧，谁想他竟然一言不发，看了老爷子半晌，微微垂了眼睑，掩了一眼波涛，只看到浓密的睫毛悠悠轻颤，宣泄着主人强行压抑的奔涌情绪。

“哦，二公子要娶妻了吗？”卢老夫人怔了怔，随即挂上虚伪的惊喜表情，“那敢情好，咱们云家好久没有办喜事了！不知道是哪家的姑娘？”

“嗯，这事儿是叶丫头给崎儿张罗的。”老爷子成功地把话题转开。卢老夫人、马夫人笑了笑，薛姨娘的脸上带上几分不以为意。我再也懒得在这屋里待下去，面对一群看我不顺眼还挤对诽谤我的人，起身借口要去看看晚膳准备得怎么样了，便从厅里退了出来。

✻ 第五十四章　家法

出了厅，我没去厨房，只吩咐宁儿代我去厨房瞧瞧，自己径直往回房的路上走，顺便透透气。

其实我知道今儿这些三姑六婆冲我发难为的是什么，当年云峥娶我，她们虽然看不起我小门小户的身份，但这是大房的事儿，我又是老爷子亲自挑选的孙媳妇，她们也只能暗中嚼嚼舌根子。可她们没想到，老爷子会把云家的当家权交到我手里，这足以让她们这些人眼红嫉妒了，今儿闹这一出，只怕是想把我从云家当家主母的位置上拉下去。我笑着摇头，搞这些把戏，未免幼稚，以为制造些我和安远兮的“丑闻”，就可以胁迫我吗？笑话！我是打哪儿来的？会在意这些东西？

“大嫂……”安远兮追了出来。我停下脚步，转身看他。他怔怔地望着我，眼中有一丝不安，还有几分痛楚：“你，别理那些……”

“我没事。”我淡淡一笑，“我并不在意她们怎么说我。”

他定定地看着我，欲言又止。我知道他不会相信我是真的不在意，微微一叹：“她说我们以前的事，是事实。我从没有想过要刻意去遮掩，也不认为有这个必要，因为我不会否定我曾经的感情，也不认为那是不光彩的，是见不得人的。”

“你……”安远兮的身子微微一颤，眼里突然闪出充满生机的光彩。我吸了口气，继续道：“至于现在，你我之间清清白白，又何须在意不相关的人说的闲言碎语？”

他眼中的光彩瞬间黯淡下去，定定地看着我，语气有些生硬：“你是这样想的？”

我垂下眼睑，转过头避开他的目光：“其实想想她们有些话也有几分道理，瓜田李下，确实……”

“够了！”安远兮呼吸急促地打断我，“你不用说了，我明白！”

我听出他受伤的语气中刻意表露的平静，心中一抽，正想开口，突然听到馨儿远远地叫了声：“少夫人！”抬眼见她急急忙忙地跑了过来，我见她一脸慌张的样子，诧道：“怎么了？”

“少夫人，不好了，小红姐姐和费姨娘打起来了……”馨儿捂着胸口，上气不接下气地道。

“什么？”我愕然，“怎么回事儿？”

馨儿为难地看了我一眼，但也不敢有所隐瞒，喘了口气道：“我们带着小世子在花园玩，费姨娘过来，看到小世子，说了些很难听的话，小红姐姐气不过，就和费姨娘吵了起来。费姨娘说小红姐姐不懂规矩，动手打了她一巴掌，小红姐姐就跟她打起来了……”

“费姨娘说什么了？”小红脾气虽然冲，但也不会随随便便跟云家的长辈动手，必是这费姨娘撩拨的。这费姨娘还真不是个省事的主儿，在厅里挨了老爷子的教训，转头就找我身边的人撒气，还有完没完了？若只是仗着她以为拿住我和安远兮有“私情”的丑闻，也嚣张过头了！

“她说……”馨儿面露难色，咬着唇吞吞吐吐。我蹙了蹙眉：“到底说了些什么？”

“她说……说少夫人是青楼荡妇出身，天性淫……”馨儿看了我一眼，立即改了口，“说您不知……”有些费力地解释，“嗯，不守……”

“行了，不用说了。”我沉了脸。馨儿如释重负，忐忑地看着我。我终于明白费姨娘何以如此大胆，今天敢一再撩虎须了，原来我曾是青楼女子的身份被她们查出来了，我和安远兮的丑闻不过是个烟幕弹，真正的后招是这个。二房恐怕要乐得跳起来了，一个青楼女子怎么能居在云家当家主母的高位上呢？在她们心里肯定以为，就算她只是一个小小的妾室，也比我这个青楼妓女干净。

安远兮气得脸色铁青：“她吃了熊心豹子胆了，敢在侯府如此放肆！我杀了她……”话还没说完，已经握着拳头往前走。我大骇，赶紧拉住他：“远兮！”

他转头看我，我叹了口气：“你别去，我去就行了。”

他眼中燃着熊熊怒火，一脸无法遏制的戾气。我第一次在安远兮脸上见到这样恐怖的表情，知道他这一去必无善了，脊背不由得一寒，赶紧道："你去了，不是更让人说闲话吗？"

他身子一颤，深深地看着我，眼里涌出痛苦之色。那种带着歉疚和自责的痛苦神情让我觉得有些奇怪，却也来不及多想，只低声道："我能处理好的。馨儿，你先找几个家丁过去。"

馨儿急匆匆地跑开了。我见安远兮脸上的戾气未消，怕他冲动乱来，低声哀求道："远兮，你别去，求你了。"

"对不起！"安远兮咬了咬牙，那痛苦的奇异眼神似乎要望到我的心里去，"对不起，是我害了你……"

"呃？"我丈二和尚摸不着头脑，对他突如其来的痛楚表情觉得莫名其妙，"跟你没关系，她们是冲着我来的……"

"你不懂……"安远兮的目光中蕴含了太多复杂的情绪，我的确不懂。他别过脸，轻轻拿开我的手，语气里含着一丝软弱："你快去吧。"

他转身往外走，背影说不出的萧瑟和悲凉。我不明白他全身何以突然散发出如此绝望的气息，令人感到窒息。我动了动唇，竟然发不出声音，怔怔地看着他的背影转过墙角，才蓦地回神，赶紧往花园走去。

小红和费姨娘的战争还未结束，两个人滚在地上扭成一团儿。女人打起架来，什么难看的姿态都出来了，扯头发抓衣服，两个人都发鬓蓬乱、衣衫不整、满身泥土。"别打了，别打了……"馨儿带了几个家丁站在一旁，又不敢上去拉。我阴沉着脸走过去。馨儿见我来了，松了口气："少夫人……"

"把她们给我拉开！"我蹙了蹙眉。几个家丁听令后，赶紧上去拉人。我扫了眼前一圈："诺儿呢？"馨儿说小红是带着诺儿在花园玩，才与费姨娘发生争执的，可我却没见到诺儿的人影。

"小红姐姐与费姨娘刚刚争吵的时候，奶娘就带小世子回房了。"馨儿赶紧道。我满意地点点头，做得好，回头给奶娘涨工钱。

此际小红和费姨娘已经被家丁拉开，两个人狼狈不堪，气喘吁吁地各站一边。我冷笑道："敢情咱们永乐侯府成了市井天桥了，看看你们成什么样子！"

小红被我骂了，咬着牙不出声，只是恶狠狠地瞪着费姨娘。费姨娘似乎记起了自己的身份，狼狈地捋了捋头发，尖声道："峥大嫂子，你来得正好，永乐侯府就教了这些规矩？下人也敢跟主子动手……"

"费姨娘！小红是我妹妹，并不是下人。"我淡淡地道。费姨娘不以为然地翻了翻白眼，嗤道："即便不是下人，我也是长辈，长辈教训小辈是天经地义。峥大嫂子，这云府由你当家，你的妹子犯了错，是不是该行一下家法？"

"费姨娘不用着急，我自有分寸。"我看了小红一眼，"小红，你给我说说，到底是怎么回事儿？你怎么会和费姨娘打起来的？"

小红迟疑了一下，看了在场的家丁一眼。我知道她定是顾忌费姨娘说的那些话太难听，不敢当着这么多人直说。费姨娘眼里闪过一丝得意之色。我冷冷地道："小红，你要实话实说，可不要冤枉了费姨娘，否则……"

小红听我这样说，知道我已有分寸，哼了一下，恶狠狠地瞪着费姨娘，大声道："姐姐，刚才我和馨儿还有奶娘带着诺儿在花园玩，看见费姨娘走过来。我知道她是泽云府的姨奶奶，给她见了礼。费姨娘知道诺儿就是小世子后，面露鄙夷之色不说，还出言侮辱姐姐和诺儿……"

"她怎么说的？"我见费姨娘蓦地变了脸色，接着问。

"她说姐姐是出身青楼的淫娃荡妇，不知道使了什么媚术迷住了侯爷和峥少爷，才将姐姐娶进侯府……"小红有些迟疑地看了我一眼，声音渐微。我面无表情地道："大声点儿，接着说！"

小红咬了咬牙，接着道："她说姐姐这样的人根本不配嫁到云家，不配做云家的当家主母。还说姐姐不守妇道、不安于室，死了丈夫耐不住寂寞，不但不顾廉耻地公然勾引曜月国的王子，还在家里和……"

我越听，脸色越冷，转脸冷冷地盯着费姨娘。费姨娘被我冰冷的目光吓得往后退了一步，尖声道："她胡说！她血口喷人！你这该死的丫头敢乱讲……"

"本夫人在问话，岂容你大声喧哗！"我冷冷地看着她，"来人，给我掌嘴！"

"你敢……"费姨娘一惊，一句话还未说完，已经被家丁制住，另一个家丁上前，扬手就给了她两耳光。我寒声道："接着打，本夫人没喊停！"

我待下人向来和善，云府的下人从来没见过我拿主子的身份压人，刚才听我自称"本夫人"，已知我是动了真怒。那家丁闻言，下手不敢留情，扬手接着一连串耳光扇下去。清脆的巴掌声啪啪作响，片刻不到，费姨娘的左脸便肿了起来。我面无表情地看着，直到费姨娘嘴里冒血，和着牙齿喷出来，我才稍稍消了点儿火。这会儿，却听到有人叫：“住手！”

我转头见老爷子和安远兮带着泽云府几位夫人急急忙忙赶过来，那声“住手”正是卢老夫人喊的。费姨娘一见来了救星，尖叫道：“婆婆救我！”家丁看了看我的脸色，见我冷着脸不说话，不敢停，仍然一下接一下地死命地打。卢老夫人走到我面前，沉着脸道：“峥儿媳妇，薛姨娘怎么惹得你发这么大的火？”

“住手。”我淡淡地道。家丁停下手，费姨娘被扇得头昏脑涨，站都站不稳。她身后的家丁一把将她拎住，她抬起头，左脸又红又肿，唇角下巴满是血污，哀声哭叫道：“婆婆，你要为媳妇做主……”

“卢老夫人来得正好，本夫人就当着你们的面儿办这事儿，省得事后还要回话。”反正事情已经闹大了，索性我再给它加把火。我故意不喊她叔婆，就是暗示这事儿不能善了。老爷子见这阵势，倒是面容平静，只是微微看了我一眼，一言不发。我看了安远兮一眼，知道定是他通知老爷子过来的，这会儿也顾不得埋怨他了。我冷冷地看了费姨娘一眼，对小红道：“小红，把刚才的话给爷爷和各位夫人再重复一遍。”

小红把刚才那些话又讲了一遍，老爷子的脸越来越沉，安远兮眼中冒火，几位夫人听得脸色一变。卢老夫人忽地转头骂道：“你这不知天高地厚的东西……”

“老夫人先不要骂她，小红还没有讲完呢。”我语气淡漠，“小红，接着往下讲。”

小红至此已知我不会善罢甘休，立即大声道：“我听费姨娘这样辱骂姐姐，气不过，说姐姐怎么也是小世子的母亲，让她口下留德。可她说什么小世子？不过是婊子养的杂种，还不知道是跟谁偷人偷来的……”

我目光一凛，老爷子捂紧胸口，死死地瞪着费姨娘。安远兮赶紧扶着他，坐到一旁的石凳上，眼睛横向费姨娘时，闪过野兽般的光芒。卢老夫人和马夫人一见老爷子的表情，脸都白了。费姨娘见状，没被打肿的半边脸也变得惨白。她扑向小红，嘶声尖叫：“你胡说，你诬蔑我……”

两个家丁死死地拉住她，小红不由得停下来，我寒声道：“接着讲！”

小红被我的声音吓住了，赶紧又道：“她说峥少爷自小身体就弱，根本不能行房事，小世子的模样长得不像峥少爷，不知道是谁的种。她还说姐姐跟二少爷以前就有私情，现在也是不清不楚，说不定诺儿是姐姐与二少爷苟且而来的私生子……”

场中如同死一般寂静，每个人的目光都看向费姨娘，像在看一个死人。我不再去看老爷子等人的表情，一字一字道：“后来呢？”

“我被她气得半死，叫她闭嘴。她说我一个丫鬟竟然敢跟她叫器，说要代侯府教训我这不知尊卑没有规矩的下人，然后就动手打我。我一时气不过，就跟她打起来了，然后姐姐你就来了……”小红说完，退到一旁。费姨娘早被众人那森然的目光吓得手脚都软了，再看到我眼中露出令人毛骨悚然的寒光，疯了般地挣扎起来，歇斯底里地尖叫：“她胡说！她冤枉我！你这贱货，你信口雌黄，不得好死……”

“一家之言，的确难以服众。”我握紧了双手，语气冰冷，“馨儿，你当时也在场，小红有没有胡说？有没有冤枉她？”本来在老爷子他们到来之前，我听到小红说费姨娘骂我的那些话，心里虽然不怎么舒服，但也不是很生气，这些空穴来风诬蔑我的话，我以前在青楼的时候还听得少了？要是每听一次便去生气，早就把自己气死了。可是没想到她后来骂出的内容这么劲爆，而且，恰恰踩到了我的底线。我可以不理别人怎么骂我、怎么往我身上泼污水，但不能容忍我的诺儿受到这样的屈辱。诺儿是我和云峥的儿子，是我的命，我绝不允许任何人给他一分一毫的委屈！

“回少夫人，小红姐姐没有说谎。”馨儿点点头证实小红所言无虚，“奶娘当时也在，夫人还可以请她出来做证！”

“很好。”我挥手让她退到一边，冷冷地盯着费姨娘，开口道，“你说云峥不能人道，有什么证据？”

“我……”费姨娘害怕地看着我。我不容她开口，冷笑着逼问：“你说诺儿不是云峥的儿子，有什么证据？”

费姨娘的眼睛求助地看向卢老夫人和马夫人，两人避开她的目光。薛姨娘似乎也被吓呆了，根本对她的求援没有回应。我瞥了一眼老爷子和安远兮铁青的脸，转头继续逼问：“你说诺儿是我和小叔的儿子，有什么证据？”

“我、我……”费姨娘终于明白她把自己逼到了死路上，她的同党已经把她作为弃子抛弃，眼中透出恐惧。我冷冷一笑，厉声喝道：“你有什么证据？说！”这声厉喝夹带着我雷霆万钧的怒气，我的愤怒、屈辱、不甘、怨恨，全都隐含在内。费姨娘如被雷击，瘫倒在地，瑟瑟发抖，哭叫着尖声道：“我没证据，没证据，我是胡说的……”

我冷哼一声，转头看向卢老夫人："卢老夫人，你听到她说的了？素闻夫人治家严谨，教子有方，所以才教导出想容那样德容出众、被皇上'上记名'的孙女儿。没想到想容居然有这么一个造谣生事、满口秽言、毫无教养的庶母！不分尊卑，造谣诬蔑小世子和本夫人，不识礼仪，在我永乐侯府随意叫骂动手打人，这就是泽云府的家教吗？"

"这贱人做出这等败德之事，妾身无颜面对侯爷和夫人。"卢老夫人自然听得出我这番话里的厉害，老脸惨白，咬牙道，"妾身就将她交给夫人，但凭处置。"

"按天曌国律例，贱民冒犯朝廷命官，杖责四十。爷爷，我说得没错吧？"我转头看向老爷子，见卢老夫人一众已经冒出冷汗。寻常壮年男子也受不起二十廷杖，四十记打下去，这费姨娘只怕得当场丧命。卢老夫人的唇动了动。只听到老爷子嗯了一声，语气听不出喜怒："不错。"

卢老夫人见状，便是想求情也不敢开口了。我冷冷一笑："那今儿费姨娘可了不得呢，对云峥不敬，对小世子不敬，对本夫人不敬，难道费姨娘不知道，我们都是有品衔的吗？"此言一出，卢老夫人似是猜到我要说什么，脸微微一抽，面如死灰。我冷哼一声，寒声道："拖下去，杖责一百二十！"

"婆婆救我……"费姨娘一听，全身瘫成一团烂泥，在家丁拖她下去的时候，才拼命叫出一声。卢老夫人身子也是一软，侧目不忍视之，马夫人和薛姨娘赶紧扶住她。我分明看到三个女人眼中的恐惧，是，我是要杀一儆百，是存心要费姨娘的命！我说过，我绝不会轻饶待薄我的诺儿的人，不管他是谁！

"卢老夫人好像身体不适，不如早点儿回府歇着！"我淡淡地看了几位夫人一眼，"费姨娘受完罚，我自会让人送回府上。"

卢老夫人嘴唇哆嗦着，却不回话，脸上直冒冷汗，马夫人和薛姨娘赶紧也将她扶坐到凳子上。过了一会儿，家丁跑来报："少夫人，费姨娘晕过去了！"

"我有叫停吗？"我冷冷地道，"继续打。"卢老夫人恐惧地看着我，知我定不会放过费姨娘了，身子微微发抖。马夫人与薛姨娘更是花容失色，特别是薛姨娘，之前在大厅里，她也曾对我出言不逊，此刻根本不敢看我。家丁一听，赶紧跑出去，又过了半晌，跑进来报："少夫人，费姨娘她……死了……"

"啊……"卢老夫人一众闻言，失声哭起来，却不敢开口说半个字，只是低声抽泣。我冷冷地看了她们一眼，淡淡地问："还欠多少杖？"

家丁道：“还欠九十七杖。”

“打！接着打！该用多少力，一分都不能减！就是死了，也要给我把刑杖受完！”我狠狠地道，“我要让所有人知道，对小世子不敬的下场！”敢撩虎须，就要有能承受后果的能力。我在这一刻，突然深刻地理解了当年云峥的母亲白夫人看到云峥中降后那种疯狂的心情，仅仅是有人辱我的诺儿一句，我便不能忍受，何况是害她儿子的性命？若是我，也会发疯吧？

一句话，成功地把卢老夫人一众的眼泪吓回去，薛姨娘全身发抖，白眼一翻，竟晕了过去。几位夫人的丫鬟手忙脚乱，又是掐人中，又是抚胸口拍背。我蹙了蹙眉，老爷子似是也懒得再看，起身道：“叶丫头，这儿忙完了到我房里来一趟。”转头看了看面如土色的卢老夫人，老爷子淡淡地道：“弟妹，你也累了，早些回去。”

说完，也不再看他们，安远兮扶着老爷子径直离开。卢老夫人让马夫人扶着，颤悠悠地给我行礼：“荣华夫人，妾身年纪大了，出来久了有些乏，就不在府上叨扰了。”

“叔婆要保重身体才是，您可是泽云府的支柱啊，要是有什么事儿，可让这一大家子人怎么办呢？”我淡淡一笑，虚伪地不再称她卢老夫人，“叶儿送您出去吧？”

她这会儿却不敢跟我套近乎了，赶紧道：“夫人事忙，不用麻烦了。”

“那叔婆走好！”我客气地欠了欠身，扬声道，“馨儿，送夫人们出去。”

✵ 第五十五章 抽丝

屋子里点着宁神静气的龙涎香，我看着黑陶的熏炉里袅袅冒出的淡淡青烟，心神一下子有些恍惚。被云峥最爱的香气包裹着，依稀忆起当年在沧都篱芳别院与云峥的初见，他从亭中抬起头来，双眸清雅而深邃，温柔地道："叶姑娘……"

……

"叶丫头，你来了……"老爷子突然出声道。

我回过神，走向屋中躺椅上闭目养神的老爷子，笑道："我吵着爷爷休息了？"

"我本来就没睡着。"老爷子睁开眼，淡淡一笑，"过来坐。"

我坐到躺椅旁的鼓凳上。老爷子轻声询问："二房的人都走了？"

"是。"我一脸平静。老爷子看了看我，笑道："今儿让你受委屈了。"

"我受点儿委屈没什么，但是我不能让诺儿受委屈。爷爷，我不认为我这件事做错了。"我冷冷地道，"她该死！"

"她是该死。"老爷子意味深长地看着我，"谁说你做得不对了？你既是云家的当家主母，处置家务、执掌家法是你的权利，谁敢说你的不是？"

我静静地看着老爷子，在心里掂量着他这番话的真实性。话虽如此，但我今天杖毙的可不是一个无关紧要的下人，而是二房堂叔娶进门的妾室，真的没有关系吗？

"一直以来，我都有些担心。我把云家交到你手上，其实也是心怀侥幸的无奈之举。"老爷子望着我微微一笑，轻叹道，"丫头，冷静、沉着、敏慧、气度、谋略，你都不缺，可是要当好云家的当家主母，你独独还缺一样——狠心。"

我微微蹙眉，只听老爷子接着道："不过今天过后，我才是真正完全地放心了，以后就算爷爷不在了，也不用怕你和诺儿被人欺负……”

“爷爷，你别这样说……”我嗫嚅着不能言。每次听到老爷子说这样的话，我总感到害怕，像是在交代遗言似的。老爷子笑着拍了拍我的手背，道：“处理宗族事务，有时候就需要你今日这般的狠绝和魄力，快刀斩乱麻地迅速将事件处理掉。今天这件事，你做得很好，远超出我的想象。”

我没有出声。老爷子接着道：“这件事让二房那边灰头土脸，原本她们是想挑你的错儿的，结果反而让你在她们面前立了威，以后你做起事情来便容易得多。”

“爷爷，二房那边这次上门，想容那件事只怕是个托词，她们真正的目的不是这个吧？”我挑了挑眉。老爷子似笑非笑地道：“那你认为她们的目的是什么？”

“把我赶下当家主母的位置。否则也不会大费周章地彻查我的来历了。”我笑了笑，看着老爷子道，“若不是费姨娘太愚蠢，用错了方法，本来她们是有五成胜算的。”

“哦？你为何会这样认为？”老爷子笑着问。我盈盈一笑：“爷爷，那几位夫人当着我的面儿都敢发难，必是有所依恃，看我出去了，还不向您趁机进言？”

“你这丫头！”老爷子哈哈大笑，“想知道她们跟我说了什么吗？”

“爷爷不妨说说，看叶儿猜得对不对。”我莞尔道。

“她们说只是让崎儿娶妻，也断不了闲言碎语，不如釜底抽薪……”老爷子的目光扫过来，淡淡地道，“给你寻一门好亲。”

我抿紧唇，果然是好办法。首先拿我和安远兮以前那一段情说事儿，再揭穿我青楼女子的出身，说我不配占着云家主母的位置，没准儿还会敲打一下老爷子，若是让人知道诺儿这个小世子有个曾做过青楼女子的母亲，云家可丢不起这个人，最好是把我赶出云家，远远送走。让我嫁人恐怕是她们想出的最仁慈的主意了。我唇角微扬：“这么说来，她们是连人家都帮我选好了？”

“嗯，哼。”老爷子哼了哼，“曜月国的三王子乌雷，是位最适合的对象。”

“这么清楚？”我冷笑，“怕是她们背后的主子的意思吧？”

老爷子眸中精光一闪：“你也想到了？”

“既然当年二房可以和景王合作，如今景王正得势，他们怎么会不颠颠儿地贴上去巴结？”我淡淡地道，“其实是很明显的事，景王在爷爷这里走不通的路，在别人那里未必走不通。”

“所以你认为，让你远嫁曜月国是景王的主意？”老爷子神情莫测地道，“这样做他能得到什么利益？”

这我得好好想一想才能作答，我思考了一下，道：“第一，拉拢乌雷；第二，分化云家；还有第三个可能就是……以此作为要价的筹码，让云家支持他夺权，就算不支持他，至少不要反对他。”

老爷子垂着眼皮，听我说了前两条都没有什么特殊的反应，听到我说第三条，才抬起眼皮，静静地看着我，眼中有了一丝笑意：“何以你会认为这是他要价的筹码？”

“因为在当前形势下，云家支持景王是符合家族利益的。”我的思路越来越清晰，滔滔不绝地道，“我们已经知道他是我们的仇人，可是景王并不知道。估计景王前两次来侯府主动示好，没得到爷爷的回应，他自己肯定也很纳闷，或者还在心里揣测过爷爷的意图。不过他顶多只会以为是爷爷囤货居奇，想留到最后抬个好价。虽然现在他掉头找了二房，不过他也知道二房根本没有什么实权，云家的权力集中在长房侯府，与二房勾结，不过是想逼爷爷与他合作罢了。”

“那你怎么认为，这仅仅是他要价的筹码？”老爷子的唇角勾起来。我看着老爷子，唇角也扬起来：“因为他的要价太高了。”我有皇上的金口玉言护身，他不能强逼我嫁人。既然他已经查过我的底，就该明白我一定不会嫁给乌雷。所以，他顶多只能拿这个来敲打敲打云家，看能不能谈个比较合适、双方都能接受的条件出来。”

“可如今二房的人把事情办砸了。”老爷子笑眯眯地看我，“景王会怎么办呢？”

“或者景王一开始就没指望过二房能把这件事儿办成，他只是让二房的人来做这块敲门砖，提醒爷爷您，不要对他太冷淡罢了。他不是傻子，不会不知道以云家的势力，给我制造一个清白的出身易如反掌，那些所谓的丑闻和把柄最终会变成真正的谣言。”我慢条斯理地道，“景王送了帖子让我赴三日后为乌雷饯行的国宴，爷爷您知道了吧？”见老爷子微微点头，我笑了笑，接着道，“所以呀，这事儿还得他亲自出马。”

“看来你已经有对付他的主意了。”老爷子摸着胡子，眼睛弯成月牙儿状，笑得很奸诈。我把嘴角也弯得跟他一样：“我会演出好戏给他看的。”

回了房，冥焰竟等在屋里，见我回来，猛地冲到我面前，一脸担忧的表情：“姐姐，怎么会闹出这么大的事儿？泽云府的人到底想怎么样？真可恨，我当时怎么就没在……”

我笑道：“都没事儿了。你今儿去哪儿了？”

冥焰懊恼地道：“还不是那个其其格缠着我？我本不想理她，可她说要为那天的事道歉。要是我在家，一定不让泽云府的人欺负姐姐……”

“其其格公主居然跟你道歉？”我笑着看他，那丫头居然放下身段来找冥焰，倒有些稀奇，看来冥焰在她心里还真是有点儿地位。冥焰闷闷不乐地嗯了一声。我笑着拉他坐到凳子上，笑道：“只是道歉吗？”

冥焰的脸微微一窘：“嗯。”

“真的？”看他那样子，我才不信呢。冥焰抬眼见我似笑非笑地看着他，脸上一红：“真的。别说她了，没见过这么烦的女人。”

我见他这样子，知道其其格找他，肯定又说到让冥焰跟她回曜月国一类的话题。我叹了口气，望着冥焰，认真地道：“冥焰，草原儿女性格耿直豪爽，你若真的不喜欢其其格公主，千万别拖拖拉拉的，让人产生误会，一定要跟她讲清楚，知道吗？”

冥焰望着我，点了点头：“我知道了，姐姐。”

“不过，你要是心里也对人家有一点点意思……”我话还没说完，冥焰已经恼得站起来：“我才没有！我真的不喜欢她！”

“好好好，我不说了，不说了……”我赶紧安抚他。冥焰抿着唇看了我一眼，正要说话，宁儿进来道：“少夫人，二少爷说有事在书房等您，请您去一趟。”冥焰听了，对我道：“姐姐，那我先走了。”

“嗯。”我点点头，起身理了理衣服，猜测安远兮那里定有要紧的事，否则不会在刚被二房的人闹过的当口，还不避嫌地让我去书房。天已经黑了下来，到了书房，见到房里透出明亮的烛光，安远兮正蹙着眉，坐在书桌后怔怔出神，不知道在想什么。我轻咳了一声，安远兮回过神，见我进来，起身道：“大嫂。”

“什么事？”我坐到软榻上，直截了当地问。安远兮将手里捏着的纸条递给我，我展开一看，吃了一惊：“什么？九王爷疯了？这是真的？”

“是不是真的就不清楚了，不过，这消息是看守九王爷府的士兵传出来的，而且散布得很快，朝中大臣差不多都知道了。景王也带了心腹去看过，证实了九王爷的疯癫。”安远兮道。

九王爷发疯的消息，无疑让原本就动荡不安的朝中局势更加明朗化。皇帝病重，有资格继承皇位的两个人中一个发了疯，就算是以前还有些摇摆不定的朝臣，只怕如今也会统统倒向景王了。只是九王爷怎么会突然疯了呢？是景王搞的鬼吗？先把九王爷圈禁起来，再伺机解决掉这个潜在的威胁，还是九王爷为求自保，像当年的明成祖朱棣一样，装疯保存实力？

“疯了？”我喃喃低语，随即笑了笑，“不管是真是假，都跟我们没多大关系。只不过是加了一把火，把景王推得更高罢了。”

“九王爷的事是可以暂时不理，不过还有一件事，你一定要知道。”安远兮道。

“什么事？”我看着他，“你说。”

“京中这两日悄悄流传起一些流言，是关于景王的，来得十分蹊跷。”安远兮道。

“什么流言？”我诧异地道。安远兮道：“有流传景王性喜渔色，把青楼女子纳进门做妾；说他除了喜欢上青楼鬼混，还霸占好些京官的貌美夫人；还有人说先帝早夭的五皇子和七皇子，其实是他与庶母生的私生子，因为怕被先帝查出来，才把儿子弄死的；说他滥用淫药，身子早就被酒色掏空了……总之，都是一些关于景王失德的流言。”

我蹙起眉，这倒有些有趣了，这些流言果真来得蹊跷，不早不晚，偏在景王王得势的时候出现，明显是想降低他在民间的声望。从古至今，老百姓最喜欢听的，便是这些达官贵人的八卦。我可不敢小看这些八卦新闻的传播速度和变形速度，从那个“哈雷彗星从天上飞过”几经口授之后变成了“哈雷将军要来军队视察”的笑话，便可以想见人言的可畏，等景王察觉过来有所行动的时候，只怕他在民间的好色形象已经不可挽回了。

这些流言是谁放出来的呢？皇帝，还是九王爷？若是皇帝，我便可确定他的病真的只是一场苦肉计，那这些都是他一早布置好的，景王一步一步走入他设立的圈套中。若是九王爷，是否表示他并不像表面上看来那么弱势，至少他还有能力安排这些事，伺机反扑？

“这么有趣的事，不如咱们也凑凑热闹吧。”我懒懒地看了安远兮一眼，轻笑道。

安远兮俊眉一扬，没有马上出声，听我接着道：“老百姓最喜欢听的流言，除了这些八卦艳史，还有恐怖传闻。若是有人说景王为了长生不老，每天都要吃一个小孩的心脏，或者经常抓一些壮男，开膛破肚取下他们的肾，滋补他那被酒色掏空的身子；也许还有他之所以这么好色，其实是在练一种邪功，采阴补阳，把那些女人的精气吸干，只剩一张人皮……嘿嘿……”我笑得很阴险，“景王殿下那么喜欢散播谣言，现在把他自己的逸事也拿来丰富一下天下百姓茶余饭后的生活，不是很有趣吗？”

安远兮静静地看着我，唇角却带上一抹浅浅的笑意：“我明白了。”

“不过，只是流言还不够。等到流言已经无法控制和遏止，令人神共愤的时候，就需要别的东西再加一把火了。”我的唇角弯起来，在这方面我要感谢我前世那五千年老祖宗流传下来的智慧。想了想，觉得说不太保险，我走到书桌前，摊开一张纸写下我的想法，递给安远兮。安远兮看了，眼中闪过一丝惊异之色，看着我的目光也凝重起来。我轻声道：“记住了？”安远兮点了点头。我笑了笑，抽过他手里的纸，揭开灯罩，将那张纸放到烛火上点燃，看着它化成黑蝶消失在我面前，才平静地道：“记住了，该怎么做就由你安排吧。”

“好。”安远兮的脸在烛光下带上一丝朦胧的昏黄，忽明忽暗的光在他的脸上制造出动荡的阴影，仿若绝色。我心中一动，将灯罩重新罩上，轻声道：“还有事吗？”

“没有了。”他的声音也低下来。“那我走了。”我转身往门外走，安远兮在身后叫住我：“大嫂……”

“嗯？”我顿住身子，突然没来由地有些心慌，不敢回头，连脊背也微微僵硬起来。只听到安远兮费力地道：“白天那件事……我……我会严令他们不准私传……”

我怔了一下，随即明白过来，不由得笑了笑：“没用的，别费事了，便是侯府不传，你还管得住泽云府不传吗？”话是这么说，我心中却仍是一暖，为他的好意。因此，我的语气故意带上几分轻松：“不过我想看过费姨娘的下场之后，泽云府也不敢再乱说话了。你别担心。”

“对不起……”安远兮的声音有一丝颤抖，我听到他有些急促且沉重的呼吸，“都怪我，让你受这种侮辱……”

我再次觉得莫名其妙，不解他为何总以为别人泼我污水跟他有关系。脑中闪过一个念头，我有些恍然，蓦地转过头看他：“为什么这样说？你是不是很后悔当年和我有过肌肤之亲？”

安远兮的脸色一变，急急地道：“我……”

“行了，你不要说了，我明白。”我转过头，自嘲地笑了，“你根本不用自责，其实那件事真要算起来是我强迫你的。你向来注重礼教，如果不是我逼你，你根本不会……”

“不是的，叶儿……”安远兮一步冲到我面前，情急之下竟然忘了叫“大嫂”，“我没有……”

“如果那件事让你这样难堪，我很抱歉。”我疲惫地闭了闭眼睛，快速地打断他，无力地道，“对不起，我累了。我先回房了。”

安远兮满脸痛苦地看着我，嘴唇微微一动，却一个字也说不出。我转身往门外走，脚步突然变得重若千钧，胸口沉甸甸的，压得我喘不过气。我一步一步地往外走，心中只觉荒诞至极，当年和他那段甜蜜温馨的感情，对我来说是一段美好难忘的回忆，没想到之于他，却是郁结于心的不堪负担。勉强行出书房，我的身子无力地靠在回廊转角的柱子上，望着洒在地上明亮的月光，良久，自嘲地笑了。

❋ 第五十六章　幻镜

转眼便是三日后为使臣饯行的国宴，景王在请帖上强调一定要准时赴宴，我计算着时间，换了衣服准备进宫。我没有按照礼仪穿戴朝服花冠，只着了一身素袍。袍子是“天锦绣”最新出产的样品，款式简单大方，用料却是顶级的冰蚕丝织就的雪锦，月牙儿白的缎面上织着玉兰花的暗纹，仿佛流淌着荧光；头发仅用一支玉色温润的白玉兰花簪在脑后绾成一个简单的髻。眼睛半瞎之后，我的服饰尽量简约，便是进宫也不例外，没有那身繁重的衣饰压身，觉得分外轻松。现在眼睛虽然已经好了，为了避免麻烦，我没有宣扬，这服饰还是照旧好了，倒省得让人看出什么来。

进了宫，领路的太监把我和小红带到御书房外。在路上我已经觉得十分奇怪，不是说有饯行宴吗？难道这宴会摆在御书房不成？这景王，真够大胆，皇帝和太后虽然都不在宫中，可这天下还不是他景王的，他就如此急不可待地把皇帝的御书房占了，司马昭之心，已是路人皆知。

小红被宫人拦下，在庭院里等我。太监在殿外禀报了一声，领我踏进御书房，又静悄悄地退了出去。景王坐在书桌后，手里拿着一卷书。我微微欠了欠身：“监国大人有礼。”景王抬眼，见我进来，搁了书，笑道：“荣华夫人不用多礼，请坐。”

我坐到一侧的椅子上，望着眼前这个害死云峥的罪魁祸首，将满腹仇恨死死地压在心里，面上一脸平静：“监国大人，怎么，这饯行宴取消了吗？”

“没有没有，宴会还有一会儿才举行。”景王笑道，“本王让夫人提前半个时辰进宫，是有些事想在宴会之前跟夫人商谈。”

我早知道这才是景王请我赴宴的目的，所以只是很平静地看了他一眼，不出声。

既然是你找我，自然会把事说出来，我何须着急。景王见我反应平淡，笑了笑：“夫人不问本王何事吗？”

“监国大人都把妾身找到这里来了，我不问，大人就不说了？”我微微一笑。

“哈哈！夫人不愧为云家的当家主母，镇定沉着，有大家风范。”景王被我这样抢白，哈哈一笑，也不动怒，叹道，“最近市井中流传着一些诋毁夫人的污言秽语，用词不堪，连本王听了都十分生气。夫人以一己弱质之身担起家族重担，个中辛酸，令人……”

他一开口便是示好，语气里满带对造谣者的愤慨，表露着对我的同情，眼里有一丝意味不明的光芒，我已经笃定他是真的打算拉拢云家了。

国库虚空，朝廷连平南方盐祸的钱都是云家出的，这当儿北疆又起战事，战争是最耗银子的黑洞，他初掌兵权，派了自己的心腹去北疆平乱，必定想在此次战乱中立下军功。没有钱，打什么仗？

我心中越发笃定，面上只是淡淡一笑：“流言止于智者。妾身行得端，坐得正，不会将奸险小人的恶意中伤放在心上。”

“那是，那是，夫人如此年少便当了家，家中的长辈必定有些不痛快，夫人不用将那些小事放在心上。”景王笑道，语气莫测。看来我杖毙费姨娘的事已经传开了，景王如果聪明，就会知道再提让我下嫁乌雷一事，只会碰一鼻子灰，绝得不到半分好处，却不知道他现在有什么东西可以拿来和云家进行利益交换。他可以给云家许下什么承诺？名？利？以云家现在的地位，很难再上一步了，说实话，我还真有些好奇。

我笑了笑，也不说话。景王等了片刻，见我不回应，果然沉不住气，开口道：“若是云世子还在世，夫人必不会受这些委屈。还记得初见云世子与夫人，直叹这世上怎会有如此郎才女貌的璧人，可惜天妒英才，云世子那样惊才绝艳的人物，竟然……”

“王爷找妾身来，只是叙旧吗？”我蓦地打断他的话，垂下眼睑，深深地吸了一口气，身子却微微轻颤起来。云峥，他还有脸提云峥？若不是他，云峥何至于英年早逝？我交叠着垂在袖中的双手握得死紧，指甲狠狠地陷入掌心的肉里，竟不觉得痛。

“唉……本王只是觉得造化弄人，每每想起，也觉得十分伤感……”景王长叹一声，我却感到他的眸光紧紧凝在我身上，似乎在观察我的反应，我身体的轻颤、脸色的变化自然逃不过他的眼睛。景王试探道：“夫人与云世子伉俪情深，必定十分怀念世子吧？”

云峥，云峥……我只觉得心都要滴出血来，紧紧咬着唇。闭了闭眼睛，我平复心里的抽痛，木然道：“纵是怀念感伤，也于事无补，妾身又能怎样呢？”

景王微微一叹，道：“是啊，人生的恨事，都不由自主。但是……”景王的眸光一转，“未必就不可补救。”

我浑身一震，蓦地抬头：“监国大人是什么意思？”

“我的意思是，夫人若真的怀念云世子，本王或许能帮夫人一解思忆之苦！”景王见我脸色大变，眼神中带上几分得意之色。我定定地看着他，语气有一丝颤抖：“妾身愚昧，不明白监国大人的意思，请大人明示。”

景王微微一笑，从书桌上捧起一个锦盒，走到我面前，放到茶几上：“夫人打开看看。”

我看了他一眼，打开锦盒，见垫在盒底的锦缎上躺着一面直径约一尺长的圆形铜镜，样式平平无奇，并无特别之处，不禁有些疑惑地抬头看向景王：“监国大人，这是……”

景王笑道：“夫人，此镜名为‘太虚幻境’，是多年前一位仙长送予本王的心爱之物。这镜不是凡物，若以自己的血启动此镜，便能在镜中看到自己心系之人。”

我闻言一震，手不由自主地抚到镜面上，有些难以置信：“真的？”

“本王绝不打诳语，夫人若是不信，不妨一试。”景王从书桌上拿起一把小刀，递到我手上，“夫人可取一滴指尖血，滴于镜面之上，便可知本王所言虚实。”

我颤悠悠地接过，转眸看向躺于锦盒中的铜镜。这面镜子，真的这么神奇，能让我见到心中最想见的人？一咬牙，我毫不迟疑地在左手食指上割开一道小口，殷红的血珠立即涌出来。我将手指送到镜前，血珠从我的手指滴到镜面上，叭的一声，发出低微的声响。那滴血沾到镜面，像滴进了泥土里，稍时便无声无息地渗入镜中，不复踪迹。镜面顿时像石子投入水中产生的涟漪一般，一层一层地荡漾开来。随着涟漪的扩大，金黄的铜色镜面消失了，镜框之内一片虚空，隔着一层虚无缥缈的蒙蒙白雾，等到那白雾渐淡，一个清雅的人影出现在白雾当中，他的脸上带着我记忆中的温和笑容，轻声地道：“叶儿……”

“云峥……”我痴痴地看着他，眼泪从脸上滑落，“真的是你……”

“是我……”他幽幽一叹，伸手抚过我脸上的泪，“傻丫头，看到我不高兴吗？

哭什么……”

“我就是太高兴了……”我伸手按住他停在我脸上的手，贪婪地看着无数次出现在我梦中的容颜，看着他深邃的眼眸，“云峥，我好想你……”

“我也是……叶儿……”他深深地望着我，喃喃低语，“我也想你……”他的声音低起来，身影越来越淡，白雾渐渐地掩过来，将他的身影挡住。“云峥……”我心慌地抓紧他的手，他的手却在我的指尖上变得透明，渐渐消失。“不要走，云峥，云峥……”我徒劳地想抓住他，可是白雾越来越浓，浓到我完全看不到他在哪里。我呆呆地站在原地，泪，流了一脸：“云峥……”

“荣华夫人！”耳边突然响起景王的声音，我抬眼一看，见他取了一方丝巾递到我面前，“夫人请勿太过伤心。”

再转头看向那面镜子，那镜面已经恢复成铜镜的模样，静静地躺在锦盒之中，我怔怔地道：“怎么会这样？”

“此镜是以鲜血为启动之引，每次注入镜中的血越多，灵镜启动的时间便越长。”景王微笑着解释道，“刚刚夫人的一滴血，只能维持这么短的时间。”

“原来如此……”我擦了擦眼泪，目光又转到那面铜镜上，手情不自禁地抚摩上去。云峥，只恨与你相见的时间太短了。景王拿来与云家交换利益的筹码便是这面镜子吗？没想到他手上竟有这样神奇的东西，竟然还能让我再次见到你，再次触摸到你……景王轻轻咳了一声，我转过头，缩回手，垂睫道：“不好意思，妾身失礼了。”

“夫人对云世子情深如许，本王甚是感动。”景王意味深长地道，“本王就将这面‘太虚幻境’赠予夫人，请夫人笑纳。”

“这……”我故意迟疑了一下，“这是监国大人的心爱之物，妾身怎好掠人之美？”

这面铜镜果真是景王最终的法宝。荣华夫人忆夫成狂在京师已不是什么新闻，景王在这个时候拿出这样一件宝贝，是笃定我一定会要他这面镜子。事实上，的确是，如果他不给我这面“太虚幻境”，我也决定以后想方设法都会把它弄来。景王投我所好，想必之前也是做足了功课，费了些心血的。但他不知道的是，其实他今天无论开出什么条件，只要那条件看起来大致上说得过去，我都会答应他，因为在他势力大盛的时候，答应与他合作才是一个家族族长合理的考虑。皇帝的后招是什么，或者九三爷还会不会有后招，我都不知道，我只能顺应着大局势，让云家在这场争斗中不要过于凸显作用，既然要稳住他，就不能让他起什么疑心。我在懿宁宫对景王党的呵斥和老爷子前两次的疏离只会让景王以为云家在拿势，再多几次，便会令他心生猜忌，以为云家不可为他所用，那时候，只怕他会动杀机了。

“这面‘太虚幻境’虽是本王钟爱之物，但本王用不上它。宝物若不能得偿所用，放在本王这里也是暴殄天物，不若将它送给夫人这样的有缘人，也算得其所哉。”景王的话说得恳切动听，仿佛我不收下，是看不起他似的。我笑了笑，合上锦盒的盖子，柔声道：“如此，妾身却之不恭，谢过监国大人了。”

“夫人太客气了，本王与贤伉俪也算是相识一场，实在不忍见夫人为情所苦。”景王见我收下，眼神中闪过一丝得意之色，特意做好心之状道，“不过，本王也要提醒一下夫人，启动灵镜须以血为引，实在不可多用，以免身体受损。”

“谢王爷提醒。”看到他眼里的得意之色，我微微一笑，知道他马上要提条件了。果然，景王忽而脸色一沉，叹道：“家家有本难念的经，本王能尽一点绵薄之力，帮夫人解忧，是本王的荣幸。唉，可惜本王的忧，朝中却无人可解……”

“监国大人何出此言？”我顺势借着他的话往上爬，把话头丢给他。景王果然很满意，做出一副愁眉苦脸、忧国忧民的样子道：“夫人不知道，本王深负监国重任，唯恐有负圣恩，虽然日日为国事宵衣旰食、殚精竭虑，可仍然无法事事尽如人意。就像此番辰星国再袭北疆，虽然我天曌皇朝不畏它那点微末之能，但战事一开，必定祸及百姓，无法避免伤亡……唉……筹集军饷粮草、采买军需物资、安顿流离百姓，哪一样都需耗费巨资，而朝廷刚平了江南盐祸，实在拿不出这笔款项。唉……本王只要一想到，军中那些热血男儿在边疆为了家国平安抛头颅，洒热血，而本王却不能为他们提供后勤保障，就惭愧万分……”

“监国大人为了国家，真是尽心尽力、呕心沥血，妾身甚为佩服。”我做出感动的样子，景王可以将戏演得这般声情并茂，也着实不易，我便配合一下他好了，“大人万勿忧心，妾身一介女流，在国家大事上虽然帮不上王爷什么忙，不过拿点钱出来，为大人省去后顾之忧，倒是力所能及。”

“夫人此言当真？”景王猛地站起来，再也掩不住满脸喜色。我笑了笑：“妾身岂敢欺瞒监国大人。投我以木瓜，报之以琼琚。妾身得大人所赠宝镜，更当聊表谢意。”拿这笔钱出来，景王以为我是帮了他，其实不然。皇帝再怎么设谋，也绝不会罔顾边疆之危，只一心想着消除内部隐患，做出这种缘木求鱼、危及社稷的事。想到当日在太庙他听闻狼烟危报时，竟然急得咯血，就可以猜到辰星国这场突如其来的战事绝对是皇帝计划中的意外，是他没有估计到的变数。我虽然不知道他的计划到底如何，但至少可以帮他将这些变数清理干净。

“夫人此举对我天曌皇朝，可真是及时雨呀。”景王嘴里说着称赞的话，眼里却闪过一丝讥诮和不以为意。我微微一笑，装作没有看到，故意做出一副极为受用却假意客气的表情：“监国大人过奖了，妾身愧不敢当。”

今日之后，景王可以对云家放下戒心了。云家的当家主母，不过是一个痴于情爱、胸无大志、极易左右的平庸女子，实在不足为惧！

“夫人居功至伟，待我朝将领凯旋，本王必定按功行赏。”景王的戒心一退，便有些得意忘形，言辞也张扬跋扈起来。我起身行了一礼，脆声道：“天曌皇朝有王爷监国，大军胜利在望。妾身祝我军横扫千军，旗开得胜！”

“承夫人吉言！”景王哈哈大笑，显然对我拍的马屁很受用。他捋了捋自己的八字胡，瞥了一眼书桌上的沙漏，笑道：“夫人，到宴会的时辰了，请随本王一起赴宴！”

“王爷请！”我毕恭毕敬地伸出手，欠身做了个请先的姿势。景王瞥了我一眼，双手一背，哈哈大笑着从我身边大步跨出房去。我慢慢地直起腰，平静地看着景王意气风发的背影，唇边也浮起一抹极淡的笑容。

❋ 第五十七章　断发

为外国使臣饯行的国宴摆在御花园中，我刻意与景王保持了一定距离，渐渐掉出老远，等景王受完众人之礼上座，我才缓步抵达。到了一看，除了景王的心腹党羽和乌雷带领的使臣团之外，果真没有其他什么人。南苗使臣不在席间，想来景王还是没准备放他们走。花园里竟然烤着全羊，想来是为了迎合乌雷一众才特意为之。我缓步行去，品衔没有我高的朝官纷纷起身，向我行礼。我突然发现，景王的党羽，品衔没有几个是高过我的，再一思索，心中一亮，发现在三品以上重要的职位上霸着的官员，不是中立派的老臣，就是与皇上有着千丝万缕联系的朝官；不是外戚，便是亲携的世家才俊。这些人的职位不是轻易便能撼动的，更不是随便什么罪名便可以轻易让人顶替的，所以景王党众最近升官儿的虽然不少，却没多少人控制住核心职位。我心中不由得一定，这可是皇帝早已预见的局面？

“荣华夫人真是赏面。”景王像是刚刚根本没有私下约我见过面似的，起身笑道，“夫人快请上座。”

我欠了欠身，坐到上位，笑道：“监国大人客气了，是监国大人给云家面子，否则这给外国使臣饯行的宴会，哪是妾身一介女流有幸参与的？”

我话中暗示他此举不合礼仪，但景王似乎没有听懂，毫不在意地笑道：“荣华夫人真是自谦，谁都知道云老侯爷已经把云家的主事权下放给了夫人，夫人是巾帼不让须眉的女中丈夫，在座各位，谁不钦服？”他眼睛往右侧下方端坐的乌雷一扫，又意味深长地道，“何况这场饯行宴的主宾恳请本王邀夫人赴宴，本王又岂能让贵客失望？”

景王言语中似有调侃之意，我淡淡一笑，知道景王暗指什么。不过如今我与他算是达成共识，结成了利益团体，他还不至于蠢得再拿这件事来触霉头，最多也只是像刚刚这样隐晦地调侃一下而已，我还不至于承受不起。不过……我在心中冷哼，这个景王，当了婊子还要立牌坊，真真是惹人嫌。乌雷提出请我赴宴不正是给了景王一个名正言顺找我的大好机会吗？否则我一个深闺贵妇，平日与他又没啥交情，他想约我单独见面只怕没那么容易。

我抬眼看向乌雷，发现他正专注地看着我，见我的目光扫过去，他微微一笑，举起了酒杯。其其格坐在他身旁，穿着曜月国的民族盛装，打扮得花团锦簇，脸色却不怎么好看，见了乌雷的动作，更是鼓起眼睛瞪了我一眼。我唇角一动，微微垂睫，敛了眼神。这两日冥焰不肯再跟这朵草原之花联系，想必那刁蛮公主心里已经郁闷至极，还是少惹为妙。

景王开始说话，言皇上病重，本不应在宫中开宴，但因寿诞无法顺利举行，让各国使臣白跑一趟，皇上心中甚感不安，此次宴会算是给使臣赔礼。随后给乌雷的使臣团赠送了不少茶叶、丝绸、陶瓷、香料等物品。乌雷和其其格的脸色没什么变化，但使臣团下属的脸上都喜气洋洋，纷纷拍着景王和天朝上国的马屁。景王扬扬得意地让宫女将分好的烤羊肉端到各桌，一边对乌雷举起了酒杯一边说：“王子殿下，本王敬你！”

乌雷笑着举杯，两人含笑而饮，眼神却都带着莫测的感觉。我淡淡一笑，夹了一块烤羊肉放进嘴里，慢慢咀嚼，品味美食的同时也品味着景王和乌雷之间的暗流。

景王……应该是看重乌雷的吧？这倒不奇怪，天曌国周边各国，辰星国于六年前结束以失败告终的北疆之战后，再次与天曌国交恶，眼下正在发起战事。虽然朝廷清楚辰星国的国力，并没有把他们这次发动的外患放在眼里，但谁也不会傻到在这当头去和辰星国的人扯上关系。像景王这样的人，只怕正等着属下在战场上立下大功，为他造势；红日国与天曌国之间隔着一条海峡，两国国土没有直接接壤，虽然多年来有红日国倭寇不时侵犯天曌国东海领域，倭国官方却一直与天曌国维持着表面上微妙的和平，但由于百姓过于憎恨红日国倭寇，对红日国人也大无好感，与红日国关系太密切，反倒有失民心；世居南疆的南苗人虽然也霸着一方湿瘴之地，但势力过于零散，各部族之间本身就未统一，拉拢起来大为不便，何况九王爷身后的凤家军镇守南疆多年，与南疆各部族的首领交情甚好，至少是好过刚刚才得势的景王；唯剩下一个国力比其他三方都强的曜月国，是可供景王拉拢攀交的对象。虽然曜月国与天曌国以前也曾打过仗，但战况没有北疆之战那么惨烈，而且时间也比较久远，人们对战争的记忆已经淡化，这两年两国之间的关系也比较缓和。景王夺权成功，为下一步夺位铺路，也势必要拉拢周边最有势力的国家。不过，仅仅以一点儿茶叶丝绸等奢侈品为饵，便想拉拢曜月国，怕是不太容易。想到此处，我淡淡一笑，怪不得景王要指使二房的人去老爷子面前怂恿劝嫁了，不过，就朝中目前的形势，云家的支持比一个乌雷有用得多，且如今景王拉拢乌雷最大的筹码已经失去，却不知他下一步棋会如何走。

“王子殿下此次来天曌国是为皇上贺寿，表达贵国与我国修好之诚意，如今我皇虽然病重，但与贵国睦邻友好之意并不因此受到影响。”景王笑道，“为表诚意，我国有意开放边城边贸，简化通关手续，加强两国的物产、工艺、文化的贸易与交流，王子殿下意下如何？”

开放边贸？这倒是个不错的主意，也符合国家与国家之间的利益。果然，乌雷闻言脸上带上几分喜色，笑道：“监国大人此举正是为两国百姓谋福，于民于朝皆是件大好事，乌雷岂有不愿之理？”

朝官见两人相谈甚欢，也纷纷发言，大拍二人马屁。忽闻其其格公主娇声道：“监国大人赠给我国丰厚的礼品，又有意开放边贸，促进两国和平友好，礼尚往来，本公主也准备了一样礼物给贵国。”

“哦？”景王似乎有些讶异，“公主也准备了礼物？”

“不错！”其其格蓦地起身，双手一举，将一把金刀呈于众人面前。我的目光淡淡地扫过去，唇紧紧地抿起来，那把金刀，正是草原之上我退还给乌雷的那把。把它也带来了，看来此番乌雷出使，除了给皇帝贺寿，果真是存了别的心思，不是一时兴起的。我定定地看着乌雷，他见其其格拿出金刀，眼中有一丝错愕闪过，随即蹙起了眉，斥道：“宝儿，休要胡闹！快将刀收起来！”

其其格看了乌雷一眼，根本不理他的呵斥，望着景王笑吟吟地不语。那把刀稳稳地呈在她手上，阳光下，刀鞘上的彩色宝石折射着璀璨的光芒。“这是……”景王微微一怔。一旁已经有朝臣卖弄学识，献宝似的道：“监国大人，这是曜月国赛马大会上象征勇敢、能力与智慧的金刀，草原上最英勇的巴图鲁才能夺到这把刀。”

“这位大人好见识！”其其格眼眸微微一转，唤过身旁的侍卫，接下来说的话大含深意，“还不将刀呈给监国大人？”

乌雷面色铁青，狠狠地瞪着其其格，当着众人的面却是发作不得。因为景王已经笑道：“好好，玄虎，呈上来给本王瞧瞧！”

皇宫大内，除了大内侍卫，宫内是不准其他人带刀进宫的。乌雷他们带来的人，身上也不准佩刀，这把金刀也不知道其其格是怎么藏在身上带进宫的，想必是她尊贵的身份让人不敢仔细搜查。景王自是不会让她的侍卫呈刀近身的，所以叫了自己的心腹侍卫下去把刀接了过来。景王接过金刀，打量半晌，抽出半截，阳光下，刀锋冷冷一闪。景王笑道：“好一把美刀！”

其其格骄傲地道：“这是受过长生天精华的金刀，我三哥将它带到贵国，就是希望能将此刀赠给他心目中的阿蒂拉。监国大人，贵国是礼乐之邦，必不会让我们抱憾而归吧？”

我眼皮一跳，没想到稳住了景王不再提逼婚一事，这其其格倒是忍不住了。我淡淡地看着她，她瞥向我的眼睛里有不甘和愤恨。我微微一怔，我与这小公主来来回回也就接触这么两三回，又没有深交，她何以如此憎恨我？只听景王道：“听公主殿下此言，莫非王子殿下还有什么憾事不成？”话是对着其其格说的，景王的目光却似笑非笑地转到我身上。我面无表情，冷眼旁观。只听其其格笑道：“监国大人不会不知道吧？现在贵国全京城的人都知道我三哥对荣华夫人情有独钟。王爷不如成人之美，将这把金刀赐给荣华夫人，成全我曜月国与天盟国这段佳偶良缘！”

景王看着其其格，笑容满面地道：“俗话说‘宝刀赠英雄’，荣华夫人乃女中丈夫，自当配得上王子殿下的金刀。不过……”他眸光一转，眼神落到我身上，微笑道，“荣华夫人身份非凡，她的婚事连皇上都不便做主，且开过金口，须得夫人本人同意，此段良缘，本王怕是难为！”言毕，将金刀蓦地插回刀鞘，却没有让属下退还，只是轻轻放到了案桌上。

我沉默不语，心中冷笑。演吧，演吧，看你还能演出什么戏码来。明知道我有皇上的金口玉言保着，又刚刚跟你结成了利益联盟，虽然不会真的答应其其格，却要利用这个机会，故意卖个人情给我，当真无耻至极。乌雷见我脸色不善，赶紧道：“王爷误会了，乌雷虽然仰慕荣华夫人，但知夫人对亡夫情深义重，断不敢贸然以一把金刀轻易唐突夫人。舍妹莽撞，请夫人莫与她计较。”

“王子殿下此言差矣。”一个朝官没看懂眼前的形势，朗声道，“英雄美人，历来成就传世佳话。王子殿下英武过人，荣华夫人娴雅德馨，郎才女貌，正是佳偶天成，岂有唐突之理？”

我冷眼旁观，这些朝官不知道我和景王已经达成利益联盟，这会儿肯定要帮着景王巴结乌雷，真是一帮蠢材。那边果然不负所望，另一个朝官接口道：“不错，王子殿下贵为曜月国皇子，荣华夫人是我皇钦封的一品命妇，可谓身份相当、门当户对……”

身份相当？把你女儿封个公主的名号嫁到草原去，身份不也相当了？我心中冷笑，面上依然神情淡定。那头又有朝官道：“真是天作之合，两国联姻，比起开放边贸，更可促进国家之间的友好邦交。荣华夫人才高德重，可谓我朝繁盛的文化的使者，必能为草原带去一番新面貌……”

我还和平大使呢？我还手拿橄榄枝的雅典娜呢？我冷冷地看着眼前这些男人的丑恶嘴脸，面无表情地听着朝官七嘴八舌。这些朝官，身为人臣不知以己之才安邦定国，为一己私利，便可将无辜女子当作牲口货物进行买卖交换，让一介弱质女流出卖身体交换两国和平，换取自身的安逸，还给自己的丑恶行径找些冠冕堂皇的大道理。这些男人，就不觉得受之有愧吗？更好笑的是，他们凭什么？凭什么认为我就该听任他们摆布？真真是可笑！

每个大放厥词的人都在偷偷观察我的表情，但我的平静令他们心虚和忐忑，语声不由自主地由大变小。我看着乌雷，心里着实有些恼恨，乌雷呀乌雷，你做这场戏，当真以为我便会依你？然而我在他眼里没有看到得意，只看到了一丝无奈和几分求恕，一怔之下，我随即明白。这场闹剧未必与他有关，只怕是他那刁蛮任性的妹妹私作主张，然而箭已在弦上，事情到了这个地步，他既不能当着众人斥责其其格，又不能随着她胡闹，一时也是两难。我唇角淡淡地勾起，看来，还是得由我自己来做这个丑人了。只是，丑了你的颜面，可怪不得我，毕竟是你那任性妹子先来挑拨的。他似乎读懂我目光中的含义，微微一笑，眼中含了一丝戏谑，面容却平静下来，而我却看懂他眼中那抹看好戏的笑容，心中一笑，看来大家都是看戏的观众。

场面有些冷，景王见众人撩拨得差不多，该他出面卖人情了，便轻咳一声，笑道：“众位大人说得都不错，不过荣华夫人是小世子的母亲，小世子尚未成人，夫人独力撑着一份家业，难处也多，让夫人远离故土，只怕有些为难。”

场面静了片刻，却听到其其格笑道：“监国大人，这只是您的想法。荣华夫人可一直没有开口，不如听听夫人的想法？”其其格转眸看我，笑道，“夫人嫁到我国，于两国还有云家都有利。小世子有个做曜月国王妃的母亲，地位牢不可破，荣华夫人还有什么不放心的？监国大人，您说是不是？”

这话可说得露骨了，我看着其其格眼中又恨又妒的复杂神色，在心里揣测她到底是受了什么刺激对我一再咄咄相逼，蓦地想到她要求冥焰与她回曜月国的事，莫非是因为冥焰的拒绝，所以才迁怒于我？朝官们也在交头接耳。景王看向我，微笑道：“荣华夫人和小世子的未来皆有保障，本王也甚感欣慰，不过此事仍得夫人自己决定。”景王不再跟其其格打太极，将问题抛回给我，“曜月国如此厚待荣华夫人，不知夫人有何想法。”

他语带调侃，我淡淡地看了他一眼，唇角勾了勾，沉默不语。景王脸上带上猫捉老鼠的恶意笑容：“夫人若是愿意，便收下这把金刀，成就一番佳话如何？”

猫捉到老鼠之后，必定要百般逗弄，直到老鼠毫无反抗之力，才一口吞它下肚。景王故意放任他们将我逼到绝境，再出言阻止，好让我承他的情，以后死心塌地地与他合作，想得倒是挺美的。不过，景王殿下，事事皆有意外，你太小看我叶海花了，我若如了你的意，以后这帮朝臣，怕是真不会把云家放在眼里了。

玄虎呈了金刀，跪到我面前，全场顿时寂静无声，连一根针掉到地上都可以听见。我半晌不语，景王脸上露出满意的笑容，以为得计，准备出言拯救我了。他嘴唇刚刚一动，还未开口，我先他一步缓缓地站起来，不给他卖人情的机会。这个举动有些突然，我感觉到众人的目光全都落在我身上。

景王一怔，我不以为然地扫他一眼，既然你要配合其其格整出这么尴尬的场面来，便要受得起接下来的尴尬。脸上挂着冷淡的笑容，我蓦地伸手抓起玄虎手中的金刀，众人面色大喜，景王却抽了口气，失措道：“荣华夫人……”

“监国大人。”我冷冷地打断他，心中冷笑，见我收下刀，慌了吧？我嘲弄地一笑，缓缓拔出金刀，众人面上带上不知所以的诧色，景王眼中一凝。我抿紧唇，把刀鞘丢到地上，其其格站起来怒道：“你敢如此轻视我国圣洁的金刀……”

我微微一笑，不理她的愤怒，环视众人，却不看她一眼：“王子殿下对妾身的厚爱，监国大人和各位大人的好意，妾身甚为感激。不过，妾身与亡夫鹣鲽情深，曾在亡夫坟前立誓，永不二嫁。今日，妾身当着诸位大人的面，愿再次起誓，我云门叶氏海花，生为云家人，死为云家鬼，若违此誓，不得善终，有如此发！”

话音未落，我已拔下脑后的发簪，满头的青丝如瀑布般垂落。我一把捋过脑后的头发，手起刀落间，只觉得脖子一轻，那把青丝便落在了手上。我一头长及臀部的青丝变成了参差不齐的及肩短发，失去束缚，飘然轻扫在脖子上。

“姐姐！”我身后的小红惊呼一声，扑上来抓住我的手，眼泪掉了出来，“你这是做什么呀？你怎么可以断发……”

身体发肤受之于父母，不得无故损之。天曌国的这条风俗与我前世的古代相同，无论男女，断发皆为看破红尘，有离世出家之意。我眼睛扫过席间，见众人面上皆大骇，心中冷笑。我虽然无心二嫁，但其实并未在云峥坟前立下这种誓言，今日断发明志的行为，半是真心，半是作秀。杖毙费姨娘后，外间已经有对我不利的传言，若我孑然一身，根本无须理会，可是我不能不为诺儿着想，我不能容忍任何污水泼到他身上。这个极具震慑效果的方法我已经酝酿数日，唯有如此，才能保护我的诺儿不受那些闲言碎语的伤害。当日二房的人闹过之后，我便一直在寻找这样一个机会以平息外间不利的谣言，如今正好利用其其格的挑衅，将荣华夫人忠贞不贰的贞节烈名传扬出去，说起来，我还要感谢她呢！

“荣华夫人这是何必……”景王偷鸡不成蚀把米，也是一脸震惊。他大概万万没想到我会用这样激烈的方法来回绝众人，那样张狂的人一时竟然嗫嚅无言。再看前面其其格，一脸惨白，乌雷也站了起来，脸色黯然，眼神也是震惊到了极点。我手中捏着的长发被小红夺了拿在手里，我丢掉金刀，对景王欠身道：“监国大人，妾身身体不适，想先行离席，大人莫怪。”

景王唇角微微一抽，脸色难看地道：“荣华夫人身体不适，本王也不便再留夫人了。”

“妾身告辞。”我微微一笑，再也不看眼前这一张张难看至极的脸。小红赶紧扶着我，眼里的泪一直噗噗地往下掉，一只手还紧紧捏着我的头发。行出御花园，见小红哭得伤心，我微微一笑：“哭什么，不就一把头发吗？没什么用处了，丢了吧。”

“不行！”小红连连摇头，“头发怎么能丢掉？我带回去给姐姐存起来。”

傻瓜！我淡淡一笑。我根本不在乎这一把青丝，想我前世那些前卫的女子，不仅有留着跟男生一样的板寸头的，还有剃光头的呢。若是个个都信奉“身体发肤受之于父母，不得损之”，只怕美容美发店和整形医院全都要关门大吉了。我看向小红手里的那把青丝，微微一叹，何况……这世间那个为我绾发的人……已经不在了……还留着这把青丝做什么？徒惹伤心罢了。

✲ 第五十八章　纸鹞

马车上，小红捧着我的断发一阵一阵地流眼泪。我劝了几句见劝不住，索性由着她。她抽泣着从自己的头发上解开发带，将那束断发绑住，编成一条粗长的大辫子，拿在手里张望了一下四周，不知道放到哪里。我指了指景王赠的锦盒，轻声道："放到那里去吧。"

小红打开锦盒盖子，将辫子放进盒子里。我看到盒子里那面铜镜，接过锦盒，手指轻轻地抚上铜镜，眼中微热。云峥，云峥，我又可以日日见你了，这样真好……

"姐姐别难过，头发还会再长出来的。"小红见我露出哀楚的表情，赶紧抹干脸上的泪，劝慰道。

傻丫头，你当我是为了这头断发吗？我笑了笑，盖上锦盒，轻声道："让铁卫将车驾慢些，等等后面的人。"

"等谁？"小红诧异地撩开窗帘，"后面没人呀。"

"会来的。"我将锦盒放到一侧，淡淡地道。小红狐疑地看了我一眼，也不再问，撩开车帘让云乾放慢车速。马车缓缓地在街道上踱步，过了半晌，后面传来了急促的马蹄声，片刻之后，听到乌雷在车厢外朗声道："乌雷携舍妹前来给夫人赔罪，请夫人赐见。"

我微微一笑。小红怒眉一拧，正待发难，我按住她的手，轻轻摇了摇头，示意她撩开车帘。小红强忍下怒气，面色不善地撩开车帘。我见乌雷抓着其其格的手立于前方，一脸严肃。其其格满面通红，又羞又恼。街道两旁有路人的目光扫过来，不少人已经停住围观。我看了看附近，想起红叶的酒肆就在前面转角的巷子深处，淡淡一笑道："街市喧哗，妾身在红叶老板的酒肆恭候两位殿下。"

进了酒肆，红叶将我迎进我的包厢。缺了九王爷的帮衬，红叶的生意清淡不少。我见她面容憔悴，想必已经知道九王爷发疯的传闻，这当儿又不好和她详谈，因为乌雷已经抓着其其格进来了。红叶见势，知道不便留下，轻手轻脚地退出包厢，掩上房门。我看着乌雷，温和地道："两位殿下请坐。"

乌雷却不坐，凝视我的目光中有一丝不舍、痛悔和质问，为何要用这般决绝的方式？我淡淡一笑，坦然地迎上他的目光，这是最好的方式，不是吗？乌雷深深地吸了一口气："舍妹无礼，唐突夫人，铸成大错。乌雷管教无方，特带舍妹来向夫人请罪！"说完，推了其其格一把，"宝儿，还不给夫人赔罪！"

其其格被他推前一步，脸色虽然羞窘，但目光仍是桀骜不驯的。她初见我断发时眼里虽然有难以置信的震惊，此刻眼中却没有太多悔意。我笑了笑："王子殿下太客气了，其其格公主年纪尚幼，性格直率，一时鲁莽也是情有可原，妾身怎么忍心责怪公主殿下。"

乌雷的脸色并未因我为其其格开脱而转好，语带警告，重重地出声道："其其格！"

其其格的脸色白了几分。乌雷未称呼她的小名，她知道不能再忤逆乌雷了，便咬了咬牙瞪着我道："对不起！"

我微微一笑，看着其其格道歉道得心不甘情不愿的表情，轻声道："公主对妾身似乎有什么误会，不如坦言，若妾身真有什么事失礼于公主，定向公主赔罪。"

其其格的脸腾的一下红成一个西红柿，扭转脸不理我。我也不逼她，只对乌雷笑道："两位殿下请坐，妾身还有一事想与王子殿下相商。"

乌雷的目光一直静静地凝在我的脸上，听到此言，唇角微微一动："若不是为了丹尼兄妹返国的事，只怕夫人也不愿再见乌雷了吧？"

我的笑容微微一凝："王子殿下言重了。妾身不是公私不分之人，岂会随便迁怒于人？当日在草原上，王子殿下曾慎重允诺，妾身一直相信殿下是守信之人，对殿下并无误解。"乌雷曾答应我，要用我欣赏的方式来赢得我的青睐，在这一点上，他的确未有过多的自大之举。我与以前身份不同，不再是他随便可以见到的普通民女，他无法接近我才向皇帝上请求赐婚，被拒后也没有出格的举动，大部分原因虽然可能是得罪不起云家，但日日送礼、数次邀约被我拒绝后，遭人讪笑仍百折不挠，这份执着，已经远超许多目空一切的王孙公子了。我轻叹道：“只是妾身与殿下缘分太浅，实在强求不得。”

乌雷的目光渐渐柔和下来，眼里的爱恋已退，带上敬慕与钦服：“夫人是乌雷生平仅见、至情至性的女子。不是人人都有这种幸运，一生之中能遇到一位像你这样的奇女子。之前乌雷一再强求，倒是看轻了夫人，你这样的女子，须得惊才绝世的伟男子才堪匹配。乌雷能与夫人相识，已是莫大的福缘，若能为知己良友，又何必定要困缚于男女情爱？夫人请放心，乌雷从今往后，再无非分之想！”

他终于想通了。我深深地呼出一口气，心情蓦地变得轻松无比，目光和笑容自然亲切起来：“殿下过誉了，是妾身福薄。殿下是草原霸主，必有更值得殿下钟情的女子与你并肩。”

乌雷对我的客套话只是一笑，拉着其其格落了座，笑道：“乌雷以真心与夫人相交，夫人也不用跟乌雷说这些客套话，夫人是否不放心丹尼兄妹随我返国一事？”

“的确。”我点点头，也不再跟他客气，“丹尼兄妹执意随殿下返国，妾身甚为忧心……”话还没说完，窗外突然传来噗噗两声，似乎有一个黑影在拍打窗户。乌雷一惊，蹿到窗前，猛地打开窗户，一只白鸟猛地蹿了进来，围着包厢扑腾着翅膀乱飞。只听到其其格惊呼一声：“纸鹞？”

纸鹞？我看向那只扑腾的白鸟，有些像鹰，但比鹰小，只有信鸽一般大。乌雷见到这鸟儿，脸色有些严肃，伸出手，口中发出几声清脆急促的鸟鸣。那只鸟听到乌雷发出的鸟鸣，盘旋一圈儿后，稳稳地停到了乌雷的手上。接着，奇怪的事情发生了，那只活生生的鸟儿转眼竟在乌雷的手上变成了一只纸折的小鸟。

我还在震惊中，其其格已扑到乌雷身边，急急地道：“三哥，快看发生了什么事！”

乌雷面色凝重地拆开纸鸟，阅读纸上的文字，越看脸色越沉，半晌，一握拳，将那张纸捏在掌心里，对我道：“荣华夫人，丹尼兄妹归国一事你尽可放心，他们不会有什么麻烦的。”

“为什么？”我直觉地认为此事一定与他手里那张字条有关。乌雷迟疑了一下，将字条递给我：“数日前，马尔蒂族迁徙到靠近辰星国边界的一处草场，遭到辰星国悍匪的抢掠，族人几乎被匪徒杀死大半，族长全家都未能幸免，随后草原其他部族占领了马尔蒂族的草场，收编了部族，马尔蒂族……已经从草原上消失了！”

我震惊地摊开字条，见乌雷果真所言无虚，心下仍有些狐疑，忐忑地道：“马尔蒂族不是草原上彪悍的大部族吗？怎么会被一帮土匪灭掉半族人？这消息可靠吗？”

“绝对不会是假的。”乌雷看着我手中的字条道，眼中虽也有不可思议，但更多的是确信的愤怒，“这是纸鹞，是我国萨满巫女在遇紧急国事时，用来传递信息的禁咒术。巫女用灵力将纸条化成纸鹞，在其飞行寻人期间，要用巫术一直对其进行加护，才能让它快速准确地找到收信人。所以这个术法对巫女的灵力有很大的耗损，非万不得已，绝不会使用，巫女不可能用纸鹞来传递假消息。”

“这……”我被这个消息冲得有点儿回不过神来，马尔蒂族竟然被一群土匪灭亡了，这还真是有点黑色幽默的味道。当初马尔蒂族族长率全族灭掉帕图斯族的时候，可曾想到自己也会有被人灭族的一天？我该说这是天道轮回，报应不爽吗？

“夫人，乌雷要马上起程回国，夫人回去问问丹尼兄妹，若他们还愿意跟我一起回去，夫人就让人将他兄妹送到使臣行馆。乌雷告辞。宝儿，我们走。”乌雷得了这个消息，一刻也坐不住，起身告辞出门。我赶紧站起来相送，走到包厢门口，其其格突然顿住身子，回过头对我道：“我……”她的脸色有些苍白，咬了咬唇，低声道，“我没想过要你断发的，我……我想让冥焰跟我一起回曜月国，可他说，这一辈子他都要跟着你，你在哪儿，他就在哪儿。我……我想，要是你嫁给三哥，就会跟我们去曜月国，那冥焰也会跟你一起去……”她的眼里浮起了泪，“我没想到你会……对不起，冥焰若看到你这样，肯定不会原谅我……我、我不跟他道别了，你让他别恼我……对不起……”

“公主……”我心软下来，温和地道，“我明白，我不怪你，冥焰也不会怪你。以后如果有机会，我会让冥焰去草原看你……”

“真的？”其其格眼睛一亮，随即又黯淡下来，苦笑道，“罢了，我也想明白了，有些事是不能勉强的。谢谢你，你是个好人。”

我是好人？我抿起唇，若你知道其实是我利用了你，只怕就不会这样说了。其其格追上乌雷，并肩离去。我也跟红叶道别。见到红叶苍白的脸色，我轻声劝慰道：“姐姐，外边的传闻未必可信，你也别太过忧心。”

红叶勉强地笑了笑，握着我的手道：“妹妹，我没事，我会好好等九王爷出来的。”

我看着红叶强笑的表情，心中一酸，却没有时间在这里宽慰她，一咬牙转身登上马车："回府！"在车上仍在不停回想马尔蒂全族被灭一事，心中只觉得不可思议。

草原民族何等彪悍，当初帕图斯族被马尔蒂族消灭时的惨状还历历在目，可是如今这个霸道的大部族竟会被来自辰星国的一帮抢劫财物的土匪灭掉。辰星国，又是辰星国，辰星国人疯了不成？一边在天婴国北疆发起战事，一边又去撩拨曜月国的虎须，他们到底凭了什么敢这么大胆？

回府让人把丹尼、金莎和冥焰一起叫来，几人看到我的头发，大惊失色。冥焰抓紧我的手："姐姐，你的头发……"

"那个一会儿再说。"我让他们坐下，将马尔蒂族被灭一事告诉丹尼兄妹。丹尼震惊地看着我："真的？"

"乌雷王子是这样同我说的。"我将纸鹞的事告诉他们，蹙眉看着丹尼，"丹尼，如今马尔蒂族已经被灭，你还是执意要回曜月国吗？"

丹尼眼中闪过复杂的光芒，他勤奋习武，心心念念学好武功好回草原为族人报仇，没想到如今仇人却已经被别人杀死，这种失落和空虚的心情，我颇能理解和感受。丹尼低头沉默半晌，猛地抬头，眼中的震惊渐渐消退，望着我坚决地道："我要回去！不管马尔蒂族是不是真的灭亡了，我都要回去！因为我有自己的责任和义务。"

我静静地看着他，望着他眼里坚毅的神情，知道这个孩子非常清楚自己在做什么。叹了口气，我看向金莎："你呢，金莎？"

"我跟哥哥一起。"金莎抓住丹尼的手，面上竟带着和丹尼相同的坚决，"哥哥去哪里，我就去哪里。"

这样耳熟的话，不禁令我抬头看了冥焰一眼，微微点了点头："好，如果你们真的决定了，就回去收拾东西，稍后我让冥焰送你们去使臣行馆。"

两兄妹退出去，冥焰赶紧蹿到我面前，捋起我耳边一缕头发，满眼皆是气恼和痛心："这是怎么回事，姐姐？"

"没什么，是一个让外面那些流言中止的办法罢了，反正还会长出来的。"我故作满不在乎的样子，笑着拉下他的手，将话题扯开，"冥焰，其其格要回草原去了，你送丹尼兄妹去使臣行馆的时候，顺便跟她道个别吧。"

"为什么？我不想理她。"冥焰蹙眉道，"姐姐不是跟我说，不喜欢她，就不要跟她纠缠不清吗？"

“是。可是现在人家要走了，作为礼貌，送送人家，也是应该的。”我微微一叹，“相识也是一种缘分，也许以后你们再也不会见面，何不给大家留个美好的记忆在心里呢？”

我知道自己在自相矛盾，以冥焰单纯的性子，必定搞不懂我为什么如此反复。我只是想到其其格在包厢门口和我说那番话的样子，心里有些感触，想帮她完成最后一个心愿。我实在想不到，冥焰竟会对其其格说出要一直留在我身边的话。冥焰，难道你的潜意识里，还记得当初那个三月之约吗？可是，那三月之期早已经过了，经历了这么多事，物是人非，我再也不是那个六年前倚红楼一心等你三个月后来救我的卡门了。

“姐姐说什么就是什么吧。”冥焰对我妥协，“姐姐让我去送她，我就去送她。”

“傻孩子……”我摇头一叹，“你就没有自己的想法吗？”

“我的想法不重要啊，只要姐姐开心就好。”冥焰单纯地笑道。我的心里却是一痛，冥焰，你这样待我，我却注定了要负你。我害你被冥王惩罚，害你失去记忆，沦落凡间受苦，为什么你仍然对我这么好？

我别开脸，强笑道：“好了，你看看丹尼兄妹收拾好东西没有，另外到账房支一千两银票，给丹尼兄妹带上傍身。”

“嗯。”冥焰听话地出去，我却疲惫地靠进软榻里。小红不知道从哪里找了个精致的木匣捧进来，将锦盒里的大辫子放进匣子里，放到衣柜抽屉里收好，然后看着桌上的锦盒道：“姐姐，这东西要放到储物间里去吗？”

“不要！”我回过头，猛地抢过她手里的锦盒，大声道。小红吓了一跳，我觉出自己的反应有点儿过激，赶紧笑了笑，将锦盒递给她道：“放我床头吧。”

“哦。”小红把锦盒放到我枕边。我轻声道：“小红，找剪子来帮我把头发修齐。”

扫在脖子上的短发参差不齐，我虽然不介意留短发，可是总不能留一头乱七八糟的短发。小红闻言，眼圈儿有些红，找了毛巾围在我的脖子上，替我将长短不一的发尾修齐。等她放下剪子，小心地揭掉脖子上的毛巾，轻掸沾在我脖子上的发屑时，我在镜子里第一次看到自己留短发的样子，齐耳的短发，又直又顺，看上去有些土。我转了转脖子，微微一笑，自嘲道：“真难看！”

“姐姐别担心。”小红一听我这样说，眼泪又掉下来了，“会长起来的，不用多久就能长起来。”

得，我一不小心又惹得这丫头不开心了。叹了口气，我赶紧握住她的手：“小红，我是真的不在意，这样挺好的，每天不用花时间打理头发，多轻松呀……”

“好什么！”小红抹了抹眼泪，“姐姐要是真的不在意，怎么会存那么多发簪？那些杀千刀的衰人，逼得姐姐……”

“好了小红，别说了。”我拉着她的手撒娇，“好妹妹，我想洗个澡，你帮我放水好不好？”

小红红着眼圈儿去隔壁的浴房放水。我敛了笑容，想到一会儿晚膳的时候，还要顶着这头短发面对爷爷和安远兮，头又大了。

※ 第五十九章　沉沦

果然，老爷子和安远兮见到我的头发，双双变色。安远兮眼里有震惊和难以置信，老爷子面色凝重地看着我："丫头，怎么回事儿？"

"我的新发型，还不错吧？"我有些心虚地玩笑道，见两人的面色还是没有转好，想想这事儿他们迟早也会从外面知道的，不可能就此搪塞过去，就转头让侍候的丫鬟都退出花厅。等屋里只剩了我们三个，我才轻声道："爷爷，我需要一个方法来消除外面不利的传言。"

"你那天跟我说要做场好戏给景王看，就是指这个？"老爷子蹙着眉，眼里仍然有不认同。安远兮定定地看着我，眼里的痛楚和挣扎让我不敢深看。我吸了口气："当时只是有个模糊的想法，也是这两天才想好的。其实我也不敢保证能成功，因为我不一定能遇到好的机会来实施这个想法，不过看来我运气还不错……"

"胡闹！"老爷子生气地道，"你知道断发意味着什么吗？"

"我知道，爷爷。"这些古代人对头发还真不是一般的重视啊。我无奈地迎着他生气的目光，"爷爷，我不想让诺儿受一丝委屈。诺儿有个贞烈的母亲，以后再不会有人传那些不堪的流言，对诺儿只有好处……"

"可是你自己呢？"安远兮蓦地出声，神情痛悔，"你就不为自己想想吗？"

老爷子转头看向他，他觉出自己的失态，却来不及收回眼中的痛色。老爷子淡淡地扫了我一眼。我笑了笑，心平气和地道："我就是在为自己着想。我本就是为诺儿活着，诺儿是我的命，是我的一切，如果诺儿不好，我就不会好。"

安远兮的身子微微颤了一下，眼里一片死灰。我垂了眼睑，听到老爷子平静地道："这样也好，你的方法虽然有些激烈，但的确最有效。不说了，吃饭吧。"

我不知道老爷子说的"有效"指的是断了外面的流言，还是指断了安远兮心中的情，在我看来，只怕后者居多。淡淡地笑了笑，我拿起筷子，想了想，抬头道："爷爷，云家在辰星国和曜月国有暗桩吗？"

"怎么？"老爷子不动声色地看我，我将与乌雷会面的事讲给他听，再把心中的猜疑讲了出来。老爷子和安远兮对望了一眼，沉声道："你的意思是，辰星国有大事发生？"

"我只是觉得，以辰星国的国力，同时撩拨两个强国，是找死的行为。"我蹙了蹙眉，"这太不寻常了。"

"再不寻常，跟我们云家也没什么关系。"老爷子笑了笑，"丫头，你以为培植一个暗桩是那么容易的事吗？云家在别国大费周章地培植暗桩，能获得什么利益？付出和收益不对等时，是投资失败，如果完全是无关的，就是浪费。"

"哦。"我重新拿起筷子，想想也是。想我前世那个时空，历朝历代对内的特务系统倒是挺多，对外好像也只是本朝成立之后才开始有的吧？夹了一筷子香菇，我又抬起头，"那么，能不能帮我核实一下马尔蒂族是否真的被灭亡了？我有些不放心丹尼兄妹回去……"

"丫头，你少操些心吧，各人有各人的缘法，你不能把谁都护在身边一辈子。"老爷子摇了摇头，"该放手时就要放手，人不跌跟头，就长不大。"又抬头看了我一眼，慎重地道，"便是对诺儿，你也不能守他一辈子。你要记得，慈母多败儿。"

老爷子的话像一记警棍打在我身上，我惊了惊，发现自己对诺儿的确有一种老母鸡护小鸡的心态。只听老爷子接着道："人们常说'富不过三代'，你可知道为什么云家不仅富过三代，而且家业一代比一代繁盛？"

"因为云家的家长对政治把握敏锐，不娇纵溺爱子孙，还有就是……"我想到云家那个残酷的内部竞争机制，咬了咬唇，道，"让子孙时刻保持危机感，培养他们的处事能力。"

想一想，老爷子对我，似乎也奉行的这一套。我做什么事，他从不干涉，便是错了，只要能让我吸取到教训，他也从不说我什么。老爷子看着我，笑了笑："说着容易，真要做起来可就难了。家大业大，位高权重，子孙理所当然地以为自己有特权，做错了事有家族顶着，闯了祸有个能干的母亲帮他摆平，如果不知道一切都要通过自己的努力才能得到，三代而亡算是好的了。”老爷子难得一次说这么多话，停下来喘了口气，又道，“如果是要培养家族的接班人，还必须培养他的领袖才能，这种才能体现在和民众的沟通能力上，不仅要对朝堂的局势了然于胸，还要让他深刻地了解下层社会，不要把他的眼光和胸襟禁锢在一个小圈子里。”

“叶儿明白了。”我没想到老爷子竟然有这一套先进开明的观念，简直可以媲美我前世那些西方国家对子女的教育方式，一时有些汗颜。我要学习的东西太多了，老爷子就是用这样的方法教导出云峥的吗？想到我的云峥，那样聪明优秀，那样的胸襟气度，眼微微一热。我第一次由衷地佩服老爷子，第一次觉得老爷子是慈祥可亲的。老爷子笑了笑，温和地道：“吃饭吧。”

这顿饭吃得很温情，虽然老爷子只是点到即止，我却能了悟到他的苦心。安远兮的目光不时落到我的脸上，我佯装没有看到，与老爷子言笑晏晏。晚膳后，安远兮送老爷子回房，我回房时，先去看了诺儿。望着他可爱的小脸，我怔怔出神。诺儿，我原只想你平安喜乐地长大，不想你像你爹爹一样，被云家的重担压得喘不过气来，所以拼尽全力为你遮风挡雨，现在想来，我做这一切都不一定是对的。你是云家的子孙，既然承继了这个姓氏，就注定要承担云家的责任与义务。如果你注定要做云家的族长，注定要成为下一代永乐侯，是不是从现在起，我的行事方法，就该有些转变了？

入夜了，小红服侍我洗漱完，掩上门退出去。眼睛好起来之后，我不肯再让小红陪睡在我房里。小红开始不肯，我悄悄告诉她我眼睛没事了，小红还不信，后来我证明给她看我眼睛真的好了，才把她给说服。躺到床上，我辗转反侧，一直不能入睡，回想着白日里发生的事。我的手探到枕边，取出锦盒里的铜镜，在黑暗中抚摩着镜框上的花纹，怔怔出神。

景王送这面镜子给我，我心里不是没有过顾虑，他那人喜欢用巫蛊妖术什么的害人，这镜子会不会又是一件邪物？如若不然，何以要以人血来启动？在我的记忆里，与血腥沾边的东西，从来和仙物扯不上关系，如今我没了黑龙玉，若这铜镜真有什么古怪，我无法提前知悉。想到白天在宫里当着景王的面滴血试镜，其实已经犯了大忌，若这镜子当真有什么古怪，我很可能当时已经着了景王的道儿了。可是那一刻，听到他说这面镜子可以让我见到云峥，我什么理智都没有了，什么思考都停止了，脑子里只想着证明他说的话是不是真的。现在冷静下来，理智回来了，思考回来了，我心里又涌出一丝后怕。

我心情复杂地抚摩着这面镜子，就像瘾君子看着毒品，明知道吸毒只会给自己带来毁灭，可毒瘾发作的时候依然无法控制自己。我的理智和情感在天人交战，理智告诉我要保持冷静、提高警惕，至少要先找人证明这面镜子不是邪物，可我的情感却一直在纠结翻腾，每一个细胞都在叫嚣着要见云峥；我的理智残忍地提醒我云峥已经死了，我不可陷入虚幻的影像中颓废沉迷、饮鸩止渴，可是情感又诱惑着我，这面镜子可以让我见到云峥，见到我最亲爱的云峥，不是说为了云峥连死都不怕吗？现在又怕什么？

情感最终战胜了理智，我坐起来，抱着镜子摸索着下床，轻手轻脚地拿出妆盒里的修眉刀，不敢点灯，怕吵醒左右隔壁房间的丫鬟和小红。我推开窗，让舒淡的月光透进屋内，屋子里有了一点光亮。检查了一下房门，确定插好了插闩，我静悄悄地蜷到软榻上，将铜镜放到腿上，卷起衣袖，露出手臂。对着窗外的月光，我在手臂上割下一道口子，让急涌而出的鲜血一滴滴急促地滴到镜面上。手指的出血量太少，我也不敢在手指、手腕这些容易被人发现的地方留下伤口，引来他们的追问。镜面像我第一次见到的那样层层荡漾开来，我痴迷地望着镜子里那张魂牵梦萦的脸，低泣道："云峥……"

"叶儿……"他伸手抱住我。眉刀跌到地上，我贪恋地嗅着他身上混合了龙涎香和淡淡甘草药的味道，轻声低喃："你知不知道，我好久好久，都没闻到这种味道了，就连在梦里，都没有闻到过……"

"傻丫头，真是傻丫头……"他捧起我的脸，轻轻吻着我的眉眼，那样珍视地辗转流连，吮去我眼角的泪，"叶儿，我在这里，在你身边……"

"不会再离开我吗？不会再抛下我一个人吗？"我不确定地追问，眼里噙着泪，"不会再化成清风溜走吗？"

"不会，我永远在这里，永远守着你……"他的声音温柔得有鸦片的余温，温暖的鼻息轻轻扑到我的脸上。我如一只饕餮般贪婪地看着他清俊的眉眼，可怜巴巴地道："不要再骗我……"

"傻瓜……"他的唇落下来，含住我的唇，轻轻逗弄我的唇瓣，像花瓣飘离枝头，细腻地拂过脸颊，那样温柔，温柔得让我心碎。

我化成了一汪春水，云峥，如果这是梦，就将我永远留在梦中，我愿意陪你堕落沉沦，永世不醒……

……

“姐姐？姐姐？”迷迷糊糊地，我被房内的喧哗吵醒，睁开眼睛一看，天已大亮，唇畔似乎还留着云峥温暖的体温。我抚着唇坐起来，见那面铜镜静静地躺在软榻上。云峥……左右环顾，室内空无一人。我拿起镜子，知道唯有再次启动它才能看到我朝思暮想的人。

“姐姐，你醒了没有？”小红在门外叫我。我回过神，赶紧应了声，低头见亵衣袖子上沾着斑斑血痕，赶紧道：“我刚醒，你等一会儿。”

我将铜镜收回锦盒，脱下亵衣，见手臂上的伤口已经凝了黄黄的一层血清，赶紧找了条丝巾将手臂缠起来，换了衣服，将带血的亵衣藏起来，才走过去给小红开门。小红见到我，吓了一跳，急忙踏进房里：“姐姐，你睡得不好吗？脸色怎么这么白？”

“是吗？”我摸了摸脸，往内室走。小红拿了妆台上的玻璃镜递到我面前：“姐姐，你自己看，像个鬼似的，眼睛也有点肿……姐姐哭过了？”

“没有，就是睡得不太好。”我不知道昨晚到底失了多少血，只觉得身子有一点软。见到镜子里苍白的脸，我虚弱地笑了笑，随口搪塞过去。小红担忧地看着我：“我就知道姐姐一定会为断发伤心的……”我笑着摇了摇头：“没有的事……”小红不以为然地撇了撇嘴：“姐姐就是嘴犟，我一会儿让人给你煎副宁神茶。”

“嗯。”我随口应她。小红蹙眉道：“要不姐姐再睡会儿吧，我看你挺没精神的。”

“不用了，一会儿还要陪诺儿用早膳。”这是每日的必修功课，我不想有什么变化。每日三餐，只要在家里，早餐我固定和诺儿、小红、冥焰一起吃，中餐通常是和小红一起，晚餐则是和老爷子、安远兮一起。早餐过后，我留下冥焰，迟疑了一下，问道：“冥焰，你跟傅先生学法术，可知道这世上是否有一面叫作‘太虚幻境’的铜镜？”

“太虚幻境？”冥焰怔了一下，蹙眉回想了片刻，“好像听师父提过……”

“这镜子是做什么用的？”真有这样的镜子？我心中一紧，又问。冥焰想了想：“这镜子似乎是仙家宝贝，据说凡人执念太重、妄念太深时，可用此镜给予警醒。”

“你知道那镜子是什么样子吗？”我迟疑着，不知道是否该把那面镜子拿出来给冥焰看一看。却听到冥焰笑道："我怎么能知道那镜子的样子呢？我又没见过，仙家宝贝哪里那么容易见着？"

我笑了笑，等你恢复了记忆就不会这样说了。冥焰有些不解地看着我道："姐姐是想寻这东西吗？要不我去查查古籍，看这镜子长成什么模样，给姐姐寻来。"

"那倒不用。"我笑了笑，心里的疑惑渐渐消退，"我只是想问问这'太虚幻境'是什么东西，不是邪物就行了。"

只要不是邪物就好，只是流一点点血又有何惧？只要我不经常启动它，只在思念云峥的时候拿出来用一用，适当地流一点血还能促进新陈代谢呢。想到这儿，我心情蓦地轻松起来，抿起唇，在冥焰不解的目光中，唇角，幸福地扬了起来。

第六十章　砸镜

之后的每一天，是我自云峥过世以来，过得最幸福的日子。我夜夜与他见面，在他温暖的怀抱中温存缠绵，倾诉我近两年来点点滴滴刻骨的相思。无论何时何地，只要想起云峥，我就遏止不住想奔回房间，取出铜镜与他见面。我哪里也不愿去，每日只想待在房间里，抱着那面铜镜，一日比一日迷恋它带给我的幸福欢愉，食髓知味，像一只永不餍足的兽。唯一残存的理智，是还知道要控制取血量，避免身体状况被小红发现异样。我已经能每晚娴熟地取血，并在镜子还未完全启动之前迅速为自己上好白药，包扎好伤口；还有就是让厨房给我炖补大量补血的汤药，我的膳食也全换成了补血的药膳。

然而不可避免的是，我的身体仍然一日日虚弱下来，过量的失血令我容颜憔悴、脸色青白。小红非常担心，不止一次问我到底怎么了，到底哪里不舒服。我只得搪塞过去。我的左臂已经有十七道伤口，右臂上有十一道，记录着我与云峥已经相会了二十八天。为了怕被人发现伤口，我沐浴时都不敢让小红她们进来。每天早上醒来，在镜子里看到自己苍白得毫无血色的脸，我就在心里提醒自己，今天一定不要再把镜子拿出来了，可到了晚上，强行把小红赶出房后，我又忍不住拿起眉刀往手臂上割。我本来以为自己是一个极有自制力的人，可我已经受不了没有云峥陪伴的日子，我急切地需要他填补我心里自他离开后虚空的一角，我沦陷在他温柔的包围里，就算那温柔是毒药，我也甘之若饴。

是的，甘之若饴。

“大嫂？大嫂？”安远兮见我再一次走神，忍不住出声唤我。“啊？”我茫然地回过神，撞上安远兮审视的目光，脸微微一红，“你说到哪儿了？”

“你最近的精神很差，要不你先回房休息，我们改天再说。”安远兮眼里有隐忍的关心，我摇了摇头：“你接着说，景王现在的声誉已经很差了？这么说我们的计划成功了？”

关于景王失德的传言，越演越烈，我让安远兮传出去的四五个版本演化成了几十种版本，每一种都可以让人绘声绘色地讲述几天。而我之前写在纸上的点子也开始逐步实施：数日前，河工在修砌护城河的河坝时，挖出一个真人大小的石人，石人上刻着一句谶语“景王出，灾祸起，天下乱”。一传十，十传百，京师一时传得沸沸扬扬，相信不久就会传到附近的州府县，进而传遍全国。景王震怒，下令抓捕了挖到石人的河工，并四处抓捕议论此事的百姓。没想到事情还未平息，又传出一个民妇在市场上买到一条鱼，剖开肚子，里面竟有一卷黄帛，上面同样绣着“景王出，灾祸起，天下乱”这句话，犹如火上浇油，流言像瘟疫一般迅速地传播开来。景王气急败坏，责令严加惩治胆敢传播谣言的人，并派人四处辟谣。一时京师人心惶惶，百姓在街头寒暄两句，都有可能被当成传播谣言者抓起来。可惜辟谣的结果收效甚微，就在昨日，京郊一块麦田里，有一片麦子突然无缘无故地枯死了。有樵夫站在高处的山坡上，看到枯萎的麦子竟然也组成了一句九字谶言：“景王出，灾祸起，天下乱！”接二连三的“神谕”不断出现，在天曌国百姓心里产生了怎样的波澜，是任何人都无法揣度衡量的。

其实我那日写给安远兮的字条里，只有一个字：谶。古代人喜欢进行预言，特别信奉神谕，他们认为有一种预言是天神通过各种隐蔽的方式传递给人们的，这种预言就叫作“谶”。“谶”在古人心中的分量非同一般，蚂蚁组字可以逼得项羽乌江自刎；鱼肚藏帛可以让军士死心塌地跟着陈胜、吴广起义；王莽篡位，甚至不费一兵一卒，仅凭两份“金策书”便把汉家天下抢了过来。如今京城接连显现神谕，诏示景王失德，连上天都这样说了，景王还登得上位吗？兔子逼急了还会咬人呢。景王在这种环境之下，恐怕很快就要沉不住气了，只要他行差踏错，还怕皇帝拿不到他的把柄？突然想到了皇帝的用心，景王这么多年来，装贤扮仁，处处都表现出一副大仁大义的模样，从来没让人拿到什么错处，皇帝做了这么多事，是不是在逼他犯错呢？只要犯了错，就可以名正言顺地处置他了。想一想，从皇帝去太庙祈福到现在，已经快要七七四十九天了，我心中莫名地觉得狂躁不安，感觉一张无形的大网正在步步收拢，越来越紧。

“是。”安远兮点了点头。我看了他一眼，安远兮已经今非昔比，他在办理这些事情时表现出来的灵活迅捷的能力，常常令我刮目相看。我点了点头：“也够了，不用再加火了，你要小心些，莫让景王查到我们头上来。”

“我知道。”安远兮静静地看着我，“还有一件事要让你知道，凤家军举着‘除奸王、清君侧’的旗号，已经从南疆一路往京师逼近了。”

我猛地抬头：“九王爷还在景王手上，凤家就不怕景王……”

“九王爷已经不在王府了。”安远兮平静地看着我，“我收到最新的消息，九王爷的疯症是装的，且他在装疯之后不久就逃出京城了。王府里的疯九王爷，不过是别人假扮的。”

我只觉得手足冰冷，九王爷果真是装疯，并且早就潜逃出了京城。能在景王势力大盛时做到这一点，九王爷在京中的隐藏势力显然也不小。凤家军明白地举着反旗来了，说是“清君侧”，等清了“君侧”，下一步会不会就是“清君”？头蓦地有些眩晕，我捂住额，安远兮紧张地上前一步：“大嫂？怎么了？”

“我脑子很乱。”我抚住额，“有点晕。”安远兮赶紧道：“我让人请太医来给你瞧瞧。”

“不用了。”我摇了摇头，“没那么严重。”身子是有一些软，但我知道这是什么原因。这两天头晕的症状频频发作，看来我是要控制一下启动铜镜的次数了，请太医来要是被他们发现我手臂上的伤口，肯定会没完没了地盘问。

“我让宁儿扶你回房休息。”安远兮刚刚站起来，却见冥焰兴冲冲地拿着一本书跑进来：“姐姐，你上次跟我说的‘太虚幻境’，我找到图了！”

“是吗？”我看了安远兮一眼，脸色有些不自然，“远兮，你先出去吧。”

安远兮定定地看了我一眼，没有说什么，转头走出书房。冥焰跑到我身边，挨着我坐下，翻开书页，指着书上的图道：“姐姐快看，这就是‘太虚幻境’。”

我接过那书一看，见图上画的镜子，样子与景王赠我的铜镜果真十分相似，书上画着铜镜的正反两面，反面雕着精致繁复的祥云仙鹤，以及“太虚幻境”四个古色古香的篆字。我心中一动，想到自己还从来没有仔细打量那镜子后面刻了些什么呢。图的旁边还有说明文字：太虚幻境，化尽人世喜怒嗔痴。上三天太虚殿灵月真人怜悯世人为情所迷，生慈悲心，铸此镜解世人心魔业障，除邪思妄念。

我看得似是而非，心里却涌生出一种不安的感觉，仿佛这个谜底一揭开，那谜底是我害怕和不敢接受的："这是什么书？"我翻过封面，见封面上赫然写着"上古奇镜录"。冥焰笑道："是在师父留下的古籍里找到的。姐姐，这本书挺有意思呢，里面讲的镜子都很奇妙，像这个'太虚幻境'，是为了解救溺情之人才造出来的，可是后面这个相思镜，却是为了证明世人永远无法脱困于心中情爱才铸造的。"冥焰把书拿过去，翻到其中一页，笑着递给我，"姐姐你看，这'相思镜'的样子跟那个'太虚幻境'好像哦，这边上写着，欢喜天风月殿的相思仙子，与灵月真人斗法，铸'相思镜'诱导世人耽于情爱……"

诱导世人耽于情爱？我身子一颤，还未来得及细想，脑中蓦地一阵尖锐的刺痛。冥焰见我脸色大变，吓得丢掉书，扶着我的肩膀道："姐姐，你怎么了？你不舒服？"

"这相思镜……"我揉着太阳穴，莫非景王赠我的根本不是什么"太虚幻境"，而是"相思镜"？那他为何要说谎呢？莫非这"相思镜"还有什么玄机？冥焰扶着我道："别管这个啦，我扶你回去休息……"

冥焰不由分说地站起来，叫了宁儿进来一起扶我出去。才走了两步，我只觉得头晕得越来越厉害，冷汗涔涔地流下来，眼前金星乱转，身子一软，便什么也不知道了。

醒来的时候，听到外屋仿佛聚了一群人，小红坐在床边，见我醒了，惊喜地道："姐姐醒了？你觉得怎么样？"

我懒懒地转了转眼珠，见冥焰冲了进来，安远兮扶着老爷子也走进来，小红赶紧给老爷子让座。老爷子一脸严肃，紧紧地看着我道："丫头，你到底在做什么？"

"爷爷在说什么……"我笑着装傻，"可能是最近天气太热，所以精神不太好……"

"你还想骗爷爷？"老爷子生气地一把抓住我的手腕，将衣袖捋到肩上，露出我缠着纱布的手臂。他的动作太大，扯到我的伤口，我咬紧牙，不敢在满面怒容的老爷子面前呼痛。老爷子痛心地道："你两条手臂上的伤口是怎么回事？太医说你气血不足，严重贫血，本侯气得直骂他庸医。可是小红说你最近一直在吃补血的汤药膳食，说明你自己清楚你会失血，你到底隐瞒了我们一些什么事？"

我沉默不语，冥焰看着我，似乎明白了什么，面色微变。我死死地瞪着他，怕他将"太虚幻境"的事说出来。好在冥焰似乎看懂了我目光中的含义，嘴唇虽然微微动了动，终是什么话都没说。转眼见安远兮的目光顺着我落到冥焰脸上，我心中一紧，强笑道：“对不起，爷爷，让你担心了，是叶儿不好。”

老爷子叹了口气：“丫头，你这样子，叫我怎么能放心……”

“对不起。”我疲惫地闭了闭眼睛。安远兮对老爷子道：“爷爷，大嫂刚醒，你让她多休息一会儿，有什么迟点儿再问吧。”

“你好好歇着。”老爷子终于不再逼问，转头对丫鬟们厉声道，“你们好好看着少夫人，一步不准离人！若再发生今天这样的事，唯你们是问！”

丫鬟们诚惶诚恐地应了，我因为心虚，不敢出声。安远兮虽然扶着老爷子走了出去，可当着一屋的人，我也不敢跟冥焰仔细叮嘱，只得暗示道：“冥焰，你刚刚跟我说的事儿，别再让人知道。”

“姐姐……”冥焰虽然单纯，但不是笨蛋，前因后果种种迹象联系起来一猜想，也猜到个八九不离十。他的脸色变得难看起来，眼里也燃起了怒火，“姐姐，那东西是谁给你的？”

“我跟你说的话，你现在不听了是吗？”我别过脸，闭上眼睛，“那你还留在这里做什么？出去。”

“姐姐……”感觉到冥焰似乎凑近一步，我冷冷地道：“我累了，出去。”

“冥焰，你先出去吧。”我听到小红轻声劝道，“有什么事等姐姐病好了再说。”

冥焰退出房去，屋内只剩小红和丫鬟们轻手轻脚地做事的声音。我知道小红一直坐在我的床边，也不敢乱动。老爷子放了话，看来我短期内是无法再跟云峥见面了，便是想跟冥焰详谈那面镜子的事儿，此刻也不是好时机。胡思乱想了一会儿，又昏睡片刻，再醒来时，见小红伏在床尾睡得正熟，宁儿和馨儿似乎在外室。我翻了个身，一眼望到这些日子一直放在我枕头内侧的锦盒不见了，不由得一惊，翻身坐起。小红立即惊醒了，见我坐起来，起身道：“姐姐醒了？”

“我床头的锦盒去哪里了？”我抬眼看着小红。小红道：“哦，刚刚姐姐睡着的时候，冥焰和二少爷进来拿走了。”

“什么？”我瞪大眼，“他们拿到哪里去了？他们拿去做什么？”等不及小红作答，我已经翻身起来，身子软而无力，我差点站不稳。小红赶紧扶住我：“姐姐，你做什么？快躺下休息。”

我哪里还能安心休息，冥焰带着安远兮来，说明安远兮已经知道这件事了，他会把镜子交给老爷子吗？我一时心急如焚，顾不得身子无力就往外冲。小红劝不住，只得扶着我去找人。在安远兮和冥焰的房里都没有找到他们，我正大急，安远兮房里的丫鬟说两人都到段知仪那里去了，我一听，掉头就往段知仪房里冲。

我气喘吁吁地一头闯进段知仪房里，见三个人正围坐在圆桌边，桌上正摆着那个打开的锦盒。我看到铜镜好端端地躺在盒子里，舒了一口气，身子顿时有些发软。小红赶紧扶着我，冥焰站起来想扶我，我把手臂从他手里挣开，沉着脸看着表情各异的三人："为什么偷偷拿走我的东西？"

冥焰的手尴尬地缩回去，安远兮的脸色比我还要沉，倒是段知仪笑了笑："云夫人知道这是什么东西吗？"

"段先生这么问，想必十分清楚了。"我不看安远兮和冥焰。小红扶着我走到桌边，我眼睛看着铜镜，缓缓坐下来："就请段先生赐教。"

"夫人这面镜子，名唤相思镜，但修仙之人，通常唤它为魔镜。"段知仪淡淡地瞥了锦盒里的铜镜一眼，平静地道。我狐疑地道："魔镜？"

"不错，魔镜。"段知仪点点头，侃侃而谈，"这面镜子的来历，要从一个仙界典故说起。传说上三天太虚殿的灵月真人，为解世人为情所迷之苦，铸太虚幻境救难于世。欢喜天风月殿主司情事的相思仙子，认为相思难禁、嗔痴难治，便与灵月真人定下一个赌约，看世人是甘愿耽于情爱，还是愿意舍情忘爱。她收集万人的喜怒嗔痴等怨念，铸造了一面铜镜，取名为相思镜，凡人以血喂镜，可见到自己心系之人。镜子铸成之后，两位大仙共同选中一个凡人，分别以太虚幻镜和相思镜赠之，看凡人最终会选择溺情还是舍情……"

"后来呢？"我听得入神，见他停下来，追问道。段知仪笑道："结果是有的凡人愿意舍情，有的凡人情愿溺情，两位大仙斗了数百年，各自有输有赢，到最后都没有分出胜负，最后决定让这两面镜子流落凡间，让时间来作最后的证明……"

"就是说，他们没有分出胜负？"我笑了笑，"那为什么……修仙之人把它称为魔镜呢？"

"因为这面镜子凝聚了太多人的喜怒嗔痴，以血喂镜，可以唤出人们潜伏于心最深的怨念和心魔，加重他们的执念，使之沦为魔道。"段知仪道。

"魔道？"我抿紧唇，看着段知仪，不以为然地一笑，淡淡地道，"什么是正道？什么又是魔道？每个人的看法都不尽相同。如果执念是魔，佛祖存救苦救难、普度众生之愿，又何尝不是入魔？信徒虔诚皈依、修庙筑寺、供奉香火，又何尝不是入魔？英雄、圣人，若没有各自执迷的信念，又怎会成就盛名、流传千古？如此说来，所谓英雄，所谓圣人，其实都是行走在魔界的信徒。”

三个人没有想到我会说出这番话来，面上皆是一怔。“歪理！”安远兮反应过来，有些气结地冲口而出。我扬了扬眉，冷冷一笑，并不反驳。段知仪回过神来，倒是没被我这番话整得思维颠倒，微微一笑道：“夫人所言甚是，正道与魔道皆有执念，但魔道和正道的差别就在于其执着的信念，是能造福于人还是荼毒生灵。好比这面魔镜，夫人以血喂镜，看到的心系之人，其实是夫人自己的心魔，那幻象其实是夫人心中所思所化，并不是真实存在的。若沉沦其中，长此以往，身体受损衰竭不说，夫人的心智也会陷入心魔不可自拔，为镜所控，难道这还不是堕入魔道？”

“可是我并不觉得痛苦。”我倔强地道，“相反，我很快乐，很幸福。”

“这些感觉只是幻境带来的，它并不真实，是短暂而虚幻的。”段知仪残忍又清楚地一语中的。我静静地看着他，久久，叹道：“为什么执着于短暂而虚幻的幸福，就是错的？非要承受真实而长久的痛苦，才是正确的？长和短、真实和虚幻，就一定是恒量对错的标准吗？”

段知仪深深地看着我，长叹一声：“云夫人，你执念太深了……”

或者，又如何？既然谁也说服不了谁，再谈下去只是浪费彼此的时间。我站起身，手伸向锦盒：“我要拿走我的东西。”

“不行！”安远兮蓦地站起来，伸手按在镜面上，“我不会给你的！”

“这是我的东西，你凭什么不给我？”我从进门之后就没理过安远兮和冥焰，这会儿逼着自己把眼睛看到他脸上去，冷冷地道。

“姐姐，你若想把它拿回去继续以血喂镜，我也不会同意你拿走的。”冥焰也站了起来，目光坚决地看着我。我咬了咬唇，轻声道：“我保证不会再日日启动它，我会控制自己，半个月一次好不好？”见安远兮的目光危险地眯起来，我赶紧又改口道：“一个月一次，我一个月只启动一次，好不好？”

“你不觉得你突然变得这么偏执，是这面魔镜造成的吗？它已经诱你入魔了！”安远兮压抑着怒火，“我不会让你带走这面妖镜，也不会让你再用它！你再这样固执，我便毁了它！”

“你敢！”我瞪大眼，双手急忙按到镜子上，“你敢！你毁了它，我恨你一辈子！”

安远兮的脸抽搐了一下，脸色蓦地变得苍白，但他的眼里，却有着前所未有的坚定。他的语气带着压抑的痛楚：“你反正也已经恨我一辈子了……”

我全身冰冷，他语气中的灰暗和绝望，让我竟然说不出反驳的话，然而他眼里的坚定却灼痛了我，我知道，他真的说得出便做得到，他真的会毁了它。心中一急，不可以，那样我就永远也见不到云峥了。我猛地拂开他的手，伸手去抢那面铜镜。安远兮的动作比我更快，他抓住我的手，重新将镜子按回桌面。他的眼中带着怒气和痛楚，脸上露出毅然决然的坚定神情。无边的恐惧扼紧了我，手被他紧紧抓住，我挣不开。他狠狠地按着镜子，手背上青筋暴起，我的眼泪涌出来，摇着头，颤声道：“不要，远兮，我求求你，不要毁了它，求求你，那样我就再也见不到云峥了……”

“大哥活在你心里，谁也毁不了，你其实根本不需要这面镜子！”安远兮灰白着脸，松开我的手，几乎是同时，那面坚硬的铜镜在他的掌下，突然噼噼啪啪地裂开，转眼之间碎成数片。

“不要……”我扑向桌子，手忙脚乱地抓起那些破镜的碎片，脑中顿时一片空白，“云峥，云峥……”眼泪像洪水一般涌出来，我的手无法遏止地颤抖着，徒劳地想将那些碎片拼起来。云峥，云峥，我还可以来见你，只要拼好它就可以了……眼泪滴到那堆碎片上，那堆破铜突然发出淡淡的金光，萦绕在碎片之上。我怔怔地看着这奇妙的一幕，那些金光越来越盛，转瞬之间，那堆破碎的镜片蓦地消失了，桌面上只余下一堆浮动闪烁的星星点点的金斑，渐渐地散去。那面镜子仿佛从来没有出现过，就这样消失无踪，桌上什么痕迹都没有留下。

“云峥？云峥？云峥你出来……”我大恸，双手徒劳地在桌子上拂着刨着，绝望得几乎窒息，“云峥……”

“大嫂！”手被安远兮按住，“你冷静一点！”

我全身僵硬，缓缓站直身子，抬头瞪着他。他痛楚的眼神和表情突然变得那样刺眼，变得那样面目可憎。我咬紧唇，猛地抽出手，抬手狠狠地、用尽全身的力气抽了他一记耳光。

啪！清脆的声音响彻室内，安远兮的脸被我掴得偏过去。“姐姐……”“云夫人……”冥焰和段知仪失声惊呼。然而他们的声音模糊起来，他们的样子也模糊起来，我的前一黑，身子微微一晃，缓缓地滑到地上。

第六十一章　醒悟

云峥……

那面镜子在我眼前破开，裂成碎片，云峥的身影也在白雾中淡去，我心慌地想抓住他的手，可是我的手徒劳地看着他的身影渐渐化为虚无。不要走，不要走，云峥，你不可以一再地丢下我……黑暗扼紧了我，我全身冒汗，手足冰冷，双手徒劳地挣扎。云峥……云峥……胡乱挥舞的手被一双手握住，我紧紧地抓住那双手，纤长的、温暖的、有力的……云峥……我喜极而泣，我知道你舍不得丢下我，别走……别走……

"我不会走……"他低低地保证，像是在心慌地安抚。

真的？我不肯松手。真的？真的？不要骗我，云峥，你骗我好多次了……

"真的。我不走，你好好睡……"他温柔地握紧我的手，低声道。

我微笑，我抓着你的手，你想走也走不了呢……心情莫名地变得安宁……云峥，还记不记得沧都初见，我那时就知道，我们是同一类人。我能体会你的寂寞，就如你同样能体味我的孤独。我们都不是能轻易付出真心的人，我这一抹不属于这个尘世的孤魂，总是带着嘲笑的心态，讽刺世人，怜悯自我；而你拖着受尽折磨的病躯，疏离世人，倦怠自我。我们这样的人，本不该纠缠在一起，因为一旦付出真心，就等于付出自己的全部。可老天为什么让我们骨血相融，又不给我们机会携手一生？我在这孽海红尘，好不容易寻到了你，上天却偏要把你从我身边夺走，为什么？为什么……云峥，我现在抓住你了，你别想再离开我，我不会放手，再也不会放手……云峥，你为什么不说话了？云峥？云峥……

“我在，我在这里……”他的声音有一些飘忽，像隔我很远，又仿佛离得很近。我安心地微笑，还在就好……紧紧地握住他的手，我觉得黑暗不再那么难以忍受，胸口也不再那么气闷，冰冷的手在他的掌心里，渐渐有了一丝温度。你是让我安眠的药啊，云峥……

……

意识一点一点地复苏，我不知道自己睡了多久，当我在黑暗中辗转挣扎的时候，那双温暖而有力的大手是我唯一的救赎。我缓缓地睁开眼睛，映入眼的是我房间的红木雕花大床，罗帐重重，床上仍只得我一人独自躺着。云峥……手有些重，我微微转过头，看见自己的手被握在一双骨节分明的大手里，云峥……目光有些迟疑地顺着那双手缓缓上移，看到安远兮闭目坐在床下，倚着大床，似乎是睡熟了。

原来仍是一场梦，原来我梦中的那双带给我心安和温暖的手并不是云峥的，原来不管我如何伤心绝望，老天都逼着我认清现实，云峥是真的不会再回来了。眼中微热，我合上眼，喉咙一哽。待那满腹满腔的心酸散去，我再次睁开双眼，凝上安远兮熟睡的脸。他的脸色有些苍白，发丝凌乱，眼睛下面带着疲倦的阴影，容颜有一丝憔悴。他在这里守了多久？昏迷前的记忆浮出脑海，唯一能让我再次见到云峥的铜镜在他的掌下裂成碎片消失，我狠狠地掴了他一记耳光……我抽了口气，手微微一动，想从他的掌中抽出来，可这细微的动作立即惊醒了安远兮。他迅速地睁开眼睛，目光凝到我的脸上，见我睁着眼睛看他，眼中带上一丝欢喜，但立即隐入漆黑的双瞳之中，眼里涌出复杂的晦暗难懂的神色，唇微微一动，语声喑哑：“你醒了？”

我怔怔地看着他，不语。回想起昏迷前的那一幕，我心里就涌出一股郁闷到发狂的怨气，我想憎恨他，想打他咬他将他撕成碎片。然而我的理智回来了，它告诉我不能怪他，他做的这一切是为了我好。安远兮，他从来就是这样子，宁愿自己受苦也不愿让我伤心，即使他做的事不可避免地伤到了我，他受的苦也必定比我深比我重。我不忍再苛责他。我静静地望着他的眼睛，眼泪像断了线的珠子，从眼角滑落，润湿了两鬓。安远兮痴痴地望着我，左手仍紧紧握着我的手，覆在我手背上的右手微微松开，伸到我的脸颊，温柔地擦去我眼角的泪水，带着忏悔和小心翼翼的求恕。我心中一酸，叶海花，看你把一个骄傲的男人搞得多么狼狈多么谦卑？因为了解他对你的感情，所以你一直对他予取予求，没有人该为你全心全意付出一切，你怎能如此自私？

“对不起。”我唇角一动，浮出一个带着安抚意味的笑容，柔声道。

"对不起！"他也同时开口，在听到我的话时怔了一下，眼里有一丝难以置信。一直以来，都是他在道歉，在说"对不起"，即使他并没有做错什么。我知道他这会儿说的"对不起"的含义，即使他砸了镜子是为了我好，只要我气他恼他，他一样会谦卑地说"对不起"。泪涌出来，我低声抽泣："是我太偏执了，对不起……我不该打你……对不起……让你们担心……对不起……"

"不是，是我不好，我没能体谅你的心情……"安远兮又急又慌，手忙脚乱地擦着我不断涌出眼眶的泪，轻声道，"别哭，别哭……是我不好。叶儿，别哭……你哭得我都不知道该怎么办了……"

我也不知道该怎么办，安远兮，命运这样捉弄我们，我对云峥的爱，你对我的情，都这样苦、这样深，我得不到救赎，也无力救赎你，我们怎么办？

"姐姐醒了吗？"伏睡在床尾的小红被我俩说话的声音惊醒。安远兮的手微微一僵，缓缓地缩回去，右手也缓缓地松开。我体会出他的绝望和痛苦，合上泪眼婆娑的眼睛。安远兮，对不起，我不能回应你的感情，对不起……

"醒了。小红，你好好照顾大嫂。"安远兮的声音嘶哑沉重，"大嫂……我……出去了……"

我微微点头，没有睁眼，听到他沉重的脚步声消失在门外。小红在外间跟宁儿、馨儿交代着什么，然后拧了毛巾过来给我擦脸："姐姐，你昏睡了一天一夜，现在觉得好些了吗？你饿不饿？我让人给你端点燕窝粥过来？"

"我睡了这么久吗？"我睁开眼。小红的脸色看起来也很疲倦，一时更是觉得惭愧，看我把这个家搞得人人都不得安宁。小红红了眼圈儿，坐在床头道："岂止睡了这么久，你发了一晚的烧，又一直说着胡话，一直哭，可把我吓坏了……"

"对不起，让你们担心了，爷爷没事吧？"老爷子身体这么不好，我还让他担心，真是不孝。小红摇了摇头："侯爷来看过你，那阵儿你正闹得凶，烧得糊里糊涂的，抓着安……二少爷的手，唤着姑爷的名字……"

"我一直这样……抓着他？"我记得梦中一直握着云峥的手，没有松开过，那安远兮，岂不是这样让我抓了一天一夜？小红"嗯"了一声，轻声道："你抓着二少爷的手不肯放，一松开就又哭又闹，二少爷只得让你抓着，在床边守了一天一夜。姐姐，你也别怪他了……"

"是我不对，我有什么资格去怪他。"我叹了一口气，撑着身子坐起来，小红在我背后垫了个靠枕。天降红雨了，小红竟然帮安远兮说话？而且我注意到小红说到他的名字时，语气不像以前针对他时那样凶巴巴的了，这一天一夜的时间，安远兮做了些什么，把小红都感化了？

“姐姐挂念姑爷，本也没有错，只是不该用这样凶险的法子。若是姐姐有个好歹，丢下我们没什么，可叫诺儿怎么办呢？难道姐姐想让诺儿这么小就成为无父无母的孤儿吗？”小红抽泣道，“姐姐，我打小就没了爹娘，你知道没爹没娘的孩子有多可怜吗？”

这么简单的道理，谁都比我看得透，偏是我人在局中，不能自拔。我心中一抽：“诺儿怎么样？你们没让他见着我这样子吧？”云峥，对不起，我答应过你，会好好照顾诺儿，好好看着他长大成人，可我却犯了糊涂，差点丢下诺儿。要是诺儿有个好歹，即使将来到了地府，我都没脸见你。

“我们怕吓着他，哪还敢让他看你？可是诺儿没见到你，哭闹了好久，奶娘好不容易才把他哄睡着。”小红擦了擦眼泪，宁儿端了燕窝粥进来，小红接过来，舀了一勺准备喂我，我笑了笑：“我自己来。”

“姐姐手上有伤，我来。”小红瞥了瞥我的手臂，看样子又想掉泪，我只得乖乖配合她，不敢跟她拧着来。吃完一碗粥，小红把碗递给宁儿，宁儿没有出去，仍站在那里，像是有话说的样子。我诧异地道：“宁儿，怎么了？”

“少夫人，冥少爷一直在院子里站着。”宁儿轻声道。

“他站在院子里做什么？”我怔了怔，“他不知道我醒了吗？怎么不进来？”

“他知道。”宁儿道，“不过他说他害得少夫人生病，没脸进来。”

“说什么胡话呢？”我摇了摇头，轻声道，“请他进来吧。”

宁儿得了吩咐，赶紧退出去。一会儿，冥焰慢吞吞地走进来，见我坐在床上，低下头不敢看我，脚步也停下了。我心中好笑，故意板着脸道：“杵那儿做什么？过来。”

他磨磨蹭蹭地走过来，还是垂着脑袋不敢看我。我见他这别扭样子，对小红使了个眼色，小红抿着唇出去了。我淡淡地道：“站着做什么？我脑袋仰着看你不累吗？”

他听了，赶紧抬头看我，见我似笑非笑地看他，怔了怔，咬紧了唇。我摇了摇头，轻轻拍了拍床沿：“傻小子，坐下来，姐姐没生你的气。”

他的唇咬得更紧，站着不动。我叹了口气，伸手抓住他的手，轻轻拉了拉，他这才别别扭扭地坐下来。我笑了笑："冥焰，我心里明白，你是为了我好才这样做的，之前是姐姐犯了糊涂，我才要跟你说对不起。"

"我知道，因为我不记得那段过去，不管我做了什么，姐姐都不会怪我。"冥焰闷声闷气地道，"我偷偷拿了姐姐的镜子，姐姐不会怪我；昨儿就算是我砸了那镜子，姐姐也不会怪我。可是姐姐，为什么单单那么气远兮哥哥？"

我微微一怔。冥焰闷闷不乐地道："因为远兮哥哥在姐姐眼里是不同的。"

"你瞎说什么？"我蹙起了眉。冥焰转脸看着我，咬了咬唇："我没瞎说，姐姐对谁都客气，独独对远兮哥哥，你不隐藏你的情绪脾气。姐姐自个儿没觉得，可我知道，远兮哥哥在姐姐眼里是跟别人不一样的。"

我怔住，是这样吗？不是的，我对安远兮也是客气的，只除了他把我激怒的几回，冲他发过火，可的确也是，除了他，我没对别人动过肝火。或者冥焰说得没错，我对他的客气，也与旁人不同，对旁人，是真的客气，对安远兮，那客气里，有太多我们都不敢碰触的东西。我叹了口气："我与远兮曾共过患难、同过甘苦，他又数次救我于危难。他是我心里可以绝对信任的人。我知道无论我遇到什么事，他都会维护我。或许正因为明白，我才有恃无恐、任性伤人。其实这是不对的。冥焰，你提醒得对，我没有权利这样对远兮，这对他不公平……"

"姐姐，我不是这个意思。"冥焰皱了皱眉，打断我的话，静了半晌，才道，"姐姐，我也会维护你的，不管你遇到什么事，我也会维护你。"我还没有反应过来，他已经站起来，"我不打扰姐姐休息了。"

我怔怔地看着他匆匆夺门而出的背影，醒悟过来他话里的意思，微微一叹，心中苦笑，冥焰，你可知道，这又是一份我还不清的债啊……

❋ 第六十二章　上书

接下来的日子，我一边安心养身子，一边留意着朝堂的局势。

凤家军的叛乱让朝廷措手不及，眼看着他们节节逼近，占据了潢河以南的大城州郡。天下大乱，流民四起，云家的生意主要在南方，为此大受影响。正常交通和信息渠道都被截断，仅靠各地隐势力传递消息，比起从前稍嫌不足。与此同时，朝中又传来了北疆军战败的消息。一时之间，朝堂哗然，景王让人率领的两万精兵，是以前寂惊云手下的一支精锐部队，跟着寂惊云战无不胜、攻无不克，没想到换了个主帅，竟然在北疆惨败，主帅阵亡，两万精兵折损十之八九。景王腹背受敌，前有凤家军节节逼近，后有辰星国人越打越近，竟然屯兵在了离京师仅一江之隔的玉水北岸，蓄势待发。而根据最新的战报，辰星国这支部队，根本不是以前景王他们所认为的一支没什么了不得的残兵。他们不是辰星国的军队，而是辰星国还要以北的冰河腹地一个神秘的族群。多年来，因为鲜与外界接触，连辰星国都不知道这个族群竟在那块荒无人烟之地发展得这么庞大，庞大到有足够的力量，将经过多年战乱的辰星国剿亡，取而代之。

如今的辰星国已经不叫辰星国，而被这支部族改名叫雪狼国。他们的国王被称为雪狼王，他们的军队骁勇善战，天罂国的援军逢战即乱，因为雪狼王有一支世人从未见过的骑兵队伍。天罂国及周边国家的骑兵，皆以马为坐骑，而雪狼族的骑兵，却是以高大凶猛的雪原之狼为坐骑，他们的骑兵，被称为狼骑兵！想那些战马见了恶狼，早惊得四处乱窜，哪里还敢往前冲，未战就先输了一半。以致狼骑兵势如破竹，直杀到了京师附近。

凤家军大概也收到了狼骑兵的消息，夺了江南的军政大权之后，不再北上进攻，屯兵在潢河南岸，做观望的姿态，大有让景王与雪狼王两虎相争，坐收渔利之意。朝堂形势大变，支持九王爷的旧部纷纷要求景王下台，想迎回九王爷重掌大局；景王党则骂九王爷是乱臣贼子，在国家面临外患时还雪上加霜；中立派的臣子说，“攘外必先安内”，景王应先向九王爷求和，联合凤家军共同对抗外敌；景王党刚刚得势，哪里肯依？打着“宁与外寇，不与家贼”的主意，建议不如先与雪狼王议和，割地赔款，求一时和平，再专心地一致对付九王爷；还有一部分人被这前所未闻的狼骑兵吓破了胆，纷纷上书提议迁都别郡……朝堂之外，百姓受了“神谕”的指示，纷纷将引发战乱的罪名加诸景王。种种揣测和谣传越演越烈，而同时，一个更为神秘、更加耸动的传言，开始在天罂国上下传播开来，将皇帝重病不愈的矛头，纷纷指向景王。朝野内外，怎一个“乱”字了得？

面对僵局，景王心里很明白与雪狼王这一仗打不得。一旦开打，输赢且不论，凤家军正等着你打完了，好举着大义的旗帜挥军北上捡便宜；迁都更是不可能，迁都不比老百姓搬家，劳民伤财不说，光是抛弃祖宗选定的家业，已经足够让他惹来更大的非议，在皇室宗亲中落人口实和把柄；与九王爷议和？更是做梦。他逼得九王爷装疯逃出京城，正给了九王爷一个举兵的大好机会，岂会轻易与他和谈？唯一能走的棋，只剩下与雪狼王和谈一途，毕竟他与异族之间只有利益，没有私仇，谈起条件来才方便，抛掉几个州郡、损失一点钱财，于国虽然受损，却可以让景王保住目前的权势，对他是利大于害。果然不几日，景王便派了使臣渡过玉水，要求两国和谈。

估计景王心里也郁闷得很，当初他要是早知道夺权之际会横空杀出一个莫名其妙的雪狼王，搞得他手忙脚乱，不知道还会不会这样布局，只怕只有他自己才知道了。

雪狼王开出的和谈条件对天罂国来说，根本没有选择的余地，这个不平等条约要求天罂国割让北疆十六州给雪狼国，赔偿军费白银两万万两，并承认雪狼国是天罂国的宗主国，和谈条件的严苛让朝堂再起争端。割地赔款尚可商量，一向自诩为天朝上国的天罂国，若认一个野蛮部族为宗主国，颜面何存？却不想已经被人打到要割地赔款的地步了，天罂国的脸面早就没了。朝堂百官又分成两派，一派主战，势要挽回天罂国的颜面；一派主和，认为承认雪狼国是宗主国的一时权宜之计。景王迫于形势，亲赴玉水北岸谈判，然雪狼王分毫不让，并在景王面前表演了一幕狼骑兵以俘虏尸首喂狼的恐怖游戏。景王大惧而归，力排朝堂众议，同意雪狼王的和谈条件，并定下日子，三日后与雪狼王在玉水河上，签订和谈书。

朝中因为雪狼王与凤家军的战事乱成一团，本来定于这个时段举行的天曌国首届科考，不得不暂时延迟考期，全国各地大量学子滞留京城，京城一时倒显得比往年繁闹，酒肆茶楼一点儿也不因紧张的局势而有所萧条，反倒处处一片名士风流的景象。

自前年给皇帝出了个科举选官的主意，皇帝的心思便动了起来。他策划了差不多两年时间，年初施计压下了名门世族的反对之声，科考制度就紧锣密鼓地实施开了。为了试验科举的效果，首届科考皇帝并未按院试、乡试、会试和殿试逐级应考，慢慢甄选，而是迫不及待地让各地州府各自组织了一次乡试，随即让中试的童生进京分批参加会试和殿试。圣旨诏告天下之后，寒门子弟激动万分，自是想凭着这天赐良机“一举成名天下知”，然后平步青云、一展所长。以前的举荐制，令大多数寒门学子无望入仕，对皇帝这番“英明仁德”的决策自是感激涕零、盛赞不已、马屁不穷，皆称当今圣上乃“天纵奇才、智慧无双、百年难遇、可比曾圣”的圣明天子，皇帝的声望一时在民间学子中登上顶峰。全国各地大量学子涌入京师，其中甚至不乏名门世族的子弟，除了有试试这新奇的科考的想法外，大约还有世族子弟与生俱来的骄傲在内，那就是，就算世族子弟没有赫赫家世，也未必不能从考场上得个书生万户侯。

若在平时，这么多学子留在京城，倒还没什么，考完试相互之间吹吹牛、比比才，再与青楼艳妓风花雪月一番，总闹不出什么大事。但面临国难可不同了，这些家伙平日里没事都要弄些事出来的，现在国家局势乱成一团，这群人便成天聚在一起，高谈阔论，对国家局势大抒已见，大有若是他们在朝为官，还有什么事情是摆不平的意味在内。

我颇能理解读书人这种酸溜溜的心态，记得我前世看过一篇名为《中国的读书人》的文章，里面极其辛辣地讽刺了中国的读书人，说“中国人一直把读书的重要性过于夸大了，但其实他们重视的根本不是读书本身，而是读书所能带来的好处，一旦读书带不来好处时，他们就鄙视读书以及读书人了，最常见的就是嘲笑其为穷秀才”，又说他们“读了书却不能做官甚至常常受穷，这对读书人自己来说也是非常恼火的事。因此，他们常常心怀不满，常常自命清高，常常大发怪论，常常不服从领导，可见读书人也并不像他们自以为的那样清高”，还说“中国的读书人摆脱不了读书做官的圈套，这就是为什么他们特别喜欢关心国家大事的缘故。他们有意无意地总把自己放在指点江山、忧国忧民、才高八斗、报国无门的位子上，好像国家缺了他们就要灭亡，地球少了他们就不转……”

这个作者的思想偏激，文辞刻薄，尖酸无比，虽然我不是完全认同他的言论，但他的部分观点确实一针见血地点出了中国的读书人延续了几千年的某些丑陋习气。

天曌国是与中国文化相近的农耕民族，加上以前一直是实施的举荐制，当他们突然有了一个机会可以进入梦寐以求的官场，必定会犹如八仙过海一般各展神通，将读书人身上存在的劣根性集中表现出来。国家蒙难，正是他们“忧国忧民、评点天下”的时候。

我本来并不太注意这一群莘莘学子，若不是福生是今年应考的童生之一，我对这一群成日聚众高谈阔论的学子并不关心。福生这些日子倒是天天出门，去酒肆、茶馆、客栈听人辩论，回来便双眼发亮地谈起那些听来的高谈阔论。我觉得让他增长些见识也不错，便没有阻止，甚至有时也冒出过想易装出门，看看热闹的想法。不过自从滴血喂镜被安远兮发现之后，家里把我看得紧，老爷子放了话，在我身子没好利索之前，是绝不准我出门的。

没想到机会来得挺快。

景王决定议和的消息传出宫外的时候，这群学子听闻景王居然答应了这样屈辱的卖国之策，顿时一片哗然，群情激愤，聚众严叱景王奸佞误国。福生得了消息，立即要出门瞧热闹。事关景王，我也起了心思，唤住他：“福生，我同你一起去。”

“这……”福生为难地蹙起了眉，“叶姐姐，侯爷不是不准你出门吗？”

“不让爷爷知道不就成了？”我转了转眼珠，笑道，“我女扮男装，咱们偷偷出去。”

“行吗？”福生神情怪异地指了指我身后。我转头一看，见冥焰和安远兮不知道什么时候已经走近了。两个人都板着脸，面带不善地看着我，我知道刚才的话必定被他们听到了，赶紧抢在他们开口阻止之前道：“远兮，冥焰，我想去茶肆听听学子们的高见，你们陪我去好不好？”

我摆明态度一定要去，反正他们不放心也会跟出来，还不如大大方方地邀他们一起。安远兮皱起了眉：“你的身子……”

“我身子已经大好了。”我赶紧道，带着哀求的语气，“我很想去，远兮，你陪我好不好？”

我承认我很卑鄙，利用了安远兮对我的感情，我深知他无法拒绝也不会拒绝我不算过分的违规请求。他深深地看了我一眼，无奈地轻叹道："去换装吧。"

一行四人去了福生常去的茶楼。茶楼已是爆满，好在二楼的雅座包厢不是寒门学子们消费得起的，我们点了间包厢，开了窗，正好能看见下面大厅里众人慷慨陈词，便端了茶杯倚到靠窗的软榻上去看热闹。

听了一阵，有些意兴阑珊，众人所言也无非是大骂景王胆小无耻、卖国求荣、颠覆朝纲……没有一点儿建设性的意见。我无聊地打了个呵欠，难道我急巴巴地赶来这里，是为了看他们怎么变着词骂人，谁骂得最有文采吗？

"还以为多有趣，福生，你天天就来看这个？"我搁了茶杯，"无聊，回家去吧。"

"叶姐姐，你别急，苏彧大哥还没有出声呢，你且听听他如何说。"福生拉住我。这几日老听他提到苏彧这个名字，我重新把目光调回楼下，正见一名衣饰简朴的少年书生步到大厅正中，大声道："各位兄台，大丈夫生于世间，当昂扬正气，以匡正朝纲为己任！今日大家聚在这里，痛斥奸臣误国，说明大家的观点都是一致的，那就是绝不能与外寇签订丧权辱国的卖国条约！可是我们在这里痛骂怒叱又有何用？皇上病重，朝廷小人当道，国将不国。既然大家万众一心，有哪位有识之士愿随在下去登闻鼓院击鼓，联名上书，阻止佞臣卖国？"

"苏兄，我愿与你同去！"

"我也愿一起去！"

"我也去！"

……

一时之间，响应者无数。一众自封为有识之士又情绪激动的学子纷纷表态愿随那少年书生前往。说做便做，那少年书生带领沸沸扬扬的众学子举步奔出，刚刚还热闹万分人满为患的茶楼顿时冷清下来。福生一脸兴奋地看着我："叶姐姐，苏彧大哥他们去叩阙上书，我也想去看看！"

"你去凑什么热闹。"我不以为然地嗑开一粒瓜子儿，笑道，"不准去。"

"为什么？"福生的脸一下子苦下来。我瞥了他一眼，笑道："因为他们去了也没用，不过是瞎折腾。"

"为什么？"福生瞪大了眼，又问出一个为什么。我将瓜子壳丢到桌上的渣盘儿里，淡淡一笑："他既然知道皇上病重，朝廷小人当道，你说登闻鼓院会受理他们的上诉状吗？皇上都不在朝中，景王监国，谁会那么傻接下弹劾景王的上书，这不是跟自个儿的乌纱帽过不去吗？”

“叶姐姐是说，登闻鼓院不会受理他们的上书？”福生咬紧了唇。我又拿起一粒瓜子儿，轻笑道：“他们就是拿到登闻鼓院和理检院也是一样，不过他们在登闻鼓院受了挫，大概会直捣东华门了，这群糊涂虫。”

“姐姐怎么知道？”福生听我骂他深为佩服的苏彧为糊涂虫，有些不服气了，“苏大哥一身正气，耿直风骨，怎么糊涂了？”

“击登闻鼓，叩阙上书，未言先有罪。”我摇了摇头，“如今景王当权，你说他会不会逮着别人有罪而不罚？这些学子千里迢迢上京赴考，还未踏进贡院的大门，就被革去功名，于己，一生前程尽毁，重则说不定还会刺配充军；于国，白白糟蹋了皇上给天下学子创造的良机，让皇上改革用官制度的苦心尽毁。”我轻轻地摇了摇头，“争一时之气，还不糊涂吗？”还有未说出口的话是，他们明知道朝中局势还要去以卵击石，说得好听，叫不畏强权；说得难听，是不懂变通，是愚勇！

福生怔怔地看着我，呆住了。安远兮和冥焰也抬眼看着我，安远兮轻声道：“你既想到这些，猜到他们以后的命运，怎么还如此心平气和？”我听出他言下之意，若是我以前，看到他们如此糟蹋皇帝的苦心，必定要出言相讥。不过目前朝堂形势不明，也不知道皇帝什么时候才能病愈，景王掌权一日，科考等新政未必能贯彻下去，让这群学子去闹他一闹也好，看景王怎么挡天下学子的口诛笔伐。

“他们自己要找死关我什么事？”我拍了拍手，淡淡一笑。见三个人目光炯炯地看着我，我无奈地叹了口气：“法不责众嘛。一会儿如果上书的人太多，景王还能一个个都罚不成？顶多逮几个领头闹事的杀鸡儆猴罢了。至于被罚的，算是他人生路上的磨砺好了，只是嘴巴能说会道有什么用？遭遇挫折时，才能看出一个人是经不起打击的庸才，还是自强不息的可造之才。若是庸才，没有点拨的必要；若是良才，自然不会被埋没。”

三人听我说得凉薄淡漠，沉默不语。茶楼下面恢复了说书，听故事比起听那些学子骂人有趣多了。福生出去上厕所，冥焰凑到我身边听堂下的先生说书，安远兮端着茶杯，坐在我们身后的圆桌边品茶。说书先生的故事精彩，我听得认真，听完一出，我转过头，正撞上安远兮若有所思地凝望我的眼神。我一怔，不知怎么就觉得有些尴尬，别开脸道：“出来得挺久了，回去吧。”看了看四周，“咦？福生跌到茅坑里了吗？怎么还没回来？”

“我去看看。”冥焰跑出包厢，只留下我和安远兮两个人，室内顿时安静下来，自那日昏迷苏醒，我知道自己一晚上抓着他的手叫云峥后，每次见了他，都有几分尴尬。安远兮看出我的不自在，起身道：“我去结账。”

刚站起来，冥焰就冲进包厢，急道：“姐姐，不好了，福生留了个口信儿给掌柜，说他找那个苏彧去了。”

“什么？”我蓦地站起来，气急道，“他疯了吗？怎么这么不听话？快去阻止他！”

“只怕是之前借口出恭的时候便走了，这阵儿怕已经阻止不及了。”安远兮道。我想了想，作出判断：“去皇城。那个苏彧一定会去东华门击登闻鼓，我们先去那里，把福生截住！”

❁ 第六十三章　帝归

然而我们还是去迟了，东华门外的御街上，一片沸腾，也不知道那苏彧怎么煽动的，竟然结集了黑压压一片群情激昂的学子，看上去超过两千人，且有人陆陆续续从四处不断抵达御街，个个满脸激愤。想想在茶楼，跟着苏彧去登闻鼓院也不过数十人之众，怎么这没多大一会儿工夫，就号召了这么多人？这些唯恐天下不乱的学子爱凑热闹不假，但那苏彧……我若有所思，似乎也颇有领袖之能。望着眼前密密麻麻的人群，我心里有些发毛，这场面简直可以跟六年前朝圣广庭上“超级花魁”总决赛时，发生的那场暴乱的情景相媲美。想到当时暴乱那个混乱的场景，我头皮发麻，若不是当初有楚……我摇了摇头，甩掉刚刚浮出脑海的名字。

人潮涌动，仿佛随时都会冲入皇城一般。皇城上下如临大敌，调动守兵，戒备森严，御林军把守宫门，持矛严阵以待。

御街上人太多，一时根本看不到福生在何处。安远兮让冥焰陪着我躲在远离人群的街头巷角，不准我钻进去找，他自己一个人扎进人堆。我看到那苏彧站到前方，手中捧着一纸状书，对着宫门大声喊道：“济州府解元苏彧及首届应试学子，跪请面圣！”言毕，苏彧跪到地上，身后立即黑压压地跪倒一大片，数千人逶迤跪出数百米。这一跪让安远兮终于发现了福生，逮着他的衣领，将他从人群中拎出来，提到我面前。我第一次气得骂他：“福生，我跟你说得那么清楚，你怎么还跟着他们发疯？你真是太让我失望了！”

“叶姐姐，我不是想跟着他们闹，我只是想把苏彧大哥劝回去。”福生有些委屈地道。我沉着脸道：“他会听你劝吗？此人自命清流，自视甚高，会轻易被你三言两语打动？便是你说得有理，他此际如箭在弦，不得不发。他自己闹出的事、作出的决定，有什么后果自然该由他承担，你真是……”我越说越气。福生这个童生本就考得比较悬，位居榜末。虽然他天资还算聪明，可到底只跟着夫子上了不到三年的学，学问见识根本就浅薄得很，若不是举荐制度下平民百姓读书的人比科举制度下还要少，又因为是首届科考，朝廷的规则宽松，他想考上个末位恐怕也是难如登天，谁想他竟这般不知珍惜。

“福生这不是没事了吗？你别生气了，当心身子。”安远兮见我气得手发抖，赶紧劝道。冥焰也推了福生的后背一把：“快给姐姐道歉。”

“叶姐姐，对不起。”福生哭丧着脸，咬着唇道歉。

我吸了口气，稳定了一下情绪，刚想开口，前方又起喧哗。抬眼看去，东华门左边的侧门缓缓打开，拥出数百名御林军，景王率了几个朝官在佩刀侍卫的簇拥中走出皇城，隔着御林军看向跪地众人。他的脸色阴沉得吓人，肃杀的眼神扫过黑压压的学子，厉声道：“尔等何人，竟敢集聚在皇城宫门闹事？”

皇族自小培养凌驾一切的王者霸气震撼迫人，一众学子到底是初有功名的普通百姓，被他的气势一压，喧哗之声顿时小了些。唯有苏彧傲然道：“济州府解元苏彧及首届应试学子，叩阙上书！”

景王冷哼一声：“既是功名在身的学子，更该知法守礼，岂能如此罔顾礼法，结众为乱？叩阙上书须经登闻鼓院逐级受理，尔等竟敢随意闻鼓宫外！”

“这位必是监国大人了？”苏彧见他袍服上绣着蟠龙，猜出景王的身份，目光炯然地道，“大人，非学生等人不遵礼法，实是登闻鼓院不肯受理学生等人的状纸，判院闭门不出。鼓院不接，按律检院及理检院不得受理。学生等人也是迫于无奈，才闻鼓宫外。”

景王冷笑道：“既是知法守礼的，便该知道击登闻鼓，叩阙上书，未言先有罪！尔等是想被削去功名、刺配边疆吗？”

场面更是安静，那些头脑发热一时冲动的学子，此际回过神来，听出景王话中之意，有些人愤愤不平，有些人不以为然，有些人则带上一丝怯色。苏彧长声笑道：“百无一用是书生，刺配边疆，能为国杀敌，保家国平安，也不失男儿本色，总好过朝廷屈辱求和、卖国求荣、苟且偷生，置国家存亡和百姓生死于不顾！”

慷慨激昂的一番话将在场学子怒意渐消的情绪又挑动起来，不少人跟着附和嚷嚷，纷纷赞同苏彧所言。景王狠狠地瞪着苏彧。那苏彧毫不畏惧，虽然跪于御街之上，但倔强挺直的背影却散发着直率自信的气质，傲气天成。

景王心中对学子们公然挑战他的权威只怕已恨之入骨。这些学子，能说会写，每个人都是一把杀人不见血的刀。他倒不惧这些学子人多势众，再多也多不过皇城的守军，他心里忌惮的，是史笔无情。他非常清楚，今天这件事若是处理不当，他就会被天下人讥讽责难，镇压学子，屠杀国之栋梁，他若还想夺这个皇位，就不能留下这样的把柄落人口实。

景王阴沉的面容渐渐松弛下来，带上一丝虚伪的笑容："苏解元刚烈正直，所言深得我心。各位学子皆是国之栋梁，忧国忧民，实乃天下苍生之福。"说完，他挥手让他的贴身侍卫上前拿下苏彧手中的状书，又道，"本王收下各位的上书，各位学子请起身回去吧！"

"大人且慢！"苏彧站起来，朗声道，"大人既收下学生等人的状书，请问何时给我等答复！"

景王看着一个个站起来的学子，恼恨不已，又不得不与他周旋，虚与委蛇："国家大事，岂能随便决定，待本王与朝官商议之后，再予定夺。"

"监国大人！"苏彧见景王转身欲走，扬声道，"异族大军屯兵玉水以北，随时便会进攻，彧和一众同窗忧心如焚，愿留在宫门，等候朝廷商议结果！"

"放肆！"景王闻言，脸色一变。我心中一叹，也觉得这苏彧到底年少气盛，着实不知进退，景王虽然不能堵天下悠悠众口，但皇权到底还是至高无上的，真要逼急了他，他可能真管不了那么多。学子围堵宫门，是铁板钉钉的事实，比不得百姓私传的流言，不管是什么原因，已经令他的声望荡然无存。这苏彧再咄咄相逼，恐怕景王就要发狠了。

果真景王接下来厉声道："尔等是想挟众胁迫朝廷吗？尔等如此行事，欲置君父于何地？皇上颁旨实行恩科，就选录了你们这样无君无父的东西？"

苏彧听景王扣下这顶大帽子，倒是反应极快，反驳道："学生等不过是进谏言，异族提出的议和条款实乃国之大辱。皇上乃圣明天子，定当明白我等一片拳拳爱国之心。"

景王冷笑道："既是进谏言，朝廷已收下你们的上书，如何处置，自有论断，尔等滞留不去，强行索取结果，与胁迫朝廷何异？你们想让天下如何看朝廷？让后人如何看今世？”

景王这番话听到数千学子耳朵里，无疑动摇了部分学子的心思。这些学子跟着前来凑热闹，本是为了抗议景王议和之举，根本没有反对朝廷的意思。景王这番话听在最重君臣父子观念的读书人耳里，无疑是狠抽他们一记耳光，暗指他们犯上作乱。连苏或一时都无法作答，语塞半晌，才想出一个理由，咬牙道：“监国大人，这状书弹劾的就是大人您，大人是否理当避嫌？朝廷是否理当另择人选处理此事？”

“没错！”苏彧的话提醒了一众学子。他身旁的一个学子大声道：“我等怎么知道监国大人接了这状书，会秉公办理？”

“你们以为本王会徇私吗？”景王面色阴沉，双目似要喷出火来。学子中有人大声道：“非学生等不相信大人，实在是大人一再作推诿之言，是否根本无心更改与异族议和的决定？监国大人一意孤行，执意签订这种丧权辱国的条约，才是无君无父，让天下后世看笑话！”

“不错，不知道监国大人的决定有没有上呈皇上。”又有一个学子朗声道，“为什么监国大人不顾朝臣反对，非要签下这种卖国条约，莫非大人与异族私相授受？我们凭什么要相信大人会真的秉公处理？”

……

群情激愤，学子们为了推脱犯上作乱的嫌疑，纷纷将矛头转到景王身上。我心中一紧，这些糊涂虫，景王就算刚才无意动手，只怕现在也会起杀机了。果然景王气得脸色铁青，大声道：“皇城守军听令，科考学子围堵宫门，犯上作乱，将他们统统抓起来！”

此言一出，学子大惊，纷纷叫骂。东华门右边侧门也打开，拥出一队御林军。上书的学子们见势不妙，转头就跑。御林军冲上前去，抓扯围堵，一时间整个御街人仰马翻，乱得不可开交。我见势不妙，叹了口气道：“我们快走，免得一会儿遭池鱼之殃！”

正当此时，御街之上却又生变，只听到一声如雷般的厉吼：“前方发生何事？”这声厉吼似是含着内力送出的，震得人耳朵嗡嗡作响。我回头一看，见御街后方，奔过一队御林军，为首的正是我在太庙见过的御林军右营统领萧无望，那声震吼想必正是发自他口。

御林军见了顶头上司，纷纷住手，往回跑的学子们也傻愣愣地停下脚步。萧无望走近人群，厉声道：“何以这么多人在宫门喧哗，阻挡皇上回宫？还不速速撤离！”

皇上回宫？我不由自主地踏前一步，又惊又喜，却见御林军护卫队之后，远远可见一架马车，却不是皇帝招摇的銮驾，想是为了避人耳目。

“皇上？”学子们又惊又惧，议论纷纷。景王见了萧无望，脸色已是一变，听了他说的话，双眼露出难以置信的震惊神色。苏彧见势，灵机一动，急忙跪到地上，大声高喊：“吾皇万岁万岁万万岁！”

一众学子如梦初醒，纷纷跪地，伏身三呼万岁。御街之上，一时呼声震天。景王面如死灰。萧无望见地上黑压压跪倒一片，蹙眉道：“尔等何人？为何聚集宫门？”

“学生苏彧系今科学子，为监国大人与异族签订卖国条约一事，叩阙上书，请将军奏报皇上。”突然回宫的皇帝是上天赐给苏彧的一线生机，他像是福至心灵，聪明地紧紧抓住这根救命稻草。萧无望一听，脸色凝重起来，转身奔到那架马车旁。不一会儿，下令御林军分列两旁，那驾马车缓缓地行上前来，停在跪地的学子们面前。皇上的贴身内侍双喜公公撩开车厢门帘，现出车厢内那略带病容、消瘦清俊的身影。他真的没事！我眼中一热，几欲落下泪来。

“你是苏彧？”皇帝清朗的声音温和地响起。苏彧伏地埋首道：“学生济州府解元苏彧，叩见皇上。”

皇帝的目光淡淡地扫过御街，看着跪了一地的学子，久久不语。景王赶紧奔上前，跪倒在马车下面：“臣君慕玄拜见皇上。”

“王叔，将苏彧等人的上书呈给朕看看。”皇帝没有让他起身，淡淡地道。景王脸色发白地将状书奉上。双喜接了状书，展开检查之后，递到皇帝手里。皇帝看完状书，神色未变，只是看着低头伏地的景王，语气平静地道：“王叔，这状书弹劾你卖国求荣，答应雪狼王苛刻的议和条件，承认雪狼国是我朝的宗主国，割让北疆十六州，赔偿白银两万万两，是否属实？”

“皇上，雪狼王已经打到玉水北岸，随时可能攻入京城，臣是为了保住祖宗家业和京城百姓的性命……”景王的话还没说完，已经被皇帝将一纸状书丢到他头上，伴着一声怒骂：“混账东西！”

随着他这一喝，凌人的气势顿时充斥全场，令人心胆俱丧。龙颜大怒，御街之上鸦雀无声，众人噤若寒蝉。景王不敢出声，做伏地埋首状。

“王叔监得好国！短短一个多月，搞得天下大乱，让异族都打到家门口来了！”

皇帝一开口就是这么重的罪名压下来，景王身子一颤。我看不到他埋在地上的脸，但被皇帝这样当众羞辱，只怕心中愤恨至极，脸色也不会好到哪里去。只听皇帝接着寒声道："我天曌国堂堂天朝上国，你竟敢给朕签订这种丧权辱国的条约！议和？你可想过这会让天下百姓的生活陷入水深火热之中？可想过北疆十六州的子民变成任异族鞑子随意凌辱的贱民？可想过堂堂天朝上国沦为四国耻笑的笑柄？我天曌国名将赫赫，威震八方，几曾惧过异族作乱？你……"皇帝越说越气，蓦地高声一喝，"萧统领！"

"末将在！"萧无望大声道。皇帝冷笑道："你怕那雪狼王吗？"

"不怕！"萧无望蓦地单膝跪地，大声道，"末将愿领兵攻打雪狼王，誓将敌军消灭，保家卫国！"

"你们呢？"皇帝缓缓从车厢中钻出来，站在马车上，目光转向四周林立的御林军。御林军会意，齐声大吼："我等誓将敌军消灭！保家卫国！"

震天的誓言响彻云霄，皇帝扬声大笑，豪气冲云地道："我天曌国的热血男儿当如是！宁为玉碎，不为瓦全！朕今日对天下苍生立誓，定与雪狼王决一死战，将异族鞑子歼灭，用雪狼王的人头祭我天曌国英勇阵亡的将士！"

"宁为玉碎，不为瓦全！"萧无望等皇帝说完，振臂高呼。御街上的御林军跟着齐声附和："宁为玉碎，不为瓦全！宁为玉碎，不为瓦全……"震天巨吼盘旋于九重宫阙之上，昭示着皇帝的决心。那苏彧被这震天动地的誓言感染了，偷偷抬头看向伫立于马车之上的真龙天子，眼神炽热得发亮："皇上英明，乃国之大幸，吾皇万岁万岁万万岁……"

"吾皇万岁万岁万万岁……"左右御林军也尽数跪地，与数千学子一起齐呼万岁，呼声磅礴浑厚，场面激奋人心，令人心动神摇。我望着马车之上高伫的身影，唇角微微一动，浮出淡淡的弧度。这就是久经熏陶和锻炼出来的帝王威仪，让人不由自主地俯首顶礼。这个男人，注定是要站在高处，君临天下，接受臣民的跪拜欢呼的。没有人会比他做得更好，三言两语，便能激发士气，扭转乾坤！

"王叔……"待众人的呼声止息，皇帝看向跪在地上不敢抬头的景王，严肃地道，"朕现在撤去你监国一职，责令你即刻回府闭门思过，你好自为之！"

"罪臣谢皇上恩典！"景王叩谢皇恩。经过数千学子叩阙上书弹劾，景王的政治威信可谓荡然无存，今日之后，朝堂之上再无他立足之地。皇帝转头看向跪在地上的数千学子，表情却未转晴，仍旧严肃地道：“苏彧，你带领学子叩阙上书，围堵宫门，可知已获罪？”

“学生知罪！”苏彧听到皇帝点名，赶紧低下头。皇帝严肃地道：“叩阙上书，未言先有罪，念在尔等一片忠君爱国之心，朕就轻罚你们，各自回去，闭门十日，不得再结众聚首！”

“谢皇上恩典！”数千学子齐声谢恩。皇帝钻入车厢，淡淡地道：“回宫。”

“圣上起驾——”双喜扯长了嗓子吆喝。跪地的学子纷纷让道，复跪于御街两侧。马车缓缓启动，东华门中门正开，御林军护着皇帝缓缓进入宫门，吱呀一声，宫门沉重地掩落，将依然跪地未起的数千学子关在门外。

“皇上……”苏彧抬头痴痴地望着紧闭的朱红宫门，满脸仰慕崇敬之色。我看到他炽热的表情，摇了摇头，转身道：“我们走吧！”

❋ 第六十四章　深谋

朝堂局势瞬息万变，风云突起。病重昏迷的皇帝突然醒过来，自太庙班师回朝了，且在回宫当日，雷厉风行地处理了数千学子叩阙上书一案，撤了景王监国一职，令其回府闭门思过，并发出豪言，誓与雪狼王决一死战，宁为玉碎，不为瓦全。随后发号施令，调动三军，进入备战状态，同时封锁消息，以免雪狼王在签订和谈书之前提前获知朝堂动向。

此际，我坐在这个面带病容、一脸寒霜的男人面前，明显地感到了这个男人身上散发出的凛冽强势的气息，还有一丝戒备和疏离。从御街回府后不久，皇帝便传旨宣我进宫。在这种敏感时刻，皇帝宣我进宫，且不准我带随从，意欲何为呢？

“听说你前两日病得厉害，看来是真的。”皇帝看着我的脸，淡淡地道。我失血后过于苍白的脸色一看就不正常，前些日子也传了几次太医去诊病，皇帝知道也不奇怪，奇怪的是他竟然还有闲暇来注意我的举动。

“已经大好了。”我轻声道，他的脸色也好不到哪里去，“皇上的伤可无恙了？”

“嗯。”他淡淡地应了声，目光落在我的头上，若有所思。皇帝在太庙可是待足了七七四十九日，可上次传他受伤，我却敏感地意识到他的伤与动用神鼎并无多大关系。我注意到他打量的目光，知道他是在看我的衣着。断发后，我的长发成了短发，自是不能用簪绾起，平时在家里没什么，可是进宫却不能披头散发，失礼于人，所以戴上了只在祭祖时戴过的百花朝冠。戴了朝冠，身上自然也得配朝服，于是这身装扮就实在显得过于隆重了。我避开皇帝复杂探究的目光，轻声引开他的注意：“皇上怎么会受这么重的伤？寂将军怎么会身亡？那日我从太庙离开的时候，寂将军不是已经解了邪降术吗？怎么转头就……”

“荣华夫人关心的事情倒是挺多的。”皇帝收回打量的目光，似笑非笑地看着我，唇角意味不明地微微一动。

“事关皇上和寂将军的安危，臣妾自然是关心的。”我坦然地看着他，发现提到寂惊云的时候，皇帝的表情并无太多变化，便试探地揣测道，“寂将军……当真身亡了？”

皇帝目光凛厉地看着我，不答反问：“听说前阵儿北疆战事的军饷是你们云家出的？云家几时跟景王走得这么近了，竟然这么帮他？”

“皇上言重了。”我微微一惊，与景王勾结的罪名，我可担不起，“云家不是帮景王，而是助国家。异族入侵，国家蒙难，云家岂会罔顾国家大义，与人结党营私？”

“是吗？”皇帝定定地看着我，半晌，微微一笑，“朕不在的这些日子，幸亏有你帮朕照顾太后，倒是要谢你了。”

“臣妾愧不敢当。”我有些惶恐，太后搬到静慈庵带发修行之后，为了避嫌，怕惹景王怀疑，我便没再去看过她了，皇帝无端端地冒出这样一句话，指的到底是哪出？我一时冷汗涔涔。

“听说你和小公主颇为投缘？”皇帝淡淡地看着我。一连几个听说，让我神经绷紧，怎么这皇帝离了宫，就像根本没离开似的，这宫里的大事小事他似乎了如指掌，那朝堂之事，恐怕更在他的掌握之中。我小心谨慎地道：“小公主冰雪可爱，臣妾很是喜欢。”

“你忘了她的生母是谁了？”皇帝抿了抿唇，“你会喜欢她，倒叫朕有些诧异。”

“稚子无辜，大人犯下的错，没理由让孩子来承担。”我平静地道，“皇上是小公主的父皇，更当摒除偏见……”

“听你这语气，倒像是朕薄待她了？”皇帝冷冷一哼，面带不悦。我识趣地闭嘴，皇帝却道：“既然你跟小公主这么投缘，朕让人把她带过来，你陪她玩玩。”

我愕然地看着他，不知道他意欲何为。沉默半晌，我轻声道：“皇上召臣妾来，就是让臣妾陪小公主玩？”

“你说得也是，她毕竟是朕唯一的孩子。”皇帝说这话时，语气有点儿怪，看着我的目光也复杂起来。我忐忑不安。宫人把小公主带到御书房，小公主进来见了皇帝，伶俐懂事地给皇帝请了安，见我坐在一旁，叫了声“姑姑”，想靠过来，又小心地观察着皇帝的表情。皇帝居然笑了笑：“去吧。”

小公主得了准儿，倚进我怀里：“姑姑，你这阵儿怎么都不进宫看洁儿？”

我听得心中惭愧。太后出宫祈福，没有带公主，将她留在了懿宁宫，但想来懿宁宫的宫人还不至于像淑妃宫里的那些宫人那样待她。我前些日子执迷于相思镜的幻象，哪里有心思管旁的事，早将这小公主忘得一干二净。我的脸有些热，将她抱进怀里，抱歉道：“对不起呀，前阵儿姑姑生病了，所以没进宫看公主。”

“姑姑现在病好了吗？”这小公主伶俐得不像未满三岁的孩子，乖巧地讨好道，“生病了要喝药，病才好得快哦。”

“好了。”我笑道，“公主这么聪明，知道生病要吃药，谁告诉公主的呀？”

“侍卫叔叔告诉洁儿的，侍卫叔叔还教洁儿数数，不过都难不倒洁儿……”小公主难得见一次皇帝，有些兴奋，跟我说话时，不时地瞥他一眼。“侍卫叔叔？”我怔了怔，也没多想，想来是小公主哪次遇着了宫中的大内侍卫，笑道：“公主数什么数？”

“哪个侍卫这么没规矩？”皇帝冷不丁插了一句嘴，把小公主吓了一跳，立即闭嘴不说了，一双大眼睛可怜巴巴地望着我。我抬头看他，见皇帝脸上带着冷漠的表情，心底也有一点发寒：“皇上……”

皇帝的表情略微缓和下来，不自在地咳了一声，别过脸。我摇了摇头，见小公主眼里还有一丝惶恐，便笑着安抚她：“他们当然难不倒公主了，公主会背九九表嘛。”

“对哦，姑姑教的九九乘法表，洁儿可以背全了哦。”小公主见皇帝没动怒，壮着胆子小心回我的话。我有一丝讶异，我只是上次在太后宫里教过她一次，没想到她居然能背全，真是冰雪聪明，不由得笑道：“公主背给姑姑听听，好不好？”

“嗯。”小公主点点头，一板一眼地背起来，“一一得一，一二得二……”她果真背得很熟，一口气背下去，竟然没有断档。这么聪明的头脑，自是承自面前这个男人优良的基因。我抬头看了皇帝一眼，见他不知何时转过头，目光灼灼地看着我，眼神竟是难得的柔和。一时房中安静无比，只有小公主清脆略带奶气的声音回响着：

“……八九七十二，九九八十一。姑姑，我背得没错吧？”

“没错，公主真聪明。”我赶紧夸她。小公主得了表扬，笑眯了眼。皇帝缓缓地道：“九九乘法表？怎么和朕听过的九九歌有所不同？荣华夫人总喜欢标新立异。”

我吃了一惊，赶紧道：“皇上说笑了，臣妾脑子笨，最初记的时候，就没按顺序记，所以一直也改不过来，臣妾不该误导公主……”

天曌国的九九歌，其实就如同我们的乘法口诀，只是九九歌是从“九九八十一”起，至“二二如四”止，共有三十六句。他们还没有将九九表扩充到“一一得一”，顺序也是从大到小。我熟记的九九乘法表，是从小到大排列的，早已经记得根深蒂固改不过来，所以在教给小公主的时候，也是按“一一得一”开始教的，没想到这么不起眼的细节，皇帝也提出来问。

“你当朕不懂分辨好坏吗？”皇帝淡淡地打断我的话，看着我的目光深邃起来，“朕又没想怎么着，你急什么？”

我一时语塞，皇帝也不说话，这时双喜急急忙忙地跑进来：“皇上，准备妥当了。”

“嗯。”皇帝的目光微微一敛，“双喜，把小公主带回宫去。”

小公主依依不舍地被双喜抱出房去。皇帝站起来：“你随朕来。”

我跟着皇帝出去，不知道他要带我去哪里，见他没有说的意思，我也不敢问。越往前走，我越是心惊，宫里的守备今日似乎与往日不同，我闻到空气中流淌着一触即发的紧张气息。再往前走，前面就是天子接见朝臣、处理国事的朝圣殿。我见皇帝完全没有停下来的意思，心中更是忐忑。皇帝带我上这儿来根本不合规矩，等看到朝圣殿外遍布御林军，我倒抽一口气，手心微微渗出细汗，凛冽的杀气铺天盖地地袭来。我的手在袖中抓紧一团袖布，将掌心的汗吸干。皇帝踏上玉阶，我咬了咬唇，跟上去，随着他一起进入朝圣殿。

大殿内却空无一人，与殿外是两番天地，连双喜都没有随着皇帝一起进来，且在我们进殿之后，关上了殿门。虽然已经日暮，但大殿内灯火通明，皇帝一步步走向金銮殿上那座高耸的龙椅。站在龙椅面前，他没有坐下去，只伸手缓缓抚摩着龙椅扶手上精致的雕花，半晌，轻叹道：“你说，这天底下有多少人想坐上这把椅子？”

我心中一惊，不敢出声，皇帝大概也没想过要我的答案，接着道：“有多少人为了它，父子反目、兄弟成仇？这把椅子上，沾染了多少人的血？历朝历代，死在夺椅之路上的人不计其数，为什么还是有人不顾一切地前仆后继？”

我沉默不语。为了什么？自然是为了那至高无上的绝对权力，稍有雄心的人，都希冀站在权力的顶端，渴望那种掌控天下的感觉，为此他们不惜牺牲一切。

皇帝缓缓地坐到龙椅上，看了我一眼，淡淡地道：“你说，今儿想来坐这个位置的人，会输还是会赢？”

我悚然一惊，瞪大眼看着他：“皇上是说，今天景王会……”想到景王今天被皇帝训斥后离开宫门的那一幕，他那种从风光无限的云端突然跌入谷底的悲凉表情，那愤慨含恨的目光，我绝对有理由相信，他会做临死前最后一击的反噬。

皇帝唇角浮着一丝冷酷的笑意，缓缓道：“他布置了这么久，只等着朕一断气，就堂而皇之地登堂入室，没想到会遇到雪狼王来袭、数千学子叩阙上书，更没想到在这当口朕偏偏回来了。朕一回来，他从此再无机会，必然会迅速发起一场政变，这就要看我们谁布置得更仔细、更周全了。”

我心中一凛，他知道景王今晚会发动政变，围攻皇城，为什么还要宣我进宫？难道我在这场宫变中还会起什么作用不成？不，不是我，是我身后的云家。可云家能起什么作用？他已经将一切都布置好了……难道……联想到之前他厉声问我云家几时和景王走得这么近，我退了一步，倒抽一口气，他不是要云家在这场宫变中起什么作用，他是怕云家在其中起什么作用，他是怕云家和景王连成一气……所以，才要宣我入宫，好以此为挟？

我难以置信地看着他，语声轻颤：“既然皇上知道景王今晚会围攻皇城，为何还要宣臣妾入宫？”

皇帝看着我，沉默不语。我只觉得全身仿佛霜冻一般冰冷：“皇上为什么要带臣妾到这朝圣殿？不合礼仪，不合规矩。皇上就这么担心云家？担心到要将我留在宫中做人质？皇上是要臣妾亲眼看到景王败亡，以此警告臣妾吗？”

皇帝冷冷地看了我一眼：“你想得太多了。”

“是吗？”我凄然一笑，“臣妾没办法不多想。皇上大费周章布置这场苦肉计，就是为了迷惑景王，如果不是横空杀出一个雪狼王，只怕皇上还会病下去，病到等景王和九王爷两败俱伤的时候再出来……”

“放肆！”皇帝厉声呵斥，张口便吐出一口血来，点点猩红沾满胸襟。我大吃一惊，顾不得与他斗气，急忙跑上金阶，掏出丝巾手足无措地擦拭他唇角的鲜血：“皇上，你……臣妾让他们传太医……”

他猛地抓住我的手，力道大得出奇，握得我的手腕生生地疼：“不用，这个时候，朕不能让人知道……”

“可是……”他苍白的脸在我眼前晃得刺眼，我蹙紧了眉。皇帝见我慌乱的样子，居然微微笑了笑，轻声道：“朕怀里有药，你帮朕拿出来。”

“哦……”我急忙将手伸进他的衣襟，探到一个硬硬的东西，掏出来一看，是一个白玉雕花的玉瓶。“是这个吗？”见他点头，我急忙拔开瓶塞，“吃几粒？”

“一粒。”皇帝轻声道。我从瓶中倒出一颗药来，是金色的蚕豆大小的圆形药丸拈起来左右四顾，有些为难：“殿上都没水……”

“不用水。”皇帝轻声咳了咳，我赶紧将药丸送到他唇边。他张口含住，闭上眼睛，喉咙微微动了动，片刻，缓缓睁眼。我轻声道：“可觉得好些了？”

皇帝点点头。我嘘了口气，将玉瓶盖上塞儿，照旧放回他怀里，抬眼见他正沉默地看着我，咬了咬唇：“对不起，臣妾不知道皇上的伤……”

“你那性子，受了委屈哪里憋得住？”皇帝不以为意地笑了笑，轻嘲道，“还不是仗着朕疼你，才敢这么放肆。”

“我……”我没想到皇帝说得这么直白，一时说不出反驳的话。他说得没错，如果不是知道自己在他心里是有一点点位置的，以我这样自私怯懦的人，是不敢在他面前顶撞他的。可心中又确实委屈，他一再地试探云家、试探我，不管我怎么保证，云家怎么讨好，他仍是无法相信我们。财富的过度集中给国家经济和政治带来的深刻影响，他现在虽然未必想得到，但以一个上位者特有的敏感，他的确是无法容忍一个扶植了几代君王上位的家族。只要他一天对云家存着忌惮，他迟早会向云家动手，真到了那一天，我该怎么办？一时我心中又惊又怕。我垂下眼睑，将满腹惊惧压住。

“你说得也没错。”皇帝只当我理亏无言，吸了一口长气，缓缓道，“景王煞费心血，设计加害惊云，就是要赌朕会动用护国神鼎，好派出玛哈取朕性命。朕将计就计，与他演这场苦肉计，的确是想将朝中意图染指皇位的隐藏势力引出来，一网打尽。只是朕没想到，边关生变，横空杀出一个雪狼王，若朕再不回宫决断，只怕国家就要被景王那狗贼给卖了。”

“皇上真要和雪狼王打这一仗？”我心中一紧，“雪狼王已经屯兵在玉水北岸了，与京师近在咫尺，若是他们得了消息杀过来……”

“杀不过来的。”皇帝摇了摇头，目光冷峻，“就如同一支凌空射来的厉箭，不可能永远飞在空中，射到现在这个时候，那支箭已经无力向前了。朝中那些看不清形势的蠢材主张议和，朕再不出面，就会被他们误国了。”

“皇上何以如此笃定？”我不解地看着他，提醒道，“狼骑兵虽然是长途跋涉打到京郊，但跟皇上以前遇到的敌人不同，他们凶狠残暴，连骁勇善战的草原骑兵也不放在眼里。之前曜月国马尔蒂族被剿灭，就是遇上了为雪狼王的军队补给后勤的队伍，将马尔蒂族抢掠一空。如今他们打到了天罂国腹地，更不存在后勤补给的问题，他们的战狼据闻全是以俘虏死尸为食，我朝居住在玉水以北广袤土地上的百姓财物，正好成为他们的补给。雪狼王的嚣张猖狂，不是没有道理的。”

因为担心丹尼兄妹回国的情况，我曾让安远兮派人查过马尔蒂族被灭族的真相，竟然也跟雪狼王有关，此际听皇帝要与雪狼王开战，难免有些忧心。皇帝笑了笑，淡淡地道：“表面上看来，确实如此。但你认为雪狼王能一路如入无人之境打到玉水北岸，靠的是什么？”

“当然是狼骑兵了。”我脱口而出，心中一亮，似乎隐隐琢磨到皇帝的意图，“皇上是想……”

皇帝冷冷一笑：“不错，他们依恃的是狼骑兵。可是骑兵若是没了坐骑，这场仗，我天罂国还打不赢吗？”我恍然。皇帝寒声道：“狼骑兵的战狼全是来自终年冰川的雪原之地，何曾经受过我天罂国的炎夏酷暑？这些日子因为水土不服，已经折损不少，打到玉水北岸已经是雪狼王的极限了。他们以为打得越远越好，等他们没了战狼，玉水以北广袤的土地恰恰是他们的葬身之地。我朝将士若前后夹击，他们则无处可逃。朕要让雪狼王的战狼和骑兵一个都回不去，统统为我天罂国阵亡的将士陪葬！”

他冷冽的表情和双目中的凶狠戾气让我忍不住打了个寒战。没想到皇帝暗中竟然将狼骑兵的情况摸得这么清楚，只怕当初看到北疆报急的狼烟后，已经迅速着人作了调查，暗中部署，哪里像景王一样不当回事。两相比较，我忍不住要感叹，景王虽然心机深沉，行事歹毒，不择手段，可论起思虑周密来，跟眼前这位深谋远虑的皇帝可差得远了。想到这里，我已经可以确定，今晚这场宫变，皇帝占尽先机，景王怕是根本没有胜算。

❋ 第六十五章　宫变

皇帝说完这一大段话，捂着胸口轻轻咳了咳。我看着他有些苍白的脸色，蹙起眉，轻声道："皇上这伤，到底是怎么回事？"不是说是苦肉计吗？怎么整得这么严重？见皇帝只是靠在椅背上淡淡地看我，完全没有要回答的意思，我咬了咬唇，觉出自己多事了。

之前在太庙听太医说他的什么被邪术所伤，经脉尽断，邪风入脑，只怕都是串谋好的假话。他既然不愿意说，自然有他的顾忌，我虽是关心，但看在他这满腹心眼儿的人眼里，指不定还会想成是我别有用心拭探他。再说了，他的心思那么重，断不会做让自己吃亏的事，我何须为他操心?

果然，皇帝做出不以为意的表情："没什么大碍，休养几日就行了。"休养几日？他在太庙也修养了一个多月了。不过也能理解，这当口就算他伤得快要死了，只怕也不会说出来动摇军心的。我笑了笑，不说什么了，转开话题："皇上乃真龙天子，自是福寿无双。"

他的唇角微微抽搐了一下，我佯装没看见，做出一脸真诚的表情。皇帝看了我半晌，无可奈何地叹了口气，轻嘲道："荣华夫人真是有把死人气活的本事。"

"臣妾说的可是真心话。"我不怄他了，这次的表情是真的诚挚，"皇上三言两语便扭转乾坤，平息了东华门即将发生的暴乱，臣妾由衷钦服。"

"你在场？"皇帝敏感地抓住我话外的关键，目光锐利地盯着我。我怕他多想，赶紧解释道："皇上还记得寄住在臣妾府上的周福生吗？正巧他是此次应届的童生，那孩子不知天高地厚，也跑到御街去了，臣妾怕他惹事，所以去找他回来，刚好撞到皇上回宫的情形。”

“怕他惹事？”皇帝似笑非笑地看了我一眼，懒洋洋地道，“在你看来，学子们叩阙上书是去惹是生非吗？朕倒觉得他们忠君爱国，其心可嘉。”那是因为他们帮了你的大忙，你当然这样说了。看到他那微微自得的死样子，我心中暗自腹诽。东华门之变抬高了皇帝的声望，景王却名誉扫地，学子已经把景王逼到绝路，皇帝当然心中暗爽。

“那是因为皇上回来了，阻止了可能发生的暴乱。”我正颜道，“若是皇上没能及时赶回来呢？”我看了皇帝一眼，淡淡地笑了笑，“还是皇上成竹在胸，或是灵机妙算，一定会在那个时段出现？”若是这样，皇帝就能笃定地把事情全部掌控住吗？这中间只要稍有意外，造成的恶果将是不可估量的。

“朕若没有出现又如何？”皇帝淡淡地道。你会想不到？我气结，干吗故意一再挑我的刺儿？我暗自咬牙，迟疑了一下，将在茶楼对福生说的那番话重复了一遍。皇帝目光炯炯地看着我，没因为我拍他的马屁心情大快，反而冷冷地道：“心系天下的学子为民请命，你说他是愚勇？那朝廷还设登闻鼓做什么？叩阙上书是不可行的制度吗？”

“叩阙上书不是不可行，只是不该这样行。”我拍马屁你不高兴，说实话你还是不高兴，心中很是不爽，这家伙真难讨好，“难道皇上真的认同学子们围堵宫门的偏激行为？这是对朝廷权威的公然挑战，以后若有小人学了这伎俩，朝廷将再无威信可言。”

皇帝的眼神微微一眯，深深地看着我，目光难测，片刻后才道：“那你说，此事当如何？”

“臣妾认为，带头煽动学子叩阙上书的主谋，应当惩戒，否则不成体统。”我淡淡地道，“皇上认为他于此事有功，但这功却是没办法敞开来说的，而臣妾始终认为，他的过大于功。”

“你好像不太看好他。”皇帝微微一笑，不知道想到了什么，唇抿起来。我笑着摇头：“我是不看好他，不过我欣赏他。”

“哦？这话又怎么讲？”皇帝挑了挑眉，“不看好也可以欣赏吗？为何欣赏？”

“欣赏他，自是因为他身上有值得欣赏的品质，淳朴正直、急公好义、勇任繁难，方可‘苟利国家生死以，岂因福祸趋避之’。”我微笑道，“国家需要这种平日心系天下，行政多益民众，急难挺身而出，躬自入局救急的学子。”

“既是如此，为何还不看好？”皇帝兴味盎然地追问。我抿了抿唇，真要把我的意思说出来，对这个苏彧的政治前途可能会造成一些阻滞。皇帝见我迟疑，不耐地“嗯”了一声，我只得坦言道：“凡事皆有两面，淳朴的人看待事物易简单片面，黑就是黑，白就是白，毫不理会介于黑白之间深深浅浅的灰色；刚正不阿容易固执，不懂变通、不知转圜；急公好义者易冲动，行事可能不计后果；勇气过盛则易胆大妄为。以此次他带领学子叩阙上书为例，其过有三：挟众胁迫朝廷，围堵宫门，让朝廷威信尽失，此其一；给世人造成坏的榜样，留下无穷后患，此其二；险些将皇上改革用官制度的苦心尽毁，此其三；最重要的，他带领学子叩阙上书，将数千学子置于一个非常危险的境地。他带去的不是一群普通百姓，而是从全国范围内选拔出来的栋梁之才，若皇上没有及时赶到，景王当真镇压他们，血溅御街，不仅仅是让朝廷留下恶名，遭后世责骂，更重要的是令国家平白损失这么多精英，可能几十年都无法恢复元气！”

随着我的阐述，皇帝的眼神越来越凝重，我最后一句话刚说完，他的目光更是瞬间变得惊慑凌人，看得我心里有些发毛。我吞了吞口水，不知道自己有没有触碰到皇帝的逆鳞，有些忐忑。朝圣殿内安静得落针可闻，皇帝的指尖轻轻敲击着扶手，不知道在想什么，没有出声。令人窒息的沉默像潮水一般淹涌过来。我紧张地吸了一口气，才听到皇帝缓缓地沉声道：“没有掌控变故的能力，没有思虑长远的眼光，依你看，这苏彧，不堪大用？”

我说这么多，可不是要毁人家的前程。我摇了摇头，笑了一下：“那些学子不可能全面了解朝廷的局势，只看到了他们目力所及之处的错失，是可以理解的。虽然行事有些失当，但如皇上所言，忠君爱国的心是没有错的。臣妾只是就这件事说说自己的浅见而已，当不能影响皇上乾纲独断。”

“浅见？你就不怕你的浅见会断送掉别人的前程？”皇帝意味深长地看着我，看似随意地道。这罪名我可担不起，我扬了扬眉，有些不悦，语气也尖锐起来：“臣妾是从国家稳定和长远发展的角度来看这件事的利弊，个人的前程，岂能与国家利益相提并论？若将国家比作棋盘，皇上就是下棋的人，文武百官、黎民百姓皆是您手中的棋子。朝廷需要有忠臣、贤臣、能臣，也同样需要奸臣、佞臣、愚臣，端看他们在棋盘中起什么作用。无论是白子还是黑子，于大局有损，便是好棋也得舍弃；于大局有益，便是孬棋也要保留。何况良才美玉，也要经过琢磨才能成器。皇上善棋，自然知道在什么时段把哪颗棋子摆在最恰当的地方，控制棋盘全局。”

皇帝没有出声，像是从来没有认识过我似的深深地看着我，眼神带着探究，充满太多意味不明的东西。我垂下眼，避开他的凝视。天已经黑尽，我的肚子饿得咕咕叫，忐忑地望了一眼殿门，想出声要点吃的，又不敢破坏这朝圣殿庄严肃穆的气氛。偷偷瞥了沉思中的皇帝一眼，他也没用晚膳啊，就一点儿不饿吗？正胡思乱想间，皇帝突然道：“你听到什么声音没有？”

我怔了怔，竖起耳朵听了听，摇摇头：“没有。”

“有。是攻城的厮杀声。”皇帝的表情严肃起来。我吃了一惊，景王已经攻城了吗？仔细辨听，还是听不到任何声音。皇帝看着我茫然的表情，轻叹道：“这声音我听着太熟悉了……你去打开殿门。”

我迟疑了一下，见皇帝面上除了严肃再无其他表情，转身退下金阶，往殿门行去。吱呀一声，我打开沉重的大殿中门。双喜候在殿外，转身扫了殿内一眼，急忙把大殿的其他几扇侧门也通通打开。一时间，从殿内望出去，能见到朝圣殿外的白玉广庭、前方的前门正殿、再前方的宫城城楼和更前方的皇城城楼及城墙隐约的轮廓。广庭上布满森严列阵的御林军，数十名大内侍卫立于朝圣殿大门之外，将整个大殿围成铁桶一般，备战待发。

远远地，我看到宫城之上灯火闪烁；隐隐地，似乎真有刀光剑影和厮杀之声；血腥气不知道从哪个角落蔓延出来，巍峨的朝圣殿笼罩在浓黑如墨的夜色中，森森迫人。我觉得有些冷，忍不住抱住双臂，全神贯注地凝望着阴沉的黑暗中我看不到也听不到的血腥杀戮。宫城之外，恐怕已是血流成河、横尸遍地。我全身都处于紧张的僵硬状态，此时京城之内，恐怕已是流兵四起，不知道家里有没有遇到什么危险，诺儿和爷爷可还安好。忧急之下我只得不断安慰自己，家中有远兮和冥焰，还有那么多铁卫，侯府当是安全无虞。凝神分辨着皇城外面的声音，我连饥饿也忘记了。时间分分秒秒地过去，每一分每一秒都显得格外漫长，大殿之上任何一点细微的声响都令我疑神疑鬼、草木皆兵。不知道过了一个时辰还是两个时辰，突然，皇城城楼上升起一片冲天的火光，杀声响彻云霄。我悚然一惊，见一名披挂战甲的御林军统领匆匆奔上玉阶，跪到朝圣殿外：“启禀皇上，景王攻破皇城了！”

我悚然一惊，蓦地捏紧衣袖，偷偷擦掉手心的冷汗。我心里犹如十五只水桶打水，七上八下，转头看向金阶之上端坐于龙椅宝座上的皇帝，见他唇边浮起一抹冰冷的笑容：“王叔若连这点儿本事都没有，何以敢跟朕叫板？”

皇城之上火光冲天，我身在朝圣殿内，似乎也能看到熊熊大火中梁柱崩塌的景象，听到刀剑争鸣中火焰噼啪的响声。厮杀叫喊之声临近，铺天盖地般从宫城一路迫近，前门正殿紧闭的中门被撞开，潮水一般的士兵喊杀着拥入白玉广庭。面对广庭之上严阵待命的御林军，他们迅速组成方阵，与刀剑出鞘的御林军森然对峙。没有得到主帅的命令，双方都不敢妄动，就怕稍微不慎，便会伏尸五步、血溅当场。

皇帝缓缓步下金阶，行出朝圣殿，立于大殿门口，冷峻的面色仿佛带着千年寒霜，死死地望着前门大殿。一个人影从前门大殿中门之内行出，踏上白玉广庭，突然放缓了脚步，背着双手，仿若在郊外漫游一般，闲庭信步地走到严阵以待的御林军前方，望向殿门洞开的朝圣殿。

我定睛一看，那人身着王袍王冠，正是一身朝服的景王。

景王满意地环顾四周，蓦地纵声大笑道：“原以为御林军不堪一击，不想倒也撑得够久了。皇侄的兵马比本王想象中厉害得多，哈哈哈……”

他张狂的笑声在这气氛压抑的广庭传得格外悠远，也显得格外刺耳。御林军被他的讽刺话激得色变，纷纷攥紧了手中的兵器，四下剑拔弩张，只等着皇帝一声令下，便扑上前去，叫这白玉广庭即刻变成血海。

“王叔的亲兵也不差。”皇帝看着景王张狂的笑容，却也不动怒，镇定自若地微嘲道，“王叔，这么晚率亲兵攻入宫城，莫不是想谋朝篡位？”

景王扬声大笑：“皇侄误会了，皇侄重病缠身，药石无灵，天下皆知。本王率部而来，是想为皇上居丧。”

皇帝看着他，唇角挑起冰冷的弧度，“王叔好大的口气，不知王叔凭什么这么笃定，你率兵夺权，不是为自己送葬？”

“哈哈……皇侄，你不知道吧？”景王得意地笑道，“皇城东门已为本王所控，西门和北门也已落入本王部属手中，唯有南门的守军还在作垂死之挣，即将被攻破。如今整个皇城尽在本王掌控之中，皇侄认为本王凭什么？”

四门告破？我身子有些发软，扶住殿门环顾四周，看向我根本看不到的四方城门。四门已经尽在景王掌握，那今日岂非……我之前见皇帝不慌不忙地跟我聊天瞎扯，还道他成竹在胸，早已布下天罗地网，怎还会让景王攻入宫城？

“君慕玄！”皇帝骤然变脸，厉声大喝，“先帝众位兄弟之中，你是唯一被封亲王的皇叔伯，待你可谓不薄。朕登基之后，自问也待你亲厚，你为何要行此不忠不义之事？朝廷高官厚禄地养着你，竟是养了一头恶狼吗？”

“不然呢？你以为是养了一条走狗吗？”景王冷笑一声，疾言厉色的表情不让皇帝分毫，“好一对仁厚父子。君北羽，朝廷如何待本王，你心知肚明！想当年我才是父皇心目中承继大统的人选，你那懦弱无能的父亲最不得父皇欢心，若不是父皇不明不白地猝亡，你父得了权臣扶助……”景王哼了一声，怨恨地道，“如今坐在这个皇位上的人本来就该是本王！”

“一派胡言！”皇帝勃然大怒，天子的威仪气势随着呵斥铺盖全场，“世宗皇帝乃寿终正寝，天下皆知，先帝是得世宗皇帝遗诏，名正言顺登上大宝。你背义忘恩、觊觎皇位，扯此弥天大谎，其心可诛！更带兵攻入皇城、喋血染甲，置祖宗遗训和君臣之义不顾，狼子野心！怙恶不悛！天人共伐！”

“好个大义凛然的‘真龙天子’！”景王张狂的笑声中含着怨愤和讥讽，“背义忘恩？你父子二人施予本王什么恩德？亲王之号？我呸！你父得了皇位，按祖制应将兄弟封王赐藩，其他封郡王的兄弟可以成为一方诸侯，你父封我做亲王，却让我一世留京，是何用心？若本王不是父皇心目中的继位人选，若你父的皇位是名正言顺得来的，你父子二人何须单单忌惮本王？”

“王叔啊王叔……”皇帝幽然一叹，痛心疾首地道，“先帝与你自幼亲厚，不舍你远离京城去藩地受苦，才让你留在京师，不想你竟如此误解先帝一片苦心，先帝九泉之下，知你如此歪曲他的好意，必定痛悔难当！”

“好意？你倒是把先帝的手段心机学了个十足十！”景王呸了一下，冷哼道，“你将小九留在京师，跟你父当年对付本王的手段如出一辙，也是好意吗？怪不得小九要反你！”

皇帝怒笑道：“好一番颠倒黑白的谬论！君慕玄，你不要忘了，九弟正是被你逼得装疯逃离京师的！如今他举着‘清君侧’的义旗来，清的可是你这叛臣贼子、窃国大盗！”

“废话少说！”景王冷笑道，“待本王先清了你，自会对付那小子！君北羽！乖乖受死吧！”

“笑话！你凭什么以为朕会束手就擒？”皇帝一甩衣袖，傲然冷笑道。

“君北羽，你无谓作垂死之挣，现今皇城尽在本王手中，你的心腹大将寂惊云已亡，燕潇湘远在东海戍边……”景王蓦地瞪大眼，暴喝道，“今日只怕无人救得了你！”

皇帝丝毫不惧，看着景王，像在看一个死人，脸上浮出嘲讽怜悯的浅笑：“王叔知道寂将军与燕将军是朕的左膀右臂就好，若非有两位将军，只怕今日还真是无人压得住王叔呢！”

景王闻言，面色一变：“你这话是什么意思？”

“王叔……”皇帝懒懒一笑，笑意中却没有一丝一毫的温度，“你不觉得，四方城门都太静了，静得有些……不同寻常吗？”

他的语气冰寒，话音刚落，周身顿时散发出凛冽的肃杀之气。景王脸色大变，低声跟身旁的一个将领耳语几句，那将领随即向着天空发出一枚信号弹，尖锐的咻声随着刺眼的白光一起划破了黑幕般的夜空。待信号弹完全隐没于夜空之中，四周仍是一片死海般的沉寂。景王惊得上前一步，望着朝圣殿上静静伫立的清华身影：“你……你做了什么？”

“王叔既知道寂将军是朕的心腹大将，怎么会犯下这等错误，领着寂将军的铁骑，来攻皇城呢？”皇帝微笑道，“王叔大概没搞明白，朕的军队，自是效忠于朕，你以为会效忠于王叔手中那个冷冰冰的兵符吗？”

景王脸色铁青，还来不及说话，忽闻前门正殿之外又起喧哗，刀兵之声不绝于耳。骤然听得数声轰然巨响，从宫城四方传来，仿佛是什么东西倒塌下来，随即响起千军万马的呼喝呐喊，如潮水般漫过层层宫墙，回响在九重宫阙的上空。一个满身是血的王府亲兵从前门正殿外疾奔而来，刚跑到景王身旁，便咚的一声跌倒在地，面目痛苦狰狞，恐惧地嘶声道：“王……王爷，寂……寂……”话还未说完，脖子一歪，便断了气。此时，只见前门正殿之外火光熊熊，杀声震天，又一群举着火把、身着甲胄的将士叫喊着拥入白玉广庭，将景王和他的亲兵团团围住。一个整装佩剑的铁甲将军英姿勃发地背着火光走出来，立于火把之中，没有看景王一眼，却对立于高阶之上的皇帝道：“启禀皇上，南门和北门已被燕将军拿下，西门和东门尽在微臣掌握之中，叛军无一漏网！”

异变突生！景王看清火光映照下忽明忽暗的脸，失声惊道：“寂惊云？你……你竟然没死？”

我站直身子，看向那火光映照下英气逼人的脸，不是那已“暴毙身亡”的寂将军，还能有谁？虽然早就猜测寂惊云可能并没有真的身亡，可真正见到他活生生地立于枪戟林立、重甲列阵的士兵当中，我心中仍是激动万分。寂惊云转头对着景王淡淡一笑：“王爷说笑了，惊云这条命杀戮太重，连阎罗王都不敢收呢！”

东方既白，微露的晨曦将满庭刀兵甲胄照得银光闪闪、耀眼夺目。士兵们手上的火把纷纷熄灭，远处宫城之上，尚未熄灭的火光冒着滚滚青烟，熏黑了九重宫阙的上空。前有御林军严阵以待，后有寂家军森然相峙。皇帝目光慑人地看着景王，语气冷得不带一丝温度：“君慕玄，你还要朕乖乖受死吗？”

面对此情此景，景王面色如灰，心知大势已去，倒是还不输一个皇族王爷的气势，傲然冷笑道：“皇侄好手段，早就布下天罗地网引本王入瓮。本王苦心经营二十余年，今夕竟败于你这黄口小儿之手，可是……”景王微微顿了顿，语气蓦地变得诡异阴森起来，“你又怎知本王一定会输？”随即蓦地尖声道，“还不动手！”

高喊之后，却无回音，四周的士兵虎视眈眈地瞪着他，景王方才脸色巨变，目露惊惶。皇帝微微一笑：“王叔想让谁动手呢？”

“你……”景王的脸色露出死尸一般的灰白。皇帝挥了挥手，一群羽林郎押着一个五花大绑、口中塞着破布、身着大内侍卫服的男人，从朝圣殿偏殿耳房之内走出来。我愕然地看着眼前这异乎寻常的一幕，听到皇帝冷冷地对景王道：“王叔是想让他动手吗？”

景王身子一软，晃了两晃，差点跌倒在地。那被押出的大内侍卫不断挣扎，目光怨毒地瞪着皇帝，可惜口不能言，否则说不定会破口大骂。皇帝一脸寒霜，冷笑道：“王叔打的如意算盘，若逼宫有变，就让大内侍卫中的内贼行刺于朕。可惜王叔不知道的是，两年前，本王就开始在宫中查这内贼了呢。”

“你……”景王已经惊惧得口不能言。皇帝蓦地扬声道：“来人，将景王和一众叛贼拿下！”

刀锋架上了景王的脖子，白玉广庭之上的兵马如狼似虎，景王叛党束手就擒，一败涂地。

❃ 第六十六章　纠缠

一场血腥的宫变在皇帝周密的部署下以压倒性的姿态获胜。

皇帝早早洞悉了景王的用心，事先安排寂惊云诈亡，并暗中调回了远在东海戍边的燕潇湘，在宫城上演了一场瓮中捉鳖的好戏。叛党尽数被擒，损毁的宫城和血腥的地面自有人修砌清理，叛军和守军的尸体以最快的速度被运出皇城。前一刻还风雨飘摇的禁宫大内，下一刻又恢复了往日的庄严肃穆，一场谋朝篡位的阴谋消弭在九重宫阙之中，一切如常，仿佛什么也未曾发生。

回想着从昨天到今天，两天一夜的时间，却在生死间走了一个轮回。叛军被押走之后，我有些虚脱地靠到殿墙上，冷汗润湿了后背。皇帝转过头看着我，唇角浮出淡定的笑容："怕了？"

"饿了。"我撇撇嘴，苦着脸道。

"呃？"皇帝微微一愣。我咬咬唇，有些气恼："皇上不饿吗？臣妾从昨儿申时进宫来，到现在都没吃过东西，饿到快没力了……"

皇帝脸上的错愕渐渐变成恍然，然后，一丝掩饰不住的笑意从唇边渐渐散开。他的嘴巴越咧越大，到最后竟然很没品地放声哈哈大笑。我气结地瞪着他，见过他暴跳如雷的样子、微笑的样子、蹙眉的样子、嗔怒的样子……但还从来没见过他笑得这样开怀，这样无所顾忌，这样没有形象，连眼泪都笑出来了。双喜完全呆住了，寂惊云和燕潇湘的表情也有些发傻，还没完全撤走的御林军和大内侍卫频频转头。我看着他笑得那样放纵的样子，心中的气恼反倒渐渐消退，变得柔软起来，带着一点心疼。

等他笑完了，转过头看我时，他的表情竟带着难得的温和："想吃什么？"

"能最快填饱肚子的就行了。"我舒了口气，终于有东西可以吃了，天大地大，吃饭皇帝大。

我的本意是让宫人拿点什么糕点果脯之类的填填肚子，没想到皇帝把我带到了东华宫。双喜提前一步回去，以最快的速度准备好了早膳。不是山珍海味，只是几样家常小菜，但是……鲜肉小笼包、韭菜煎饺、香酥排骨、炖山珍、酸甜藕丁、水煮花生米，加上清粥……乍一看到的时候，我狐疑地看了他一眼，怎么都是我爱吃的？咬了咬唇，我心里隐隐有些明白，却不敢开口问，怕一开口，就会问出我不敢承受的答案。我垂着头沉默地喝粥，不敢看坐在我对面的那人。忽然，一个晶莹的小汤包夹到我面前的餐碟里，我怔了怔，抬起眼，见皇帝手里拿着布菜的筷子，正轻轻搁在筷子架上，扬眉轻笑道："怎么，你平日都是吃白粥吗？"

"臣妾谢皇上。"我搁下碗想道谢。皇帝蓦地沉了脸："免了。"

双喜站在皇帝身后一个劲儿地对我使眼色，我咬了咬唇："皇上不也没吃吗？您要不要也去……"

"嗯……"皇帝嗯了一声，不等我说完，头也不回地对身后的双喜道，"双喜，给朕添副碗筷。"

我一怔："皇上也吃这个？"

"那你认为朕吃什么？"皇帝淡淡地道，"你怕不够你吃吗？你吃得了这么多？"

"哦。"我不知道该说什么，悻悻地住口。我本是想说让他也去吃点东西，不要坐到我对面盯着我吃，没想到他竟然要跟我同桌而食，这下子更让我不自在了。

两个人沉默地用着早膳，幸好皇帝也没再纡尊降贵地给我搛菜。他吃得很少，用餐的动作很斯文、很优雅。我是真的饿了，即使这沉默的气氛让我有几分不安，仍是控制不住喝了两碗粥，吃了好几个小笼包和煎饺。偶尔抬眼看向对面的男人，他的目光中似乎有一丝温和的笑意，再一细看，却又什么都没有了。

待到肚子有七八分饱了，我搁了筷子。皇帝淡淡地道："不吃了？"

"嗯，不能吃得太饱，不然会胃疼。"蔚蓝雪这副身子也不知道是什么做的，娇贵得不行，现在既然是我在用，自然得好好呵护着。

皇帝闻言在我脸上盯了一会儿，我一宿没睡，早困得不行，想来脸色也不会太好。皇帝起身道："你也累了，早些回去吧。"

“皇上。”我赶紧唤住他，“臣妾还有些事想……”

皇帝看了我一眼，坐到软榻上，制止了收餐碟碗筷的宫人，将她们屏退出门：“你想问什么？”

“皇上准备怎么处置景王？”这是我最想知道的，皇帝会怎么处置他，何时处置他。

“谋朝篡位的乱臣贼子，死罪难逃。”皇帝给了我想要的答案。我心中一定，咬了咬唇：“皇上何时处置他？臣妾可以先见见他吗？”

皇帝静静地看着我，我怕他乱想，赶紧解释：“臣妾只是有些问题想问他，皇上若不放心，可以让人跟着臣妾的……”

“过两日吧，今儿不行，朕还有很多事要处理。”皇帝这回答就算答应了。我得准儿，也不多说，起身行礼：“谢皇上，那臣妾先告辞了。”

“嗯。”他淡淡地应了声，“双喜，送荣华夫人出宫。”

昨儿进宫的时候，是宫里派的马车来接，他没准我带铁卫和小红，当时只道有些不寻常，却没想到会是景王逼宫。昨晚滞留在宫中，只怕家里不知道急成什么样子。坐在轿子里，撩开窗帘一看，见四处都是清理战场的御林军和宫人。出了宫城，又出了皇城，轿子停下来，双喜在轿子外面道：“夫人，云府的马车来接您了。”

宫人撩开轿帘，我弯腰出去，小红已经一头扑到我怀里：“姐姐，你可出来了，我都急死了……”

“我没事。”我安抚地拍了拍她的肩膀，抬眼见冥焰和安远兮也走了过来，脸上皆是松了口气的喜悦。我看向安远兮：“家里可平安？”

“姐姐，昨晚有流兵冲进府里来抢掠，不过很快被我们打跑了哦。”冥焰骄傲地挺起胸膛，得意地道。我微微一惊：“诺儿和爷爷没事吧？”

“没事。”安远兮道，“只是几个流兵，都没冲进内院。”

我舒了口气，冥焰又道：“不过京城喧闹了整晚，大家都没怎么休息。诺儿哭了一晚，嚷着要娘亲。”

我心中一疼：“快，赶紧回家，我想看诺儿。”

回府见我的宝贝平平安安地抱着趴趴熊，在我的床上睡得正香，我悬着的心才放下来。本想再去看看老爷子，可安远兮说老爷子也是整晚没睡，早上才刚刚睡着，还是不要打扰他好。我点点头，我也是一晚没睡，这会儿精神松弛下来，就困得再也撑不住，便嘱咐小红和丫鬟们不要吵我，爬到床上，抱着诺儿，一会儿便睡沉了，连梦都没有做一个。

日暮时分，我才被诺儿弄醒。小家伙在我怀里扭来扭去。我迷迷糊糊地睁开眼，见诺儿可爱的小脸近在咫尺，乌黑的眼睛一眨不眨地盯着我："娘亲……"

"宝贝儿……"我伸手搂紧他，平躺在床上，把他放到我身上，"宝宝几时醒的？"

"娘亲去了哪里？"小家伙委屈地匍匐在我身上，要哭的样子，"宝宝找不到娘亲，怕怕……"

"不怕不怕，娘亲不是在这里吗？"我抱紧他，轻哄道，"宝贝儿别哭，娘的诺儿是勇敢的孩子，像小飞侠一样勇敢……"

"嗯，宝宝像小飞侠一样勇敢！宝宝不哭！"诺儿听到小飞侠，努力将眼泪忍在眼眶里，眨啊眨的就是不肯掉下来。我微笑道："对哦，娘的宝宝就是小飞侠……"

"宝宝很勇敢，宝宝什么时候可以去梦幻岛？"诺儿又开始问他百问不厌的问题。自从给他讲了《彼德·潘》的故事，他最喜欢做的事就是扮演小飞侠，最喜欢问的问题就是什么时候可以去梦幻岛。我笑着抱紧他："等宝宝再长大一些才可以哦……"每个孩子心中都有一个梦幻岛，诺儿，我的宝贝，等你长大了，可以自由自在地游遍名山大川，娘希望你可以做你喜欢的事，去你梦想中的梦幻岛。

"宝宝什么时候才能长大……"诺儿奶声奶气地追问。我微笑着轻抚他那酷似云峥的眉眼，轻声低喃："宝宝每天都在长大，很快很快就能长大……"

小红听到我们娘儿俩的说话声，转进内室："姐姐醒了？"

"醒了，什么时辰了？"我懒懒地道。小红道："酉时三刻了，姐姐还要再睡一会儿吗？"

"啊，不睡了，该去爷爷那里用晚膳了。"我抱着诺儿坐起来，"小飞侠，起床了，跟娘一起去陪太爷爷吃饭了。"

"嗯。"诺儿乖巧地点头。小红唤了奶娘进来把诺儿抱去梳洗，我也赶紧下床洗漱整装。收拾妥当带着诺儿去老爷子那里的时候，见老爷子和安远兮已经坐在餐桌边等着我们了。我不好意思地坐下来："对不起爷爷，我睡太久了。"

"是我让他们不要吵你的。"老爷子温和地笑了笑，没有立即追问我在宫里做了些什么，"开饭吧。"

劫后余生，能和家人坐在一起平平安安地吃顿饭，让我觉得这一刻格外珍贵。

“叔叔，大虾……”诺儿指着盘子里的白灼虾，高兴地嚷。

不知道是不是缘于对父爱的渴望，这孩子打小就跟安远兮很亲近，从他开始和我们一块儿在老爷子房里用晚膳时起，他就喜欢坐到安远兮身边，黏着他说话。安远兮笑着给他剥了一只虾，他剥虾的手艺很高明，在虾头处剥开三片甲，将虾肉挤出来，那虾壳和头还连着，放在盘里就像没有吃过似的。诺儿佩服得瞪大眼。安远兮将虾肉喂到他嘴里：“好不好吃？”

“好吃……”诺儿嚼着虾肉，含混不清地应着，对着安远兮笑。安远兮温柔地看着他，目光中满是宠溺。我酸涩地看着这一幕，不管我做得多好，多爱诺儿，也不得不承认，我给诺儿的爱始终是不完整的，母爱代替不了父爱。云峥，你把属于你的责任抛给我，我做不好，我根本做不好……

百般滋味地吃完这顿晚饭，老爷子留下我谈话。安远兮抱着诺儿出去，下人们快速收拾了餐碟，奉上热茶，轻手轻脚地掩门退出房。我将在宫里发生的事一五一十地告诉老爷子，咬着唇道：“爷爷，景王终于倒台了！我真想亲眼看着他被行刑……”

皇室亲王，即使犯了谋朝篡位的大罪，也会留具全尸，不会弄到菜市口斩首示众的。老爷子拍了拍我的手：“那场面不好看的。”

我吸了口气，想了想：“爷爷，你说皇上昨儿让我进宫，是不是想胁迫云家不要插手景王的事？皇上会不会……”

“他忌惮云家又不是一日两日的事了。”老爷子笑了笑，意味深长地看着我道，“不过，要胁迫云家，把诺儿抱进宫去不是更有效吗？你这么聪明，难道还想不明白？”

我蹙起了眉。老爷子轻叹道：“景王逼宫谋反，表面上看来皇城是最危险的地方，但他布下天罗地网等景王上钩，心中十分清楚，其实皇宫是最安全的地方，至少比流兵四起的皇城外安全。你知道昨晚京城有多少平民百姓家被劫掠吗？连侯府都被流兵闯了进来……丫头，他对你也算上心了，这个时候还想着把你护在身边……”

“爷爷……”我心中不安。竟是这样？老爷子竟然认为皇帝召我进宫，是想保护我吗？那我岂非误解了皇帝的苦心？

然而老爷子把话这样摊开来说，是什么意思呢？是怕我和皇帝纠缠不清、败坏门风，还是在提醒我，或者皇帝的另眼相看可供我利用？

老爷子沉默了半晌，缓缓道：“丫头，你是个重情的人，谁对你好，你都记在心里。不过我希望你记住，他对你有心，只是单单对你，这份心不会延及云家，甚至诺儿身上。当他不容云家的时候，他不会因为你而作出有损他利益的决定，你可明白？”

我微微一颤，老爷子清醒地点清了这个事实，云家和皇帝，始终不能共存，即使皇帝再怎么纵容我，也不会因为我乱了棋局。我在宫中还跟他侃侃而谈，说他是下棋的人，怎么身在局中，竟忘了自己也是一颗棋子？我闭上眼睛：“我明白，爷爷。”

“咱们待在京里的时候也太长了，现在景王已倒，咱们在这里也没什么牵挂了。”老爷子淡淡地道，“如今南方被九王爷占据，四处都乱着，等朝廷解决了这件事，路上安全了，咱们就请旨回沧都吧，说到底，沧都才是云家的封地。离朝堂远了，到底安全些。”

“是，爷爷。”我恭顺地道。的确是啊，远离朝堂，偏安一隅，再也不会被卷入进这些莫名其妙的纷争中，这样才能让皇帝稍稍放下戒心吧？退出房来，看着天空下那抹亮丽的晚霞，我的胸口却莫名地纠结着，闷得透不过气。

❁ 第六十七章　大定

皇帝归朝之后，迅速处理了乱成一团麻的朝政。迎战雪狼王的事派给了寂惊云；九王爷那边，以皇帝的名义下旨，召九王爷返京，令凤家军速速撤军；太后结束了修行，从静慈庵回了宫；景王党被迅速地圈定，抓的抓、抄家的抄家，京城人心惶惶。

我求皇帝让我见景王，其实并没有什么好说的，只是总感觉就这样让他死了，不问个清楚明白，就差点儿什么。是痛打落水狗也好，让自己心里痛快一点也好，我也一定要见上他一面才甘心。

次日，我拿了易沉谙交给我的银匕首，去了寂将军府。寂惊云这几天应该都没有时间回将军府的，但皇上命他征战雪狼王，出征前，他一定会回府看看平安，交代几句。这匕首，我就托他交给赛卡门好了，反正我也没有什么理由向皇帝请求去见她。

平安见了我，很是热情："姐姐，我二叔还有一阵子才能回来呢，要不你等他一会儿？"

我有段日子没见她，平安待人处事更见大家风范，眉宇之间已经退尽稚气。我笑着看她："平安长大了，越发精干了，这假也该销了吧？几时回宫当值？"

"姐姐打趣我。"平安笑道，"也就是这两天吧，皇上都回宫了，我也不能再偷懒了。"

"我可不是打趣你。"我笑了笑，意味深长地道，"皇上都敢交这么大的事儿给你了，说明平安已经是他身边的得力人儿了，精干也是应该的。"

寂将军诈亡这件事，现在想来，平安一定是早就知道内幕的。当初景王党要求开棺验尸，她拼死不让，当时我就觉得有些奇怪，若寂惊云的死亡真有疑点，为什么平安不让开棺？她和她二叔相依为命，感情那么好，要是寂惊云真是蒙冤而亡，以她的性子，不闹个天翻地覆才怪，天罂国那个风俗不过是个托辞。皇帝肯把这么重要的事告诉她，可能恰恰也是怕她不明真相闹将起来，破坏他的部署吧？不过，她能将这个秘密严守住，对她的性子来说也是不容易了。

“姐姐知道了？”平安忐忑地看了我一眼，“我不是想瞒姐姐……”

“傻丫头，这是国家机密，你自然得严守，我怎么会怪你？”我叹了口气，轻声道，“只是当时，以为寂将军身亡，心里着实难过了一阵，知道是假的，高兴都来不及呢，怎么会恼你们呢……”

“我最初也真以为二叔死了，那难过也不是假的……”平安顿了顿，转眼看向房门，面上带上几分惊喜，“二叔，你回来了？”说着，已经起身冲过去，一头扑进寂惊云怀里，眼泪就哗哗地掉下来。我也赶紧站起来，这才想起，寂惊云未亡的消息虽然早传开了，但这两天他一直在宫里，平安也应该是才见到他。

“傻丫头，别哭别哭，二叔不是没事嘛。”寂惊云宠溺地摸了摸平安的头，看了我一眼，笑道，“让云夫人看笑话了。”

“对了，叶姐姐是来找你的。”平安不好意思地揉了揉眼睛，从他怀里离开。寂惊云看着我道：“云夫人找惊云何事？”

我笑着看他叔侄二人释放亲情，有些犹豫，接下来这个话题，不可避免地会破坏这一刻的气氛了。想了想，我小心翼翼地道：“将军回来可见过寂夫人？”

气氛果然立即就变了，寂惊云的目光平静得过于刻意，平安的双眼却似要喷出火来：“姐姐提她做什么？我二叔可没有这样会陷害自己相公的夫人！”

我迟疑了一下，从袖中取出那把银匕首：“这把匕首是赛姑娘的旧物，是一个朋友托我带给她的。我知道为此事要求将军，有些欠妥，不过妾身实在是找不到别人帮忙，所以……”

寂惊云闻言，接过我手中的匕首，眼神变得复杂起来。平安一把夺过匕首，冷笑道：“人死了还让人不得安宁！”说着，一把将匕首塞到我手里，“叶姐姐，这匕首谁给你的你还给谁，我二叔没法帮你，那个姓赛的已经死了……”

“什么？”我怔了怔。我知道赛卡门此次犯的是死罪，可没想到她竟然这样无声无息地就死了，“皇上已经审讯过她了？”上次皇上不是说，等寂惊云醒了，再审讯她，好还寂惊云清白吗？

“哪还用得着皇上审她。”平安冷笑道，“那蛊王一死，她体内的禁咒跟着发作，还活得了？”

我抽了口凉气：“可那日那位司天台监副大人，不是说她身上的禁咒，只要施咒者死去，就能清除吗？”

“她拿自己的命和蛊王交换那邪法来害人，性命便与蛊王同生共死。蛊王死于非命，她自然也活不了。”平安脸上一片憎恶，“我二叔对她那样好，她竟那样对我二叔……”

“平安！”寂惊云的脸上带着几分说不清感觉的神色，沉声道，“逝者已矣，你无谓再作苛责。”

我完全怔住，想起之前赛卡门说的那些，实在不相信寂将军是她所说的那种人，只是这中间即使有什么误会也好，对彼此的伤害已经造成，现在她死了，也算是恩怨两清了吧？

“没想到结果是这样的，那赛姑娘葬在何处？”我又道。这话是帮沉谙问的，我不知道沉谙知道了赛卡门的死讯会如何，大概会想去拜拜她的。

“她还未落葬。”寂惊云见我诧异地扬了扬眉，解释道，“我将她的尸身火化了，准备这次出征时，将她的骨灰带回辰星国，葬到她的故土上。”

“将军有心了。”原来如此。这应该是赛卡门心中的愿望吧，不管游子离家多远，总希望魂归故土。只是如今故国安在？辰星国已经变成了雪狼国……蓦地，我心中微微一惊，抬眼定定地看着寂惊云。他是要潜入敌国埋葬赛卡门，还是皇上有意将雪狼国收复？寂惊云见我紧紧盯着他，垂下眼睑。我心下了然，只怕是后者居多。看来皇帝不仅仅是要把雪狼王和狼骑兵歼灭在天曌国腹地。想来也是，既然辰星国已经变成了雪狼国，雪狼王和狼骑兵主力又被全歼，只消把辰星国剩下的雪狼族人解决掉，辰星国就成了天曌国的囊中之物。当今天子不是守成之君，又怎么会放弃这样一个开疆拓土的天赐良机？

“边疆苦寒，将军一路保重。”我握紧那把匕首，起身施礼，“将军军务繁忙，妾身不打扰将军了，先行告辞。”

从将军府出来，我让铁卫驾车去了沉谙摆摊的小巷。手里握着那把匕首，我心里有些茫然，赛卡门就这样死了，沉谙交给我的事，算是没有帮他完成。还不知道他知道了赛卡门的死讯，会有什么反应。想到这里，我甚至有些怕去见他。然而我在那条巷子，却没有见到沉谙的面摊儿，以为他今日没有摆摊儿，转而去他的居所，出来应门的却是个陌生大娘。听说我找易沉谙，那大娘蹙眉道："他不住这儿了，他将这房子已经卖给我了。"

"卖给你了？"我怔住了，"什么时候的事儿？"

"有近两个月了。"那大娘歪着头思索道，"我是上个月小儿子过生日的时候搬进来的，差几天满两个月。"

我算了算日子，惊觉那时间就是他把匕首交给我之前的几天，那时候他本来是决定离京的，听说了赛卡门被皇帝请进宫去，才又返京，托我带给她一把匕首。我以为他会留在京中等消息的，没想到他竟然没有，而且一早就把房子卖了。

"您知道他搬到哪里去了吗？"我心怀一丝侥幸地问。

"不知道。"那大娘摇摇头，自言自语地道，"他的房子连家具都卖了，一看就知道是要远行的啦……"

我心中黯然，沉谙不辞而别，是因为知道自己救不了赛卡门，不想留下来目睹她的死亡，不想耳闻她死去的消息吗？可是，明知道心爱的人会死，他连救她的方法都不想一想，就这样离开，是不是太绝情了，还是，我想错了他们之间的关系？

然而这些谜，或许我永远也不会知道了。

天曌元景六年七月二十四日，处暑。屯兵在玉水北岸的雪狼王，军营中的战狼一夜之间全部毒发身亡。寂惊云率铁骑渡过玉水，夜袭敌军。失了战狼的狼骑兵锐气尽失，仓皇败退。经过三日追捕，寂惊云施计将雪狼王大军包围在葫芦谷，三万狼骑兵尽数葬身此地。大军告捷之后，寂惊云没有班师回朝，而是下令立即挥师北上。寂惊云仅将雪狼王的人头快马送至京师，皇帝下旨筑英魂塔，以雪狼王人头奠基，以祭天曌皇朝战死在狼骑兵手下将士的在天之灵。

天曌元景六年七月二十六日。燕潇湘率军南下，派人渡过潢河，赴凤家军军营宣旨，言景王谋逆，凤家军洞悉乱臣贼子阴谋，出师勤王，功不可没，犒赏三军。如今景王已被皇上擒拿，凤家军功成身退，着主帅凤栖梧立即撤军，九王爷君千翌速速归京。凤太妃之长兄、九王爷的娘舅、南疆凤家军主帅凤栖梧接旨之后，却没有立即撤军，与燕潇湘隔河对峙，直至雪狼王兵败的消息传至，凤栖梧才派人渡河通知燕潇湘，愿遵旨撤军。凤家军同意撤军当夜，主帅营中却传来凄厉恐怖的惨叫和嘶吼，军营骚乱一宿。次日，九王爷君千翌失踪，下落不明，凤家军中传出九王爷是吃人妖怪的传言。燕潇湘渡河查看被九王爷“吃”得七零八落的主帅凤栖梧和众多士兵的断臂残肢，将消息报回了朝廷，举朝震惊。九王爷府中的太妃凤来仪听闻之后，只厉声哭喊了一句“凤家负我”，便一头撞墙身亡。

天曌元景六年八月十日，白露。皇帝任御林军右营统领萧无望为凤家军统帅，接替燕潇湘率凤家军撤回南疆布防，沿途整肃被战乱破坏的州府，燕潇湘重返东海戍边。凤家失掉凤栖梧，军权重归皇帝手中，九王爷失踪，生死不明，凤太妃身亡，凤家元气大伤，一蹶不振。

天曌元景六年八月十五日，中秋。皇帝赐毒酒鸩杀景王，并下旨整府男丁刺配流放都南岛，女眷没为官婢，景王妃接到圣旨当日投缳自缢。景王党中尚大人、李大人等核心分子，皆斩首弃市，余者该杀的杀、该充军的充军、该流放的流放，景王党势力土崩瓦解。

天曌元景六年九月九日，重阳。寂惊云率铁骑攻破被雪狼族占领的原辰星国，雪狼族残兵逃回原辰星国边界冰河腹地。辰星国已亡，皇室后继无人，备受雪狼族人欺凌的国人在原辰星国几大贵族世家的带领下，献出国王传国金杖、皇冠及金印，愿归属天曌国。归降书送回朝廷，皇帝加盖玉玺，至此当世再无辰星国，天曌国的版图扩大了三分之一，原辰星国变成了天曌国辰州，国都变成了州府，朝廷在辰州屯兵，并派了巡抚远驻辰州。

无论是对内还是对外，这个时候都是当今天子势力达到顶峰的时刻。他手握三军大权，再不为权臣所制，朝中觊觎他皇位的隐患全除，现在，是他该专心治理内政的时候了。

❋ 第六十八章　避祸

内乱平息，外患初定，皇帝大赦天下，减免赋税兵役，为躲避战乱离家逃难的流民大都还乡安居，拖延数月的科考也进入了考试程序，举国上下一片百废待兴、欣欣向荣的景象。

然而，敏锐的老爷子却嗅到了这欣欣向荣表象背后的危机，皇权在皇帝的谋划算计和外间阴差阳错的介入中已经膨胀到极致，朝中再无可与之相抗衡之人，像云家这样的超级财阀，顺理成章地会成为皇帝下一个目标。

所以云家对于朝廷提出的要求，竭尽所能地完成，凑军费、出钱安置流民，只要皇帝开口，云家就毫不含糊地出，一切只为了能从京师全身而退，安然返回沧都。老爷子前些日子已经上书请旨，不过上请的奏折被皇帝压了下来，以朝廷还需要永乐侯襄助为由，一拖再拖。本来老爷子顶个爵位，却不是要做实事的朝官，走哪里去根本不用皇帝批准。有次我这样疑惑地问老爷子，老爷子笑了笑，道："这当儿皇上为着钱的事儿经常盯着云家，想要平平安安地离开还是得请道旨的。"

"他不至于吧……"我总是不肯相信皇帝会真向云家动手，一路以来，我对他百般示好，不就是希望他对云家存一念之仁？老爷子蓦地抬眼看我，冷哼道："不至于？他连亲叔亲弟都敢杀了，何况是与他毫无关系的外人？"

"景王谋朝篡位，本就该死！"我咬了咬唇，"九王爷不是在军营中失踪的吗？怎么能说是皇上要杀他？而且之前皇上不是还要犒赏三军，又言九王爷蒙冤受苦，召他回京抚恤吗？"

"你去牢中见过景王，难道不知道他是个什么情形？"老爷子反问道，"景王自是该死，不过，换个人做皇帝看到他那样，还会坚持赐他鸩酒吗？他连表面上的面子都不肯装一装，其心之冷硬，连景王都比不过他。”

我无法出声了。景王被处决前，皇帝准我去天牢看他，我有很多疑问想从他这个当事人嘴里得到证实，比如为什么给云峥下降，他是否还与云家二房有勾结，甚至当年他令人给楚殇下降，是不是真的。楚殇的死因，到底是因为我的陷害、皇帝的围剿，还是他下的降毒，然而当我怀着满腹的疑问去天牢时，看到的却是一个神经错乱的疯子。从堂堂皇室贵胄变成一个庶民，从即将触摸到龙椅的成功之路上摔下来沦为阶下囚，景王承受不了这样沉重的打击，关在狱中第二天就疯了。若是别人，说不定为了显示自己的仁德，会饶了景王一命，把他这样关一辈子也就算了，当初九王爷装疯，景王不就放过他了吗？可皇帝只冷冷地说了一句：“我怎知他是真疯还是假疯？”仍是将那鸩酒赐了下去。

然而，我并不认为皇帝做得不妥，景王与我有深仇大恨，就算是将他千刀万剐，我也是不解恨的。皇帝淡淡的一句话就处置了景王，突然失了支撑我心力的仇恨，我反而觉得有些空虚，心里空落落的。景王谋反，王府一干人等皆数获罪，我也没有半分心软过，只向皇帝开口给玉竹讨了个人情，免去她刺字为奴的命运，算是报她当年牢中解围之恩。皇帝听了，眼中带着意味不明的神情，淡淡地道：“你倒有心，那这人你看该如何处置？”

说着让人押了个人上来，正是宫变那日，御林军押出的那个身着大内侍卫服的男子。他一身刑讯后的伤痕，被强行压跪在地上，仍恶狠狠地瞪着我们。我诧异地看了皇帝一眼，不明所以地道：“皇上，臣妾不识得此人，也不知道他犯了何罪。”

“还记得两年多前你在街上被人行刺吗？”皇帝冷冷地看着跪在地上的那男子，寒声道，“正是此人策谋的。”

“是他？”我吃了一惊，这才认真地打量起这个男人，搜索脑中的记忆。皇帝冷冷地道：“雷翼，你当初为何要派人行刺荣华夫人？”

“你既然查出是我干的，还问什么，要杀要剐，悉听尊便！”那雷翼冷哼一声，一脸无畏地道。我听着他的声音，觉得有些耳熟，似乎在哪里听过，再听皇帝叫他雷翼，又着了一身侍卫装，蓦地想起那次在御花园看到小公主时，曾听过一个侍卫喝止责骂她的宫女，那宫女似乎就是叫他“雷侍卫”。

“我想起来了，我记得你的声音。”我看着他，出声道。雷翼反倒怔了一下。皇帝看着我，面带诧色："你见过他？"

"臣妾有次进宫见太后，在御花园看到一个宫女带着小公主……"我迟疑了一下，这话又不太好说了，总不能明着跟皇帝说宫女都在欺负你女儿吧？没想到我还在掂量该怎么说这话，那雷翼已经激动地嚷起来："我没见过你，你胡说什么……"

我被他的反应吓了一跳。皇帝已经满脸寒霜："接着说。"

我咬了咬唇："那宫女好像因为小公主的关系受了责骂，所以言语之间有些怨气，我听到这个雷侍卫呵斥那宫女，还让她要好好侍候公主……"

皇帝冷冷地看着雷翼，轻嘲道："雷翼，你很关心小公主嘛。小公主嘴里念叨的'侍卫叔叔'，就是你吧？"

我微微一怔，侍卫叔叔？雷翼浑身一颤。皇帝淡淡地道："朕倒是很好奇，你为什么这么关心小公主？"

雷翼咬牙道："皇上误会了，公主是主子，罪臣对公主的关心皆是因为一片忠心……"

"雷翼！你当朕是傻瓜吗？你都敢背叛朕，不忠于朕了，何至于要忠于小公主？"皇帝冷笑一声，厉声道，"因为你忠于的是她的母亲！是德妃！是蔚相！"

这不是问句，是肯定句。雷翼脸色青白，全身颤抖。我从刚才皇上斥问他为何行刺我，已经联想到他是德妃的人了，只是皇帝是如何把他揪出来的呢？

"当年荣华夫人遇刺，云家的铁卫查出刺客是宫中的大内侍卫，朕没有声张，就是不想打草惊蛇。朕安排蔚彤枫做大内侍卫，就是想让他暗中查出谁是主谋，没想到刚刚有了一点眉目，蔚彤枫却意外身亡。"皇帝缓缓道出让我吃惊不已的内幕，"不过有那点眉目已经够了。德妃被打入冷宫，朕将小公主交给淑妃抚养却不闻不问，为的就是要引出那个忠于蔚家、忠于她的人来！侍卫叔叔？哼！"

雷翼沉默不语，面色如纸。我却越听越是心惊，原来当初皇帝把蔚家大哥安排在宫里做侍卫，就是要他暗中查探是谁指使大内侍卫来行刺我吗？心中骤然一痛，蔚家大哥竟是因为这件事丢了性命。抬眼看着皇帝，我竟似不认得眼前这人。德妃被打入冷宫，他应淑妃的要求顺势将小公主交给她抚养，却从此之后不再踏入淑妃宫中一步，为的就是要让淑妃对小公主心生怨愤，只要小公主日子不好过，必定会引出蔚相在宫中培植的暗桩。想来当初德妃企图淹死我的时候，皇帝就已经开始怀疑她了，否则岂会如此目标明确地安排这些计划？而最让我心惊的是，为了引出这个暗桩，皇帝竟然可以利用淑妃，利用小公主，利用妻妾儿女，这样的冷硬心肠，第一次让我心生恐惧。

“朕早就开始怀疑你了，你若真是蔚相养的狗，他们一死，你一定会露出马脚。”皇帝冷笑道，“没想到你这么沉得住气，蔚相倒台竟没有逼你现形，直到德妃被赐死，你才按捺不住。你倒是忠心，主人倒台了还思量着与景王合作为他们报仇，只可惜你跟错了主子，你的忠心，也用错了地方……”

看来皇帝说的句句属实，那雷翼全身都软了，硬是说不出一句反驳的话。皇帝蓦地转头看我：“荣华夫人，当年你被大内侍卫行刺一事，朕今日算是给你一个交代，你想如何处置他？”

我吸了口气，淡淡地道：“皇上言重了。他当年刺杀我，是奉命而为，从奴才的本分来说倒是无可厚非。臣妾认为他的错失不在于此，而是暗中与景王勾结，欲图对皇上不轨，所以这罪，还是由皇上来定才妥当。”

还记得我当时这样回复皇帝时，皇帝一脸震怒，寒声让人将那雷翼拖了下去，想来那人也不会有什么好下场。如今听老爷子说到皇帝的心肠冷硬更胜景王，回想起当日那一幕，我硬生生地抽了一口气，竟是无法反驳。

只听得老爷子接着道：“凤家军无君命妄动三军，早已犯了天子的大忌。但他们是以‘清君侧、勤奸王’的名义起兵，皇上既已扳倒景王说他谋逆，那凤家军妄动三军，面子上也不能罚，还要赏，还要犒劳，还要抚慰。可双方都明白私底下是怎么回事儿，把九王爷召回京，明是安抚封赏，实则是软禁，皇上不可能再相信九王爷。九王爷心里非常明白这一点，他只要还有一丁点儿野心，就必不会乖乖听话回京。”

“所以爷爷认为，九王爷的失踪跟皇上有关？”我咬紧了唇，“因为九王爷不肯回京，所以暗中杀了他？”

“九王爷不归京，正好给了皇上借口治他的罪，皇上为什么要做暗杀这样的蠢事？”老爷子摇了摇头，叹道，“皇上如今势盛，占尽天时、地利、人和，凤家根本不可能与之硬拼对抗。凤家明白这次的事，皇帝不会善了，为了保全家族，牺牲掉九王爷，在所难免。你忘了凤太妃临死前说的那句话了？”

“凤家负我？”我的心一颤，“可是凤太妃和九王爷不是凤家的依恃吗……”

“你错了，丫头，不是凤太妃和九王爷是凤家的依恃，是凤家是凤太妃和九王爷的靠山，他们与家族之间的利益，是相互依赖的。”老爷子咳嗽了两声，轻叹道，

“凤家是一个世家，不是九王爷与凤太妃一人两人的天下。当凤家认为已不可能与皇帝对抗了，为了保全家族，牺牲九王爷也是正常的……”

这就是世族大家的生存模式，亲情也是建立在家族利益之上的，当家族利益受损时，会毫不犹豫地抛弃会拖家族后腿的棋子。历朝历代的世家莫不如是，凤家如此，云家……是不是也如此？我咬紧唇，觉得身子发冷，全身的血液仿佛也凝固了。

“可是既然已经决定牺牲九王爷了，为什么凤家军中会传出九王爷是吃人妖怪的传言？凤栖梧也死于非命？九王爷又失了踪？”我努力不去想“如果是我妨碍到云家的利益，云家会不会抛弃我”这个令人心颤的问题，将思绪集中在九王爷离奇失踪的话题上。老爷子摇了摇头：“这件事我也不清楚，当中定然有什么变故。凤家死了一个凤栖梧，比失去一个凤太妃和九王爷的损失更严重，凤家失了兵权，以后的日子只怕更不好过。所以，丫头，你凭什么认为皇上不会对云家下手？”

我只是抱着一丝侥幸，这些年来我能感觉到皇帝对我的纵容，让我以为自己在他心里是特别的，甚至期许着他会因为这个而对云家心存仁念。而老爷子再一次提醒我，这是不可能的，当今天子在大事上从来没有妇人之仁。我吸了口气，轻声道：“爷爷，为什么云家一定要等着皇上来下手清理呢？”

“什么意思？”老爷子看着我，眸子有光微微一闪。我不确定接下来说的话会不会气到他，想了想，仍是决定说出来：“爷爷，天下万物皆是盛极必衰，云家已经风光了太久，也承受了太多苦难和折磨，云峥若不是生于云家，不会自幼受苦，英年早逝。”见老爷子的脸色果真阴沉下来，我咬咬牙，接着道，“爷爷既没有争霸天下的野心，又知道世家势盛会遭帝王猜忌，知道帝王忌惮一个家族一定会整日里盘算着怎么灭了它，既然知道，为什么不在帝王动手前自己清理掉这些麻烦，解除帝王的心病呢？”

“你觉得这个麻烦能解决？”老爷子定定地看着我，目光深沉。我吸了口气，缓缓道：“这世上没有无法解决的事，就看持何种心态去解决。”

老爷子严肃地看着我：“你有什么想法？”我咬了咬唇，轻声道：“舍了这些荣华。当云家不再掌握能影响国家命脉的财富，就不用再时刻担心自己变成帝王养肥再宰的猪。”

“说得轻巧！”老爷子嗤道，“你知道云家的财富意味着什么吗？没有人会舍得放弃这么多财富。”

“在我看来，有舍，才有得。”我叹了一声，“钱财始终是身外物，若这些财富已经不能带给人幸福，反而招来灾难，又有什么意义呢？”简单来说，连命都没了，还要钱做什么？拿来也没命享受。

“你知道有多少人依靠云家生存？就算云家放弃这些财富，统统献给朝廷，让朝廷来经手这些钱财，会有多少人眼红？会有多少人来争夺这些经营权？又会生出多少是非？这笔横财只会给朝廷添乱，到时候受损的，就是依靠云家生存的千万户人家……”老爷子摇头道。

“爷爷若只是担心这个，倒也未必不能解决。”我听着老爷子的话不是没有门儿，赶紧道。老爷子看了我一眼，不置可否地道：“说来听听。”

“简单地讲，就是化整为零。”我将思考了许久的方案说出来，“将现在云家的产业，分割给云家二房的执事、各地的掌柜，将过于集中的财富，分散成零散的财富。这些执事、掌柜为云家辛苦一生，得些丰厚的回报也应当，产权转到他们手上，他们自会尽心竭力，不会影响靠云家生存的普通百姓谋生。云家由大富变做小富，不再成帝王的心腹之患，自可避开莫测之祸。”

老爷子面无表情地看着我，不置一言。我忐忑不安地看着老爷子，不知道他对我这明显败家的举动是不是暗自生气。

过了半晌，老爷子道：“这法子，你想了多久了？”

我不敢瞒他，老老实实地道：“有一阵儿了。”

“我要好好想想，你出去吧。”

老爷子没有动怒，闭上眼睛，靠到躺椅上，轻声道。

我站起来，轻手轻脚地退出房去。

❋ 第六十九章　访友

寂惊云归朝了。据说进城那天，鲜衣怒马、意气风发，福生夹在围观的人群中见过那幅画面，这阵子磨着我想让我答应他从军。自从上次在东华门听过皇帝那番演讲之后，福生完全被他洗脑了，跑来跟我说他不想考功名，认为男子汉大丈夫，国难当头，应该从军报效国家。我自是不肯让他贸然上战场去枉送一条小命，可他就没绝过这心思。

也不知道这次的会试是心不在焉还是故意放水，总之福生落榜了。当他见过寂惊云回朝时满城百姓夹道欢迎的盛况之后，再也忍不住，自己偷偷跑去报了名，等我知道时，这小子已经偷偷在收拾东西，准备搬到军营里去。

“叶姐姐……”福生看到我踏进他房里，吓了一跳，赶紧将正在收拾的包袱塞到被子里去。我又好气又好笑，瞪了他一眼：“藏什么？有什么好藏的？”

他见我脸上并无怒色，忐忑不安地嗫嚅道：“我……”

我叹了口气，递了个信封给他。他拆开一看，先是难以置信，然后一脸惊喜地道：“叶姐姐，你同意我从军了……”

“我也没说一定不同意啊！”我撇了撇嘴。福生不好意思地道：“可是我见姐姐一直没表态，再说前几次跟你说的时候你很反对的……”

“那时候正打仗，我送你去从军等于送你去死。”一个什么都不懂刚入伍的小兵，再怎么着也得练几年才能上战场吧？我摇摇头，“现在仗打完了，你去军营里锻炼一下也好。我知道你想跟在寂将军麾下，你跟着他我也比较放心，所以跟他讨了个人情，你拿着这信直接去将军府找他。”

“姐姐……”福生感动得眼泪汪汪的。我握着他的手，叹道：“福生，你的人生路要怎么走，姐姐没办法干涉，只是希望你尽量顺利一些。这条路是你自己选的，你既然选定了，就要好好走下去，你娘在天上看着你，才会安心。”

“我知道，姐姐。”福生用力点了一下头，“我会争气，混出个人样儿出来，不会让娘和姐姐失望。”

“那倒不是最重要的。”我笑了笑，拍拍他的手，“我想你娘希望你过得幸福，活得高兴开心就好。”

我也一样，我希望我爱的和我关心的人，都能过得平安幸福快乐。前两天收到丹尼兄妹捎来的信，信上说他们找到一些当年帕图斯族幸存下来的族人，现在正努力准备重建部族，我由衷为他们感到高兴。这个消息让我这些日子沉郁的心情稍有舒缓，这段时间我不光为皇帝对云家的态度暗自担忧，还有好几件事也让我心烦。

九王爷失踪的消息传来后，红叶义无反顾地南下，说要去找他，我无法劝阻，只得暗自祝她好运；玉蝶儿定期来的信件，也仍是没有安生的消息。安生失踪大半年了，杳无音信，我拜托玉蝶儿四处游荡时顺便帮我打探他的消息，可每次接到信总是失望不已。他会不会已经……想到这个我就害怕，第一次，我知道这时空仍然有些事，是云家的权势和金钱无法办到的。还有二房那边也是烦人，几次三番暗示老爷子对想容的事使点劲儿。势利的二房见皇帝平安回宫，再不提让想容出宫的事，又变着法儿教她怎么在宫中获宠了。老爷子的身体越来越差，最近在催我快些帮安远兮选定妻室，说怕自己这副身子拖不过这个冬天。我听他说着这些不吉利的话，劝慰他放宽心的时候自己却一样害怕、心慌。皇帝这么一直压着云家请归的折子也不是个事儿，他这条路走不通，看样子该换条路走，也许我应该去求求太后……

“姐姐，刘嬷嬷来了。”小红进房道。我点了点头，起身去花厅。安远兮是不会对选亲这件事有什么意见的，老爷子在这件事上格外坚持，不会容他有自己的意见。我替他拿主意，选中了天马行金家的小姐金镶玉。当日官媒送来的画像中，我对这位金家小姐印象最深，派人查得的资料也说她个性爽朗，希望这个开朗的女子能融和安远兮那阴郁的性子，给他的心带去一缕阳光。

刘嬷嬷听说我们选中金家的小姐，连声道喜，称即刻便可带鸾书上门提亲。我嘱咐她一定要办好这件事，打赏了一个大红包给她。她连声道绝不会让我失望，一定尽心竭力做好二公子这门亲事。

还不知道安远兮知道了会不会又跟我闹，只是如今，满足老爷子的愿望似乎更为重要。他已身为云家的子孙，有些责任和义务无法逃避，也不能逃避，如同我也必须面对我的责任和义务一样，比如我此刻坐在懿宁宫中，寻思着该怎样让太后恩准我们返乡。

“叶丫头，你这是……”太后看着我头上的花冠，眼神一闪。我笑了笑，我断发这事儿在京师传得这么轰动，您老人家又何必装出这副诧异的表情？太后见我平静的样子，倒是红了眼圈儿：“丫头，你这孩子的命咋这么苦呢？原本……”

“太后，哪个人命里没几件苦事儿，这也算不得什么。”我淡然一笑。要说苦，我来到这时空遇到的哪个人不苦？蔚蓝雪、楚殇、冥焰、皇帝、蔚彤枫、安远兮、云峥、红叶、小红……便是眼前这位太后，也是各有各的苦，我能在你面前呱呱叫吗？

“丫头……”太后的眼神有些复杂，握着我的手轻叹，“你真的决定不再嫁人，一辈子守在云家？”

“是。”我坚定地点点头，“我现在唯一的心愿，就是把诺儿平平安安地拉扯成人。”

太后表情难懂，蹙了蹙眉，似乎想说什么，又欲言又止。我不想与她纠缠这个话题，趁机把请归的事拿出来：“太后，爷爷身子越来越差，入秋之后京师的天气就凉了，冬天又冷，实在不适合爷爷养病。臣妾想陪爷爷回沧都去休养身子，望太后恩准。”

“怎么，永乐侯的病一直没见好吗？”太后关切地问，对我提出的请求却不动声色，想是知道皇帝压着老爷子请归的折子这件事。

“爷爷年纪大了，本身又有旧疾，这些年辛苦操劳、劳心劳力。从云峥过世之后，身子是一天不如一天，御医也说爷爷的病需要在气候怡人的地方安心静养。沧都温暖如春，加上老爷子也有些想家，所以臣妾特请太后恩准我们返乡。”我再次请归，太后怎么也得给我表个态才是。

“永乐侯为国效力多年，也是时候该享享清福了。”太后握着我的手，转眸笑道，“可惜，皇上过些日子要立后了，看来你们是不能等到皇上大婚之后再走了。”

这么说是同意了？我的眉扬了扬。立后？是哦，天下大定、百废待兴，百姓期待着一位贤能皇后和当朝圣君一起统御国家、福泽苍生。他也该立后了。

“恭喜太后，恭喜皇上。”垂了眼睑，我先是道喜，然后恭顺地回答太后的试探，“皇家纳后是何等大事，礼聘往来，筹备大典，婚期再快也得到明年初夏去了。爷爷的身子实在有些经不起等，再说病体冲撞了喜事也不好，臣妾谢太后体恤。”

早该来求太后的，皇帝和太后的政治眼光和谋略根本不在一个段位上，皇帝的目光长远，而太后只看得到眼前几步。坐在马车上，对她这么轻易地放我，心中其实是有些预见的，至于怎么和皇帝说，就是她的事了，总之我能脱身，自然是松了一口气。京城，很快就要离开了，唯一不舍的，是长眠在玉雪山上，我深爱的那个人，云峥。我的云峥，我要走了，以后，等云家的危机解除了，我才有机会再来看你……蓦地撩开车帘：“云乾，去傲雪山庄。”

在云峥的墓前给他点上一炷香，我倚到墓碑旁坐下，掏出丝绢细细擦拭着碑上的微尘。指尖抚过墓碑上凿的字，云峥，我真想一直这样陪着你，哪怕只是坐在这里，我的心才能获得想要的平静，没有烦躁，没有恐惧，甚至，没有哀伤……云峥，自从砸碎魔镜之后，你再没有出现在我的梦里，你是不是生我的气了？我知道，你一定不会愿意我颓废沉溺在过去的记忆里。云峥，时间是不是真的是一剂治伤的良药？我终于能够平静地接受你已经不在我身边的事实，我只能把你珍藏在心底最深最温柔的角落……闭上眼睛，我静静感受微风的轻抚。云峥，人生很苦，我不知道自己一个人能挨到几时，但我答应你，我会好好活下去，好好走下去。

日暮时分，从玉雪山回来，进了城，想起浣月居就在这附近，心中一动。就要离京了，应该去跟凤歌说一声，上次离京我就是不辞而别，今次却不能再那样了，这一别，也许以后很难有机会见面了。

幸好月娘不在，省去看她那张不待见我的脸。秋伯说凤歌去了浣月亭，我没让人跟着，自己一个人去了浣月亭。我与凤歌的世界，从来不需要多余的人进驻。远远地又听到他如泣如诉的箫声，我觅着箫音走过去，果然见他如上次一般坐在亭子的木栏杆上，倚靠着亭柱。我微笑着看着他。凤歌看到我，将箫拿离唇边：“雪儿……”

“又瘦了。”我走到他面前，端详他的脸，蹙眉。凤歌唇角微微一扬，伸手抚了抚我的脸：“你也清减了。当豪门大户的家是不是很辛苦？”

“还好。”我笑了笑，“再苦也得撑下去，那是我的家。”凤歌笑笑不语。我望着他的眼睛，轻声道：“凤歌，我要走了。”

“回沧都？”凤歌也不诧异，温和地问。“嗯。”我点点头，即使不说我是专程来跟他道别的，他也知道了。

“也好。”凤歌温柔地看着我，“离开这个地方，你或许会过得快乐些。”

他这样说，是知晓我们以后可能都见不了面吧？我的眼一下子热了：“凤歌，你有空来看我好不好？”

“好。”他柔声道，好似我的什么要求都不会拒绝，就像以前他答应我冒失的求婚一样。我忍不住笑出声：“你又逗我。”

他只是笑，我微微一叹：“凤歌，你也不要把自己困在这浣月居里，应该走出京城，四处走走看看。你的生命里，还可以拥有很多东西，不应该只得一个……”

见凤歌的眼神黯下来，我蓦地闭嘴。空气凝重得仿佛不再流动，我不自在地四处张望了一下，指着天空故作惊喜地岔开话题：“快看，星星出来了。”

“是柳宿。”凤歌抬眼看向还带着几分晕色的天空，淡淡一笑。

“呃？”我完全是蒙的，根本没反应过来，“什么东西？”

“二十八星宿之一。”凤歌随意地道。我恍然，又惊奇：“原来凤歌会观星，这柳宿是什么星星？”

“柳宿是南方朱雀七宿中的一宿。”凤歌温柔地笑了笑，解释道，“二十八宿分为四组，又称为四象、四兽和四方神，以苍龙、朱雀、白虎、玄武命名。朱雀七宿的形象像一只展翅飞翔的朱雀，而柳宿八星，状如垂柳，是朱雀的口。《天文志》言‘柳为乌啄，主草木’‘柳八星天之厨宰也’……”

凤歌似乎是来了兴致，很仔细地讲给我听。我听不懂《天文志》里的那些话是什么意思，只是好脾气地笑眯眯地看着他，赞叹道：“凤歌懂的东西真多，这观星是谁教你的？书里看得吗？”

“是楚……”凤歌看了我一眼，欲言又止，我却已知道那人是谁，脸上的笑容淡了几分，岔开话题：“我很喜欢看星星呢，觉得每次看到它们，心灵都会被涤净一样。不过在京城看到的星星不如草原上的漂亮。凤歌有机会一定要去草原上看星星，简直美得令人震撼，可惜这里没有那么高远辽阔的观看星星的地方……”

“未必没有。”凤歌笑了笑，“我带你去一个地方看星星，当不输草原之上。雪儿可有兴趣？”

“好啊好啊。”我连连点头。凤歌微笑着伸手搂过我的腰，还未等我反应过来，身子已经腾空而起，等我回过神儿来的时候，他已经搂着我站在浣月亭旁边那棵大树的树梢之上。我目瞪口呆地望着他，有点儿回不过神：“你……凤歌，你会武功？”

“嗯。”他轻轻应了声。

“我都不知道！”我惊奇地道，“为什么你从来没说过？”

“这又不算什么。”他笑了笑，随意地道，“你从来没问过呀。”我噎了半晌，的确，从我第一次见凤歌，看他这谪仙般的样子，就主观地认为他是柔弱的，即使知道月娘武功不错，也根本就没往他会武功那方面去想过。我蹙了蹙眉，我对凤歌的了解似乎真的是太少了，还真有些君子之交淡如水的感觉。我懊恼地叹了口气：“我可真够自以为是的。”

凤歌见我气结的样子，倒是饶有兴致地逗了我一下：“否则雪儿怎么会有惊喜？”见我挫败地一拧眉，他转开话题，笑着指了指夜空，“看，在这里看星星，是不是别有一番情趣？”

是啊，真是新奇的体验，站在树梢之上看星星，仿佛离天空很近很近，近得一伸手，就能把星星摘下来一般。“真美。”我感动得有些泫然欲泣，转脸看着凤歌，“可是你这样一直站在树梢上，很累吧？”得提着内力，否则这树梢根本不能承受我们两人的体重，所以说这样的观星，浪漫是浪漫了，却不能持久。

“不累啊，你看看这树冠。”凤歌温柔地道，“这是华盖树，树干粗壮坚硬，树叶密如华盖，坐在这上面都没有问题，不信你试一下。”

我低头看向脚下，见这树果真与其他的树不同，别的树，越到树梢越生得稀稀拉拉，别说站个人了，一只大鸟可能都站不住。可这华盖树，树顶密密麻麻地生着枝繁叶茂的小叶子，密不透风，根本看不清树下地面的情形，就像脚下铺着一张平整的略有起伏的树叶地毯一般。我又新奇又惊喜：“真的可以坐吗？不会掉下去？”

“试一下就知道了。”凤歌松开揽在我腰间的手，我紧张得手心冒汗，凤歌的手缓缓离开，我捏紧双手，发现自己竟真的站稳在枝叶交缠的树梢上。凤歌牵起我的手，轻声道：“来，慢慢坐下去。”

我小心翼翼地坐下去，触到浓密的树叶，软软的，有一点弹性，仿佛是坐在弹簧床上。凤歌松开我的手，也缓缓坐到我身侧不远处。我这才发现自己手心满是汗水，不好意思地搓了一下手，看了凤歌一眼：“对不起，我太紧张了。”

“别怕，不会掉下去。”凤歌理解地笑道，“就算掉下去，我也会接住你的。”

是哦，他会武功嘛。我释然一笑，全身放松下来，仰躺到树梢上，双手枕到脑后，望着天空上的满天星斗，不可思议地道：“我从来没想到居然可以在这样的地方看星星，真是太神奇了。”

凤歌低低地笑了笑，不语。我也不再说话，只是用心地感受着这种前所未有的体验，当下决定，等回了沧都，一定要在侯府和篱芳别院种几株华盖树，以后也可以经常跑到树顶上去看星星。

咕噜……可惜这浪漫的时刻没有延续多久，我的肚子不争气地叫起来，尴尬地迎上凤歌带笑的眼睛。我的脸一下子烧透了：“我……”

“是我疏忽了，用晚膳的时间都过了，我带你去吃东西。”凤歌温柔地拉住我的手，牵我起来，揽紧我的腰，从树梢之上缓缓飘落。月夜下，英俊的男主角揽着美丽的女主角，从高处飘落、旋转、深情对望，若再撒上飘飞的花瓣，简直就像拍电视一样。我傻傻地看着凤歌的脸，不合时宜地想。影视剧里若出现这么一幕，一般都是男女主角两情相悦的开始，不过，这情形落到我和凤歌身上，只会引发我刚才这种搞笑想法。

我忍住笑，和凤歌一起回浣月居用膳，月娘还是不在，令我觉得轻松许多。凤歌让秋伯在月夜花间摆出精致的饭菜，我不客气地吃起来，夹了一片炒山珍放进嘴里，含混不清地称赞道：“秋伯的手艺还是这样好。”

凤歌微笑着看我大快朵颐，在桌上昏黄灯光的映照下，他的脸上闪动着温暖的光影，美到极致。我吃得不亦乐乎，凤歌却吃得慢吞吞的。我夹了一块清蒸鱼到他碗里：“你要多吃点东西，这么瘦。”

凤歌笑了笑，听话地把那块鱼肉送入嘴里，细细咀嚼。不过之后仍是看着我吃的时候多，自己吃的时候少。我只得不断地帮他搛菜，直到他啼笑皆非地看着我又夹了一个肉丸子给他，终于忍不住笑道：“雪儿，我够了。”

“真够了？”我目光灼灼地看他。他点了点头，我这才放心地顾自己的肚子。凤歌默默地看着我，沉默一阵，轻声道：“雪儿……”

“嗯？”我懒懒地应他，塞了一个香菜丸子到嘴里。他迟疑了一下，低声道：“侯府的二公子，是个什么样的人？”

“呃？”我怔了一下，诧异地看向他，“你说谁？”他问安远兮吗？凤歌怎么会问起他？

“就是那日醉倒在浣月亭的二公子。”凤歌转眼看我，“他是个什么样的人？”

真是问安远兮！我怔怔地看着他：“你问他做什么？”

凤歌这人，向来对不相干的人不上心，安远兮对他而言根本是个陌生人吧？他怎么会问起这个仅有一面之缘的人来？凤歌的眼神迷惘地闪烁了一下，低声道："不知道，只是觉得他带给我一种似曾相识的感觉，让我忍不住想了解他。"

"这样啊……"我轻声道，看着凤歌迷茫的表情，"他是什么样的人，我还真不知道该怎么说……"他最初是一个傻傻的书呆子，第一次见面就把我骂了个狗血淋头，后来我渐渐发现他的善良、他的憨厚、他的可爱、他的勇敢、他的温柔……他身上有很多闪光的优点，他在我的生命中留下过很深很重的痕迹……我的思绪也渐渐迷惘起来，如果不是为那不为我所知的原因，我和他或许已经……我猛地回过神来，见凤歌的目光若有所思地落在我的脸上，有点儿不好意思地笑了笑："不如下次我介绍你们认识吧。"凤歌挑了挑眉，我的唇微微一抿，"远兮在京师没什么朋友，你们应该谈得来的。"

"嗯。"凤歌笑了笑，也不追问了。我的目光落回到饭菜上，却一下子没了胃口，刚刚那一刻的走神令我心慌地意识到，安远兮在我心里的位置是难言的，不仅仅是小叔、不仅仅是朋友那么简单，我们以前是什么关系我很清楚，甚至他对我的感情我也完全明白，虽然我不知道他是因为什么把我从他身边推开，但我知道，那不影响他对我的感情，他只是把它压抑在了内心深处。我明白，或许老爷子也看得很明白，所以一直提醒我们，生怕我们行差踏错。我和他之间有很多事情是很微妙的，若底线不清楚很容易出事儿。毋庸置疑，我爱云峥，到现在仍然深爱，因为他是唯一适合我，与我身心契合的人，除了他没有人可以包容我的一切。可我仍然惊恐地意识到，对于我曾经爱过的人，不管是安远兮还是皇帝，我心里仍然保留了一份柔软，仍然会为他们心乱……老天……我羞愧地闭上眼，我是怎么了？我怎么这样水性杨花？我怎么对得起云峥……

"雪儿？"凤歌见我半晌没有动筷，闭目不语，出声唤我。我睁开眼，迎上他担忧的目光，笑得很勉强："我吃饱了……"

他深深地看了我一眼，也不言语，让秋伯收拾了桌子，奉上一盘切得极漂亮的果盘，自己则坐到一旁给我沏茶。温柔的夜风吹拂着我们的衣袂，我着迷地看着他如行云流水般娴熟的沏茶动作，仿佛回到数年前，我初到这个时空时，第一次到浣月居来的情形，时间仿佛从来没有在我们之间流走过。

他将沏好的茶放到我面前，我端起茶杯，嗅着那清冽的茶香，纷乱的思绪和心情渐渐安定下来。

抿了一口茶，我搁下茶杯，无意中看到一旁的花架上，花盆的旁边搁着一个漂亮的大海螺，好奇地取了过来："咦，这东西哪儿来的？以前没见过。"

"一个朋友送的。"凤歌笑了笑，"听说是他自己捕捞的。这种海螺叫吟风螺，附在耳边，能听到风语。"

"风语？"我有些不以为然，"海螺里不都能听到嗡嗡声吗？"不过是人牵强附会、附庸风雅。

"它能听到很远的地方传来的声音。"凤歌笑了笑，温柔地道，"不信你试试。"

"是吗？"我将那海螺附到耳边，耳边立即传来轻微的嗡嗡声，跟我熟悉的海螺里的海风声没有什么区别，正要将它拿离耳边，突然听到里面传来一些不同的声音，起先有些模糊。我凝神静气地仔细辨听，听出似乎是远处草丛中蟋蟀的鸣叫，小溪里潺潺的流水声，林间小鸟欢快地抖动着翅膀，田鼠飞快地钻进地洞，蚂蚁爬过大树，芙蓉花正在静静地盛开……仿佛一卷宁静安详的画卷在我的眼前展开。我被这月夜里的声音迷醉了，如同被催眠一般，眼皮不由自主地垂下来，所有的声音都消失了，世界一片安静。

❋ 第七十章　螺语

不知道过了多久，我猛地醒过来，睁开眼睛，发现自己伏睡在桌子上。我抬起头，桌上的清茶已经凉透，凤歌却不见人影。

“凤歌？”我四处张望了一下，奇怪，他去哪里了？站起身想看他是不是进屋去了，脚下不知踢到一个什么东西，发出滚动的声响。我低头一看，原来是那个大海螺掉到地上了。捡起那个海螺，我拿在手上翻看，这东西还真有点儿意思，就像个顺风耳似的，忍不住又将它贴到耳边，看还会不会听到什么有趣的声音。

耳边又嗡嗡作响，那顺风耳翻出院墙，蹚过小溪，越过草地，钻入树林……鸣奏出一曲自然的乐章。我陶醉地听着那些美妙的乐声，突然听到里面传来模糊的人语，不由得怔了一下，赶紧认真地辨听。还真是有人在说话，只是那声音断断续续的，一点儿也不清晰：“……你……来了……”

咦？我来了兴趣，越发集中精神地分辨海螺里的声响，那声音果真清晰起来：“你为什么……约我在这里……不是说过……不要再见面了吗……”这个声音仍是有些断续，是个嘶哑的男人的声音。

“你以前……不是最喜欢来这儿……”海螺里又传出另外一个声音，是个女声。我闭上眼睛，将其他的感官完全忽略掉，只将全身的精力都集中到耳边这只海螺里。那个嘶哑的男声又说话了：“你说什么……我不明白……”

这声音好像有点儿耳熟，我仔细地回想着在哪里听过这样的声音，像是撕裂的破布，蓦地一惊，那不是安远兮扮成鬼面人时说话的声音吗？正狐疑间，又听到那女人的声音有一丝激动地道：“你不明白？”

这下子完全听清楚了，我的身子微微一僵，这女人的声音也是我熟悉的，竟是月娘！

“我是不明白，我已经跟你说得很清楚，我们之间的合作已经结束了。”嘶哑的男声道，“以后大家各行各路，没必要再见面了。”

我倒抽一口气，这声音，真的越听越像鬼面人的声音。我全身都僵住了，如果那个女人的声音真的是月娘的，她怎么会与安远兮在一起说话？他们两个根本不可能认识吧？

“站住！”女声尖锐地道，想必是想阻止男人离开，声音都尖得变了调。

“你还待如何？”嘶哑的男声语气有一丝无奈，“我跟你说得很清楚，当初我是受人之托，帮你拿回无极门的实权，摆脱景王的控制。现在景王已经死了，你也已经解决掉你的对头。月门主，我的任务已经结束了，以后大家互不相干……”

我惊得倒退两步，一屁股坐到椅子上。我听到了什么？无极门？景王？月门主？对了，无极门是景王暗中培植的势力，我正奇怪怎么景王出了事，无极门却无声无息地没有一点儿声响呢？敢情现在无极门的门主是月娘了？上次她要杀我的时候，似乎还被别的人钳制着，真是这个声音像鬼面人的男人帮她拿回了实权？将耳朵紧紧贴在海螺上，我集中精力，屏声静气，生怕听漏了什么细节。只听到月娘激动地道：“互不相干？你以为你真能摆脱无极门，抽身事外吗？什么帮我重掌实权？我才是在帮你！这无极门本来就是你的，我要来做什么？”

我的手惊得一颤，差点儿将海螺掉到地上去。只听到嘶哑的男声厉声道：“你在胡说什么？”

“胡说？”月娘轻轻一笑，无畏地道，“我是不是胡说你心里明白，你说你是受他所托，来帮我除掉对头，摆脱景王的控制，可你骗不过我！你为什么要戴着这个鬼面具？为什么要用这样的声音跟我说话？你根本就是欲盖弥彰！是，你是受他所托，因为你根本就是他！楚殇，你还想骗我到什么时候？”

我的脑子嗡的一声，顿时被月娘提到的这个名字打蒙了。楚殇……楚殇？月娘说那个男人是楚殇？怎么可能？怎么可能是他？楚殇明明已经死了，他的人头被砍下来挂在城楼，是我亲眼看见的，绝不可能认错，月娘不是也说是她帮他缝的头吗？怎么她现在说那个人是楚殇？那个人做了什么，让月娘认为他是楚殇？

我的呼吸仿佛都停止了，只听到那嘶哑的男声平静地道：“你错了，我不是他。”

“你是。”月娘固执地道，“当你找到我，说是受楚殇之托，要帮我摆脱景王对无极门的控制的时候，你以为我凭什么就相信了你？凭什么相信你一个来历不明，还不肯透露真面目的神秘人的话？你说你的武功是楚殇教的，你对无极门内部情况的熟悉是楚殇告诉你的，你以为就凭你亮了几招身手，说出一点儿无极门的秘密，我就会信你吗？我月晚池还没有幼稚到这个地步！我肯信你，不是因为这些谁都可以伪装的证明，而是因为你对蔚蓝雪的感情！从我第一次在铁山郡见到你救她的时候，我就开始怀疑你的身份，难道你时时刻刻让人暗中保护蔚蓝雪，你几次三番救她性命，也是因为楚殇拜托你的吗？”

我的心跳仿佛也停止了，左手揪着胸口，感觉透不过气。她说铁山郡？她说蔚蓝雪？那嘶哑的声音，真的是鬼面人？可如果那个人就是鬼面人，他应该是安远兮才对。但是如果他是安远兮，他怎么会楚殇的武功？他又怎么会知道无极门的秘密？我感觉我的头仿佛就要爆炸了，太阳穴像针扎似的疼。鬼面人的声音又传进耳朵：“蔚蓝雪是谁？我根本就不认识。如果你说的是永乐侯府的云夫人，我救她自有我的原因，却不是你认为的那样。”

我怔了一下，楚殇不可能不知道蔚蓝雪是谁，如果鬼面人是安远兮，他的确是不知道我这具身体的身份的，我也能想通他为什么救我。可是如果楚殇真的没死，如果他真是楚殇，又不想承认这个身份，他也可以装成不认识蔚蓝雪。但如果他真是楚殇，他为什么不愿意承认？他没有理由对月娘进行隐瞒啊？我只觉得脑袋一片混沌，只听到月娘毅然决然地道：“我不信，我今天要揭开你的面具，看你还怎么否认！”

海螺里传来拳掌相击的沉闷呼呼声，间或着兵器划过空气发出的铮鸣，似乎是两人之间发生了激烈的打斗，不知道谁胜谁负。半晌，听得鬼面人厉声道：“你不要命了吗？竟然使出这样的打法！”

“你既不是楚殇，管我要不要命！”月娘负气道，拳掌相击之声不绝于耳。突然，海螺里传来几声清脆的叮叮声，只听月娘喜道：“凤歌，替我揭开他的面具！”

凤歌也跑去了？我越发紧张，但打斗之声反而停下来，仿佛是被人从中制止，随即听到凤歌温和的声音：“晚池，你为什么与人拼命？”

“你知道他是谁吗？”月娘的声音又激动起来，“他是楚殇！”

我不确信月娘的话会给凤歌带来多大的冲击，也许跟带给我的冲击是一样巨大的。可海螺里接着传来凤歌的声音，没有一丝波澜，那样平静淡定：“他不是。”

“你说什么？”月娘的声音透着难以置信，“你怎么知道他不是？他戴着面具……”

“我看一眼就知道了。”凤歌静静地打断月娘的话，“他不是。晚池，楚殇已经死了。”

月娘不出声了，我也怔怔出神，凤歌说鬼面人不是楚殇，那他应该真的不是吧？毕竟，楚殇是他深爱的人，他对他实在太熟悉，就算是鬼面人戴着面具，也能一眼看出他不是。可是，为什么我的心里却不敢肯定？蓦然惊觉，这一刻，我心里已然深深地埋下了怀疑的种子。

“你走吧。”凤歌平静地道，“晚池大概是误会了什么，月某代她向阁下道歉。”

“凤歌，他……”月娘的声音有一丝焦急。凤歌的声音严肃认真地道：“晚池，他真的不是，你还信不过我的眼睛吗？”

“不是，我不是信不过你……”月娘想解释，又似乎是有些丧气，骤然叹道，“罢了罢了，让他走吧……”

静默半晌，才听到凤歌轻声道：“晚池……”

“我没事……”月娘低低地道，语调有些悲凉，“也许真是我太多疑了，楚殇的身后事是我亲自办的，我怎么还期待着有奇迹出现呢？”她轻嘲一笑，“我竟然把他带到浣月亭，想通过他熟悉钟爱的事物触动他，实在是傻得可笑，他根本不是他……”

“晚池……”凤歌幽幽地叹息，似乎带着对他姐姐的怜惜。海螺里只剩下月家姐弟对话的声音，那鬼面人却一直没再说话，想来是已经离开了。我拿着海螺紧贴在耳旁的右手微微颤抖着，只听到凤歌温柔地道：“回家吧，晚池……”

海螺里再也没有传来人语，我失神地垂下手，无力地再也拿不住那只海螺。我刚刚听到的那番对话，已经震撼到令我没有办法思考了。海螺从手里滑出去，摔在地上，敲出脆生生的响声。我忘了拾起来，转身失魂落魄地往外走，像一抹失去意识的游魂。

“姐姐……”守在外院的小红见我神情木然地从内院踏出来，蹙眉道，“怎么了？”

我仿佛没有听到她的问话，脑子里一片空白，脚仿佛踩不到实地，软绵绵、轻飘飘地行出外院，爬上停在门外的马车。小红紧跟着我爬进车厢，一脸忧色地看着我：“姐姐，你到底怎么了？”

我的眼睛空洞地望着前方的车帘，怔怔不语。马车往侯府的方向缓缓地前行，我的脑子一直混沌一片，思绪混乱，各种各样杂乱无章的片段在脑子里飞闪，令我头痛欲裂，无法思考。我抚住额，发出低低的呻吟。

小红吓得赶紧扶住我：“姐姐，姐姐，你怎么了？你哪里不舒服？”她蓦地撩开车帘，“云乾大哥，快回侯府，姐姐不舒服。”

车速快起来，我感觉到有些颠簸，手扶在车厢壁上，茫然四顾：“小红……”

“姐姐……”小红赶紧抓住我的手，我觉出手心不知何时已经浸出冷汗，背后的衣裳也被冷汗浸透。

小红掏出手绢擦拭我手心的汗，焦灼地道：“姐姐，到底怎么了？”

“我头疼……”我紧紧地捏着她的手，头是真的疼得发颤，冷汗涔涔地冒出来，吓得小红手忙脚乱地帮我擦脸上的汗：“姐姐，你忍一忍，很快回府了。”

“回府……别惊动其他人，让冥焰……过来看看就行了……”我咬紧牙，觉得头重脚轻、天旋地转，眼前似乎有无数金星闪烁。我无力地伏在小红肩上低声喘息，没等回府，便再也支持不住，晕了过去。

❋ 第七十一章　支出

我醒来时，发现自己已经躺在我房间的床上了。冥焰惊喜的声音近在咫尺："姐姐醒了？"我疲惫地眨了眨眼睛："冥焰……"听到声音，小红、宁儿和馨儿也围过来："姐姐！""少夫人醒了！"

"姐姐感觉怎么样？"冥焰似乎舒了口气。我伸手抚额，被他一把抓住手，"姐姐别动，头上还扎着针呢，我帮你取下来。"

待他把针取尽，才扶我坐起来，我轻声道："没惊动别人吧？"

"没。"小红摇了摇头。冥焰轻声道："姐姐怎么会突然头疼？我帮姐姐诊过脉，脉象很乱，姐姐今天遇到什么不开心的事了？"

"也没什么大事。"我今天听到的消息过于震撼，我还没有来得及细想，而且这事与他们没多大关系，还是先不要让太多人知道为好，"冥焰，夜深了，你早些回去休息，今儿这事儿别告诉爷爷和小……叔。"

提到安远兮时我迟疑了一下，冥焰倒是没在意，只关切地嘱咐道："我知道了，但是姐姐你也要顾惜自个儿的身子。你生诺儿的时候受了寒，身子落了病根儿，受不得累的，要多休息……"

"嗯，我晓得了。冥焰，我困了……"我听他没完没了地唠叨，赶紧点头，催他出去。冥焰又低声给小红交代了几句，才离开。我躺在床上，闭了眼睛，听到小红帮我放下了纱帐，和宁儿、馨儿轻手轻脚地退出内室，才缓缓睁开眼，望着床顶怔怔出神，开始思考今天在浣月居听到的那些惊人的对话。

从他们的对话中，我已经确定那个声音嘶哑的人是鬼面人无疑，只是，我知道那鬼面人是安远兮，而月娘为什么会认为鬼面人是楚殇？是因为像她说的，鬼面人会楚殇的武功，知晓无极门的内部情况，还对蔚蓝雪有情？如果说，他对蔚蓝雪有情这个原因才让她怀疑鬼面人是楚殇，我倒可以因为这个否定掉她的怀疑，因为月娘不知道安远兮和我之间的纠葛。但是月娘所说的前两个原因，他会楚殇的武功、知晓无极门的内部情况，又怎么说得通呢？我嫁给云峥的时候，安远兮还根本不会武功，他甚至从来没有离开过沧都，他只是一个平平常常的普通人……可是，他真的是普通人吗？如果这一切只是他想让别人认识的一面呢？我打了个寒战，我亲耳听到他说是受人所托帮助月娘，又通过月娘的口证明了拜托他的那个人是楚殇，除非，他在楚殇死之前就认得他，不但认得他，而且交情还非比寻常。楚殇肯把自己的武功教给他，肯把无极门的内幕告诉他，甚至他的身份隐秘得连月娘都不知道……我的手拧紧了床单，安远兮，难道初时你面对我的呆愚，是装出来的吗？你是戴着面具在刻意接近我吗？我是不是，从来没有认清过你？

我苦笑。或许我真是没有认清过他，从他以云家二公子云崎的身份再次出现在我面前的时候，我分明已经看不懂他了。他不再是我所熟悉的那个傻傻的书呆子，可是，不管是从前还是现在，我的心分明感受到他对我的好、对我的温柔和呵护是发自真心的，但为什么，心里那颗怀疑的种子，还是开始生根发芽、破土而出？是因为当初他没有缘由、毫不留情地将我推开的时候，已经在我心里割出深深的裂痕，让我不能再全然地信任他吗？

怀疑像毒蛇一样啃噬着我的心，折腾得我彻夜难眠，我该怎么做呢？他隐瞒这些事，就是不想我知道，我若问他，他会承认吗？可是若我不能把这件事搞清楚，我以后又怎能相信他？如果在云家，连安远兮都是不能信任的话，那我还能相信谁？蓦地从床上坐起来，我咬紧下唇，心中已然决定，我一定要查清这件事，但不想也不能惊动安远兮。若是从前，我可以让云家的隐势力帮我查探，但如今安远兮成了隐执事，我只能通过外界的力量来获取我想要的信息了。好在，我曾听玉蝶儿说过，江湖上有一个专为人打探消息的“晓情楼”。

晓情楼是江湖上鼎鼎大名的情报机构，据说除了与他们并存于世的无极门，他们所知有限之外，拜托他们查探资料的主顾，基本上都能得到自己想要的答案，所以他们的收费也很高，最普通的资料也是千两白银起价，要想查探重要的情报，万金的要价也不嫌贵的。与无极门的神秘低调不同，晓情楼在全国各地皆有专门接生意的门面，装修得像个豪华茶楼，高调张扬的排场完全看不出是一个靠收集情报吃饭的组织。

待天明起床，向老爷子禀报完请旨的事儿，我立即出门去了晓情楼。老爷子听说我在太后那里请准了回乡的懿旨，满意地点头，让我安排下人收拾行李，等到向金家提亲的事儿有了回音，便可以起程。不要以为收拾行李是件容易的事儿，大户人家出远门，要带的东西是非常多的，何况我们是回沧都长住。前年我和云峥进京的时候，光打点行李就耗了半个月。

此际我坐在晓情楼京城总店的包房里，心事重重地拿着桌上茶杯的盖子，拨着水面上漂浮的茶叶，等候他们的掌柜。

为了避开云家的耳目，我没有带铁卫和小红，只身换了男装偷偷出门。不一会儿，门被推开，一个头上戴着白色笼纱的白衣女子踏进包厢，见了我，略一欠身：“不好意思，让公子久等了。”

我有几分讶异：“姑娘是晓情楼的掌柜？”

“京城总店的掌柜。”那女子袅袅地行来，坐到我对面，“小女子排行第七，你可以叫我七姑娘。”

“七姑娘。”我礼貌地叫了一声，知道做这行的不会把自己的真名拿出来现，就像我也不会告诉她我是谁一样。

“公子是第一次来找我们做生意吧？知道晓情楼的规矩吗？”七姑娘的声音清雅动听，我望着她笼纱下模糊不清的脸，暗想这女子应该也生得很貌美。

“知道。”从怀里掏出一沓银票，轻轻放到桌上，我淡淡地道，“起价一千两银子，根据客人想要的情报确定最终价，无论定价多高，都要先付一半定金，收到想要的情报后再付剩下的一半。如果客人对情报不满意，定金也概不退还。”

“看来公子是个爽快人。”七姑娘道，“公子想查什么？”

“我想查永乐侯府二公子云崎成长的经历……”我蹙了蹙眉，思量着该怎样说得更简单清楚，“我不要他日常示人的那些东西，我想知道的是他平凡的经历背后，有没有不为人知的另一面……你明不明白？”

“完全明白。”七姑娘点点头，“五千两银子，三个月后取消息。”

“我等不了那么久。”我摇了摇头，“最多一个月，我来取消息。”

“一万两，一个月。”七姑娘不跟我啰唆，简明扼要地道，提笔写了两张契约。

我笑了笑，将银票推到她面前，拿了契约，起身出了晓情楼。

我回府还没来得及进房换衣服，见到云义匆匆忙忙地跑过来，一脸焦急地道：“少夫人，您快去看看侯爷吧，侯爷又犯病了……”

“什么？”我一惊，赶紧加快步子往老爷子院里跑，“今早我跟他请安的时候还好好的，怎么回事？”

“泽云府的二老爷来了，跟侯爷不知道怎么在房里吵了起来，然后侯爷的病就犯了……”云义跟在我身后急急地道。我顾不得细问，加快脚步跑进老爷子院里，门口守着几个老爷子房里的小厮丫鬟，见了我赶紧行礼。我顾不上理他们，冲进房里，见屋里围了一大群人。修叔和云德站在一侧，堂叔公云崇岭坐在椅子上，几个人的脸色都不太好看。老爷子的贴身小童锦儿和梓儿更是一脸怒色，恶狠狠地瞪着云崇岭。

“少夫人。”几个人见我进来，都唤了一声。我点了点头，转进内室，见安远兮和冥焰坐在老爷子床边，冥焰正在为老爷子施针。安远兮见我一身男装走进来，眉头微微一蹙，我装作没看见，走上前去：“爷爷怎么样？”

床榻上的老爷子紧闭双目，面白如纸，冥焰头也不回，表情严肃地在老爷子身上继续施针。安远兮低声道：“现在还很危险……”我一听，心都提到嗓子眼儿了，只得屏息静气地关注着冥焰的动作。房间里静得落针可闻，气氛凝重得令人窒息。又过了很久，就在我觉得快要透不过气来的时候，忽听到老爷子发出微微一声轻咳，冥焰长长地吐出一口气，表情微微一松：“好了，醒过来了。”

“爷爷。”我和安远兮赶紧围过去。老爷子的眼皮微微一动，缓缓地睁开眼睛，看我和安远兮的目光有一丝迷惘。他眨了几下眼，仿佛才回过神来，低声道：“你们来了……”

“侯爷醒了吗？”修叔和云德听到声音，不等召唤便跑了进来，云崇岭紧紧地跟进来。冥焰冷冷地道：“现在是醒了，可再让他这样情绪激动地犯一次病，就是大罗神仙也救不过来，侯爷今儿完全是在鬼门关里走了一趟回来！”

所有人的眼睛都盯到云崇岭身上，云崇岭老脸一红：“都看着我干什么，我也不知道说几句话大哥就会犯病……”

我一听，怒从心起，云家哪个不知道老爷子这病最怕受刺激，你犯了错还这种态度，真是可恶至极：“那堂叔公现在知道了吧？以后可要留心一些。”

“峥大嫂子，你这是对长辈说话的态度吗？”云崇岭听我语气不善，脸沉了下来。病榻上的老爷子低声道："崇岭，你没事就先回去吧。"

云崇岭到底理亏，见每个人都冷着一张脸不待见他，哼了一声，转身一言不发地走了。冥焰起身道："我去写方子让他们煎药，锦儿，梓儿，你们过来。"

我也跟着走出去："冥焰，爷爷这病……"

"姐姐，侯爷这次是真的很凶险，他的五脏功能已经很衰弱了，经不得大的刺激，再来一次真的会要他的命。"冥焰一边写药方，一边压低了声音道，"便是这次缓过来，也要好好静养，不然不用多久就……"

他蓦地住了嘴，抬头看了两个小童一眼，两个聪明的孩子早就明白了冥焰话中之意，脸色煞白，眼泪也浮出来了。云德从内室出来："少夫人，侯爷请您进来，有话跟您说。"

冥焰站起来，赶紧把药方递给两个小童："走，我们先出去找人煎药。"

见他们退了出去，云德去把房门关好。我见他这样慎重，赶紧走进内室。老爷子已经被人扶坐起来，靠在床头，见我进去，苍白的脸上露出一丝笑容："你们四个过来。"

我转头看向安远兮，还有修叔和云德，忐忑地围到老爷子床边去。安远兮轻声道："爷爷，你现在该多休息。"

老爷子摇摇头，疲惫地道："我有很重要的事情，同你和丫头说。"

"什么事，爷爷？"我握住他的手。老爷子咳了咳，轻声道："你还不知道崇岭今天为什么跟我吵吧？"

我轻轻摇了摇头。老爷子看着我和安远兮道："还记得你们两个都问过我关于云家账册上那笔名'外'的不明支出是什么吗？二房的人一直以为那笔支出是开支云家隐势力的支出，事实上，对，也不对。外支出占了云家收入的七成，云家隐势力的支出的确包含在外支出里，但只占了其中一成。"

我和安远兮对看一眼，心知老爷子即将要说出的，可能是云家最核心的秘密，一时有些无措："爷爷……"

老爷子拍拍我的手，歇了口气道："崇岭就是发现了外支出不是完全用于隐势力，怀疑本侯吞了这笔钱，又查不出什么实据，所以来找本侯闹，要查外支出的账……"

"他凭什么来闹？"我气道，"爷爷想怎么处置家业，轮得到他来叫嚣？"

老爷子笑了笑：“丫头，你别急，听爷爷把话说完。”

我抿紧唇，点了点头。老爷子接着道：“本来这个秘密，爷爷是没打算这么快告诉你们的，只是如今我这身子指不定什么时候就过去了，像今天这样，要是醒不过来，就得带到棺材里去……”我的手一紧，老爷子笑了笑，安抚地拍了拍我的手背，“本来云修也知道这事儿，可我怕我不在了，他说出来你们也不会信……云修，我有些累，具体的你跟他们说。”

“修叔？”我和安远兮都诧异地看着他，没想到他居然知道云家的核心机密，这么说，云修在老爷子心目中可算得上是心腹中的心腹了。云修沉声道：“这事儿得从二十年前说起。二十年前，红日国皇室向云家订了一批货，因为货物贵重，路途遥远又要渡海，侯爷决定带着我亲自监押。我们的船在海上行了一个多月，遇上了一场特别可怕的暴风雨，船上部分设施受到损毁，船偏离了方向，不知道怎么回事，在海上就是无法寻到正确的航线。我们又在海上漂了差不多三个月，船上的食物和淡水都用完了，正当大家绝望地以为会死在海上的时候，却看到前方隐隐出现一片陆地。”

我和安远兮专心地听他讲，却听得云德插嘴道：“啊，我想起来了，那次父亲跟侯爷出门，大半年都没有音信，回来只说是在红日国耽搁了，却没说过你们遇到了海难。”

“你那时候才十几岁，我怕你守不住秘密，就什么都没告诉你。”云修接着道，“绝处逢生，大家高兴极了，以为终于到了红日国，可是登陆之后才发现，那里根本不是红日国，而是我们以前从来没有到过的陆地。”

“你们发现了新大陆？”我惊奇地道，“那老爷子不跟哥伦布似的？”

“少夫人怎么知道那里叫新大陆？”云修反而吃了一惊。

“呃？”我蒙了。不是吧，我随口说说而已，敢情那大陆就叫“新大陆”来着？抬眼见老爷子和安远兮都目光灼灼地看着我，我顿时满脑黑线，结巴道：“我蒙的，蒙的……”

“那哥伦布是谁？这名字很像新大陆的人取的名字。”云修追问道。我额上的汗更多了：“啊……那是故事里的人。”没想到云修越发惊奇：“少夫人哪里听来的故事？对了，我上次听小少爷说他要做‘彼得·潘’，这彼得也是新大陆的人最常取的名字……”

不是吧？这新大陆不会是跟我那时空的西方国家一样吧？我躲开众人雷达似的目

光，支吾道：“那个……那个不重要，修叔，你还是快讲你们发现新大陆以后怎么样了吧。”

“哦……我们登上大陆，发现那里是我们以前从来没有到过的地方，那里的风土人情和我朝相去甚远，那里的人长得跟辰星国人差不多，像大猴子似的，说的话也完全听不懂。他们也听不懂我们说什么，我们只好凭着手势跟他们交流，后来他们终于找来一个人，能听懂我们说的话，便给我们两边作了沟通……”

“那是天曌国人？”我开始对这片大陆充满好奇了。云修摇头道：“不是，他说他是新大陆东方一个叫轩辕族的人，在整个新大陆，只有东方轩辕族的民风跟我们天曌国类似，语言和文字也差不多。我们后来才知道，新大陆比我朝和周边四国加起来，还要大很多很多。”

“部族？”我有些兴奋。东方？轩辕？怎么这么浓的中国味啊？云修点头道：“是，新大陆虽然大，但几乎没有正式的国家，也没有什么皇帝，那是一个很神奇、很自由的地方，只有各种各样的部族，只要够强大，部族的首领也可以称王，他们的神和人，还有很多我朝没有的奇怪野兽一起混居在大陆上……”

那不是一个奇幻大陆？我双眼发光。老爷子轻咳一声：“云修，那些以后再说。”

“是，侯爷。”云修也发现自己扯得太远了，赶紧将话题转回来，“我们用船上的丝绸、茶叶和瓷器，和那里的人换了宝石和黄金回来。这一趟误打误撞的，收获居然比在红日国大出许多。在新大陆修好了船，补充了食物和水，准备回国，可是我们的船在海上行了很久，就是无法找到正确的回程航线。逼不得已，只得又返回了新大陆，问了很多当地的水手船夫，他们根本就不知道还有天曌国这样的国家。后来便有水手带我们去求女巫帮忙，女巫收了很多钱，才告诉我们，新大陆和天曌国是互不相属的两片大陆，正常情况下永远不可能相互抵达，就像隔了无形的墙，只有在特定的时候，那道墙才会打开，我们之所以去了新大陆，就是因为那次遇到了海上的暴风雨，将墙打开了。如果我们想回去，必须等到海上再有暴风雨的时候。”

“然后呢？”安远兮和云德的表情都有些似是而非，我却听明白了，那女巫已经选了最能让他们听懂的方式在解释。在我的理解里，新大陆和天曌国根本是分属两个时空的陆地，正常情况下就像两条平行线，永远不可能相互交集在一起，但在特定的时候，比如海上的暴风雨，令时空之门产生了缝隙，打开了结界，而当时正处于缝隙之中的船只，就顺势进入了另一个时空。

“我们听了女巫的话，只好安心等机会，等到海上再起暴风雨的时候，果然顺利回了天曌国。”云修道，“回来之后，侯爷着人仔细研究了发生暴风雨的那片海域，什么月份、什么季节、什么天气，最容易发生类似的暴风雨，研究了几年，终于找出了规律。后来几年间，侯爷和我按这个规律试了几次，每次都能成功通过海上的墙，到达新大陆。侯爷每年出海做生意的收入，占了云家生意的四成。”

哇，这不是一条海上丝绸之路吗？老爷子还真是有头脑、有眼光，要是别人遇到这种事，顶多当成一次海上奇遇记，谁还有那样包天的胆子和精明的头脑，去研究出一条冒险的还是跨时空的海上贸易之路来？俗话说得好，“富贵险中求”，果然没错。想到这个，我再看向老爷子的目光中，顿时冒出钦佩的星星来。

“侯爷见海上的生意这么好做，渐渐动了心思，不想只做贩卖货物的买卖，想把生意做到新大陆本土上去，便让我以海外寻仙、为峥少爷和侯爷的病寻灵药之名，让我到新大陆去负责这件事。后来几年，我们在新大陆陆续开了云裳坊、食府、茶园、客栈、当铺、钱庄，生意越做越大。侯爷每年那笔外支出，就是用在拓展新大陆的生意上，现在云家不仅是天曌国的首富，在新大陆也是鼎鼎大名首屈一指的贵族富豪。”

“不会也封侯了吧？”我傻傻地道。云修傲然道：“封侯算得了什么？在新大陆，有钱有实力就可以自封为王。侯爷现在是几座大城的城主，实力不容小觑。”

“这就是那笔外支出的秘密。”老爷子听云修讲完了，才缓缓地道，“本侯用二十年的时间，在新大陆苦心经营起另一片天地，又将云家在天曌国七成的资产转移到了新大陆，就是希望有朝一日，朝廷终于要对付云家，而云家再也撑不住的时候，可以有条退路。这件事，我没让二房知道，就是怕走漏风声，另外也存了一点儿私心，二房若是有什么对不起本侯的，本侯也管不了他们了。”

“爷爷……”我望着这个病榻上的老人，完全不知道该说什么了。他的一生，都在为家族打算，竟然为云家做到了这个地步。心绪百转，我想到一件事，轻声求证，“这个秘密，云峥也知道，是吗？”

老爷子看着我，微微颔首。我由此恍然，也许正因为老爷子有过这样奇异的经历，所以对我平时一些有悖常理的思想和言论比别人相对容易接受和包容；因为云峥知晓这些奇特的见闻，所以对我是一抹来自异时空的幽魂这种怪力乱神之事接受得这样容易和坦然，归根结底，他们的胸襟和气度是建立在比旁人更丰富的见识上的，这世上哪有什么无缘无故的信任呢?

“丫头，崎儿。”老爷子握紧我的手，另一只手伸过去握住了安远兮，看着我们慎重地道，“我将这件事告诉你们，是想说若以后云家有变，你们可随云修去新大陌避祸，保存云家的实力。云修云德父子，是你们绝对可以信任的人。”

“爷爷……”我和安远兮都瞪大了眼。老爷子紧接着道：“你们听我说，当今天子励精图治，是个有雄才大略的君主，云家风光得太久，威胁到皇权，必不容于君。现今我们长房人丁凋零，二房虎视眈眈，崎儿才归宗两年，根基不稳，诺儿太小，丫头到底是个女人，我若是不在了，云家必乱，皇帝一定会向云家动手。丫头，你那天跟我说的化整为零的法子，觉得合适的时候就用吧，本侯将云家剩下的这三成产业归于二房，他们也该知足了。”

“爷爷……”我心中升起不祥的预感，老爷子今天告诉我们这么多事，怎么越听越像是在交代遗言似的?我的眼眶热起来，摇着头道，“为什么一定要等到那个时候?为什么只叫我们走?爷爷，你想得这么通透，为什么还要留在这里?”

“丫头……”老爷子闭上眼睛，幽然长叹，“天曌国才是云家的根，爷爷不能抛掉这个根。等我百年之后，还要到沧都云氏墓园，去见列祖列宗……”

我的眼泪再也忍不住掉下来，安远兮轻声道：“爷爷累了，让他睡一会儿，我们都出去吧。”我擦了擦眼泪，起身和他们一起退出房间。

❋ 第七十二章　茶壶

我们出来嘱咐老爷子房里的下人好生侍候着，时刻关注老爷子的病情。

初时对云修所说的新大陆，我是真的起了一丝好奇心，但后来听到老爷子的交代，心里莫名地堵得慌，也提不起心思找云修细问详情了。其实我对老爷子说的避祸什么的，不是很在意，如果云家真的用了化整为零的法子，对皇帝的威胁尽除，还有什么祸事可言？逃到一个陌生的地方去，就真的好吗？至少在天曌国，我还可以就近守着云峥。

“大嫂！”安远兮默默地跟在我身后，出了院子才唤了一声。我停下脚步，转身看他，他蹙着眉，“你怎么穿成这样？”

我这才惊觉自己还是一身男装，刚刚回府没来得及换就去了老爷子房里，一屋子人自是看见了的，好在老爷子没多问。我静静地看着他的脸、他的眼睛，想起昨夜听来的那番话，抿紧了唇。他见我只是端端地望着他的脸，反倒怔了一下，不自在地伸手摸了一下脸：“怎么了？”

“小叔，我给你定下了金家的千金。”我的话刚出口，安远兮的脸便僵住了。垂下眼睑，我轻声道：“你早些娶亲，爷爷才会安心。”

他的脸上顿时冷得没有任何表情，看着我的眼睛里也没有任何情绪。我平静地与他对视着。半晌，安远兮的唇角微微一动：“一切但凭大嫂做主。”

心中微微一抽，那种发堵的感觉又涌上来。安远兮退了一步：“我不打扰大嫂了。”言毕，转身大步流星地走出我的视线。我吸了口气，转过头，往与他相反的方向行去。只能这样了，安远兮，我们不能停止各自的脚步，两条相交的线，即便是短暂地相交了，只要继续前行，也会越行越远。只能这样了。

老爷子病了，晚膳不可能再跟我们一起吃，我和诺儿在自己房里用了膳，带了他去看老爷子。进了房，见安远兮也去了，老爷子刚喝了药，晚膳只吃了一碗燕窝便没有胃口。他倚在床头逗着诺儿，锦儿端了茶过来，梓儿在我和安远兮面前一人奉了一杯，锦儿端了一杯递给老爷子。我蹙了蹙眉："爷爷，你刚喝了药，还是少饮点茶吧，茶到底是解药性的。"

锦儿抬眼看了我一眼，递茶杯的手迟疑起来。老爷子笑着接过茶杯道："不碍事，这甘蓝香屉我喝了几十年了，一日不喝反倒有些不惯。"

我也不好说了，端起了自己那杯秀山银针。云峥故去之后，我只喝这一种茶，通过这些犯傻的做法，来怀想云峥的一切。

老爷子这司茶的小童锦儿极是细心，每次奉茶都是按我们各自的喜好来。老爷子的是甘蓝香屉，我的是秀山银针，安远兮的是眉山毛峰，茶具也是按茶叶各自的属性配的。比如我的秀山银针用的是白瓷杯，将那叶片一根根地立于水中的形态完全展现出来；安远兮的则是用的紫砂盏，能完全释放眉山毛峰的清香。说起来安远兮以前喝茶不怎么讲究的，对茶叶也没有特别的嗜好，入得了口就行了，可进了侯府之后，便只喝极品眉山毛峰了，财富真是容易滋生腐败啊。

"还是锦儿泡的茶好喝。"我喝了一口茶，笑道，"我若是爷爷，也要天天在茶水里泡着了。"

锦儿听了表扬，笑眯了眼。老爷子也点点头，笑道："是啊，这甘蓝香屉，换个人泡出来，就是差点儿味道，怎么都不及锦儿的手艺。"

"那是侯爷的茶具好。"锦儿乖巧伶俐地道。梓儿笑道："侯爷这把束竹紫砂壶，是制壶名手诸石竹的收山之作，千金都求不来，泡出的茶自是比别的茶具更胜一筹。"

老爷子那把束竹紫砂壶我见过，算是他的心头之爱。据说是当世闻名的制壶大家诸石竹最得意的作品。那诸石竹制作态度严谨，每制一壶，都要自己满意才肯出手。他性子孤傲，晚年已经甚少亲自制壶，每年仅制一把，所以他制的壶曾经哄抬到上千两银子的高价。老爷子手中这把壶更是价值非凡，是诸石竹制作的最后一把壶，制成不久就去世了，留下的遗言是要这把壶陪葬的，老爷子用了千两黄金才向他的家人买下来。我其实并不觉得那壶有多特别，还不是跟其他的束竹壶一样，都是以捆在一起的圆竹为壶身，外加一条竹索做箍，除了制技精审一点儿，实在看不出这样一把壶能值千两黄金，看来自己还真不是善茶之人。

喝完茶，又陪了老爷子一会儿，我见他已面有倦色，不想扰他休息，便和安远兮退出来，自是无话，各自回房。

次日天色刚亮，我被房外一阵喧闹惊醒，刚刚掀了被子准备下床，小红已急急忙忙地跑进来，脸色苍白地道："姐姐，侯爷去了……"

"什么？"我一把抓住她，"你说什么？"

"侯爷去了，德管事刚刚来说的，还在外面候着。"小红的眼圈红了。我身子晃了一下，差点儿跌倒在地上。小红赶紧扶着我，哭道："姐姐，你别急……"

"怎么会？爷爷的病情不是缓过来了吗？昨儿晚上我见他还好好的……"我难以置信地低喃，摇着头道，"怎么可能……"

"姐姐……"小红难过地哭出声来。我推开她，拔脚儿往门外跑。云德站在房外，满脸是泪，见我出来，哭着跪到地上："少夫人，侯爷他……去了……"

我身子一软，脑子顿时空了。小红冲上来扶紧我，哭道："姐姐……"

"爷爷……"我猛地推开她往外跑，"这不是真的，爷爷……"

明明昨晚还好好的，我们还在一起喝过茶、说过话，怎么一夜之间，好端端的一个人，说没了就没了？我蓬头垢面地冲进老爷子的院子，院里已是哭声一片，小厮、丫鬟们跪了一地。我全身发冷，身子顿时没了力气。

"姐姐！"闻声而来的冥焰一把扶紧我差点软到地上的身子，我只觉得脚步重若千钧。冥焰扶着我一步一步走进房间，转进内室，我看到云修、安远兮、锦儿和梓儿跪在老爷子床前，眼前有些眩晕。"少夫人！"除了安远兮，其他人都含着泪出声唤我，两个小童哭得喘不过气。我直愣愣地看着床上那个直挺挺的精瘦身影，一步步走过去："爷爷……"

扑倒在床边，抓住他的手，我看着安详地闭着双目、脸色灰白的老爷子，嘶声道："爷爷……爷爷……"

他的手冰凉，没有一丝温度，我只觉得那冰凉透过我的指尖传到我的手臂，在周身流走了一圈儿，一直传到心里，将心冻透："爷爷，你别睡了，你别吓丫头，爷爷……爷爷……"

"大嫂……"身后传来安远兮压抑的声音，我恍若未闻，转过头拉住冥焰："冥焰，你快给爷爷施针，你快把爷爷救过来……”

“姐姐……”冥焰抓紧我的手臂，“你不要激动，你自己的身子也要当心，侯爷他……是寿终正寝，你节哀顺变……”

寿终正寝？我怔怔地看向床上的老爷子，想起从与他相识到我嫁入云家之后的一幕幕，他对我纵有算计，纵使耍心机，也是在我所能承受的底线之内，而他对我的关心和照拂，也是实实在在的。我心中早把他当成了亲人，把他当成了我在云家安身立命的依靠，可是连他也离开我了，这云家的天，塌了。

“爷爷……”心中不由得大恸，我握紧老爷子的手，终于痛哭出声，“爷爷……爷爷……”

“少夫人节哀……”云修噙着眼泪道，“侯爷这是喜丧，应该好好送他上路，您还要主持操办后事，可不能伤了身子……”

“姐姐，修叔说得没错，侯爷这一去，要做的事可多了。你是云家的当家主母，大家可都看着你呢……”冥焰在身旁低声道。我抬眼看着老爷子安详的面容，唇角似乎还带着一丝放心的笑意，心中一酸。我伸手擦干脸上的眼泪，是，我不能让老爷子走得不安心，我要让他知道，我能撑起云家，我能照顾好诺儿。

松开老爷子的手，我站起来，转身看着屋里众人：“把爷爷过世的消息上报朝廷，再安排人给二房和云家散落各地的子侄报丧。修叔，你安排人给爷爷净身易服。云德，让云义安排搬铺，布置灵堂，你打点一下棺椁和老爷子的贴身用品。远兮……”我这才有空看了安远兮一眼，他的脸上也带着一抹哀痛之色。安远兮，应该也是真心难过的吧？虽然他回云府的时间只有两年，可是老爷子是真心疼他的。一个真心疼爱自己的人永远离开了，谁不会伤心难过呢？我噙着泪转过脸，“小叔准备扶灵归乡的事吧。”

老爷子是不会葬在京城的，他的灵柩会运回沧都，葬到云家祖坟，这也是老爷子的心愿。但循例会先在京城侯府布置灵堂，入殓，给朝廷官员祭拜，然后才会扶灵归乡，出殡，入土。以老爷子的身份，从六脉绝到葬入陵寝，要经过很多道繁杂的程序，日程也会拖得很长，而扶灵回乡要准备的东西就更多。这么远的路程，光是尸身的防腐措施就很头疼，好在老爷子的灵柩还不用担心这个问题。古人把身后殓葬看得很重，稍有条件的人家在生时就早早选好风水宝地，造好寿域，备好寿材，皇帝出远门巡游甚至会带上自己的棺材一起走，根本没有现代人对棺材的忌讳。云家虽然没有那么夸张，可如果老爷子要在一个地方住很久，他的寿材也会随后运到居住地的。现今老爷子院子里的东厢偏房，就停着他巨大的寿材。规格自是按公侯的等级来，值得一提的是，椁的内壁，嵌着整片的千年寒玉，能保尸身不腐。

灵堂设在厅堂。按古礼，老人病危时即要搬铺到厅堂，取寿终正寝之意，但老爷子是夜里无声无息地去的，只得现在才搬。想到这个我就心酸，老爷子辛苦一辈子，临了竟没有一个子孙在床前送终。云德给下人们迅速分了工，每个人都开始忙碌进出，要做的事情似乎很多，可是没有什么是需要我亲手去做的。大多数时间，我都是守在灵堂，看着正前方盖在天地被下的老爷子，凝望着他脚下摇曳的长明灯，思考着云家未来的路应该怎么走。

就像老爷子预料的一样，他一走，云家必乱。二房的男人女人都拥了过来，那哀伤的表象下面，有几分真？几分假？泽云府的夫人们，一个个哭得像死了亲爹似的，可谁又知道，她们心里不是在暗自欣喜？我被她们震天的哭声吵得头疼欲裂，忍无可忍地站起来，到灵堂外透气，身后传来夫人们压低了声音的闲言碎语。

“你看她，侯爷过身连眼泪都不流一滴，真是心如铁石、不忠不孝……”

“姐姐知道什么，侯爷一走，她才算真的当了家了，哪会像我们这样伤心？心里指不定怎么高兴呢……”

“这种不孝不忠的女人，也配当家……”

……

“姐姐……”紧跟在我身后的小红听到那些闲言，变了脸色，想是怕我动怒，紧张地看着我。我冷笑一声，不理那些三姑六婆，踏出房去。二房只怕是故意想在灵堂闹点儿事出来，我怎会为了这几个孬货翻脸，让老爷子刚走就被人看笑话？

走到院子里背人的地方，我长长地呼出一口气，觉得头痛有些缓解了。忽听到前方有人在说话，抬眼望去，见云德正对梓儿道：“找过了吗？”

“四处都找了。”梓儿怯怯地道，“锦儿还问了其他人，也说没见着。”

“好好再找找，那么大个东西怎么会说不见就不见了？”云德严肃地道。

我走过去，两人见了我，赶紧欠身行礼：“少夫人！”

“怎么了？”我轻声问。云德赶紧道：“少夫人，我让他们收拾侯爷的东西，梓儿说侯爷那把束竹紫砂壶不见了。”

“哦？”我看向梓儿。梓儿害怕地跪到地上：“对不起少夫人，是梓儿看管不周。”梓儿和锦儿是专为老爷子司茶的小童，平时是他保管茶具，锦儿保管茶叶。突然不见了这么贵重的东西，他心里肯定是怕受责骂的，只是这当儿，我哪里有心情来责备他。

“起来吧。”我淡淡地道，“再好好找找，是不是搬东西的时候落了。”

“还不快去！”云德低声斥责。梓儿白着脸，起身急急走了。我叹了口气道：“云德，梓儿他们没经过这种事，有些错失在所难免，若实在找不到，也不要太难为他了。”

云德看了我一眼，道：“少夫人放心，我会好好处理的。”我点了点头，转身想走，见云义急匆匆地跑过来：“少夫人，有圣旨来了。”

“哦？”我点了点头，“通知二少爷和泽云府的人，一起出去接旨。”

圣旨极尽哀荣地表达了皇帝对老爷子身亡的哀痛之情，又大力赞扬了老爷子为朝廷做的贡献，追封老爷子一品公爵位，赐匾“益笃忠贞”。世子云诺即刻承袭侯爵，丁忧期满之后举行册封仪式，金册记名、御赐金宝；二公子云崎封翰林院侍读，丁忧期满之后即刻赴职。

我咬紧唇，听双喜念着冗长的圣旨，心中百味杂陈。皇帝竟然封了安远兮做翰林院侍读，虽然只是个从五品的官衔，可谁都知道，翰林院侍读是没什么实权的文职京官。安远兮留在京中为官，若我以后长居沧都，身边便缺了最大的助力。这算是……皇帝开始向云家动手了吗？我心中冰冷。动作还真快啊！

“荣华夫人接旨！”双喜拖长了声音道。我双手接了圣旨，伏首三呼万岁，起身。双喜轻声道：“荣华夫人，皇上让奴才带话，请夫人节哀。”

“有劳公公，请到里面奉茶。”我欠了欠身。双喜扫了一下拂尘：“奴才还得回宫给皇上回话，不叨扰夫人了。”

“妾身送公公。”我说着客气话，让下人端了赏封出来。双喜着小太监收了，笑道：“夫人不必多礼，府上事忙，不用送了。”

圣旨下来后，二房的人看我的目光没那么放肆了，大概是没有想到皇帝这么快就下旨让诺儿承袭爵位，我以前只是世子的母亲，现在成了永乐侯的娘亲，加上安远兮也被封了官儿，大房看上去圣眷正隆，他们的态度终于有所收敛。

这也好，这些日子只怕他们会经常过来侯府，有了这道圣旨，可保短时间内他们不会胡来。这也许算是皇帝的示好吧？在打你一棍的同时，再发给你一颗糖吃。

晚上等外人都走了，我才有时间回房用晚膳。刚吃了几口素面，小红进来说云德求见。我放下面碗，行出房去，见云德面色极为难看，诧异道：“发生什么事了？”

“少夫人……”云德看了左右一眼，欲言又止，“侯爷院里发生了一点事儿，您过去看看吧……”

我见他那表情，知道必是不方便在这里说的事儿，点了点头，跟在他身后前往。

进了院子，我发现气氛有些不对，下人们个个战战兢兢，面色惊惶。云德没有往老爷子房里走，反而带我穿过院子，转到了下人居住的厢房。我一看门口守着四个铁卫，心中一惊，进了房，更是吃了一惊，脚步不由得一顿。屋子里弥漫着血腥味儿，安远兮坐在椅子上，云修、云乾立于一侧，地上跪着哀哭的锦儿，但这些都不是我惊讶的原因，我惊讶的是，地上还用白布盖着两具人形状的东西，只一眼我就知道那白布下面盖着的是什么，那是人的尸身。

✱ 第七十三章　谋杀

“这……怎么回事？”我狐疑地看着屋子里的人。安远兮站起来：“大嫂，您坐！”

我走过去，坐到另一张椅子上，安远兮才坐下来。我们座位中间隔着的茶桌上，搁着一把摔破的紫砂壶，再一看，正是老爷子那把束竹壶。转头看向地上的尸体，这才注意到地上还有暗红的血渍，血腥味让我觉得有些反胃，不由得微微蹙了蹙眉。安远兮递过一方手巾，我迟疑了一下，接过来，捂到口鼻上。帕子上传来的清爽的皂角香味稍稍冲淡了浓重的血腥味儿，我定了定神，冷静地道：“怎么回事？地上那两人是谁？”

“是梓儿和云竹。”安远兮面色平静，目光却锐利深邃。

“梓儿？”我一怔，“怎么会？”云竹是老爷子房里侍候的一个小厮，怎么会和梓儿一起死在这里？

“锦儿，把你看到的再跟少夫人讲一遍。”云修沉声道。锦儿抽泣着道：“之前梓儿发现侯爷的束竹紫砂壶不见了，德管事让我俩仔细找，后来梓儿发现是云竹偷走了束竹壶，怕被人搜出来，就藏到了我的房间，因为知道我们肯定不会搜自己的房间。梓儿很生气，说要告诉德管事，结果……结果……”锦儿脸上露出害怕的神情，“结果云竹就抓了刀子，将梓儿杀死了。”

云竹？我回忆起那个小厮平日里总是斯斯文文的，一点儿也看不出心术不正。老爷子房里，怎么可能会有这样的歪心眼儿？我看着哭哭啼啼的锦儿，问道：“你怎么知道是云竹杀了梓儿？”

“我听到他们两人在房里争吵，云竹求梓儿不要告诉德管事，梓儿不听，我推门进去，正好见云竹从梓儿胸口上拔出刀来，好可怕……”锦儿大哭道，“少夫人，梓儿死得太惨了，您要替梓儿申冤啊……”

“你先别哭。”我冷静地思考着锦儿的话，继续道，“那云竹又怎么死了？”

“他……他想杀我。我看到他杀了梓儿，害怕得叫起来，云竹就拿着刀冲过来，我跟他扭打起来。他掐住我的脖子不让我出声，下人们都被调去忙侯爷的后事，没有一个人来救我，幸好云乾大哥巡院听到屋里有响动，问什么人在里面。云竹听到云乾大哥的声音，吓了一跳，手上松了劲儿，我才赶紧推开他往外跑。云竹见云乾大哥他们过来了，就把刀子往自己身上捅去，然后他就……死了……”锦儿一边说，一边微微仰起头，灯光下，一张带泪的小脸楚楚可怜。我见锦儿脖子上果然有道乌青的瘀痕，转头看向云乾：“云乾，是这样吗？”

云乾沉声道：“回少夫人，当时属下隔得较远，听到屋内有响动，出声询问，锦儿跑出来说云竹要杀她，我进去的时候，云竹刚刚断了气。”

“哦？”我点了点头，“你们都验过尸了？”

“验过了。”云乾道，“崎少爷也看过，梓儿是被人一刀刺中心脏，云竹是双手握刀刺中心脏身亡。”

我看了安远兮一眼，见他没有出声，想是认同了云乾的话。我点了点头：“既然这样，就报官吧。锦儿，你起来。”

“等一等。”安远兮突然出声，目光锐利地看着锦儿。锦儿在他凌厉的目光下瑟缩了一下，垂下头。安远兮一言不发地看了锦儿半晌，站起来，还未等我明白过来他想做什么，他已经身形一晃，一掌击向锦儿的天灵盖。

纵使我不会武功，也看得出安远兮这一掌绝对是货真价实。我失声惊叫，不知道安远兮为什么会攻击锦儿，眼见那孩子就要毙命于安远兮掌下，电光石火之间，跪在地上的锦儿却翻身一滚，身形蓦地跃起。安远兮冷笑一声，身子如影随形地追上去，两人并未缠斗多久，安远兮一掌击在锦儿肩头，锦儿踉跄退步之间，安远兮已经迅速制住他全身几处大穴。锦儿身子一软，瘫倒在地上。

这一切不过是瞬息之间完成。安远兮眼神冰冷地看向地上无法动弹的锦儿，没有落座，纵使我再迟钝，也知道这件事没锦儿说得那么简单了。锦儿竟然会武功，这么小的一个孩子，怎么学来的功夫？

“听闻昔日江湖上令人闻之色变的魔头百变童子，练的邪功可以使人返老还童，功力越高，身子越会缩小如几岁孩童。”安远兮上上下下打量着锦儿，眼神微微一敛。锦儿被他击中一掌，脸色苍白，沉默不语。我却惊讶地出声：“你说他是那个百变童子？”这武功听起来怎么跟《天龙八部》里的天山童姥一样邪门儿？

“她不是。”安远兮摇摇头，“百变童子是成名江湖数十载的人物，二十年前已经从江湖上销声匿迹，岂会被我在几招之内就拿下？所以我很好奇，你到底是谁？与百变童子有什么关系？为了什么潜伏在云家？”安远兮一句接一句地逼问，目光冷得像冰刃，刺向地上的锦儿，“梓儿和云竹是你杀的，对不对？”

我身子微微一颤。锦儿连连摇头，面色惶恐，咬了咬唇，含泪道：“奴婢不明白崎少爷的话，奴婢是被侯爷买回来的，虽然家里很穷，但家世清清白白。奴婢跟了侯爷六年，从来没犯过大错，崎少爷一来就要取奴婢的性命，奴婢迫于无奈才施身手躲避，你不能因为这样就认定是我杀了梓儿和云竹。”

“是吗？那你怎么解释你这一身武功？”安远兮冷笑道，“你这一身内力起码有十五年的修为，从何而来？”

“奴婢籍贯宁乡，宁乡尚武，举国皆知。锦儿打小跟乡邻习武，所以会点拳脚功夫，后来到了侯府，知道侯府不是任人轻狂的地方，所以不敢告诉别人，只懂得做好司茶的本分，只是每晚练习一下内功，做强身健体之用。”锦儿说得委屈，但没人相信她的话。云修严肃地道：“锦儿，你一个不到十一岁的孩子，身怀十五年的内力，叫我们如何能不怀疑你？”

锦儿见众人表情，知大家不信，抽泣道：“奴婢是有难言之隐瞒着大家，奴婢今年不是十一，而是二十一岁了。”

“什么？”我错愕地看着她，见屋内众人面上无不露出愕然之色，安远兮的眉头也微微一蹙。只听锦儿低声哭道：“奴婢生来体形有异，长到六岁上下，便再也没有长过身子，从小不知道受了多少人的白眼儿。侯爷买下奴婢的时候奴婢已经十五岁了，家人怕侯爷知道详情后觉得晦气不肯买，所以没告诉侯爷。进了侯府，奴婢又怕被人嫌弃，也不敢将实情说出。这些年奴婢一点儿个头都没长，大家只当是奴婢身子长得慢。奴婢并不是存心想欺骗大家的……崎少爷，奴婢与那什么童子没有任何关系，您真的冤枉奴婢了……”

这么说，锦儿其实是个侏儒？我上上下下地打量着锦儿，见她身材匀称，脸完全是一张孩子的脸，并不像一般的侏儒一样头大身子短，一眼就看出不正常。她说的是真的吗？侏儒长成她那样子也是有的，我前世曾在电视里见过一个二十六岁的男人，长得像五六岁的小朋友一样，所以很容易便接受这种看起来十分难以理解的事。

“远兮……”我看向安远兮，这件事我已经无从分辨真伪，只得依赖于他。他看到我求助的目光，眼神是看不出情绪的幽深。我避开他灼人的目光，心中蓦地咯了一下，即使心中对他存有疑虑的时候，我在遇到困难无计可施时，还是会情不自禁地倚重于他，这是为什么？

“好一张巧嘴！”安远兮听了锦儿这番话，唇角冷冷地向下一撇，“听上去似乎是合情合理，你在这么短的时间内编出这么一篇鬼话，也算有些机智了。”

“奴婢所言句句属实，崎少爷若不信，可以着人去奴婢家乡调查。”锦儿眼泪汪汪地道，表情看不出一丝作伪。安远兮轻嘲道：“调查？你知道我为什么会怀疑你吗？”锦儿茫然地睁大眼看着他。安远兮面无表情地道：“云乾，揭开白布。”

云乾将罩在梓儿和云竹身上的白布掀开，我转头看过去，见梓儿和云竹的眼睛都瞪得大大的，脸上都露出同样一种表情，像是惊恐，又像是难以置信。安远兮冷冷地道：“死人是不会说谎的，所以从死人身上查到的证据才是最可信、最真实的。”

锦儿看了一眼地上的两个死人，打了个寒战，移开目光。安远兮看着两具尸体，冷静地道：“他们两个都是被利刃刺中心脏，伤口在同一个位置。凶手的力度掌握得恰到好处，准确地躲过肋骨，刺入之后用力横划一寸，加大心脏破裂的创口。为了让其迅速失血，力道要狠、要准，才能一刀致命，让遇害者一点儿声音都发不出来。凶手是经过长时间训练才会练出这样熟练的杀人手法。你说云竹是自杀，若是自杀，他用那么大力握住刀柄，断气时手也会紧紧握住刀柄，可是云竹的手握在刀柄上却松软无力，显见是死后被人摆成这样的形状的。”

我怔怔地看着安远兮，他说这些话时的表情，那种成竹在胸、镇定自若的风度，是那样陌生，这是安远兮吗？这是我认识的那个傻傻的书呆子吗？安远兮转头看着锦儿，继续道：“事实的真相是，是你将梓儿杀死，刚好被云竹撞破你行凶，于是你索性将云竹也杀了。这时候偏偏遇到云乾过来，你打不过云乾，又逃不走，只好装成撞破凶案的样子，编出这套谎言来，企图瞒天过海！”安远兮说完，冷冰冰地看着锦儿，厉声道，“我说得对不对？”

那锦儿听安远兮说话时，脸色已经渐渐有些僵硬起来，此际听他说完，抬眼死死地盯着他，半晌，才冷笑一声："原来崎少爷还有这身本事，我倒是失算了。"

她这样说，等于承认梓儿和云竹都是她杀的了。我难以置信地看着这个看起来只有六七岁的"小女孩"，颤声道："你为什么要这么做？"

"我既落到你手上，也没什么好说的。"锦儿怪笑一声，也不再装出那楚楚可怜的样子了，"只当我技不如人。"

"我想，你杀人，是因为它吧？"安远兮走到茶桌前，拿起那把已经摔破的束竹紫砂壶，寒声道，"你当不会是为了图财才偷走这个茶壶，这个茶壶有什么秘密？为了它你竟然连取两条人命？"

"要杀便杀，我什么都不知道！"锦儿哼了一声，扭头不语。安远兮唇角抿出冷酷的弧度，寒声道："杀你？不，我不杀你。你知不知道要让一个人说实话，有很多种方法。有没有听过烹煮？将人塞进大瓮里，在瓮下面升上火，慢慢加热，慢慢灼烤。你有没有受过被火烤的滋味儿？油脂从皮肤里慢慢渗出来，吱吱作响，然后在你身上刷上辣椒油和盐水，等烤干了，再刷，就像烤羊肉一样，烤得香喷喷的，一边烤，一边把你身上烤熟的部分割下来，再在鲜肉上反复地刷调料……"

锦儿的脸色渐渐白起来，安远兮似乎存心要攻破她的心防，一口气接着道："你若觉得这个不好玩，还有一种刑罚给你选。传说地狱里勾魂的黑无常，每天有两个时辰，要受铜汁灌肠之苦。你知不知道，其实咱们人间也有类似的刑罚，叫做灌铅。把铅熔化，灌进人的嘴里。滚烫的铅汁一入肚腹，就会凝固成硬块，就像有一个个铁砣，坠在你的肠肚里，光是坠力就能致人死命。想想那些铁砣在你肚子里碰来撞去，也有趣得紧……"

冷汗从锦儿的额上冒出来，她看着安远兮的表情，就像是在看地狱里的阎罗。安远兮紧紧地盯着她，缓缓道："或者我们还可以试一试梳洗。我说的可不是女子的梳妆打扮，而是把受刑人的衣服剥光，放在铁床上，用滚开的水往他身上浇几遍，再用铁刷子一下一下刷去他身上的皮肉，就像民间杀猪用开水烫过之后去毛一般，直到皮肉刷尽，露出白骨。对了，那行刑的刷子要一直放在开水里煮，这把刷子被血肉糊住了，就丢进开水锅里泡着，再换一把行刑，刷到最后，连骨头都能刷化……"

安远兮的语速极慢，又极详尽地解释着每种刑罚的细节，仿佛那些酷刑活生生展现在众人面前，我都听出一身冷汗。锦儿的脸抽搐了一下，脸色变得惨白。安远兮寒声道："你还不肯说吗？是不是很想试一试？"

“我……”锦儿的眼中涌出深沉的惧色，咬着唇，半晌不语，片刻之间，脸已经隐隐泛青。安远兮吃了一惊，冲上前去，一把捏开她的嘴，怒道：“该死！”他话还没说完，那锦儿口鼻之间已经流出污血，脸上的青色已经迅速转浓，两眼一翻，已经没了气息。

我惊得站起来，云修和云乾围上去，脸色也不好看。云乾气恨道：“这丫头嘴里竟然藏了毒丸，着实可恨！”

云修转头看我：“少夫人，这件事怎么办？”

我看了一眼安远兮，见他不出声，想了想，道：“报官。只说锦儿起了贪念，偷了老爷子的财物，被梓儿和云竹撞见，情急之下杀了他们，然后服毒自杀。束竹紫砂壶的事，先不要张扬出去。”

云修连连点头，一个束竹紫砂壶牵涉了三条人命，这当中有什么玄机，在没有弄清楚之前就泄露出去，可能会打草惊蛇。那锦儿潜伏在云家这么多年，必有所谋，背后说不定还有什么势力指使。看了一眼屋里的三个死人，我觉得胸口闷得透不过气：“把他们的后事打点一下，梓儿和云竹死得冤，好好抚恤他们的家人。小叔，你拿那壶跟我到书房。”

※ 第七十四章　分家

“这件事你怎么看？”我坐在软榻上，拿起那把摔破的束竹紫砂壶仔细端详。壶身裂开，露出和着陶泥的小竹，怎么也看不出有什么特别之处。

“要搞清楚这把壶有什么玄机，才能知道锦儿为什么要偷这把壶。”安远兮静静地看着我，“这件事我会查的，你放心。”

我点点头，将破壶搁到身侧的矮几上，抬眼看他。我有多久没有认真地看过他了？有多久总是刻意地回避与他的目光相对？我细细地打量他那张漂亮的脸，安远兮，跟以前真的有了太多太多的不同。以前在沧都时，我第一眼见他，也曾为他那张脸惊艳过的，可自他回到侯府后，他那张清俊漂亮得与凤歌不遑多让的脸，却再也没有给人留下更深的印象，似乎是故意在掩饰自己的风采光华，故意让自己变得不起眼，即使是暴露在日光下，也将自己藏得很深很深。而在刚才，在他审问锦儿的那一刻，他身上的气质骤然一变，就像一颗蒙尘的珍珠，被人洗净浮尘，蓦地散发出清冷却令人无法移目的光彩。可是，人怎么会有这么巨大的改变？仅仅数月的习武练功，就能让一个人脱胎换骨吗？

他见我不说话，只是静静地看着他，迟疑道：“大嫂还有事吗？”

“你可不可以告诉我，你从哪里知道那么多东西？”我心里带上一丝期待。安远兮，不要隐瞒我，请告诉我实情，只要是你告诉我的，我都会相信。我定定地凝视他，轻声道：“江湖的典故、残酷的刑罚，或者还可看来听来，但伤口的鉴别却不是朝夕之间所学便能准确判断的，你是从哪里学来的这些东西？”

“这重要吗？”安远兮平静地看着我，垂下眼睑，半晌，低声道，“大嫂……无论如何，我不会害你。”

或许你的确不会害我，可安远兮，你隐瞒我的那些秘密，若超过了我能承受的底线，会在我们之间生生挖开一条鸿沟。我不想……不想用别的方式或从别人的口中知道那些事，不想打破我对你的信任。

失望地敛了眼睑，我自嘲地笑了笑：“我没事了。你去吧。”

官府很快来结了这桩案子，这件事令我转移了注意力，冲淡了对老爷子逝世的悲伤。这以后府中没再发生这种令人担忧的事了。之后为老爷子举行了大殓，漆棺、立铭旌、苫次，然后等着祭奠。老爷子在朝廷混了一辈子，前来拜祭吊唁的官员络绎不绝，按官衔高低由高到低分成多批，竟生生排过了三七。而其中最显赫的祭拜者，自是大殓当日携新封的云贵嫔归省吊唁的皇帝了。

永乐侯云崇山，生前稳控朝堂，身后极尽哀荣，追封晋爵，丧葬规格等级一律按一品公操办；长曾孙云峥稚子封侯；次孙云崎封官从五品；未几，入宫多日一直未见皇帝册封，以为已经被皇帝遗忘了的云家想容，突然被皇帝封为云贵嫔，赐住金秋殿，夜夜留宿。其一支的数位堂兄弟也通通封了五品以下官职，云贵嫔更是深受眷宠，不仅求得归省为老爷子吊唁，连皇帝都纡尊降贵，亲自陪同前往。一时云家风头无二，二房子侄咸鱼翻身，一个个扬眉吐气，一朝得志，轻狂无状。满朝百官纷纷猜测，云贵嫔是竞争后位的热门人选。而我却因云家这一连串的“圣眷”心惊胆战。老爷子在生时，一直把握着云家和朝廷的平衡，不准云家子弟涉足官场。云家已为巨贾，若再在朝堂上出头，只怕先帝再懦弱，也会拼死把云家除了。此际皇帝一反常态，大规模地给云家子弟封官晋爵，将其推至极盛，更像是这个百年世家即将衰败的先兆，那一道道恩旨，一顶顶官帽，在我看来，仿佛一道道催命符。

老爷子的预感何其准确。一切仿佛都在某人的掌握之中，我控制不了那只将云家推到风口浪尖的黑手，也无法控制二房子侄在得意之时谨言慎行。就仿佛面对一只疯狂上涨的股票，我无法阻止幕后的操盘手推动它上涨，更不知道它会不会在明天或是后天突然崩盘狂跌，令人血本无归。我唯一能够掌握的，是在那只股票以血淋淋的方式跌至谷底之前，将它卖掉，抽身退出股市，保本就是赢。所以，在接到皇帝要陪云贵嫔来侯府吊唁的圣旨之后，我立即召了安远兮和云修商议，一致决定，立即实施那个化整为零的方案。

心中既有打算，跪迎皇帝和贵嫔娘娘的御驾，我也不再犹疑。当哭哭啼啼的贵嫔娘娘见到老爷子的灵柩，因伤心过度身体不适，被送至后堂休息之后，我趁皇帝召见云家两房子侄的良机，跪到地上，当着二房几位执事的面，禀奏道："皇上，臣妾有一事，想恳请皇上为云家做个见证。"

"何事？"皇帝刚刚安抚了贵嫔娘娘出来，眉头微蹙，也未叫我起身。我正色道："是关于爷爷的遗言。"

"大哥不是在梦中去的吗？怎么会有遗言？"堂叔公云崇岭立即出声质疑，脸色稍沉。

"是爷爷之前交代的一些事，臣妾觉得现在可以作为遗言来处理。"我看了云崇岭一眼，见他眉头一皱，知道他担心我说出对二房不利的话来。那天要不是他把老爷子气得犯病，爷爷也不会这么快就走了。想到这个我就对他一阵厌恶，转头直直地望向端坐在榻上的皇帝。

"永乐侯作了什么交代？"皇帝淡淡地道，"起来说吧，朕也想听听。"

得了皇帝的准儿，云崇岭不好说什么了。我起身落座，吸了口气，吐字清晰地道："爷爷说，云家能有今天这份家业，全赖这么多年泽云府各位执事任劳任怨、各地掌柜和管事齐心协力打拼出来的，他们为云家做了这么多事，理应得到更丰厚的回报，也应该有属于自己的事业，所以爷爷决定将云家在全国所有的产业，分割转移给云家的功臣。"

皇帝的目光微微一敛，不动声色地看着我，看不出喜怒。二房各位执事皆是一怔，随即脸上神情各异，有惊喜、有讶异、有激动、有狐疑、有难以置信。云崇岭的目光灼灼燃烧起来，语气有一丝试探："那……大哥可有说怎么分割？"

这个遗言可说到他们心里去了。他本来怕我说出什么对二房不利的话来，没想到是要分财产给他们，语气也激动得有丝压制不住的轻颤。我看着云崇岭眼中掩饰不住的兴奋，又带着一丝狐疑和戒备的神色，微微一笑："爷爷说，诺儿年幼，妾身和小叔进府的时间短，对云家的家业没有太大的贡献，所以侯府最多只能占有三成产业；泽云府人丁兴旺，每位执事皆有大功，可占有五成，由堂叔公自行决定如何分配给府中子侄。"

"那还有两成呢？"云崇岭急不可待地道。我笑了笑："剩下两成，爷爷想分给为云家工作了十年以上的各地掌柜、管事，将那些产业转移到他们名下私有。"

“两成这么多？”云崇岭的眉头皱起来，有些不赞同地道，“他们又不是云家的人，凭什么将两成产业分给他们？”

“其实不算多，云家在各地大大小小工作了十年以上的掌柜、管事，加起来有三千四百七十三人，两成产业分给他们，只能让他们各自成为一方小富。”我平静地道，“爷爷说，这些掌柜和管事为云家工作多年，得到一点丰厚的回报也属应当，比起泽云府所得，实在不算什么。”

我强调泽云府占了云家产业的五成，云崇岭纵使有些舍不得将那两成产业分给外人，但也不好说什么。我分财产出去的人都没话说，他得了大便宜的人还有什么好说的？

这个三五二的财产分割比例，我是经过了一番深思熟虑的。云家如今的总资产有七成在新大陆，那是爷爷秘密经营一生的心血，我不会让二房的人知晓染指，目前拿来分割的，是云家留在天曌国的三成产业。这三成产业中，永乐侯府不能占得太多，否则达不到我散财避祸的目的，但又不能占得太少，叫人把侯府看轻了去；泽云府一定要占到一半，泽云府人多不说，就算是按两房平均分配的原则，二房占一半也是合理的，否则二房的人不会服气；让那些为云家做事的掌柜和管事们分得两成，是考虑到一旦云家有什么变故，好歹可保住这些人不会为云家所累。其次是减去二房成为刀俎之肉的风险。若二房独得七成产业，再加上宫中得宠的云贵嫔、朝堂上封官的二房子侄，那我在退出旋涡中心的同时，无疑于把二房推到了刀尖之上。这并不是我所乐意见到的结果，我既是云家的当家主母，在职一日，就理当尽量保全云家，不仅仅是永乐侯府，也包括泽云府。至于分家以后泽云府的命运，却不再是我的责任和义务了，他们要选择韬光养晦，还是激流勇进，都是我没有办法阻止的。

“不知道各位长辈对爷爷这个遗言可有什么不同意见？”我平静地道，“若是没有不同的意见，稍后各位叔伯可留下来与妾身商量分割的细节。”

二房的堂叔伯们都将目光盯在了堂叔公云崇岭脸上。云崇岭蹙了一下眉，思索良久，不知道是不是仍在想老爷子那笔隐形的外支出那件事，不过老爷子为了这事儿都送了命，他也不可能当着皇帝的面在这一点上跟我扯皮，终是点点头：“老夫没有意见，让峥大嫂子费心了。”

我转头看向皇帝，微微一笑道：“让皇上费神听臣妾的家务事，真是不好意思。”

皇帝的目光中含着一丝惊慑人心的光芒，他定定地看着我，半晌，眼神微微一闪，唇角紧紧一抿：“永乐侯真是用心良苦，荣华夫人可要好好当家，莫让他失望。”

我装作没听懂他语气中的讽刺，淡淡地道：“谢皇上关心。爷爷一生都在为云家打算，臣妾自不会让他老人家一生的心血尽毁。”皇帝心里明白得很，分家绝对不会是老爷子的遗嘱，老爷子若有分家的打算，早就分了，可他不分，自是不想看着云家搞得四分五裂，而我却不会有这些顾忌，在我看来，家人的平安才是至关重要的。不过，不管是真遗嘱还是假遗嘱，对二房是绝对有利的。只要二房认可了，也轮不到皇帝这个外人来出头。这一仗，皇帝已经输了。

皇帝面无表情地看着我。他费心费力地将刀磨得雪亮，临到头突然发现找不到可以砍的东西，这会儿只怕窝着一肚子火，半晌，才听到他淡淡出声，语气恢复成正常的慵懒：“时辰不早了，双喜，吩咐下去，准备回宫。荣华夫人，你随朕去看看贵嫔好些没有，各位卿家退下吧。”

众人跪地恭送皇帝，皇帝不让其他人跟着，只让双喜在前面领路。我跟在皇帝后面，出了大厅，转出庭院，往内堂走去。一路跪了一地仆从、丫鬟，待转到一处无人之地，皇帝停下脚步。我不明所以地停下来，只听他淡淡地道：“听说你给礼部报了牒呈，要扶灵归乡？”

“是，这是爷爷的遗愿。”我望着他挺直的背影，轻声道，“爷爷说，人人都得落叶归根，他百年之后，一定要葬到沧都云氏祖坟。”

天曌皇朝以仁孝治国，这个归乡的理由，皇帝无论如何都不可能阻止。而老爷子的葬礼规格礼仪何等讲究，路上消磨数月，再到正式落葬，只怕最快也得等到明年去了。我终于可以离开京城这个是非的旋涡，就算是他想给诺儿正式册封，或是要让安远兮走马上任，都得等到老爷子葬礼过后，守孝期满。两年之后，谁知道双方又会是什么光景？也许很多东西都不同了。

啪！皇帝脚下蓦地一声脆响，我低头一看，见他踩中了一根枯枝。四周寂静无声，双喜也不见了踪影，我忐忑地看着他的背影。他的背挺得很直很直，从太庙归来之后，他清瘦了很多，此际那倔强的背影更带给人以萧瑟的感觉。我咬住下唇，半晌，听到他低声道：“路上小心。”

“是。”莫名地，觉得眼眶有些微热，我垂下头，“皇上也要保重。”

“嗯。”他像是笑了笑，我听不太真切。

彼时我们都不知道，这竟是我与他此生的最后一次对话，如果早知道是这样的话，当时我们还会不会相对无言？可惜这些如果，我永远也不会知道了。

我抬起头，却见他又往前行去，转了个弯，便见到双喜等在前面。一路上再也无话，转到供云贵嫔休憩的内堂，一屋子陪贵嫔娘娘的二房各位夫人赶紧跪迎皇帝。皇帝看也不看，径直走到软榻前，云贵嫔娇弱无力地起身给皇帝行礼。皇帝扶起她的手：“容儿不必多礼，可觉得好些了？”

“嗯，好多了，谢皇上关心。”贵嫔娘娘柔声道，转眼看到我，羞怯地笑道，“嫂嫂！”

“臣妾见过娘娘！”我福了福，贵嫔虽是内命妇，却只是从三品衔，以我的身份是不必向她行跪礼的。

皇帝握着云贵嫔的手，柔声道：“容儿，时辰到了，该回宫了。”我很少看到皇帝有这样温情脉脉的一面，似乎在我的面前，他总是在生气、在动怒、在冷嘲热讽，即使偶有平和的时候，也绝对见不着他这般温柔。想来，他是喜欢想容的。

云贵嫔一听，眼里有了泪意，但很快，那潋滟的波光里便不再有涟漪。她微微点头，礼数周全：“臣妾遵旨。”

我倒有几分讶异，看她的表情分明是不舍得跟好不容易才能见一面的家人这么快就道别的，却能把自己的情绪压抑住，懂得自己的身份是皇家媳妇，任何事情皆以皇帝和皇家为尊。这个想容，比她那几个不成大器的堂兄弟，可强得多了。看着携手而出的帝嫔，我一时有些怔忡，想容的性子温婉，懂大体识分寸，其实正是皇帝需要的那种女人。有她陪他，宇，他以后也应该不会寂寞了。

因为皇帝亲吊永乐侯，朝中官员自是不落人后，直到三七之后，吊奠的官员才渐渐少了，倒是各地赶来奔丧的云家子侄和掌柜管事一个个陆续到来。

我与泽云府的诸位长辈商议之后，将矿山和漕运的全部产业转移给了泽云府，永乐侯府留下了“云裳坊”的产业，其余一些旁支的零散生意，比如食府和当铺之类的，转移给了各地的掌柜和管事，各地的房产也一一作了分配。各位掌柜和管事在人事方面没有多作变动，他们原先负责的生意还是聘请他们管理，得了产业想另立门户的，云家也不阻拦。最初我是考虑用股份制的方法来划分产业的，后来想到这个方法会让侯府仍然与另外七成生意套在一起，一荣俱荣，一损俱损，财产分割了，却没有达到我最初的目的，反倒束手束脚，索性不提，让泽云府优先选择产业权。堂叔公面不改色地就将矿山和漕运勾了去，我毫无异议。这两笔生意是云家的大半资产，却因为涉及朝廷授权，要与官府纠缠不清，一直不为我所喜，索性显示出侯府的大方和气度来，因为其实就算让我先选，我肯定也会选“云裳坊”的，一则我比较熟悉绣庄这一行；二则“云裳坊”虽然有“贡品绣庄”的名号，但毕竟不是官家主控的，以后可以少很多官场上的麻烦；三则绣庄的经营比起其他两样生意来说，相对更单纯，麻烦事也比较少。

资产分配的事宜陆续清算完毕，开始着力准备扶灵归乡事宜。牒呈获批后，司天台监正定下归乡的时间在七七结束次日。因为是扶灵远行，云家征求了司天台监正的意见，出发之日也定为出殡之日，府上自是准备丧服、丧灯、仪仗用品不表，云修还领了下人学习仪式和排练队列，另外遣了云德回沧都。老爷子扶灵回去，那边也要准备仪仗迎接和下葬的事宜，得有个人先回去准备。一系列的事忙得我不可开交，转眼到了五七，我却将与七姑娘约定取件的时间忘了个干净，直到我收到七姑娘差人送来的信，才想起这件事来。侯府在这段时间是人来人往，众目睽睽，我不能明目张胆、不顾礼仪地出门，又不能让别人代我去取件，在府里坐立难安了两日，终是寻到个机会，换了男装出门，直奔晓情楼。

✵ 第七十五章　出殡

“你要的东西。”七姑娘头上仍罩着白色的笼纱，将一个用蓝布包好的扁平四方的包裹推到我面前，清雅地道。

我打开蓝布，见里面是一本装订好的书册，那书册封面只写着几个字：永乐侯府二公子云崎。我急不可待地翻开，越看心中越凉，那册子里并没有多少对我来说有用的东西。当然，不能说那些资料是不详尽的，从安远兮出生到现在的资料都按时间先后顺序，像大事记一样记录在册。不仅有他棺中出生，安大娘坟中抱子的内容，还有两年前在沧都我与他之间发生的那些事，这资料上也简明扼要地记录着，一件不落。他回云家之后的事情也一一记录在案，就仿佛专人给他写的生平。我快速地翻完资料，合上书册。七姑娘优雅地道：“公子可还满意？”

“只有这些？”我当然是不满意的，这里面甚至没有提到他是鬼面人，还有安远兮当初与我分手到回云家认祖之间，有一段空白，这上面根本没有提供给我，“看来晓情楼的情报网，也不过如此。”

“公子，我们晓情楼的情报网是天下最快捷、收集资料最齐整的，当然，也不表示我们什么都能查到，毕竟我们不是无所不知的神。”七姑娘似乎在面纱后面笑了笑，“我不否认，这位安公子两年前在沧都失踪之后，的确有一段空白的资料我们没有查到，不过那之前和之后的资料，当无遗漏。”

她的话也不无道理，连美国的FBI都有查不到的事情，何况这侦查条件落后的古代情报机关了。我回想如果安远兮真的认识楚殇的话，应该是我到达沧都之前。我再拿起册子想查找出一点端倪，可那上面的内容简直乏善可陈，那些信息显示，在我到达沧都之前，他的的确确只是一个呆头呆脑的书呆子，生活波澜不惊，最波折的一次，也不过是被年少荣打破了头。我放下书册，望着七姑娘："这些内容属实吗？"

"这些内容是否属实，公子应该比我清楚。"七姑娘柔声道。我的脸微微一红，我看过册子上记录的我与安远兮之间发生的事，全都是真的，连我被年少荣下药，安远兮帮我解了春药之毒也有记录。这些事当初知道的人本就很少，晓情楼能查到这些，想见安远兮以前的历史也当不会是编造的。那安远兮怎么会认识楚殇？难道他不是在我到沧都之前就认识他的，而是在我嫁入云家之后？可那时候楚殇不是已经死了吗？难道……难道他没有死？

手中的书册掉到桌上，我一阵失神，心中无比震惊。不，楚殇怎么可能没有死？我亲眼看到他的人头悬在城门上，那头还是被月娘取走的……可万一，那城门上的头不是他的呢？月娘不是也怀疑了吗？她亲手帮楚殇缝的人头，都怀疑他没有死，我只是远远地看了一眼，又凭什么认定他真的死了？死的人会不会只是他的替身呢？难道安远兮是在那段时间里认识的楚殇？段知仪说他的武功是从平遥散人那里学来的，是真的吗？会不会……就是楚殇教给他的呢？如果楚殇没有死，那他在哪里？他为什么不出现呢？他为什么要接近安远兮？他还想找我报仇吗？他……

"公子？"七姑娘见我怔怔出神，出声唤我，"公子？"

"啊？"我回过神，出声微窘，"对不起，我失态了。"从怀中取出准备好的五千两银票放到桌上，"这是尾款。"

"不必了。"七姑娘没动手拿钱，只淡淡地道，"我们没有打探到公子要的消息，晓情楼的规矩是，客人不满意，尾款就不用付了。"

啊？我怔了一下，反倒有些尴尬："这……"

"公子不用觉得不好意思，这是晓情楼的规矩。"七姑娘道，"若是公子还想查什么资料，倒是可以当作定金。"

"不用了。谢谢七姑娘。"我收起桌上的银票。我又不是钱多得没处花，本想让她查一查楚殇的生死，又想他们连安远兮是鬼面人都没查出来，楚殇的事他们怎么查得出？晓情楼不是连无极门的资料都查不出吗？心中倒是突然浮起一个主意，我将书册用蓝布包好，起身告辞。

偷偷摸摸地从侯府后门溜回府，我急急忙忙地往自己房里走，不知道府中这段时间发生什么事没有，万一他们有事找我又找不到人的话就惨了，得赶紧回房去把这身衣服换下来。我埋着头急匆匆地赶路，没留神前面站了个人，一头撞上去，眼泪都给撞出来了，手中的蓝布包裹啪的一声掉到地上。我捂着被撞得生疼的鼻子，抽气道："好痛好痛，是谁……"

那人没有出声，我揉着鼻子，等眼里的泪花散开，才看清眼前的人，却是蹙眉看着我的安远兮。我吃了一惊："怎么是你？"

他不赞同地看了我一眼。我知道他是不满意我这身装束，一看就知道我又偷偷溜出府去了。我不由得有些尴尬。安远兮低头看向掉在地上的蓝布包裹，弯下腰想捡起来："这是什么？"我低头一看，那包裹有些散了，露出里面包着的书册的一角。我心中一紧，一把从安远兮手里夺过那书册，急急将散开的那一角裹回去，紧张地道："没……没什么！"

安远兮怔了一下，手尴尬地抬着。我顿时觉出自己过于神经质，抱紧了手中的包裹，有点不好意思："我……"

"刚刚有些事想找大嫂，可是找遍侯府都没见到你。"安远兮的手垂到身侧，转题道，"大嫂为什么又穿成这样？还不带铁卫出门，万一发生意外怎么办？你到底在做什么，这么怕人知道？"

我自知理亏，本来在爷爷守七之间就不该随便出门的，于礼不合，若是被人知道恐怕会惹来非议。安远兮却提都不提这个，只担心我不带铁卫出门会发生意外，若是他以前的性子，只怕会因为不守礼仪被他批一阵的。我越来越觉得自己看不懂安远兮了，他的改变，是因为谁？

"什么事找我？"我没底气跟他犟嘴，低眉顺目地道。安远兮顿了顿，语气里含着一丝不易觉察的挫败，闷声道："没事了。"

"哦，那我先回房了。"我绕过他想走，想了想，又停下脚步，"远兮……"

他抬眼看我，我迟疑了一下："我有件事想请你帮我查。"

"什么事？"他立即问。我定定地望着他的眼睛，不放过他脸上任何一个细微的表情，"我想让你查一个人，是不是还活着。"

他的表情没有一丝异样，瞳孔却微微一缩："谁？"

我的心微微一抽，安远兮，你真的认识他吗？望着他的眼睛，我一字一字地道："无极门的门主，楚殇。"

他的唇角微微一动，望着我的眼神渐渐深沉如海，让我看不到底。我接着道：

“你知道他是谁吧？我上次跟你提过他的。我想知道，他是不是真的死了。”

“为什么要查他？”安远兮没有立即答应，过了半晌，才提出这样一个问题。

我心里又是一颤。安远兮，我以前让你查资料，你从来不问原因的。可现在我要你查楚殇的生死，你却要问为什么，难道你真的和楚殇有什么关系吗？是了，上次你问我怎么会认识楚殇这样的人，表情和语气都显得那么奇怪，我当时完全没往心里去，现在回想起来，只觉得你那天问的每一句话，甚至每一个表情，都别有用意。是我太多心，还是因为我太多心，才越看越心疑？想起以前看的一个寓言故事，当你以为对方是一个贼的时候，即使是没有丝毫证据证明他偷过东西，你也会越看越觉得他像一个贼。

“他……”我犹疑着，不知道该如何开口，“我不知道该怎么跟你说，总之这件事对我来说很重要，你只需帮我查就是了。”

“你这两次易装单独出门，就是为了这件事？”安远兮定定地看着我，语气平静。我捏着蓝布包裹的手微微一紧，想了想，微微点头：“可以这么说。”

安远兮，你知道我在怀疑楚殇的生死了，是不是很担心？如果你真的认识楚殇，你会拿什么样的答案给我？我真的很期待。别怪我逼你，安远兮，或者我给你的难题，对你来说是一种折磨，可你对我的隐瞒，又何尝不是在折磨我？

他垂下眼睑，半晌，平静地道：“好。”

我捏紧了手中的包裹，从他身旁绕过：“我先回房了。”想了想，又道，“不用那么急，这些日子忙，等爷爷的七七过了再查也不晚。我多给你一点儿时间，你查清楚。”

我最后一句话的潜台词其实是：我多给你一点儿时间，你想清楚。想清楚怎么把楚殇的事告诉我，安远兮，不要骗我。

六七和七七很快就过去了。这期间我没有再出过门，每日里只忙着家里的事，很快就到了归乡出殡的日子。我依然选择了乘船回沧都，因为要带的行李实在太多，加上有老爷子的棺椁，几十辆马车走官道实在太招摇，也不安全。云家的船早已经停在了码头，前两天我已经让人陆续把行李搬上船。出殡之日，只待仪仗队把灵柩送上船安置好，就可起程。

京中我已经没有什么朋友需要道别的了，平安来看过我几次，已知道出殡的日期，当然知道我什么时候走。我只给凤歌送去一封信，向他道别。那天在他那里听到的秘密太震撼了，令我手足无措，落荒而逃，心里不知道为什么，竟对去“浣月居”有了一丝怯意。

出殡之日，老爷子的仪仗足足排出三四里远，与之相对的，是王孙贵族、朝廷高官的祭棚，也跟着排出了三四里。每经过一个十字路口，便有专职扬纸钱的将一沓碗口大小铜钱状的白色冥钞抛向空中，冥钞像一条白练似的蹿到空中，高达四五丈，散开时，漫天皆白，遮天蔽日，然后像白蝶一般轻柔地自空中盘旋而下。

透过漫天的白色冥钞，可以看到六十四杠上搁着老爷子巨大的漆棺，六十四个扛夫由打香尺的指挥着，随着仪仗队缓缓向前行进。仪仗队最前面有开道锣开道，其后有开路王、打道鬼、金童玉女等纸活和松狮子、检亭盖、松骆驼等松活，官鼓大乐和清音锣鼓紧排其后，僧道一路念经诵佛。安远兮是孝子孝孙，行在棺前，诺儿太小，则由我抱了坐到随在棺后的送殡青轿里，后面是几十顶云家亲属的送殡青轿。没有目睹，真是永远无法想象出送殡仪仗竟有这等排场，鼓乐齐奏，锣声震天。

这样行到码头，竟然花了四个时辰，中间在沿途的庙宇里休憩和用午膳，行程严格按照计划实施，倒也没出什么意外。为了能让杠夫稳稳地将棺抬到船上，登船的踏板是特制的，加厚加宽。一切办妥，我交代云义处理仪仗队后续琐礼，并交代他每半个月去傲雪山庄检查一次，云峥葬在那里，我要求守庄的下人们一定要认真看管和打理。交代了数次，我才带着满腹牵挂上了船。船缓缓启动，行出数里，我突然听到江岸上传来悠远的琴音。走到船头，望向江边，这段江面不宽，我清楚地看到江岸的一块石岩上，端坐着一位飘然若仙的白衣男子。夕阳给他全身镀上一层金晕，我看不太清他的表情，只感觉他定定地望着船头，弹奏着搁在他膝上的瑶琴。悠远的曲调越发清晰，弹的是一曲《倦鸟还》。隐隐地似乎有歌声传来，我望着他，凝神细听，那歌声越发缥缈不真实，仿佛来自九天之外，唯有那清雅古朴的琴音，沉重地盘旋在江面上，颤悠悠地点出几点涟漪，然后在江风中散开、散开、散开，直到完全消失。

凤歌，谢谢你来送我，谢谢你的赠曲。我定定地望着石岩上那幅仿若绝色山水的画卷，泪盈于睫。石岩上的身影越来越远，越来越小，也越来越模糊，终于隐没在这卷绿水青山的水墨风景之中。

我擦干眼角的泪，极目望去，再也看不到那谪仙般的男子。转头，见安远兮不知何时也站到了船头，目光与我看向同一个方向，眼中含着意味不明的情绪，脸上露出几分怅然之色。

“喜欢他的曲子吗？”见安远兮的目光收了回来，我笑了笑。安远兮没有出声，我又道：“那是月凤歌，天婴国的第一乐师。你上次喝醉了酒还误闯过人家的居地。”

“是吗？”安远兮蹙了一下眉。我微微一笑：“本来还想介绍你们认识的，凤歌好像挺想结交你这个朋友，不过不知道下次见面，是什么时候了……”

我望着江面的景色，声音越来越低。

安远兮一直沉默着，伫立于船头。夕阳在他的身后，将他的身影完全笼罩其中，染成一片夺目的金色，像是一团耀眼的光体。

残阳如血，落于江中，将江水也染成了猩红色，而我们的船，正渐渐驶向那团血色之中。

✵ 第七十六章　婆婆

船行近三月，终于抵达沧都，时日已是来年的二月。天曌元景七年的春节便耽搁在了路途上，因为在丧期又在路途中，所以一切从简，只是年三十和年初一在江畔停了两日，并在春节期间每日三餐加菜以示与平日不同。与上次我与云峥进京时不同，那次因为要视察沿江各地的产业，所以那船走走停停，一路耽搁。这次扶灵回乡，除了要补充船上的给养时才在沿江的州府码头停一下，其余行程就没怎么耽误过。迎灵柩的队伍不比出殡时差多少，是早前几日便飞鸽传书通知了云德抵达日期。云德的回书言一切都准备妥当，到了一看果然不假，一切事宜按部就班、有条不紊地进行。司天台监正测算的下葬期是三月十九，所以老爷子的灵柩迎回来，也得停在府中，等到了日子才能下葬。

葬礼完了，就是一年丁忧期。紧锣密鼓地累了半年，也不能趁守丧的时候好好歇歇，又要厘清“云裳坊”的发展思路了。

“云裳坊”以前一直是堂叔公云崇岭任执事，他的经营手法和观念与我有很大的不同，丁忧期间我不能到各地巡视产业，而古代的交通条件也不可能把各地的掌柜弄到一起来培训，丢下铺子不管，所以目前只能先把沧都总店作为试点，改革经营模式。这些事我不能一直指望安远兮，他丁忧期满就要归京任职，以后生意上的事儿只能落到我一个人肩上。把总店亲力亲为试点成功了，才能推广到全国分店去。好在如今我只需把精力放到“云裳坊”上，暂时差个得力助手倒也不惧，可以趁安远兮还在的时候慢慢找。这事儿整一年，又要准备归京给诺儿受封和安远兮赴职的事了，如此算来，这以后连续两年的工作，都排得满满当当。

我叹了口气，如果不是诺儿要受封，我是不愿意这样辛苦奔波的，可圣旨摆在那里，又不能抗命不遵。好在现在侯府对皇帝终于不存在什么威胁，我也不用像以前那样一提起回京就战战兢兢、提心吊胆。等明年回了京师，差不多又是入秋，办好诺儿受封和安远兮入职的事，就好去玉雪山拜祭云峥扫墓，还可以在傲雪山庄住一段时间。之前在扶灵归乡的途中，我已经收到皇帝大婚的消息，听说皇帝立了汝南周家的千金周婉韵为后，倒是出人意料。这位周小姐与想容是同届的秀女，与她一样是被皇帝上记名留牌却迟迟未晋封，没想到一晋就是皇后。再一想也属意料之中，皇帝刚刚才把权力收回来，自是不愿意再培养出像凤家那样手握兵权的外戚和景王那样结党营私的权臣。汝南周家虽也是百年世家，却是世代书香，家族先后出过五位宰相，每一位都是善始善终，无一人因朋党被皇帝搞下课，极擅中庸之道。这样的家族教出的女儿，做皇后是最恰当不过了。

皇帝大婚，普天同庆，后宫也大肆晋封，原先大热门的后位竞争者云贵嫔虽然落选，不过听说皇帝对她圣眷不衰，还被晋为昭仪，现下宠冠六宫。有时候我在想，如果不是当初我在太后面前毁了想容的前程，也许她未必不能坐上皇后的宝座。

天马行金家答应了侯府的提亲，等安远兮丁忧期满，便可准备办理喜事。本来遇到老爷子突然辞世和云家分家这些事，对安远兮的婚事会稍有影响的，好在安远兮又得了个官职，金家把女儿嫁过来，也不算吃亏。自从对安远兮心存疑虑之后，我们之间又隔起一道隐形的墙。我不是刻意与他保持距离，但他似乎很忙，在船上的日子，他经常关在自己的舱房里。我请他调查楚殇的生死，似乎真的难住了他，令他失措吧？我知道他还一直在查那只東竹紫砂壶的事，没有催逼他给我答案，再加上我自己也忙着清算“云裳坊”的账务，这一路上几乎没有与安远兮交谈的机会。

侯府有云德提前回来打理，入住得倒也顺当。安顿好老爷子的灵柩，一切收拾妥当之后，我唤来云德：“老夫人是不是还住在那进院子？你带我去看她。”

老夫人即云峥的母亲白玉瑾。老爷子辞世后，她的身份自然也提了级，我注意到云德他们开始呼我为“夫人”，没再加那个“少”字，才意识到这一点。白玉瑾发疯之后被关在了自己那座院子里，本来对于她我并无多少好感，但了解到当年那些事之后，觉得她实在是个可怜的女人。不管怎么说，她到底是云峥的母亲，我应该好好孝顺她的。

“是。”云德点头，在前面带路。我一边走，一边问：“老夫人的身体好不好？

那病有起色吗？”

“老夫人身体还好，那病比起以前要松缓些了。”云德道，想了想，又道，“温和多了，也不再怕人，老躲在屋里，不过还是会常常认错人，老把年少爷认成峥少爷。”

我停下脚步，蹙起眉：“年少荣经常去看老夫人吗？”那对母子一直住在沧都侯府，当年云峥虽然惩戒了年少荣，但并没有让他母子二人搬走。我嫁给云峥后到赴京前一直住在“篱芳别院”，跟这对母子根本见不着面，也没多作纠缠，这会儿云德不提，我都快把他给忘了。

“也不是经常。”云德低声道，“但年夫人去看老夫人的时候总会带上他。”

明白了，我点了点头，心中了然。踏进老夫人院里，见院子拾掇得倒是清爽干净，下人们见了我纷纷行礼。我踏进屋子，屋里也很整洁，没有异味，心中很满意，看来没有人因为老夫人的疯症而薄待她。老夫人房里还有其他人，正是年少荣母子，此际那年少荣的手正被老夫人握在手里，嘴里念道：“峥儿又瘦了，这个月例诊是不是很痛？”

我身子僵了僵。看到我，年少荣母子赶紧站起来。老夫人见了我，眉头一蹙：“你是谁？怎么不通报就进来了？”

她比我三年前见到的时候要显老一些，不过气色和精神看起来都还不错。我走到她身前福了福：“婆婆。”

她惊讶地看着我：“你怎么叫我婆婆？我很老吗？”

我微微一笑：“婆婆，我是云峥的妻子，您的儿媳妇。”

“峥儿，你娶媳妇儿了？啥时候的事儿？”老夫人天真地看向年少荣。我只觉得头顶一群乌鸦飞过，哭笑不得。再看向年少荣，见他自我进来之后便一直垂着眼睑，便淡淡地道：“你们先出去吧。”

年少荣将手从老夫人手里抽出去，当着我的面，倒不敢自认是云峥，只道：“姨娘，少荣告退。”

“峥儿，峥儿……”老夫人见他出去，闹起来。我赶紧抓住她的手：“婆婆，云峥在京城呢，他不是云峥，是您的侄子年少荣。”

其实换个人，让老夫人这样错认成云峥，我也会由着她的，不过那个人是年少荣，我心里就格外不舒服。他因为企图强暴我被云峥阉了，就算是被错认也是不配的。年少荣心里肯定对我恨极，我注意到他离开时，眼里那一丝仇恨怨毒。与这样的人同住一个屋檐下，恐怕日后难免会生出是非，当下心中决定，等老爷子下葬之后，要寻个机会，将他母子二人请出侯府单住比较好。

“峥儿在京城？”老夫人茫然地看着我，“你真是峥儿的媳妇？”

“我是。”我坐到她身旁，笑道，“婆婆，云峥在京里处理事儿回不来，让我先回来看您。”我见她神志虽然混乱，但不像刚发疯时那样缩在屋角尖叫，不准人近身，心中略安。本来应该让老夫人见见孙子的，不过我得先看看她目前的精神状况会不会吓到诺儿。

“哦。”老夫人听了，倒也不闹了，“谁在照顾他呀？峥儿身子不好，别让他累着了……”

我心中一酸：“婆婆，云峥的病已经好了，以后都不用例诊了。”

“真的？”老夫人转头看我，高兴地道，“真的吗？”

“真的……”我的泪差点掉下来，“云峥以后，都不会再受病苦。”

“那这是好事儿呀，你哭丧着脸干什么？你不想峥儿病好吗？”老夫人不高兴地道，随即起身在屋里转起来，“峥儿病好了，我要给他买桂花糕……”

“婆婆？”我怔了怔，跟着起身，只听到她旁若无人地翻箱倒柜，嘴里念叨着，“峥儿要吃桂花糕，晴儿，我的钱袋呢？我的钱袋放在哪里？”

老夫人的贴身丫鬟赶紧跑过来，拿了一个绣花钱袋递过来。她一把抓在手里，倒出里面的铜板，坐到软榻上数起来，也不再理人。云德见我怔怔地看着她，低声道：“老夫人的病就是这样，每天都会念一阵峥少爷，然后一会儿就不记得之前说过些什么了……”

我点了点头，心中黯然。她其实是很爱云峥的吧？否则不会疯了还记着这个儿子，成天念叨。可惜云峥在世的时候，他们母子没能打开心结，好好相处。在知道过去发生的那些事之后，我对她一点儿也怨恨不起来。没有做过母亲的人，永远不知道孩子对母亲意味着什么，不会明白当一个母亲被人逼到绝路时会有多狠。当初她看到云峥被人伤害时，会气到杀人，跟我看到诺儿被人羞辱时，气到杀人，没有什么不同，我如今亦能深刻地体会她当时的心情。

“好好照顾老夫人。”我转过头，她的精神状况时好时坏，现在还不宜让诺儿见她，过段时间看看再说。

安定下来之后，我带了小红巡了一下“天锦绣”和火锅店的生意。小红走之前提拔的几个掌柜看上去还不错，精明能干，把几家店打理得井井有条。我让小红把精力放到了绣庄和火锅店上，每日让她带冥焰去绣庄学习怎么经营。安远兮以后要留在京中为官，我得再培养一个助手，正好冥焰每日无所事事，可以让他学点东西。此外还去看过福爷爷，老福头见到我，高兴得眼圈儿都红了，自是一番欢喜摆谈不表。言谈间提到安远兮，福爷爷感叹不已，想是没想到他竟有这么离奇的身世。我知道安大娘已经不住在福爷爷家附近，好像是老爷子以前另外购了宅子给她住，后来问过安远兮，要不要考虑把安大娘接过来和他一起住。安大娘辛苦把他养大，现在理应由侯府照顾她颐养天年。他却只是看了我一眼，淡淡地道：“不用了，母亲不习惯侯府的规矩。我每日都去看她，她现在住得挺好的。”

“哦……”我有些尴尬，不知道该说什么了。安远兮又出声道：“大嫂，绣庄还有些事要办，一会儿我让人把处理意见送给你看看，爷爷下葬的事也还有些要你过目的，你一并看看，没事我先出去了。”

“那你忙去吧。”我噎了一下，没话好说。安远兮转身想走，宁儿却匆匆忙忙跑进来，语带哭音：“夫人，不好了，老夫人把诺儿抱走了……”

“什么？”我惊得站起来，“怎么回事？”

“我和奶娘带诺儿玩，经过老夫人院子外面，老夫人不知道怎么就突然跑了出来，下人们一时没拦住。她看到诺儿，就把诺儿抱住，不准任何人靠近……”

我已经听不下去，赶紧往外冲，安远兮也跟在我身后。跑了几步我突然停下来，转头看向安远兮：“你不要去！”

我想起老夫人就是看到安远兮酷似绮罗的那张脸，才疯了的，要是再被她看到安远兮，我怕会更加刺激她。安远兮似乎明白了我的意思，眼神一黯。我也顾不得他会不会受伤，径直往老夫人院子那边奔去。气喘吁吁地赶到那里，见院子门口围了一圈儿下人，全都如临大敌般站着，见我过来，赶紧让开道。我看到眼前的情景，不由得一怔。

在路上我担心得心跳都快要停止了，就怕老夫人控制不住自己，做出伤害诺儿的事来，可看到眼前这一幕，我狂乱跳动的心顿时安静下来。

我没看到吓人的场面，只看到一个慈祥和蔼的妇人，抱着诺儿，用一种近似梦幻般的声音轻声哼唱着童谣。她的眼神温柔祥和，唇角带着喜悦的笑容。诺儿竟也不怕，瞪着乌溜溜的眼珠好奇地看着她，转眼看到我，笑眯眯地叫起来：“娘亲……”

平静的画面被打破，老夫人转头看到我，眼里闪过迷惑的光芒，随即奇怪地眯起来：“是你？”

我一惊，她认出我了？这么说，她恢复神志了？后背浸出冷汗，我小心翼翼地走向她：“婆婆……”

“你到底还是嫁给峥儿了！”老夫人审视着我，目光锐利。我咬了咬唇，不出声，警惕地看着她抱着诺儿的手，再走两步，就可以迅速抢过诺儿。我看到铁卫也渐渐围了过来，心中大定，只要引开她的注意……却听到她又道：“既然你已经给峥儿生下了孩子，我就同意你进门吧。”

啊？我怔了一下，老夫人还不知道云峥已经不在了吧？听到诺儿笑道：“娘亲，奶奶唱歌和娘亲一样好听……”

老夫人听到诺儿天真的童言稚语，脸上笑开了花：“乖宝贝儿，来，到奶奶屋里玩儿去……”我见她抱着诺儿转身要走，紧张地跟上去：“婆婆……”

她转头看了我一眼：“你也来吧。”又转头看到周围一圈儿围着她的下人，大声道，“都围在这里做什么？没规矩！该干什么干什么去！”

我有点蒙，傻傻地跟上去。直到在她屋里待到晚膳时分，和她谈了几个时辰的话，我才终于肯相信，老夫人的疯症竟然不药而愈了。

原来老夫人今日在院子里晒太阳，听到外面有孩子的声音，鬼使神差地想出去看看，守门的仆人自是不准，老夫人便发了疯地硬冲。仆人怕弄伤她，不敢死命拦，给她冲了出去。她看到奶娘怀里的诺儿，和云峥幼时一模一样，欣喜若狂，就扑过去把诺儿抢了过来。仆人们怕伤着诺儿，不敢硬抢，只得战战兢兢地守在一边。谁知道老夫人抱着诺儿这一会儿时间，头脑竟然渐渐清明起来，逐渐记起了以前的事儿。

我不知道这是一种什么样的神奇力量。在这几个时辰里，老夫人问了我很多问题，我瞒不住老爷子和云峥的死讯，本来怕她承受不住他们丧生的消息，可她知道两人不在了，只是怔怔地流了半天眼泪，末了只说了一句，这都是命。想来因为云峥长年受着死亡的威胁，她对他的死亡有了一定的心理承受力。值得欣慰的是，她接受了我，不管是因为诺儿还是别的原因，还跟我说了很多云峥小时候的事。

想到老夫人已经清醒了，不可能再把她关在院子里，她日后必然无可避免地会见到安远兮。为了怕再次刺激她，我思索了一下，把当年云峥中降的真相和安远兮认祖归宗的事告诉了她。老夫人沉默地听我说完，半晌，幽幽叹道："我发疯之后又清醒，只当自己已经死过一回了，你当我还会记着以前那些事儿，一直为难自己吗？说到底，当年也是我太冲动了些，才会中了别人的圈套。那孩子到底也是相公的骨肉，明天带来让我见见吧。"

没想到她居然肯接纳安远兮，这倒是出乎我意料的事。这场虚惊虽然把我吓得不轻，可是竟然让老夫人清醒了，倒是新一年里的好兆头。

这以后老夫人自然是疼诺儿如珠如宝，她不管府里的事，每天只围着诺儿团团转，恨不得把他捧在手心里。开始几日我还有些担心老夫人的病情是不是真的稳定了，一直让铁卫暗中盯着她，保护诺儿。后来从每日铁卫汇报的情况来看，她的疯症是真的好了，才算是完完全全放下心来。

老夫人对安远兮不算亲近，但也客客气气，不刻意疏远。她与安远兮之间能这样相处，已经是我以前想都不敢想的事了。能化解老夫人多年的心结，眼见着这个家渐渐和睦，我心里十分高兴，觉得没有辜负老爷子和云峥的信任。然后，繁忙又平静地过了一个月，老爷子也顺顺利利地落了葬，沧都的生活，开始渐渐步入正常的轨道。

❁ 第七十七章　骇闻

老爷子大葬之后，稍稍得闲。这些日子还遇到一件事，君回暖在飞鹰的陪伴下，暗中回到天曌国，在沧都约我见了一面。当年景王发布消息说她病亡之后，云峥派人将他们送到了南疆。我虽恨景王，但也知不该把这恨延续到回暖身上，不过也仅止于此，不可能再与之深交。回暖说她想回京城，拜祭景王，我只淡淡地道了声一路顺风，既没阻止也没支持。他们的事再与我无关，每个人都有自己的路要走，自己作的决定，只能自己负责。

月末这日我睡得有些沉，起来时已经日上三竿了。馨儿待我起床后收了我的床褥，才想起今日她们要拆床单被套送去洗衣房。宁儿从柜子里抱了更换的被褥出来，一个东西从被子里滑出来掉到地上。我一看，正是之前七姑娘给我的那个蓝布包裹。馨儿好奇地捡起来："什么东西？"

"是我放里面的，快拿过来给我。"我怕馨儿打开看到书册封面上的字，赶紧道。记得当初拿这东西回来，我顺手塞进了装被褥的柜子里，这些日子忙起来，倒把这件事给忘了。

馨儿把包裹交给我，与宁儿抱着换下来的床单被套出去。我坐到小圆桌旁，打开蓝布，取出那本册子。安远兮一直没有给我答案，我也没有逼他，因为我自己也处于一种复杂的心情之中，一方面，我很想知道他隐瞒的秘密，而另一方面，我又很怕知道真相，怕破坏现在好不容易维持的平静生活。

无意识地翻开那本册子，我下意识地又看向那些早已看过的安远兮的简要生平，从头到尾看了一遍，着实没有什么出奇的地方。

明知道是这个结局，我仍是忍不住拿起那册子又翻了一次。

如果楚殇真的没有死，那安远兮是什么时候认识楚殇的呢？楚殇是天曌元景元年十月初九被朝廷擒杀，那之后便销声匿迹没了踪影，如果安远兮不是在那之前认识他的，就一定是在那之后。

我重新将册子翻到前面去，从天曌元景元年十月之后继续仔细查找，看能不能找到被自己忽略的线索。当看到册子上赫然有天曌元景元年十月初九这个时间，不由得一怔，赶紧仔细阅读那一条，发现那条记录的正是安远兮被年少荣打破头的事情。我蹙起眉，暗自嘀咕，原来那一天这么不太平，楚殇在京城被朝廷擒杀，远在沧都的安远兮被年少荣打破头……我抽了一口气，心中飞快地闪过一个大胆又可怕的念头，重新一字一字地阅读那条记录："天曌元景元年十月初九，安远兮于沧都西门城郊落霞山，与永乐侯府侄少爷年少荣发生口角，被年少荣殴打，致使头部重伤，性命危殆。城中大夫皆言无法施救，嘱家人准备后事，然安远兮昏迷数日，竟然醒转，逐渐痊愈……"

手中的册子掉到桌上，我骇然地盯着那条记录，心底那个可怕的猜想似乎得到了某种证实。为什么我一直没有往那个方面去想呢？我之前走进了一个误区，认为楚殇没有死，可他如果不是真的死了，怎么可能骗得过朝廷？怎么可能骗得过景王？怎么可能骗得过月娘？

我还走进了另一个误区，认为安远兮认识楚殇，拼命地寻找他有可能认识楚殇的时间和概率。如果这两点都不能成立，而是像我大胆猜测的那样，我所有的疑惑都有了答案。楚殇被擒杀的那天是安远兮被人打破头性命危殆的那天，如果那天楚殇是真的死了，而安远兮也刚好是那个时间死了，又在大夫说不可治的情况下活了过来，这样的情形，不是跟我前世看过的那么多穿越小说一样吗？不是跟我自己遇到的情形相同吗？那活过来的，是不是一个和我一样，占据了别人身体的灵魂，一个借尸还魂的人？是楚殇……占据了安远兮的身体！

我的手微微颤抖起来，书册上的那条记录似乎化成了一个个诡异万状的符咒，刺得我眼皮直跳。我下意识地抗拒这个猜测。不，楚殇怎么可能是安远兮？如果他真是那个时候就借住了安远兮的身体，那我第一次见他的时候，他就已经是楚殇了。可是那时候，他没有表现出一丝一毫认识我的样子，而且，那些迂腐的言论和思想，更不可能是楚殇会想会说的，不，他不是楚殇！如果他是楚殇，那当年他接近我都是在演戏吗？我回忆着从前安远兮与我相处时的表情、眼神、动作、言论，心底发寒，如果那些都是假的，那这个人未免太会做戏、太可怕了！

可是，如果我的猜测是错误的，那一切又回到原点，根本找不到任何安远兮与楚殇认识的线索。我吸了一口气，努力平复波涛汹涌的思绪。冷静！叶海花！一定要冷静！再仔细想想，有什么地方是你没有想到的，有什么是你想错了的。好，假设安远兮就是楚殇还魂，那怎么才能证实？我从初识安远兮起开始回忆，一件一件，回想那些当时没被我注意，现在想来却透着异样的细节，越想，越是心惊，越发现他们身上有越来越多相同的东西，一次次排列出来，只发现越来越多的“巧合”

第一次，是听到福爷爷说他以前性格温吞，被打破头之后，脑子就糊里糊涂地不太好使，性格也变了不少。

第二次，是在草原之上，白马阿蒂拉请萨满神指示，说我和他受恶魔的引诱，砵魂附体，做出污秽之事。砵魂附体？会不会指的就是我与他都是借尸还魂之人？白马阿蒂拉说我们做出污秽之事，我当时嗤之以鼻，但如果他就是楚殇，那就说得过去了。而且后来乌雷说白马阿蒂拉不可能会说谎，那么，萨满神指示的污秽之事，其实是指我刚穿越那晚发生的事吧？也是在那次被投湖之后，安远兮身上的气质渐渐有所改变，性格也渐渐变得强硬。

第三次，是湖底逃生之后，他滔滔不绝地讲述着北斗七星，却不记得自己是从哪里学来的这些知识。而在前段时间我去看望凤歌的时候，又无意中知道了楚殇是懂得观星的。

第四次，是从草原归来，我在家里请大家吃火锅，听到安大娘说他以前从来不吃辣椒，那次却吃得面不改色。

第五次，是他被货柜砸破脑袋，迷迷糊糊地说那些胡话。每一句，我现在想来，似乎都能跟楚殇的经历挂上钩。那次之后，他醒来立即像变了个人似的，说出那些让我伤心的混账话。他那时候看我的奇怪眼神，是那样复杂纷涌。

还有他回到侯府之后，流露出的气质，更是与在沧都时迥然不同。他会楚殇的武功；他通晓无极门的内幕；他暗中帮助月娘掌握无极门的实权；他喝醉了酒会下意识地跑去浣月亭，因为月娘说那里是楚殇以前最爱待的地方；他的气质令凤歌觉得似曾相识；他听我评价楚殇时复杂莫名的神情；他听到别人用做过青楼女子的经历羞辱我时，痛苦地一直跟我说对不起；他对江湖典故和残酷刑罚的熟悉，对伤口出色的鉴别能力；还有他刻意收敛，淡化存在感的能力，似乎更像是一个杀手自幼被培训出来的本能……都在提醒我安远兮与楚殇的相似度是那样惊人，当“巧合”出现的频率太高的时候，巧合也不再是巧合。

我猛地合上桌上那本书册，寒意一丝丝地从脚底蔓延至全身，通体冰凉。我被自己超现实的猜测吓住了，被自己分析出来的那些“巧合”吓住了，被这诡异的事实吓住了。恐惧的感觉从我心里滋生，不是被借尸还魂的灵异事件吓倒，而是被借尸人极可能是楚殇的事实震骇。我无法琢磨他的想法，如果他真的是楚殇，为什么要隐忍地留在侯府？他到底想干什么？

“夫人！”宁儿跑进来，“崎少爷说有事想见您。”

我浑身一颤，来不及细想，立即把那书册用蓝布包好。他要见我？他为什么要见我？难道他知道了？随即啐了自己一口，这惊人的猜想是我刚刚才推测出来的，他怎么会知道？我努力平复纷乱的思绪，看来楚殇当年对我造成的心理威慑余威尚在，以致一听到有可能是他出现在我面前，竟令我慌乱如此！冷静下来，叶海花，冷静下来才知道应该怎么做。我深深地吸了一口气：“让他去书房等我，我马上过去！”

我将那蓝布包裹收进衣柜里放妥，才去了书房。我踏进室内，见安远兮从桌边站起来，欠身道：“大嫂！”

“坐。”我走过去，坐到他对面，紧紧地盯着他，观察他面上细微的表情变化，想从中看出一点端倪，“小叔找我何事？”

“那把束竹紫砂壶的事有眉目了。”安远兮的表情很严肃。他打开放在桌上的一个藤编小箱子，依次从里面取出一堆东西。有那把破裂的束竹紫砂壶、两截细竹、一本书、一个茶叶罐。我注意到他的眼神里有一丝怒意，异常锐利。不知道为什么，这一刻见到他，他的表情、眼神、动作、气质，越看越像我印象中的那个人。

他现在说的是正事，我忍住想立即向他逼问的冲动，没有出声，沉默地看着他。这茶壶的事他查了这么久，不用等我发问，他就会接着往下说。

果然，安远兮拿起一截细竹，沉声道：“这是通常制作束竹紫砂壶的竹材，是普通的青竹，对紫砂壶只起美化装饰作用。”随后又拿起另一截细竹，“这种竹名叫姮娥竹，生长在南方气候湿润之地，是一味性寒的药竹，其笋、竹、叶皆有消积行淤的药效，常用来治疗心疾中风之症。”安远兮放下两截竹枝，指了指那个破裂的束竹紫砂壶，“这把壶的竹材，便是用的姮娥竹。”

我拿起那两枝细竹对比，发现姮娥竹的竹枝上有浅浅的蚕丝状的细纹，颜色青中带黄，没有青竹那么苍绿。搁了青竹，我又拿过束竹紫砂壶，因为壶身破裂，附在竹上的紫砂有一部分剥落下来，露出几小段竹枝。竹枝因为被紫砂裹了多年，颜色变成了乌褐色，跟桌上的两截新鲜竹枝都不相同，竹枝上的蚕丝状细纹浅到几乎不可见，但凝神细看还是能看到一些隐约的痕迹。我搁下破壶和竹枝，看向安远兮："这姮娥竹做紫砂壶的装饰又怎么了？"

"姮娥竹是药，凡药都有相生相克之物。"安远兮打开茶叶罐，递给我，"这是爷爷喝了一辈子的甘蓝香屈，有活血消脂的功效，常饮能强体健身轻肌骨，对他的心疾之症也有缓解作用。姮娥竹和甘蓝香屈分开服食，并无不妥，且皆于身体有益，可是很少有人知道，如果将它们混在一起，两种药便会相克，药性转逆，不但对心疾之症无助，反而会引发风症……"

我心里有了不好的预感："你是说姮娥竹和甘蓝香屈药性相克？本来两种治疗心疾的药反而成了催命符？你怎么知道的？"

"为了查清这把壶到底有什么蹊跷，我拿着它寻访了一些制壶工匠，发现制作工艺和紫砂的材质均无不妥，后来终于有位制壶师发现这壶用的竹与平日用的竹有异，于是又去查了这种竹子的资料。"安远兮简要地解释，将从藤箱中取出的那本书递给我，"开始只查得一些姮娥竹的表面信息，但我相信这壶既然用了不同寻常的竹来制作，这玄机多半藏在竹子里。后来查到四年前病逝的孙太医一生最喜这姮娥竹，便去拜访了孙太医的公子，看能不能知道一些与众不同的东西。孙公子在孙太医的遗书里，找到记录姮娥竹与甘蓝香屈相克的资料。"

我接过那本书，见封面上写着"姮娥竹药解"。翻开第一页，那上面写着一段话："余一生喜竹，至爱姮娥，现将一生心得撰此书，以飨后人。"第二页画着姮娥竹的图样，竹叶、竹枝、竹根都画得栩栩如生，那叶子和竹枝的纹路也画得十分细致。陆续翻下去，整本书详细地介绍了姮娥竹的药性、适用症、对各种病症的用药方法及用量等，翻到最后一页，书眉标示着"禁忌"，那上面写道："姮娥竹切忌与甘蓝香屈混合服用，此二物一经混合，药性逆转，对心脏、血脉有微弱损耗，长期服食，会加速心脏和血脉功能的老化，五年之内使二者渐生硬相，增加中风猝死之症的发作概率。"

我放下手中的书册，抬眼看向安远兮，声音有一丝微哑："所以，爷爷不是正常死亡，是有人谋害？”

“应该是这样。”安远兮目光锐利地道，“我查到孙太医并非病故，而是自缢身亡。制作这把壶的诸石竹，据说是暴病身亡。而十分巧合的是，他们都是在四年前的二月亡故，前后相差不过三天。这实在是太像杀人灭口了。”

“可是爷爷这把壶，是诸石竹死后，才去求来的。如果是有人要谋害爷爷，他怎么会知道爷爷一定会去求那把壶？”我提出一个疑点。

“天下皆知紫砂壶乃世间茶具之首，而堂坞乡出产的赭墨紫砂制成的壶，则最宜冲泡甘蓝香屈，茶汤比普通紫砂壶泡出来的味道更醇厚浓郁。诸石竹死后，外间盛传诸大师生前最后做了一把绝世的赭墨束竹紫砂壶，你想，以爷爷对甘蓝香屈的嗜爱，会不寻上门去吗？”安远兮缓缓道，“这个人心思深沉，极擅揣摩人心，那锦儿应该就是他埋在云家的暗桩。我让人去锦儿所谓的‘家乡’调查过，七年前爷爷经过宁乡买下她时，她所谓的全家只是在数天前才搬到那里去的，锦儿被老爷子带走之后，没几天那户人家又搬走了。谁也不知道他们从哪里来，又搬去了哪里。这表明这个人有一定的势力和背景，能掌握到老爷子的行程，能安排这一出卖女的戏又不落痕迹。”

我点点头，没想到这些日子安远兮查了这么多事。

安远兮继续道：“那锦儿潜伏在爷爷身边，只怕递了不少消息出去。爷爷的生活习惯是作为暗桩必不可少的打探内容，背后那人清楚了老爷子的生活习惯，要部署什么计划相对容易得多，于是两年后，这把壶便适时地出现。对那人来说，知道姮娥竹与甘蓝香屈药性相克的孙太医必死，制壶的诸大师也许不知道这竹有什么作用，但那人也不会容许丝毫可能流露秘密的情况发生，所以诸大师也暴亡。这个人的手段非常狠辣，而且部署周详，心思缜密，每一个细节都作了重重考虑。那暗桩，是爷爷自己带回来的；那壶，是爷爷自己掏钱买的；那茶，是爷爷喝了几十年的。再加上二物相克并无毒，只是改变了药性，于心脏和血脉有损要长时间才能起作用，谁会怀疑这里面有不妥？”

我不得不承认安远兮分析得很有道理，可是总觉得哪里有点怪。我仔细想了想，觉出哪里有问题了：“如果是这样，锦儿为什么要偷壶呢？如果她不偷壶，我们不是根本不会发现这件事吗？”

“这个问题我也想过，也没想通。”安远兮蹙眉道，“这当中有什么原因，只怕只有幕后那人或是锦儿才知道了。”

锦儿已经死了，那这个幕后人是谁呢？这个人处心积虑，费了这么多功夫来部署这件事，必是容不得老爷子。我的脑子里猛地跳出几个名字，心里一寒："你觉得，谁会是这个幕后人？"

"在这个国家，为了利益想将爷爷除去，又有能力进行这番部署的人屈指可数。"安远兮看着我，沉声道，"大嫂心中应该很清楚才是。"

不错，的确是屈指可数。景王、皇帝、九王爷，甚至云家二房，都有这个可能。景王当年能害云峥，当然也可以害老爷子；皇帝一直忌惮云家的势力，也不是不可能；九王爷本来是先帝中意的继位人选，却因为老爷子选择了扶持皇帝，未能登上大宝，也有杀人动机；而泽云府一直想掌握云家大权，老爷子是唯一的绊脚石。这些站在权力和利益顶端的人，每一个人，都有可能是茶壶案的幕后黑手。

"会是景王吗？"我挑了这个当初血淋淋地制造了云峥悲苦命运的始作俑者率先发问。安远兮垂下眼睑，轻轻摇了摇头："不会是他。"

"为什么？"我盯着他问。他淡淡地道："景王是够狠毒，但是他的心计谋略比起那个幕后人，尚有差距，他没有那个耐性实施这么长久的计划。而且这个计划是不是能奏效，什么时候能奏效，都是不能确定的事儿，而以他的性格，不能确切达到结果，又这么麻烦、见效缓慢的事是不会去做的。"

"小叔倒是挺了解景王的。"我紧紧地盯着他的脸，语带双关地道。安远兮闻言立即抬眼看我，唇微微一抿："从他的所作所为分析出他的性格和行事方式并不难。"

那是，谁能清楚过你对他的了解？我因为他那番话再次在他与楚殇的相似度上添上一笔，随后马上抛出又一个可能："那是泽云府？"安远兮仍是摇头："不是。"

"理由？"我倒是有几分微诧，他何以如此笃定？安远兮道："如果是泽云府，锦儿没必要冒险将这把壶藏在自己的房间里。老爷子过世，泽云府的人每天都来，她随时可以把茶壶交给他们带出侯府，让我们连一点儿蛛丝马迹都找不到。"

我点点头，的确有几分道理，只是又淘汰掉一个可能，只剩下两个有能力做这件事的人了。我下意识地抗拒皇帝也有可能是那幕后人，先把另一个揪出来："那九王爷呢？"

"九王爷淡泊名利，在朝中名声甚佳，不过撇开那些表象，把他看成作秀的话，其心机与幕后那人也不遑多让。"安远兮看着我，缓缓道，"还有一个人，是最忌惮爷爷的，而他的行事风格，倒与那幕后人十分相像……”

“他不会这么狠毒的。”我脱口而出，见安远兮的目光一窒，顿觉失态。安远兮冷笑道：“你凭什么认为他不会这样做？”

我没有凭什么，我知道作为一个帝王，在铲除异己时可以有多狠，也清楚我认识的那个皇帝有极大的可能会做出这种事。我只是不愿打破心中那幅美好的画卷，不愿落英树下那个高贵清华的男子在我心里变得面目狰狞。人人都是这样，为了保护自己而变得残忍，我没有权力去指责任何人，因为我跟他们是同样的人。只是，我心里还是觉得悲凉，这世上没有人再值得信任，没有人可供我依靠，我再也找不到像云峥那样可以令我全心信赖的人，无论有多少“家人”和“朋友”，在我心里，其实仍只是自己孤苦一人。

“这件事，还要查下去吗？”安远兮见我神情有异，缓和了语气。

查下去？还能查下去吗？若是九王爷做的，九王爷已经倒台，生死未知，根本无须再花费力气。若是皇帝做的，就算查清楚是他又如何？要报仇吗？要弑君吗？我有那个能力和他斗吗？我能将整个侯府推到那个绝境去吗？我缓缓抬起眼，凝望着安远兮：“这件事到此为止，以后都不用再提。我上次跟你说的那件事，你查得怎么样了？”我不想再猜来猜去了，不管是不是真如我猜想的那样，我累了，我只想知道一个结果。

安远兮的表情僵住了，垂下眼睑，半晌无语。我闭了闭眼睛，疲惫地道：“是你没有查，不敢查，还是不用查？”

“你……”安远兮微微一惊，抬眼定定地看着我。我望着他不安的眼神，心中更是肯定，忍不住轻嘲道：“你是谁？你真的是安远兮吗？你还想骗我多久，楚殇？”

❋ 第七十八章　绑架

安远兮蓦地瞪大眼，惊疑不定地看着我："你……"

"真是没想到，我们这两个互相憎恨对方至死的人，竟然会住在同一屋檐下，还是以这样滑稽的身份！"

我心中只觉得好笑，人生真是一场荒诞的演出，当初那个羞辱我、打击我、逼迫我、囚禁我，带给我噩梦般恐怖的男人，换了具皮囊，却三番五次地救我性命、解我危难。安远兮听着我尖锐嘲弄的语气，脸色渐渐变白，抿紧唇，一声不吭。

这样子，算是默认了吧？我其实早就把对楚殇的仇恨放下了，从他死亡的那一刻起，我们的恩怨已经结束了。经过这么多年，我以为自己已经能够平静地提到这个名字，可是这一刻，当面对他死而复生的灵魂时，不知道为什么，我心里却冒出一股怒气，就是觉得恨意难平，就是想刺激他，以发泄心头那把烧得我焦躁不安的邪火。

"你很高兴吧？我不是口口声声说恨你吗？结果你换一具皮囊，还不是跟你卿卿我我，甚至急不可待地拉你上床？"我见他不出声，一副忍气吞声、忍辱负重的样子，心里那把火烧得更旺了，越发气得口不择言，"那个游戏，终究是你赢了！你高兴了？你高兴了吧？"

他猛地抬头，面如死灰，眼中是一片绝望的悲凉，半晌，才苦涩地嘶声道："你何必如此嘲笑我。"

我是在嘲笑他吗？不！我是在嘲笑我自己。我那些嘲弄的语气、尖酸的刻薄话全是恼羞成怒之后的气急败坏。我不知道该以哪种心情来面对他，仇人？仇怨相抵的路人？曾经的爱人？恩人？朋友？拍档？家人？似乎都是，又似乎都不是。我无法厘清那些复杂的情绪，似乎世界上任何一种感情都被集中凸显在同一个人身上：该仇视的、该漠然的、该感激的、该爱恋的、该相知的、该信任的……我的情绪出现了前所未有的强烈冲突，所以我矛盾挣扎、我焦躁不安、我胸口郁结着一口闷气，如果不发泄出来，会把我生生逼疯！

我恶狠狠地瞪着他、气闷地瞪着他、委屈地瞪着他。安远兮垂下眼睑，避开我灼人的视线，低声道："前尘往事，我已经放下了。大嫂，你放心，我现在是云崎，以后，也一直是云崎，你憎恨的那个人，已经死了……如果你不愿意见我，我会搬出去，此生绝不踏入侯府一步……"

"你……"我猛地站起来，不知道为什么，胸闷得想抓狂、想尖叫、想怒骂、想砸东西，想破坏掉挡在我面前能够破坏的一切。然而我终是揪着胸口，一句话都说不出来。瞪了他半晌，我一言不发地转身冲出书房，如果我再待在那里，我怕我会忍不住冲上去将他撕成碎片！

"夫人……"守在院子里的宁儿见我冲出来，赶紧跟上来。我厉声道："别跟着我，叫他们都离我远点！"我要一个人待一会儿，我要一个人透一透气，我不知道自己在这种狂躁的情绪下会做出些什么事来，我不想自己失控的样子被任何人看见，我不想沦为别人茶余饭后的笑料！

宁儿吓得赶紧站住，我不看她，毫无目的地往前冲。安远兮，你倒说得轻松！你不经人允许就硬闯入别人的世界，点了一把火，现在火烧起来了，被人抓住了，你就想跑？这世上哪有这么便宜的事？你以为什么都由你说了算吗？

我不知道跑到了哪里，只想避开人，离人远些，直到冲到一个僻静的角落，才猛地停下来喘气。手扶在一旁的芙蓉树上，指甲生生嵌入到树皮里，好半晌，我才逐渐平复了粗重的喘息，觉出指尖有些刺痛，转头一看，见中指和无名指的指甲因过于用力已经被我折断了，血从指甲缝里浸出来。十指连心，我痛得抽了口气，松开手，还未等我缩回手仔细瞧瞧，脖子后面蓦然一痛，仿佛被什么东西狠狠地敲了一下。我眼前一黑，顿时失去了意识。

清醒时，首先觉得脖子和嘴巴一阵火辣辣的灼痛。我动了动，想睁开眼睛，身子却微微一僵，我的眼睛蒙着厚布，嘴也被人用布带勒住，手被反绑在身后，双腿似乎也被绑住了。我脑子里反应过来的第一个意识是，我被人绑架了。

蒙着黑布的眼睛感觉不到光亮，也许是被关在不透光的屋子里，也有可能是晚上。因为看不见，听觉和触觉便格外灵敏，四周很安静，我似乎是被人丢在地上，地面铺着石板，很硬，很冰。

我在什么地方？是谁绑架我？有什么目的？一个个疑问从心底冒出来，却想不到答案。我是在侯府被人袭击的，那么一定是侯府的人下的手？侯府里居然有内奸，谁有这么大的胆子？脑子里一下冒出年少荣的名字，我蹙起眉，前几天我拨了云家在沧都的一处房产给他母子俩居住，让他们从侯府搬走，年少荣母子虽然脸上有些不痛快，但也没有多生事端啊，这几日不是老老实实在收拾东西搬家吗？如果不是……

吱呀，突然传来的一声异响打断了我的猜测，似乎是有人推门进来了。我身子微微一僵，竖起耳朵，想听出有些什么其他的响动。只要能知道是什么人绑架了我，就总能想到一些法子应对的。那人似乎走到了我的面前，片刻，踢了我一脚，冷笑道："贱人！你终于落到我手上了！"

我犹如被一桶冷水浇透。年少荣？真的是年少荣！我想出声，可是嘴被布带勒紧了，只发出一些破碎的音节。年少荣尖声笑道："贱人！你没想到会落到本少爷手上吧？你放心，本少爷会把你当初加诸在我身上的痛苦，统统还给你！"

蒙在眼睛上的厚布被粗鲁地扯去，我迫不及待地睁开眼，见自己被关在一间黑暗的杂物房里，门窗紧闭，窗缝里却透出阳光，显然外面还是白天，看来我没被掳走多久。还没看清屋子的环境，年少荣已经一脸怨毒地拎起我的衣襟，将我的身子提离地面："贱人！你知不知道因为你，我这几年过的是什么日子？我们年家只有我一个独子，因为你，让我年家绝后，让我……你知不知道，当我被人嘲笑不能人道，被人在背后指指点点笑我是太监时，我就恨不得喝你的血！啃你的肉！"年少荣的脸恐怖地扭曲着，"我日日夜夜都在诅咒你们夫妇，真是老天有眼，把你的靠山一个一个收拾了，还把你送到本少爷手里来，哈哈哈……"

你是咎由自取！我想大声反驳，但只能发出微弱的嗯嗯声。年少荣见我瞪着他，狠狠地甩了我一记耳光。我只觉得耳朵嗡的一声，眼前金星乱窜，牙齿咯咯作响，想是已经被他打松了。还未等我反应过来，年少荣又几记耳光掴下来："贱人！你也有今天！若不是你逼本少爷搬离侯府，本少爷还找不到机会下手！谁会知道永乐侯府不可一世的当家主母，被本少爷装在行李箱里运了出来？哈哈哈……"

他松开手，我的身子倒回地面，脑子嗡嗡作响，脸颊火辣辣地疼痛，想必已经肿了，我的眼睛都有些睁不开。下一刻，一个冰凉的东西压在我脸上缓缓滑动，我努力睁开眼，见他拿了一把匕首，压在我脸上的正是那匕首的刀背，忍不住往后一缩。年少荣见状得意地尖笑道：“怕吗？你放心，我不会一刀就杀了你的，我要慢慢折磨你，先在你的脸上划上十几刀，再一片一片割下你身上的肉……”

你这个疯子！变态！我嗯嗯叫着，想避开他手里的刀子。年少荣狞笑着，将刀背转上，刀锋压下，正待用力下划，门突然被推开，一个戴着笼纱的青衣女子踏进房来，见状厉声道：“住手！”

我听到她的声音，浑身一颤，脸上被刀锋压住的地方顿时有一丝刺痛，心知那里已经因为刚刚的颤抖被刀子划破了。然而我完全没有心情去理会这个，我的心因为刚才听到那女子的声音而快速跳动，那是我再熟悉不过的红叶的声音！她怎么会在这里？

年少荣转头看了她一眼，阴阳怪气地道：“你放心，我会留她一口气交给你的！”

“我要你把她带出来，可没说准你打她！”她似乎看到我脸上的伤了，语气有一丝怒意，快步上前夺过年少荣手里的匕首。我惊愕地瞪大眼，难以置信地盯着红叶。竟然是红叶让年少荣绑架我？为什么？红叶为什么要这样做？

年少荣冷哼一声，站起来：“你找到我下手掳她出来，不就是知道我跟她有仇吗？仇人落在我手里，我当然要好好折磨折磨才解恨。你的银子带来了没有？”

“带来了。拿去好好享受吧！”红叶的声音带着一丝冷冽的寒意，我忍不住打了个冷战。下一个瞬间，她手里的匕首已经扎入年少荣的胸口。我惊恐地瞪大眼，年少荣猛地抓住红叶握着刀柄的手，脸上也露出难以置信的惊恐之色：“你……你……”

“我才是雇主，要的是货物完整无缺！”红叶的声音平静得没有一丝起伏，“你损坏了雇主的货，还想要银子？去死吧！”话音刚落，她的手蓦然用力往前一送，将那把匕首更深地刺入年少荣的胸口，连刀柄都没入半截。年少荣的眼睛瞪大，张了张口，却再也发不出声音，双眼一翻。红叶松开手，年少荣咚的一声，重重地跌到地面上，抽搐了两下，便没了声息。

我恐惧得想尖叫，这是我认识的红叶吗？那个总是巧笑嫣然、世故豁达的女子，杀起人来竟然如此镇定。我看不到她脸上的表情，只看到她一把撕下年少荣的衣襟，将手上沾到的血污擦去，直到恢复双手的洁白。原来她那双春葱玉手杀起人来也毫不手软含糊！

红叶丢掉那块衣襟，蹲下身把我扶坐起来。我忍不住往后一缩，惊惶不安地盯着她。她的手一僵，淡淡地道：“吓到你了？”

你为什么要这样做？我不停地挣扎，又气又急。不知道她有什么目的，加上被朋友出卖的愤怒情绪，令我狠狠地挣开她的手。红叶似乎明白我想说什么，却没准备为我解惑，淡淡地道：“我们先离开这里。”说完，她的手指往我身上一点。我在晕过去之前才明白，原来红叶竟然也会武功。

✻ 第七十九章　擦肩

再醒来时，眼睛上没有蒙布，我发现自己躺在一辆马车上，口中的布条和手脚上的绳子都被取下了。我想坐起来，却发现全身软绵绵的，使不出一点儿力气，连动一动手指都困难。我想开口呼救，却发现自己发不出一点儿声音。这种情况，不用脑子想也知道，自己被点了穴或是被灌了迷药。

“妹妹醒了？”一旁传来红叶的声音。我的脖子不能动，只能斜着眼睛看过去，见车厢里还坐着一个中年民妇，面容平凡，脸色蜡黄，刚刚的声音正是她发出的。

易了容？我用眼神传达我的狐疑。她笑了笑，拿了水囊凑到我唇边：“妹妹睡了好一会儿了，先喝点水。”

我抿紧唇，冷冷地看着她。红叶的脸上有一丝尴尬，她那易容术倒高明，脸上照旧能看出表情：“妹妹无须担心，这水是干净的。”

我倒不是怕她在水里下毒，她既然掳走我，必然是有用处，不会现在毒死我，只是一时心中愤恨，不愿理她罢了。不过现在落在她手上，倒不能糟蹋自己的身子，白白让自己吃亏。我张开唇，红叶面上一喜，轻轻扶起我的头，将水喂到我嘴里。喝了几口，我将唇闭起来，红叶知道我不想喝了，便把水囊拿开，将我的头轻轻放回车厢地板上。

我不能动也不能说话，就算是有满腹的为什么想问她，这会儿也没办法，索性闭了眼不理不看。红叶想必也清楚我心中对她不待见，这以后倒也不说什么了。

一路无话，天黑时，马车停在一处小乡镇的客栈门外。驾车的车夫拿衣物把我的头罩住，将我背下马车。我听到红叶正在对客栈老板道：“掌柜的，我侄媳妇得了病，要两间清静点的房间，再送点清淡点的饭菜来。”

那车夫把我背进房间，放到床上。只听红叶道：“你让人好生留意周围的动静。”原来红叶暗中还有帮手。一会儿，饭菜送来，红叶盛了粥，端到床边喂我，我老老实实地吃了，好保存体力。用了膳，小二收拾了桌子，红叶走到我床边，迟疑了一下，伸手解开我的哑穴。我轻咳了一下，穴道被封了这么久，嗓子还真是有点不舒服。红叶倒了杯水过来喂我喝了，才道：“妹妹觉得好点了吗？”

我眼神不善地看着她。红叶有些尴尬，轻声道：“我知道妹妹心里定有很多疑问，只当姐姐对不起你！你放心，姐姐不会害你性命，此事一成，必定放妹妹回去。”

“姐姐做这么多事，都是为了九王爷吧？”我平静地道，“九王殿下想怎么样？夺位吗？我真是想不明白，我在里面能起什么作用？永乐侯府和泽云府已经分家了，姐姐不知道吗？”

能让红叶做这么多事的人只有九王爷了，当初她就是去找失踪的九王爷。九王爷被凤家出卖，心中必定不愤，潜伏不出寻找机会也有可能。九王爷掳走我，莫非是想得到云家财力上的帮助？他那样聪明的人，难道不知道当今天子的天下守得稳稳的，他想翻天简直是痴人说梦？怎么会偏执如此？

“我不方便多说什么。”红叶听我提到九王爷，垂下眼睑。我冷笑：“当初红叶姑娘接近我，只怕也是九王爷授意的吧？可笑我竟然将姑娘当成亲姐姐一样看待。这世上最不可信的，果然是人心。”

她听我称她为“红叶姑娘”，面色一白，心知我已经不会再将她当成朋友。我个性一向凉薄，从不宽待对不起我的人，红叶与我相交甚深，自是清楚得很。她咬了咬唇，不说话，只取了一个小圆盒子过来，从盒子里抹了些膏状物，伸手涂在我脸上。我怔了一下，脸颊上顿时有一丝丝凉意，想起被年少荣割破的伤处，想必是金创药之类的东西，也没出声问。红叶给我的脸抹完药，低声道：“伤口不深，抹两天药就没有大碍了，以后不会留疤的。”

“谢谢。”她没必要为我做这些的，不管怎么样脸上能不留疤总是好的。我不再问她掳我做什么，转问其他问题，“你要掳我去何处？看这里的地界儿，好像已经出了沧都了。”

“是。”红叶点了点头，“我们一路向东行，等到了回龙港，上了船，妹妹便不用再受此迷药之苦。”

“上船？”我怔了怔，“你要带我出海？”

回龙港是离沧都最近的沿海港口，马车日夜兼程只需十日即可抵达，南方州郡想去红日国经商的商旅，都是通过这个港口登船远航。此际红叶说要带我到回龙港，还要上船，她想带我去哪里？难道是红日国？我硬生生地抽了一口气：“你……你是红日国的人？”

红叶平静地看着我，淡淡一笑：“妹妹好聪明，看来还真不能跟妹妹说太多话。”说完，她伸手往我身上一点，我心知哑穴又被她点住，心中气闷无比。

没想到红叶竟然是红日国的人。她又会武功，难道是红日国潜伏在天曌国的奸细？我就道九王爷怎么有能力和皇帝叫板呢，原来傍上了红日国这个背景。可是，红日国人一向奸诈狡猾，怎么会支持一个失了势的皇子？而这些跟我又有什么关系？为什么会绑上我？

心里装着事，我一晚上都没睡好，次日清晨，照旧乘车赶路，我的倦意反倒来了，迷迷糊糊地忽醒忽睡，一整日都是在马车上度过，连三餐也都是在马车上啃干粮。红叶不再跟我说什么话，只是到了吃饭的时候喂我水和干粮，依然没有解开我的哑穴。晚上山野之间没有可借宿的客栈，红叶便让车夫继续赶路。

我被掳走两日，侯府应该发现我不见了吧？他们会不会查到年少荣身上去？又怎样才能让他们知道我是被人带离了沧都？万一他们守在沧都继续找怎么办？这样走走停停七八日，我心里焦急不安，再过几日就到回龙港了，如果还不能让人找到我，我就会被带离天曌国了，到那时才真是叫天天不应，叫地地不灵。可恨我现在全身软绵绵的，浑身没有一丝力气，又说不出话，根本想不到任何办法可以给侯府报个信儿。

这一天行在路上，听到马车后面传来快马扬鞭的马蹄声，像是有数骑快马飞快地从囚禁我的马车旁边跑过去。一会儿，马蹄声转回来，我听到一个熟悉的声音在马车外响起：“赶车的，可看到过这个女子从这里经过？”

冥焰？我眼睛一亮，激动得想跳起来冲出马车，可是我全身使不出半分力气。我又气又急，眼睛看向红叶。红叶平静地看了我一眼，微微一笑，似乎一点儿也不着急。只听到马车外的车夫答道：“回这位小爷，小的从没见过这位夫人。”我躺在车厢里也能猜出定是冥焰拿了我的画像在问那车夫。冥焰啊冥焰，你快掀开车帘，我就在你旁边，你快来救我！

“你车里拉的是谁？”冥焰果真这样问。我的心提起来，只听那车夫道：“车内是小的婶婶和生病的堂客……”

别听他胡说！冥焰，快来救我！我心中着急，额上不禁沁出细汗。只听外面冥焰又道：“掀开帘子让我看看。”

我顿时舒了一口气，见红叶还是一脸淡定，心中奇怪，难道她不害怕我被冥焰发现吗？车厢外的车夫诚惶诚恐地道：“小爷莫怪，小的内人生了病，样子难看，怕污了各位爷的眼睛……”

我气得瞪起眼睛，红叶捂着嘴似笑非笑地看了我一眼，只听到外面又传来云乾的声音：“少废话，让你撩开你就撩开！”

红叶见状，撩开车帘子，脸上瞬间转上一副卑微的表情：“各位爷，不知道妾身这侄儿哪里冲撞了各位爷，请各位大爷大人大量，切莫与他一般见识。”

连声音都变了。看来精于易容术之人也懂得如何把声音形态进行一番伪装。我看到云乾和冥焰望进车里，心中一喜，冥焰，快救我！冥焰的目光落到我脸上，眉头一蹙：“你媳妇儿得的什么病？”

我怔住了，冥焰明明看到我了，怎么却像是不认识我一样？我看到扮成民妇的红叶，心中顿时明白过来，原来她居然也给我易了容，一时心中呕得差点吐血。笨蛋！笨蛋冥焰！你连我都认不出吗？虽然黑龙玉和你合体之后，我们之间再无以前那种心灵感应，可是你看不到我的眼神吗？看我的眼神，笨蛋！

“回小爷的话，我这侄儿媳妇是个命苦之人，天生又聋又哑，现在又得了治不好的麻风病……”红叶拿着袖子擦眼泪，“这阵儿正发着烧呢……”云乾听了红叶的话，脸色一变：“冥少爷，我们不要耽搁时间，再到前面去找找。”

“嗯。”冥焰同情地看了我一眼。红叶拿着袖子来装作帮我擦脸上的汗，有意无意地将我的眼睛挡住。我气得差点吐血，如果我能动，必定将红叶的手抓起来咬上几口。车帘放了下来，我听到冥焰在外面道：“赶车的，这瓶里的药可以退烧，一天三次，给你媳妇吃两天就好了。”

啊——我气得想抓狂，想把冥焰拉下马好好打一顿，但马蹄声仍是重新响起来，迅速把我们这辆马车甩到身后。听着马蹄声渐渐消失无踪，我绝望地闭上眼睛，完了，就算是他们有再多的人找我又如何？我不知道被伪装成什么鬼样子，纵使相逢也不相识。耳边听到红叶的轻笑：“退烧药？妹妹，你这弟弟倒有副菩萨心肠。”

我睁开眼，见红叶撩了车帘从车夫那里拿过那瓶药，抿嘴笑了笑。我冷冷地看了她一眼，闭上眼不理她。只听红叶接着道：“妹妹也别恼，我故布疑阵，东南西北四方皆有人扮成你的样子引侯府的人追踪，要是让他们这么容易把你救走，我岂不是白费力气？不过，虽然他没有认出你，能这么快追到这里来，倒也有些本事。”

见我闭着眼睛仍是不看她，红叶想是觉得无趣，终于住了嘴。

马车保持着前几日的速度继续前行，到晚上的时候，因为没有找到村镇落脚，马车继续赶路。我获救的希望越来越渺茫，照这样的速度下去，明天中午就能到回龙港了，难道我真的要被绑到红日国去？

❋ 第八十章　间谍

马车蓦地停下来，闭目昏昏欲睡的我骤然睁开眼睛，见红叶迅速闪出车厢，扬声道：“哪位朋友一直跟着我们，现身吧？”

我一惊，顿时来了精神。会不会是侯府的人找到我了？冥焰他们终于发现这驾马车的异样了吗？

外面没有声音，只听得红叶寒声道：“鬼鬼祟祟跟了我们这么久，以为不出来，本姑娘就拿你没办法吗？”话间刚落，只听到一阵破空之声，似乎还有风声和树叶窸窸窣窣晃动的声音，再来就是刀剑铮鸣之声，片刻之后，只听得红叶冷笑道：“你跟着我们干什么？”

“笑话！这条路是你家的？你走得，我走不得？”车厢外响起另外一个女子的声音。我仔细辨听，觉得那声音有些耳熟，好像在什么地方听过。随后又是一番呼呼的打斗声，稍时，听到一声裂帛之声，然后是红叶有些吃惊的声音：“原来是你，你果然不是普通人！”

“红叶姑娘也不是普通人嘛！否则怎么敢抓走永乐侯府的云夫人？”我心中又惊又喜，惊的是并非侯府的人发现我，喜的是那个人却知道我的身份。这一思索间，我只觉得那女子的声音越发让我觉得耳熟。我在脑子里仔细搜想了一遍，蓦地想起这是晓情楼那位七姑娘的声音。七姑娘认识红叶？难道红叶也找晓情楼买过情报？应该不会，像红叶这种异国奸细要深入扎根是很不容易的，他们的目的性很强，不会随便做出有可能暴露自己身份的事。

“废话！既然被你知道了，我也留你不得！”红叶冷冷地道，“玉竹，今日是你自己找死，怪不得本姑娘！”

玉竹？我大吃一惊。那位晓情楼京城总店的掌柜七姑娘，竟然是玉竹？当年倚红楼的第一花魁？我……我没听错吧？

车厢外又传来叮叮当当的刀剑互击之声，我的脑子里却如一团乱麻。仔细回想七姑娘的身形风姿，再把她和当年那位玉竹姑娘的样子重叠起来，果真越想越觉得有几分相似。不过，之前我去晓情楼见七姑娘的时候，还真没听出她的声音来。当年在倚红楼我与玉竹前前后后加起来说过的话不超过十句，实在对她的声音没有太深的印象。不过，玉竹既是晓情楼的人，为什么会潜伏在倚红楼？收集情报吗？我心中恍然，当是如此，据说晓情楼收集情报的方式也是无所不用其极。蓦地想起自己当年曾对皇帝笑言，是不是在倚红楼安插了粽子，才对我身边发生的事知道得这么清楚。现在想来，这个粽子，铁定不会是红日国的奸细红叶，那应该是这位晓情楼的总店掌柜玉竹了。

玉竹是皇帝的粽子，那晓情楼，难道是皇帝的情报机关？

我倒抽一口气，越想越觉得不无可能。哪个朝代的皇帝没有自己的情报机关？但是这样以江湖门派作掩饰还明目张胆地赚钱的，倒真是首次听闻。

我卷入的是什么样的旋涡啊？没想到当年倚红楼的两大花魁，竟是两个国家的情报人员。想当初景王失势，我还为玉竹求情，以她的身份怎么会有事呢？只怕嫁给景王当小妾，也是受皇帝指使的吧？我现在才觉出自己的幼稚可笑！

车厢外的打斗之声越发激烈，我苦于无法动弹。忽听到车厢外那车夫一声惨叫，然后是红叶一声怒喝，刀剑互击之声越发短促。我正猜测那车夫大概已经被玉竹解决掉了，只听到玉竹惊道：“明神御剑流？你是红日国人？”

红叶不答，只闻越来越激烈的打斗声传来，车厢之外风声呼啸，凌厉的杀气铺天盖地，连躺在车厢之中的我也感受到了丝丝寒意。只听几声当当的脆响之后，我听见玉竹道：“本姑娘今日没空陪你玩，告辞！”

她的声音由近至远，车厢外顿时安静下来，随后，我听到一声咻声划破夜空，在高空中爆开，像是信号弹的声音。随即红叶冷笑道：“现在才知道跑？迟了，本姑娘就让你尝尝被明神忍者追杀的滋味，我看你能跑多远！”

车帘被撩开，红叶眼中还残存着些许杀气。她看了我一眼，见我瞪着她，淡淡地道：“想不到妹妹还和玉竹有联系。妹妹也别瞪我，就算她发现了你也救不了你，她现在自身难保，能不能活着看到明天的太阳都不知道，这就是多管闲事的下场。”说完，她跃上车头，拿起了缰绳。那车夫死了，看来红叶得自己驾车。我看着车帘重新被放下，将她的背影隔挡在车帘之外，这才感觉自己额上凉凉的，竟然冒起了细汗。

马车重新快跑起来，速度竟比刚才快了许多。看来红叶被人发现了行踪，也担心事情有变，想早些赶到回龙港。我却因刚才那场变故心惊不已。看样子，红叶并不知道玉竹是晓情楼掌柜的事，那么玉竹为什么会跟踪红叶呢？也是收集情报？收集谁的情报？我长长地吸了口气，稳定了一下情绪，心中已如明镜般了然。总之不会是收集红叶的情报，因为从刚才我听到她俩那番对话分析来看，玉竹之前并不知道红叶是红日国人的身份，所以在知道她的身份之后才大吃一惊，立即意识到这件事不是那么简单，便不再跟红叶缠斗下去，是想抽身回去把这大秘密报告给皇帝吧？毕竟发现天盟国混进了红日国的奸细，对朝廷来说是件大事，所以就算之前她的目的是跟踪我，也不得不暂时放手了。这么说，她应该在我被年少荣掳走时，就已经暗中跟着了？

这种被人在暗中偷窥一举一动的感觉还真有些……我忍不住苦笑，皇上啊皇上，我已经退让到几乎散尽天盟国内云家家业的地步了，你对云家还是不放心吗？

倒也好，这样我被人掳走、被谁掳走，总有人知道个信儿，久了也会辗转传到云家耳朵里。不知道玉竹能不能成功逃脱，红叶说她会被什么明神忍者追杀，也不知道那明神忍者有多厉害，玉竹对不对付得了。看来混在天盟国的红日国奸细还不止一两个，红叶有一群人在帮她完成计划。

明神忍者……我的眉头皱起来，蓦地想起当年追杀冥焰和莫修齐的那些黑衣人。当年云坤不是说他们好像是红日国的忍者吗？他们与红叶是不是也有关系？一个个模糊的片段在心里飘忽不定，当年冥焰主仆被黑衣人追杀，后来一直就没有了那些黑衣人的消息。如果追杀他们的黑衣人的确是红日国忍者，为什么要追杀他们？又为什么不再下手？难道是忌惮云家的势力？我自嘲地撇了撇嘴，只怕未必，否则今日我也不会落到他们手上了。

如果那些黑衣忍者是冲着冥焰去的，而红叶又跟那些忍者有勾结，那她后来出现在我面前的动机就不单纯了。我可没忘记红叶第一次见冥焰，就对他表现出极大的兴趣，也没忘了冥焰曾委屈地跟我投诉她不是一个好女子。我在心中苦笑，冥焰，果真被你说对了，红叶的确是没安好心，只怪我当初没把你的话听进去。

我仔细地回想着红叶每次来找我的片段，倒是没多少异样，唯一奇怪的是赠了个香囊给冥焰，而冥焰把它给了安生，随后安生便失了踪……我悚然一惊！如果不是被点住哑穴，我肯定会失声惊叫起来。没错，红叶的目标一直是冥焰，她把那香囊给冥焰的原因虽然还不清楚，但那香囊一定有什么古怪。安生定是因为那个香囊才失踪的，如果不是冥焰把香囊给了安生，失踪的人只怕会是冥焰！我硬生生地抽了一口气，这么说，安生的失踪跟红叶有关？他们发现抓错了人，会不会对安生不利？安生会不会已经……我简直不敢再想下去，心中又是愤怒又是恐惧。安生是那样可爱的一个孩子，如果他真的是被红叶所害，我绝不会原谅她，绝不会放过她！

我咬紧唇，深深地吸了一口气，努力平复自己愤怒的情绪。再仔细想想，又狐疑起来，如果红叶的目标是冥焰，为什么不直接找冥焰下手，反而费力地把我抓来呢？以她的身手，要强抓冥焰虽然不一定能成，但也不是没有机会，何况她还满脑子阴谋诡计。想了半天，实在是想不通，脑袋反而抽痛起来，我赶紧停止了胡思乱想，看来要期待下一次红叶为我解穴的时候，我才能求证那些猜测有没有错。

我脑子昏昏沉沉的，一会儿清醒，一会儿又迷迷糊糊地昏睡过去，等到车厢突然剧烈地颠了一下，才把我完全震醒。我睁开眼睛，见阳光从紧闭的车厢门帘儿缝隙里透进来，想来天已经亮了。车厢外面有些喧嚣，我心中一惊，难道回龙港已经到了？

门帘儿被撩开，红叶连夜赶路，眼中带上了几缕血丝，见我惊惶地瞪着她，红叶笑了笑，转头道：“把她背出来。”

一个渔夫打扮的男人把我从车厢里背出来。我见红叶身边围了近十个渔民打扮的男人，心中更是惊惶不定，这些人明显是来接应红叶的。抬眼见前方果然是一望无际的大海，眼前是一个看上去完全不像港口的港口。看来这古代的港口完全不似现代码头那样繁荣无比，就算是出海到红日国做生意的商旅，一年能来回跑一趟就不错了。现在是四月，春暖花开，渔民通常都是天刚亮就出海，故海面上没有停多少渔夫的渔船，只有一艘较大的商船停在海上，有点出海远航的意思。码头下拴着三艘乌篷小木船，想是用来渡人到商船上去的。现在是清晨，由于渔民大都出了海，码头上人也不多，只有几个补渔网的妇人和一些在沙滩上捡贝壳的小孩子。

那些渔妇看到一艘大商船停在远处的海面上，正在指指点点，不知道是不是在打听是哪位大商人的船，想托船上的水手带些远洋的红日国商品。见到有马车来，妇人们和捡贝壳的小朋友都好奇地往这边瞧。还不等我看清眼前的景况，红叶就将一件斗篷笼到我身上，将我连头盖住，我的视线也被阻挡在斗篷之内。红叶不动声色地命令：“把她背上渡船。”

我惊慌起来，想挣扎，可是身上仍是没有半分力气。把我背在身上的那个男人听了立即背着我往码头那边行去。我听到那些男人围着我一起走向码头，又急又怕，眼见码头的长堤就要走到尽头。我突然听到沙滩那边似乎传来沉闷的马蹄声，码头一阵喧哗，我听到红叶冷静地低声命令道：“不用管他们，上渡船。”

男人把我背进码头下停着的乌篷渡船，红叶也踏了上来，其他男人也纷纷上了其他几艘渡船。上船后，男人把我放下来，让我斜靠在船舱里。我的头正靠着船舱的窗口，我拼尽了全力，将身体的重心侧靠到船舱上，脸正好对着窗口，趁机看向沙滩。当看到沙滩上那几个熟悉的人影时，我的心都快跳出来了，安远兮？是安远兮！

“开船！”红叶立即命令那男人去撑船。我瞪大眼，死死地盯着岸上的安远兮和云家铁卫，他们在四处张望着，像是在找人的样子。我咬紧唇，安远兮，我在这里，我在这里！拜托你看过来，拜托你看过来！

然而，他听不到我心里焦灼的呼喊，乌篷渡船缓缓地撑离码头，向着海面上那艘大商船划去。

第八十一章　炮灰

安远兮和四名铁卫在码头和沙滩上搜寻。乌篷渡船将我越载越远，我咬紧下唇，死死地盯着安远兮，望着他们越来越远的身影，心中只剩下绝望。难道今日我依然要和你们擦肩而过吗？

安远兮的目光朝着我的方向扫过来，他似乎看到我了，我的心一下子涌到了嗓子眼，唇张了张，想大声呼救，可我忘了自己根本发不出任何声音。但他的目光只在我的脸上稍微停顿了一下，便转向了别处。我如同被人浇了一桶冷水，浑身凉透。他也认不出我？红叶的易容术当真如此高明吗？易容能把人的眼神也改掉吗？我以为我跟他之间经历过那么多事，已经培养出无须言道的默契。以前在处理家族生意的时候，很多时候仅仅是一个眼神，双方便能心领神会，知道对方的意图。可原来不是这样，他认得的，不过是我这具皮囊。

我眼里热起来，不明白为什么，喉咙发堵，心里难过得想哭。冥焰没有认出我，我只觉得焦急气恼，可为什么当我发现安远兮也认不出我的时候，心里居然这样难受？我怔怔地看着他伫立于海岸上目光四下搜寻的身影，眼泪缓缓地从眼眶里涌出来。尽管我知道他们是在找我，心却一点点凉透，缓缓坠入深潭，只觉得自己仿佛被全世界遗弃了。

安远兮在岸上搜寻了一圈儿，没有发现什么，又看向海面上的渔船和商船。我看到他指着海面在问一个补渔网的村妇什么，那渔妇不知道答了什么，安远兮的目光又看向载着我的渡船，匆匆扫过我的脸，看向旁边的几条渡船。我已不再抱任何希望，乌篷渡船离商船越来越近，我木然地看着他，任泪水从脸颊滑落。已经看向别处的安远兮似乎怔了一下，猛地转过头，目光紧紧地锁在我的脸上。他的眼中似乎闪过一丝惊疑，眉头紧紧地蹙起来，死死地盯着我的眼睛。我的心微微一动，他发现我了吗？沉寂冰凉的心似乎又开始隐隐地暖起来，眼泪却像断了线的珠子滚滚而下，我定定地凝望他的眼睛。他眉头舒展开来又立即蹙起，眸子里带着惊喜又立即被怒意冲淡。我的眼泪掉得更快更急，唇边却浮起笑意。他是谁？楚殇，安远兮，还是云崎？或者那都是他，又或者那都不是他，那有什么关系？我只知道，他认出我了，在我最绝望、最无助的时候，在别人都认不出我的时候，他认出我了，只有他认出我了。

安远兮向着码头冲过来，铁卫见他突然飞奔而去，怔了一下，立即也跟上前。

安远兮……我的心跳快起来，仿佛长了翅膀跟着他的脚步一起飞奔。重获自由的希望就在眼前，巨大的喜悦令我忍不住颤抖。突听红叶在身后道："忍六，背她上船。"我心中一惊，见背我上渡船的男人过来扛起我，才发现渡船已经靠在大商船旁边了。我心中大急，商船离码头已经很远了，安远兮的身影站在码头的长堤之上就像蚂蚁一般渺小，关键是码头那儿已经没有渡船了，他怎么过来？这么远的距离，就算轻功再好，也飞不过来的。

只见安远兮一掌劈断了码头上拴渡船的木桩子，木桩凌空飞出，嘭的一声落到远处的海面上，溅起雪白的浪花。同时，他脚下用力一跺，铺在长堤上的木板像被炸开的爆米花似的，一块块噼噼啪啪地弹跳起来。他用脚将一块块弹起来的木块挑离地面，飞快而连贯地将它们夹到腋下，身子凌空一跃，已经站到刚才被他击到海面漂浮着的木桩上，同时将手上的木板丢出一块，身子又跃起，点在被他抛出的木板之上，成为他水中前行的借力之物。一块又一块的木板相继飞出，安远兮迅速在海面跃进，追向乌篷渡船。跟在他身后的铁卫有样学样，踩着他踏过的木板追上来。红叶大声道："忍三，忍七，带人截住他！"

忍六背着我迅速攀上商船，将我丢到甲板上。我身子软成一团，已经无法看到海面上的情况，抬眼见红叶也攀上船。我怔怔地看着她。红叶看了我一眼，对忍六道："准备开船！"

忍六转头对甲板上的一些水手迅速说了一串我听不懂的话，应该是红日国的语言，听起来有一点点像我那时空的日语。水手们迅速行动起来，有的起锚，有的升帆。我观察着那些水手，全都长得不高，心知他们全都是红日国人，这根本就不是正经的商船，而是红日国的间谍船。

眼见风帆已经升满，商船似乎也有了一些波动，我心中大急，看不到海面上的情况。我不知道安远兮到底追上来了没有，是被那些拦截他的红日国奸细绊住了吗？

红叶见我眼神焦虑，伸手点开我的哑穴：“担心他吗？”

我恶狠狠地瞪了她一眼。红叶淡淡一笑：“他救不走你的，你劝他回去，否则枉送性命。”说完，抓住我的手臂，将我扶起来，让我倚到船舷上。我赶紧往码头方向看过去，只见安远兮和铁卫们正在海面上惊险万状地避开乌篷渡船上那些红日国奸细发射的劲弩，在翻腾、跳跃的同时还要不断地抛出木板继续追赶。那两艘乌篷渡船向着安远兮他们划过去，密织的弩箭一支接一支地射向他们。安远兮和铁卫本就是依靠漂浮在海面上的木板追赶渡船，这种方法极耗内力，再加上要留神躲避射来的弩箭，更是险象环生。

海面上刮起了风，商船的帆完全涨满，我感觉商船行进得很快，不一会儿工夫，我们与海面上那几艘乌篷渡船就拉开了距离。安远兮他们虽然快追上乌篷渡船，但离大船更远了。箭弩的破空声和着海浪风声，听起来异常凶险。风浪大起来，漂浮在海面上的木板左摇右晃，云坎险险地避过一支弩箭，弩箭擦着他的肩膀飞过去，他身子一颤，下落时却没有踩到木板上，跌到了海里。

“啊……”我失声叫起来，见云坎从水里冒出来，抱住了漂在海面上的木板，才松了口气。这一眨眼工夫，又一支弩箭射中了刚刚从一块木板上跃起的云坎，他身子一翻，直直掉入海中。“云坎——”我惊呼一声，见他蓦地沉入水中，消失在海面上，知道他已经凶多吉少，呼吸一窒，心中又痛又怒。只听到红叶道：“妹妹还不出声吗？你想看着他们白白送死？”

“你——”我费力地偏过头，瞪着红叶，“你最好向老天祈祷不要落到我手上，否则我一定会让你下地狱！”

“地狱吗？”红叶的眼中没有一丝温度，唇微微一抿，唇角浮起冰冷的笑容，“你怎么知道我现在不是身在地狱？”

我心中愤恨，不愿再看她那张面目可憎的脸，转眼看向海面上的情况，见安远兮离那乌篷渡船越来越近，另两名铁卫落得稍远，而掉在水中抱着木板的云坎却一动不动，我心中暗惊：“那弩箭上有毒！”

“聪明！”红叶平静地道。我气得身子轻颤，拼命地大声叫出声：“箭上有毒，大家小心！”

隔得较远，我不知道安远兮他们听不听得见我的喊话，只见他敏捷地躲避着弩箭，终于接近了乌篷渡船，闪电般地跃上其中一艘，船上顿时展开了激烈血腥的厮杀。这是我第一次看到安远兮这样肆意杀人，袖中剑已出鞘，矫若神龙，剑尖幻起银光，没有任何花巧的动作和奇诡的招式，劈、刺、斩、划、挑，一连五个动作一气呵成，血雾喷溅中，船上五名红日国奸细顿时变成五具没有生命的死尸，有的跌入深海，有的扑到船舷。另一艘乌篷渡船上的红日国奸细慌了神，顾不上攻击海面上追过来的云巽和云艮，纷纷将弩机掉头对准安远兮，慌乱地将弩箭向他射去。

安远兮的身子腾空跃起，长剑挥洒中，将那些弩箭一支支砍飞。银剑在阳光下爆出耀眼的反光，剑气如潮浪般将弩箭震飞出去。精光一闪，其中一支弩箭被一剑弹开，以奇快奇强的劲道反射回去，嗖的一声，贯入一名红日国奸细的喉咙。那奸细难以置信地瞪大眼，喉头鲜血直冒，咚的一声倒在船舷上，当场暴毙。安远兮趁这眨眼的工夫，已经落到另一艘船上，一篷又急又密的剑雨倾盆而下，剑气咝咝，那剩余的几个红日国奸细被这漫天剑雨笼罩，哪里还有命在！

安远兮仿佛一头杀红了眼的野兽，干净利落地结束了另外几个奸细的性命。那一连串圆转自如的杀人手法，看得我心惊肉跳，那是他身为楚殇时自小学来的杀人技法，快速，准确，一击即中，令敌人来不及抵挡便毙命于剑下，仿佛他的剑本来就在那里，是那些奸细自动将心脏喉咙送上。

我咬紧了唇，紧紧地看着他，第一次血淋淋地切身感受到他幼时是怎样拼命挣扎着。从那样残酷、凶险、血腥、黑暗的环境中生存下来的，不是你死，便是我亡。我的心中仿佛被人用力一抓，骤然痛得一阵阵抽搐。

“没想到这位侯府二公子这么厉害！”红叶的声音带上几分诧异。没有人发射弩箭制造障碍，云巽和云艮少顷也冲到了乌篷渡船上。安远兮的目光转回来，落到离他们已经很远的大商船上，目光中带着一团燃烧的火焰，望向站在船舷边的我和红叶。云巽和云艮将船上的死人推到海里，拿了桨开始摇船，想追赶大船。红叶冷冷一笑，蓦地扬声道：“云崎公子，我们将云夫人请来并无恶意，只是想让冥焰公子到我们红日国明神岛做客。我佩服阁下的身手，不愿你丧身此间，请回去转告冥焰公子，只要他肯来，我们立即将云夫人送回。”

她借着内力将这番话送出去，声音十分清亮悠远。我心中一跳，红叶抓我的目的果真是为了冥焰？安远兮只是冷冷地看着她，一言不发。云巽和云艮快速地划动船桨，根本不理红叶说的话。

红叶叹了口气，轻声道："妹妹当真不劝劝云崎公子吗？"

我定定地望着站在乌篷渡船上的安远兮，沉默不语。"罢了……"红叶幽幽一叹，蓦地扬声道，"忍六，明神大炮！准备！"

我吃了一惊，明神大炮？正狐疑间，见船舷下方的船体内，缓缓伸出一个黑糊糊的圆铁柱子，对准了远处的乌篷渡船。我大骇，那东西有七分像我前世所见的大炮，转脸看向红叶："你、你竟想用这个对付他们？"

怪不得她有恃无恐，看着十来个同伙被杀死也这么镇定，连眼皮都不眨一下，原来她有这个东西给她撑腰。我抽了一口气，蓦地看向安远兮，拼命地道："你们快回去！快——"我没有内力可以把声音送得很远，只能拼尽全力用最大的声音嘶吼，声带不能承受骤然而来的拔高音调，声音顿时被撕破。我不知道安远兮能不能听到我的叫喊声，见他们的乌篷渡船完全没有停下来的迹象，只得继续拼命地嘶叫："快回去！快躲开——"

话音未落，我却听到了红叶冷酷地命令："放！"随着她的命令，一声巨响从炮筒里传来，船体突然狠狠震了一下，炮弹射出，乌篷渡船在海面上轰然炸开。我身子无力，差点被震倒在甲板上，紧紧地抓住船舷。我死死地瞪着远方在顷刻之间化为乌有的乌篷渡船，海面上漂浮着翻着白肚皮的死鱼和破船带着火焰的残片，冒着滚滚黑烟，天空中不时有带着黑烟且燃烧着的船体残片掉下来，空气里满是硫黄和硝烟的气味，而安远兮和铁卫都不见了踪迹。

"安远兮……"我骇然大叫，死死地盯着前方那一片被炮火摧残过的海域，不敢相信刚刚还活生生站在我眼前的人，被炸得连一丝残片都找寻不到。不会的，不会有事的，他的武功那么高，他不会有事。我没看到他的尸体，说不定他早就跳入海中躲过了爆炸，他一定不会有事，一定不会……我在心里不断地安慰自己，目光落在一块船体碎片旁边的海面上，全身蓦地变得僵硬。那里，从海底缓缓冒出一片嫣红的血迹，在碧蓝的海水中慢慢四散，像一朵妖艳的恶之花，在海面上徐徐盛开。

"安远兮……"我喃喃地唤了一声，眼前一黑，瘫倒在了甲板上。

第八十二章　救星

“没想到蔚锦岚的千金骨子里竟是这般淫荡，对强暴她的男人曲意承欢，比青楼里的婊子还要下贱……”

“这卡门欲以夷狄之恶风俗，坏我天曌国男女之大防，是诚何心哉？贻害地方，遏绝真理，禽兽不若，罪不容赦……”

“大嫂，冥焰虽说是你义弟，到底男女有别，你与他的接触也不可太过忘形……”

“我从来不畏惧挑战，蔚蓝雪。等你爱上我那天，一定会生不如死……”

“姑娘怎可拿自己与青楼女子相提并论，姑娘是良家女子，做的是正当生意，在下在姑娘手下做事，并不委屈……”

“大嫂，我们是一家人……”

“我要碰你，你阻止得了吗？等你的迷药过了，不用我碰你，你都会自动爬到我身上来……”

“你怎么可以拿这种事开玩笑？你这样的女人，才没有人敢要……”

“这么说你很清楚我喜欢什么样的人了？那你说，我喜欢什么样的人？我喜欢什么样的人？你说，你说啊……”

“求我什么？爱你，还是要你？不碰哪里？这里……还是这里……”

“叶姑娘，找到你真是太好了，我是来救你出去的……”

“我无话好说……”

“若我让你离开青楼，你会不会好受些……”

“我怕。但是我很高兴，我现在能陪着你……”

“对不起，是我害了你……让你受这种侮辱……”

“若是这个孩子真令你这么痛苦，你想怎么做，我都不拦你……”

“好。下辈子一定要记得来找我……”

“我不会让你带走这面妖镜，也不会让你再用它！你再这样固执，我便毁了它……”

“我心里想什么，你会在意吗……”

“你明知道费力不讨好，为什么还要来问我？我对秀姐根本没那种心思，你心里明明清楚，为什么还是要来问我……”

“大哥活在你心里，谁也毁不去，你其实根本不需要这面镜子……”

“那个游戏，你赢了……”

“我为何要怪你？你以为经历了这么多事，我还是以前那个对世事无知的傻书生？我知道你很聪明，你很坚强，遇到困难你总能想办法自己解决，但是，我也知道你有多么不容易。我只是为我身为男人却这么无能感到羞愧，为你……感到心疼……”

“别哭，别哭，是我不好，叶儿，别哭，你哭得我都不知道该怎么办了……”

“雪儿，你想陷害我，找个更好的法子……”

“叶儿……你真的……不后悔……”

“大嫂……无论如何，我不会害你……”

“就算你恨我也好，我也不会放开你。我回去准备一下，明天来带你走……”

“我不会跟你在一起，我跟你是不可能的！我不喜欢你，我不要你……”

“前尘往事，我已经放下了。大嫂，我现在是云崎，以后，也一直是云崎，你憎恨的那个人，已经死了……如果你不愿意见我，我会搬出去，此生绝不踏入侯府一步……”

……

意识在混沌之中飘浮，一个又一个片段在我脑海里喧嚣纠结，曾经的楚殇、曾经的安远兮和现在的云崎，他们混在一起，重叠在一起，我分不清他们谁是谁。那些时过境迁最不该在意的人，偏偏纠缠不清，最应该淡忘的事，却已深入骨髓。城楼上那个血淋淋的人头、海面上那抹妖异的嫣红，交替闪现，步步逼近。我透不过气，脑海里一直浮着楚殇的影子、安远兮的影子，想躲开、想挣扎、想尖叫，却仿佛被无形的巨手禁锢着，被他们悲哀的眼神束缚着，挣扎不开也逃脱不了……楚殇……我叫着、哭着……安远兮……我哭得喘不过气，挣扎着要抬起身子，不要惩罚我，不要折磨我……

“不要……”我哭着睁开眼睛，摇着头低泣，“不要折磨我，不要……”

“妹妹醒了？”一张我最不想看到的脸出现在我面前，用湿润的毛巾擦拭着我脸上的泪水和冷汗。我的心在瞬间沉至低谷，我仍然在红叶手上，那么安远兮他们是真的命丧于炮火之下了？红叶顶着她的真脸，没有易容，她那么自信，不需要再乔装掩饰了吗？

“我昏迷了多久？”心里仍怀着隐隐的希望，我有些不敢面对地问。红叶笑了笑：“你昏睡了两天了，肚子饿不饿？我拿点儿粥给你喝。”

两天？我只觉得手脚冰凉，两天……如果安远兮当时没被炮火击中，只怕早就将我救出去了。我闭上眼睛，语声轻颤：“他们是不是死了？”

红叶沉默了一阵，才道：“是。”

我的身体如同痉挛一般抽搐起来，瑟瑟发抖。红叶觉察出我的异样，快速地点了我身上几处穴道，缓解我的痉挛。我紧紧地咬住唇，努力克制身体的颤抖，只听到红叶柔声道：“妹妹不要太过伤心……”

“滚出去！”我猛地睁开眼睛，愤恨地瞪着她，“滚出去！滚！”我不会原谅她，永远都不会原谅！如果有机会，我一定会杀了她！

红叶脸色一白，垂下眼睑，从床沿站起来，步出舱房，舱门随即紧紧地关起来。

心仿佛被掏空了，我茫然地望着上方的床顶，眼泪缓缓地从眼角滑落。安远兮死了，为了救我死了，还有四个铁卫，都白白丢了性命。我真是一个扫帚星，除了给人带来灾祸，我还做过些什么？呵呵……我忍不住笑起来，死了？死了也好，以后再也不用受我的气了，更无须在人世受苦。眼泪模糊了视线，我却笑得喘不过气，安远兮，我欠你那么多条命，这辈子不能还给你，只能下几世还了。

一连几天，我都是浑浑噩噩的，像个活死人一样躺在床上，除了清水和熬得几乎不见米的清粥，喂进我嘴里的任何食物我都无法接纳，一吞进肚子，胃就一阵阵抽搐，然后开始不受控制地呕吐，连胆汁都会吐出来。现在这种情况，即使红叶不再对我用迷药，我也使不出一点儿力气，而红叶并没有像之前承诺的，上了船就解开我身上的迷药。只除了没再点我的哑穴，我与前些日子被禁锢在马车里并没有什么不同。我有时候在心里猜测，她是不是怕我寻死，所以才不给我解开迷药之毒？

然而我知道，我不会寻死，不但不会寻死，反而要好好活下去。我有必须生存下去的目的，我还有一个致命的牵挂，我的诺儿已经没了爹爹，没了太爷爷，没了叔叔，如果他连我这个娘亲都没有了，就成了彻彻底底的孤儿，到时候还不知道那些觊觎侯府的豺狼虎豹，会不会将他生吞活剥，吃得骨头都不剩。

我强迫自己吃东西，开始要一些较稠的粥，当胃又开始痉挛的时候，我紧闭着唇，将反涌到嘴里的食物又强咽下去。渐渐地，我适应了稠粥，还能吃一点紫菜汤和鱼。我每天都告诉自己要快些把身体养好，只要这船还没有离开天罂国的海域，我就还有逃生的机会。虽然我目睹安远兮乘载的渡船被炸成了残片，但我没有看到他的尸体，就还抱着一丝他还活着的希望，尽管我知道这希望是多么渺茫。

红叶见我能吃东西了，倒是十分欣喜。我要求她将我身上的迷药解了，她笑道：“妹妹且忍忍，等明日到飞鱼港换了船，我就为妹妹解开迷药。”

“换船？”我心中一惊，听她仍然厚着脸皮称我为“妹妹”，我翻了翻白眼。红叶装作看不懂我不耐的表情，耐心地警告我不要有非分之想：“这条商船已经暴露了目标，我已经通知人在飞鱼港另外准备了一条船。”

我看了她一眼，只怕那渔船也不是普通的渔船吧？沉吟片刻，我轻嘲道：“你掳走我是为了冥焰？你想引冥焰去红日国？为什么？”望着她平静的表情，我一个问题接一个问题地逼问，“冥焰对你们有什么用？以前追杀他的忍者是不是你们的人？回京后你每次来找我，其实都是想抓冥焰吧？安生是不是被你们抓走的？他现在是死是活？”

红叶深深地看了我一眼，淡淡一笑：“等到了红日国，你所有的问题，都会得到解答。”

次日，红叶果真在飞鱼港换了船。这次换乘的是一艘大渔船，但我知道那很可能也是伪装，既然那商船上都有火炮，这渔船应该也差不多。换船之后，行出海面，红叶果真为我解了迷药。只是我被迷药折腾了十几天，刚刚解了药性，身子仍是不能动弹，在床上又休息了几个时辰，身体才开始有了点劲儿。我让红叶送水到舱房里给我洗澡。被困了这么久，路上颠簸船上折腾，我一次澡都没洗过，幸好是初夏，汗少，否则不知道会臭成什么样子。红叶看了我一眼，没说什么，让人送了热水到我船舱里。送水的人却满脸不悦，后来我才知道他们船上的淡水只提供来饮用和简单的洗漱，珍贵得很，根本没人会拿来洗澡，船上的人两三个月不洗澡是常事。

知道后我并不感激红叶，反而挑衅地要求每天都要洗一次澡。但红叶真够好脾气，不管我态度有多恶劣，她都忍了下来。船出海后，红叶并不限制我的活动，允许我到船舱外面走动，船舱门口也没有人把守，大概是觉得在海上，我根本就无法逃走，也就省了那些费力不讨好的手法。锁上门，把自己关在舱房里泡了个舒舒服服的热水澡，渔船迎来了海上的黑夜，舱房里暗下来。我伸手摸过搭在浴桶上的毛巾，从浴桶里出来，擦干身子套上浴袍，想摸到桌旁点灯，冷不防被人一把抱住，捂紧了嘴拖到墙角。我大骇，正欲挣扎，只听那人在耳边轻笑道："真是令人惊奇，看我在这条船上发现了什么？"

我身子一震，停止了反抗。捂在我嘴上的手微微松开，我仍在怀疑是不是自己听错了，猛地转身，手摸上那人的脸，以确定不是自己的幻觉，我又惊又喜："花蝴蝶，是你？"

"正是玉某……"他低低地笑，手揽在我腰上吃豆腐，"难得见到花花这么热情，玉某真是受宠若惊。"

我无暇理会他轻佻的玩笑，如同沙漠里快要脱水而亡的旅行者，突然发现前面有一大片救命的绿洲，高兴得差点哭出来："花蝴蝶……"

"嘘……"他没想到我是这种反应，反倒稍稍正经了些，轻声道，"小声一点儿，要是被人发现，玉某小命难保。"

"你怎么在这里？"我平复了一下情绪，小声道，"你几时进来的？你……"我迟疑了一下，想起自己刚刚从浴桶里出来，"你没看到什么不该看的吧？"这舱房门关得紧紧的，除非他是在我洗澡之前就潜进来，否则没可能进得来的，难道这采花贼居然躲起来偷看我洗澡？

"在花花沐浴之前。"玉蝶儿轻笑道，唇贴在我耳边暧昧地低喃，"该看到的，都看到了。"

我怔了怔，顿时又羞又气，用力一脚踩在他的脚背上，将他推开："你这色坯！"

玉蝶儿闷哼一声，抽了口凉气，苦笑道："花花真是心狠手辣！"

船舱外面传来一阵响动，随后听到红叶的声音："妹妹洗好了吗？"

我看了玉蝶儿一眼，他身形一晃，已经不知道躲到哪个角落去了。我点亮桌上的灯，打开舱门，见红叶端了饭菜站在门口。她见我已经洗完澡，让人搬了浴桶出去，走进舱房将饭菜放到桌上。我看了一眼，淡淡地道："我前些日子没有好好吃东西，现在觉得有些饿，你再多做两个菜给我。"

我的语气并不客气，不过红叶听了反倒很高兴："好，我让他们再给妹妹送两个菜上来。"一会儿果真加了两个菜，我看了红叶一眼："我不想看着你吃饭，你出去。"

红叶脸色僵了一下，转身出去。我锁上舱房，转头见玉蝶儿已经坐到桌前，拿起筷子大快朵颐，一边吃一边道："花花真是聪明，你怎么知道玉某还没有吃饭？"

"那还不简单？我之前在那条商船上那么多天，你都没有出现，一换船你就出现了，说明你不是从商船上跟来的，而是潜伏在这条渔船上。这船在海上行了一天，从白天到晚上，你若不是他们的同党，就一定没有吃过东西。当然，也有可能你就是他们的同党，只是装成这样子来迷惑我的。"

玉蝶儿咳了一下，瞪着我道："花花竟然怀疑玉某，真叫人伤心。"

我冷冷一笑："若是你刚刚才经历了朋友的欺骗和背叛，你也会对谁都不信任的。"

玉蝶儿狡黠地一笑："花花就是嘴硬，我知道你心里是相信我的。"

我笑笑不语。玉蝶儿搁下筷子，叹道："罢了罢了，玉某还是先交代清楚了，否则连这顿饭都吃不自在。"

我微微笑了笑，坐到他对面。玉蝶儿正色道："若我说我上到这船上发现你，完全是巧合，你信是不信？"

我眉毛一扬。玉蝶儿笑道："你让我四下打听安生的消息，说实话，还真是没有什么头绪。前两日正好经过飞鱼港，听说远海打回一批海鲜，就留下来，准备饱饱口福。没想到今日在港口见到了一位佳人，我因与这位佳人有过一面之缘，所以准备跟她见个礼，哪知竟然发现佳人的船上藏了玉某的红颜知已……咳，咳咳……"

他见我似笑非笑地看着他，再厚的脸皮也有些挂不住，轻咳着掩饰尴尬的表情。我翻了翻白眼，调侃道："是你见色起意，想勾搭美人才对吧？"我还不知道他那性子？见了美女就像蜜蜂见了蜂蜜似的。从他的叙述中我也明白得七七八八，定是他在港口看见了红叶，动了色心想泡妞，所以跟着红叶潜上了渔船。他以前在傲雪山庄见过红叶一面，还曾经对她表示过兴趣，有意追求，不过这家伙对美人的兴趣向来来得快去得也快。那段时间他为了治我的眼疾东奔西跑找灵药，倒没有时间去勾引她，等到有了时间可能也把这位美女忘到脑后去了。他行事向来随性而为，本来就是没有什么目的的，没想到这次居然歪打正着，发现了被红叶囚禁在船舱中的我。

玉蝶儿装傻呵呵地一笑，转开话题：“我上了船，觉得有些不对，船上水手的一举一动都透着古怪，随后发现这些水手居然都是倭人。我想这位佳人是花花的好友，所以潜伏下来想弄清楚是怎么回事，没想到竟然发现花花被囚禁在这里，这下子当然更不能走了。”

“花蝴蝶，你知不知道，我这辈子最幸运的就是交了你这个朋友。”我拍着马屁，眉开眼笑，“我知道你是我的福星。”玉蝶儿最擅长的就是易容和逃跑，有他相助，我何愁逃不出红叶的魔掌？

“咳咳……”玉蝶儿听着我赤裸裸的奉承话，失笑道，“花花，你真势利呀。”

“你会帮我的哦？”我觍着脸谄媚地笑。玉蝶儿笑道：“我一个人跑掉是绝对没有问题，不过要带上你，就未必能全身而退了。我虽然不知道倭人为什么要抓你，但是从他们这次大费周章地部署来看，你想逃走只怕没那么容易。”

“为什么？”以玉蝶儿出神入化的易容术，带我躲过他们的追捕并不难啊。玉蝶儿笑了笑，突然探身凑到我身前，在我脖子上嗅了嗅，叹了口气：“果然……”

“怎么？”我见他坐回凳子去，赶紧道。玉蝶儿道：“你没闻到你身上有一股很淡的香味儿吗？他们给你服了冰蝉果。”

“毒药？”我的心沉下去，举起手臂闻了闻，没感觉出有什么异样的香味儿。

玉蝶儿摇摇头：“不是毒药。冰蝉果是一种用以追踪的香料，服下这种香料，香味便会从身体里散发出来，三个月不散。这种香味很淡，一般不容易闻出来，但是有一种叫冰蝉的小虫子，非常喜欢这种味道，无论你怎么遮掩，就算是百里之外，它也能准确地找到散发这种香味的物什。你说，我带着你能逃得出去吗？”

我的心凉了半截。玉蝶儿笑道：“花花不用怕，我会陪着你到红日国，伺机带你逃走，绝不会没义气地跑了，把你一个人丢下。”

到了红日国，逃跑不是更艰难吗？环境不熟、语言不通，不是更加寸步难行？而且还不知道到时候会不会生出其他的变故。

“不，你要走，必须走。”我摇了摇头，认真地看着他，心中已有决定，“你到下一个码头，就下船到沧都，替我告诉冥焰，我不准他来找我，让他带诺儿跟修叔走。如果我回不去，请修叔带他们离开，去安全的地方。”我不知道红叶到底为什么要把冥焰引到红日国去，但女人的直觉告诉我，冥焰此去一定凶多吉少。我身边的亲人除了诺儿，只剩下冥焰了，我不希望他们任何一个再出什么差错。只要冥焰不来，红叶难道会把我囚在红日国一辈子不成？

不过我已经作好了可能会有很长一段时间当囚犯的心理准备，如果我一直回不去，我不放心让诺儿再待在天曌国，泽云府和皇帝都是不安全的因素，只有新大陆才是最安全的地方。我让玉蝶儿带那番话，云修一听就明白。

玉蝶儿看了我一眼，笑道：“花花，你不会不知道吧？”

“知道什么？”我蹙了蹙眉，心中升起不好的预感。只听玉蝶儿摇头叹道：“从飞鱼港去红日国，中途再无停靠中转的码头，整整两个月都得待在海上。我上了这船，不到红日国，就下不去了。这才是我没法带你走的真正原因。”

“什么？”我怔住了。怎么会这样？玉蝶儿见我大受打击的样子，不紧不慢地道：“花花不用担心，玉某再不济，保你一路周全的本事还是有的。何况还有这么长时间，或者中途有什么转机也不一定。”

我叹了口气，无可奈何地道：“事到如今，也只有如此了。”还能怎么办呢？走一步看一步吧。

玉蝶儿笑眯眯地道：“今后这两个月我就要与花花在一个房间里同吃同宿了，真是令人期待的生活呀……”

“色坯！”我气结地瞪了他一眼，“谁要跟你同宿了？你自己找地方躲起来。”

“花花真是铁石心肠……”玉蝶儿委屈地道，“你就不怕玉某被倭人发现一刀给宰了？那样就没人救花花了……”

“指望你？算了吧。”我哼了一下，“我还不如期待奇迹……”

这些话不过是我和玉蝶儿斗嘴，我哪里敢真让他出去找地方躲，对他来说如今这船上最安全的地方当然是我的舱房了。

船在海上行了一个多月，一直平安顺畅，除了有一天晚上遇到过一次暴风雨，船体稍有损伤之外，前行的速度却丝毫没有放慢。眼看这艘渔船就要离开天曌国的海域，进入红日国的领海，我却没有等到我期待的奇迹。不过，有了玉蝶儿相陪，我的日子好过多了，他有善于安慰人的本事，常常用玩笑化解我对未知事件的忧虑和恐惧。只是苦了他得一直躲在我这舱房里，每日三餐与我分食，都不得全饱。

这一日海面仍然风平浪静，碧空如洗，我在舱房里却听到外面有纷乱喧嚣的脚步声和呐喊声，我和玉蝶儿对望一眼，不知道外面发生了什么事。红叶的声音在舱门外响起："妹妹！妹妹！"

玉蝶儿迅速隐藏好自己，我拉开房门，见红叶一脸严肃地站在门口："我们遇上了海盗船，妹妹待在舱房里千万别出来！"

海盗船？我怔了一下，耳边突然传来一声炮响，船摇晃了一下，我赶紧扶住门框，才稳住身子。

"该死！"红叶脸上带上一丝怒色，转头看了一眼，"他们很快就会开始攻击了，炮火无眼，你在舱里也要小心些！"说完，她拉过舱门，咔嚓一声落了锁。

❋ 第八十三章　囚居

我回过头，看向已经出来的玉蝶儿："海盗船？倭寇也抢掠自己国家的渔船吗？"

玉蝶儿笑了笑："海盗船？只怕未必，出去看看就知道了。"

"舱门锁住了怎么出去？"我指了指被红叶从外面锁住的船舱门。

"玉某自有办法。"玉蝶儿从手指上拔下一枚戒指，在戒指兽头雕饰的嘴里拉出一根铁丝，随后凑到门缝处，将铁丝从门缝里伸出去，拨弄门上的铜锁。我屏气看他怎样开锁，只听到咔的一声轻响，玉蝶儿把铁丝从门缝里抽出来，笑道："成了！"一边说一边按了按戒指的兽头，那根细铁丝迅速缩回兽嘴里。此时外间突然传来一声轰然炮响，如炸在耳边，船剧烈地震动了一下，东倒西歪地摇晃起来，桌椅板凳统统倒地，茶杯、茶壶等器皿纷纷掉到地上跌得粉碎。这样剧烈的摇晃令我站立不稳，踉跄着跌到地板上，眼见就要碰上那一地碎瓷，腰间骤然一紧，玉蝶儿抓住我的腰带，将我带到他怀里，滚到船舱角落。这里的震动没有那么剧烈，待震动稍稍平复，玉蝶儿捧起我的脸，紧张地道："花花，有没有伤着？"

"没事。"我惊魂不定地道，"这艘船被击中了？"

"还不清楚。"玉蝶儿的表情严肃起来，"你待在这里别动，我出去看看。"

"你小心点儿。"他点点头。我不是傻子，这种情况我出去只有当炮灰的份儿，留在舱里当然比去甲板上安全得多，也不会拖累玉蝶儿。玉蝶儿贴门听着动静，片刻才闪出去，不忘把门锁锁上。我心惊胆战地缩在船舱角落，外面的火炮之声越发激烈，船的震动也越发强烈，如同遇到海啸一般，地动山摇。我的身子随着船的动荡东倒西歪，稍稍平复一些，甚至感觉出船体已经有些倾斜。我知道这艘间谍船肯定被对方的火炮击中了，心里直担心它会不会像泰坦尼克号一样沉到深海去。

不知道过了多久，火炮声渐渐消失，我提心吊胆地缩在船舱角落。又过了很久，门锁咔嚓一声打开了，红叶推门进来："妹妹没事吧？"

我这会儿才觉出玉蝶儿的细心，若是他之前出去不落锁，这会儿只怕红叶要生疑了。我缓缓站起来，才觉出脚有些发软："没事。海盗走了？"

红叶笑道："宗主派了舰船来接应我们，那些海盗自然望风而逃。这艘船受损严重，我来请妹妹移驾到另外的船上去。"

"又要换船？"我怔了一下，心中有些着急。玉蝶儿还没有回来，万一跟玉蝶儿失去联络，我逃走的希望可就没有了。但我却找不到理由不走，从这艘船的倾斜程度来看，就知道这船受损严重，而且红叶还盯着我。现在我只能在心中祈祷玉蝶儿在暗中潜伏着，知道我换了船。

踏出船舱，我才看到这艘渔船损毁得的确严重，船体倾斜，船身上有多处被炮火击中的窟窿，烧焦的木板冒着黑烟，空气中充斥着硝烟的气味，然而最令我惊奇的，是渔船已经行到一处四处是浮岛的海域，环境有些像越南著名的景区"海上桂林"下龙湾，海面上另外一字排开的五艘战船，有两艘也受到了一些轻微的损毁。其中最完好的一艘正紧紧地靠着这艘间谍船，两船之间已经搭了木板。红叶踏上木板，将手递给我："我扶妹妹过去。"

"不用了。"我将手伸出去，转头往渔船上看去，目光搜寻了一圈，没有发现玉蝶儿的影子，心中更是焦灼不安。红叶见我回头，诧道："妹妹在找什么？"

"这里是……"我装成打量环境的样子。红叶笑道："这里已经是红日国的海域了，从这片珍珠湾出去，再行五日，就可以到明神岛了。"

我心中暗惊，面上仍得装出镇定自若的样子，淡淡地嘲道："红叶姑娘出色地完成了任务，真是恭喜。"

红叶脸色一黯。我抿紧唇，踏上木板，行到战舰的甲板上，转身注视着被击坏的间谍船："这船坏成这样，你们不要了？"

"这船会留在珍珠湾修理。"红叶笑了笑，"我带你去见宗主。"

我心中更是焦急，若是玉蝶儿还留在渔船上，怎生是好？然而此时我又不得不跟着红叶走，只得在心里祈祷玉蝶儿平安无恙。跟着红叶进了这艘战舰的大舱，见里面布置得像个日式会客厅，一个面容清瘦的老者跪坐在正中，身侧跪坐着一个年轻男子。老者着的衣饰和日本的和服一般无二，年轻男子则着了一身武士服。红叶见了那老者，单膝跪地，伏首道："纪香参见宗主。"

纪香？红叶的真名吗？我撇了撇嘴，那老者让红叶起身，目光落到我脸上，脸上露出一丝笑容："这位就是天曌国永乐侯府的云夫人吧？请坐。"

我坐下来，不是像他们一样跪坐，而是伸直了腿，挑衅地看着那个什么宗主。见他身旁那武士眼中闪过一丝怒意，厉声道："大胆，竟敢对宗主无礼！"

我心中大快，无所谓地笑道："不好意思，我们天曌国人，不知道怎么屈膝。"

"云夫人是天曌国贵客，自然不必遵循我国礼仪。"那宗主不动声色，淡淡一笑，"云夫人一路辛苦。纪香，带云夫人去客舱好好休息。"

倒沉得住气，好，你装傻我也可以装傻。我冷冷一笑，起身行出船舱。红叶跟出来，跪地推上舱门的一刹那，听到那武士用红日国话以疑问的语气对那宗主说了句什么。只听那宗主厉声对那武士呵斥了一句，似乎非常生气。

"嗨！"武士惶恐地应了声，里面便没有了声息。我心中犹在狐疑，红叶已起身走到我前面："妹妹请跟我来。"

她领我进到一间完全是日式的舱房，床褥被子都铺在地板上。待我踏进门，红叶轻声道："妹妹且在这间舱里休息，有什么需要拉一拉门口的绳铃，我就会过来的。"

我躺到床褥上，心中如一团乱麻。事情好像越来越复杂了，我完全不知道他们下一步要做些什么。玉蝶儿到底怎么样了？冥焰是不是已经知道我被红日国人掳走了？以他的性格肯定是要千里追踪而来的，还不知道这些红日国人设了什么陷阱摆在那里等他。那些人到底为什么要引冥焰来？我的诺儿怎么样了？还有就是……安远兮，他真的……死了吗？

我闭上眼睛，只觉得心脏一阵尖锐的刺痛。这一个多月以来，每次想到他，心口就痛得仿佛刀割一般，怎么会这样？为什么会这样？我按紧胸口，身子蜷成一团，瑟瑟发抖，冷汗冒了一身，不一会儿就浸湿了衣衫。前几次每次发作时，有玉蝶儿替我运气，抵御那令我窒息的痛楚，现在玉蝶儿不在，我才知道这种痛楚竟是这般难以忍受。不能想他，否则会痛晕过去。我努力把思绪集中到眼前的处境上，疼痛稍缓，身子一松，意识已经陷入到黑暗中去。

船行了五日，玉蝶儿一直没有出现。我在极度的忧虑中终于被战舰带到了明神岛，撇开被掳的恶劣心情和对安全及未来的隐忧，这里的确是个美得像梦境的岛屿，岛上遍植着樱花树，粉红和莹白的花瓣像雪花一样随风飘舞。我被带到一个传统的日式庭院，看来红日国的民风国情真的像我前世的古代日本。庭院外面守着佩刀的武士，我不被允许踏出庭院，只能在庭院内活动。庭院里只有一个使唤丫鬟，十四五岁的样子，长得倒是眉清目秀，可惜我跟她语言不通，所以基本上不能和她作什么交流。她每天只是按规定给我把饭菜送进房来，清洁房间擦洗地板，收走我换下来的脏衣服。值得一提的是，这庭院里有个小小的温泉池，洗澡十分方便，从房间推开门，走廊下面就是温泉汤，布局就像日本的温泉旅馆。

我在庭院里住了几日，红叶每天都要过来看我一趟，不过她的好意只让我觉得是一种变相的监视，对她仍是没有好脸色。除了她我没再见过其他人，我也乐得自在，每日里除了睡觉、泡温泉，就是自己跟自己下五子棋。这屋里有书，且都是天曌国的汉字，不过我向来觉得看古代竖排版没标点的书太累，也不去费那个神。这样平静地过了几天，庭院里来了一位客人。他来的时候，我正着了一身和服，齐肩的头发扎成一个马尾，坐在回廊边上，将一双脚泡在温泉里，身旁摆着棋盘。见红叶陪他进来，我只是微微挑了挑眉，既不行礼，也不招呼，一脸淡然。倒是他微微欠了欠身，优雅地笑道："云夫人。"

"在这里见到九王爷，真是意外。"我笑了笑，"妾身是被人掳来的囚犯，九王爷在这里是什么身份？"

"哪位囚犯能像云夫人这般从容自在？"九王爷君千翌笑道，目光扫过我泡在温泉里的赤足和光裸的小腿，再落到我身侧的棋盘上，微微一笑，"五子棋？"

"九王爷知道？"倒是我有几分诧异。他笑了笑："曾和皇兄一起下过，原来这棋是出自云夫人这里。"

他的态度不卑不亢，见我仪容不整，一双光脚泡在水里，也不像一般男人那样讲个非礼勿视，目光坦荡、大方自然的举止反倒没有猥琐之感。他跪坐到棋盘对面，微笑道："千翌陪夫人下一盘如何？"

"甚好。"我看了红叶一眼，见她看着九王爷的目光恭敬，极力表现得淡然，却又有一丝复杂的情绪在眼中波动。看来她对九王爷的那份心思倒是真的，我心中不由得自嘲，好歹她对我总说过一句半句真话，令我的自尊心不至于受挫到底。

君千翌知道下法，但可能是由于没有经常下这棋的原因，很快被我引进陷阱里，一颗子堵在这里，另一边必定堵不住。他搁了子，轻笑道：“眼看着千翌就要赢了，没想到夫人还在这里布了局，反倒起死回生，将千翌逼入败局。”

“所以，即使到了绝境也不要放弃希望，没准下一刻就有转机。”我淡淡一笑，搁下棋子。君千翌定定地看着我，他的眼睛和皇帝真是太不一样了。皇帝的眼神过于慑人，而他的眼睛每每见到都是清澈的，清澈得一望无底、令人怀疑。一个从小生活在深宫那些阴谋算计中的男人，怎么会有这么清澈的眼睛？连云峥那样无欲无求和凤歌那样淡定超然的人，都没有这样清澈的眼睛，“水至清则无鱼”，太过清澈，是不是太过有心机的掩饰？

“夫人是胸有丘壑，还是不清楚目前的形势？”九王爷微笑道，“在这种环境之下还能镇定自若、谈笑风生，若是别的女子，恐怕除了哭泣和哀求，再无他法。”

“哭泣和哀求能改变现状吗？”我自嘲道。他是在讽刺我无知者无畏吗？“听说九王爷信禅，可听过三求观音的故事？”

“愿闻其详。”君千翌面带微笑，似乎来了一点兴趣。我笑了笑，淡淡地道：“有一个人在屋檐下躲雨，看见观音正撑伞走过。这人说，‘观音菩萨，普度一下众生吧，带我一段如何？’观音说，‘我在雨里，你在檐下，而檐下无雨，你不需要我度。’这人立刻跳出檐下，站在雨中道，‘现在我也在雨中了，该度我了吧？’观音说，‘你在雨中，我也在雨中，我不被淋，因为有伞；你被雨淋，因为无伞。所以不是我度自己，而是伞度我。你要想度，不必找我，请自找伞去！’说完便走了。次日，这人又遇到了难事，便去寺庙里求观音。走进庙里，才发现观音像前也有一个人在拜，那人长得和观音一模一样。这人问，‘你是观音吗？’那人答道，‘我正是观音。’这人又问，‘那你为何还拜自己？’观音笑道，‘我也遇到了难事，但我知道，求人不如求己。’这个故事告诉我们，成功者自救。遇到难事只是哭泣或是哀求别人救你，还不如坦然面对，自己想法解决。”

君千翌的眉微微一挑，目光中带上一丝了悟和恍然，笑道：“是千翌失礼了。”

丫鬟送了饭菜过来，见了九王爷和红叶，跪下行礼。九王爷起身道：“千翌不打扰夫人用餐，改日再来看望夫人。”

“妾身不送。”我点点头。红叶看了我一眼，欲言又止，见我态度冷淡，终是一言不发地跟着九王爷出去。我起身步入室内，丫鬟把餐盒放到室内的矮餐桌上，退出房间。我见餐盒里摆着精致的海鲜刺身、鳗鱼卷、寿司，淡淡一笑，虽然是没有自由的囚犯，不过住得好、吃得好，对我也算是客气了。

我夹了一个蟹子寿司放进嘴里，刚刚咬下去，觉出有异，将嘴里的寿司吐到碟子里，用筷子扒拉两下，看到一个小蜡丸。我怔了怔，赶紧拿起蜡丸，捏碎了，取出里面的小纸条，见那纸条上写着："想办法见厨娘一面。"落款处画着一只飞舞的蝴蝶。我心中狂喜，玉蝶儿，你到底跟来了。

❋ 第八十四章　厨娘

纸条丢在哪里都不保险，我怕被人看见，干脆揉成一团吞进肚子里，然后若无其事地将餐盒里的食物吃完。丫鬟进来收餐盒时，我对她道："我要见红叶。"

她茫然地看着我。我蹙起眉，想起她这些日子从来没有开口跟我说过话，很有可能听不懂天罂国的语言，于是一个字一个字地重复道："纪——香——明白？"

"嗨！"她眼里似乎有一丝了悟，点了点头退出去。过了一会儿，红叶果真来了，她对我要求见她有一丝惊喜："妹妹……"

"我这两天吃的食物很美味，红日国与天罂国的饮食风格迥然不同，我可不可以请教一下厨子是怎么做的？"我笑了笑，没对她摆脸色。

"啊？"红叶怔了怔，想是没想到我找她是为了这个，"啊……可以，可以……"

"那太好了。"我微笑道，"等我回去，开一家红日国美食店，应该大有可为。"

红叶微微一怔，笑了笑："妹妹在哪里都不忘想着做生意。"

"在困境中想一些高兴的事是不难为自己。"我淡淡地道，"麻烦红叶姑娘了。"

红叶唇角微微一动，低头退出去。过了一会儿，她领了一个矮矮胖胖的厨娘进来，手里提着一个篮子。胖厨娘给我行了礼，我请她坐到矮桌对面，她从篮子里将准备好的食材一样一样拿出来。海苔、煮好的米饭、切好的黄瓜、剥好的虾肉、装在碟子里的蟹子等。她取出食材的时候，红叶在一旁依次报着材料名称。我看了她一眼，淡淡地道："我有眼睛看，红叶姑娘没事不用整天盯着我。"

红叶脸色微微一僵，挂着勉强的笑容退出房去。我见她退出去，赶紧盯着眼前这位厨娘，见她垂着眼睑，认真地准备着食材，看也不看我一眼。我心中暗自打鼓，难道红叶叫的这位厨娘，不是玉蝶儿叫我联系的那位？厨娘将食材全部取出，再从篮子底部取出一块砧板，放到矮桌上，张口说了一句话，我完全听不懂。我只得看着她表演做寿司，先将海苔铺在砧板上，再将米饭从左至右排在紫菜上面，均匀铺好，将黄瓜和虾肉等均匀铺在米饭上，将紫菜卷起来，用竹帘卷起饭卷轻轻定型，然后将长条形的饭卷切成节，每一节取适量蟹子铺在切口上，摆在食盒里，一个寿司就做好了。

厨娘做完示范，笑着伸手，示意我自己动手学一次。我本来是为了与玉蝶儿字条上的厨娘联系，不过此时倒真是来了点兴趣，于是照着她的样子动手。这个看着简单，做起来还颇有些讲究，特别是裹饭卷的时候不能太用力，否则米饭和菜就从竹帘里挤出来了。厨娘看到我把米饭挤出来，笑得乐不可支，起身来到我身后跪坐下来，双手撑住我的两只手，用合适的力道做示范。她的身子紧紧地贴着我的背，下巴轻搁在我的肩头，嘴里轻声发着我听不懂的声音，口中呼出的热气轻轻喷在我的耳朵上，引得我后背一阵发麻。这样的接触让我觉得怪怪的，尽管我和她都是女人，仍让我产生了类似性骚扰的感觉，特别是她抓着我手示范用力。等我开始懂得用合适的力度的时候，她却没有松开我的手，反倒在我的手背上轻轻磨蹭。我心中有气，转头怒视着她，正待出声呵斥，却见她眼里闪过一丝戏谑的光芒，往我耳鬓轻轻吹了口气，轻笑道："花花的忍耐功夫越发见长……"

我瞪圆了眼，难以置信地看着"她"，轻声道："花蝴蝶？"

玉蝶儿俏皮地冲我眨了眨眼睛，不过他顶着厨娘这张肥脸，还真是有些让人吃不消。我打了个寒战，轻声道："你怎么扮成这样子？"

"不扮成这样子，怎么能够见到花花。"玉蝶儿轻声道，"这岛上四处布着奇门遁甲的阵法，不知道行走方法很容易被困死在阵形里。玉某不懂奇门遁甲之术，又不知道你被囚在哪里，自然只有先潜伏下来想办法。扮成厨娘，这样与人接触得少，不容易被人发现异常，我怕你担心，所以要想办法通知你我就在你附近。"

我眼睛热热的，心里感动得一塌糊涂："谢谢你，玉蝶儿……"

"这么感动？"玉蝶儿轻轻一笑，握紧了我的手，将我紧紧搂在怀里，唇若有似无地往我脸颊上一擦，调侃道："那花花以身相许如何？"

我气恼地瞪他一眼，从他怀里挣脱出来，啐道：“色坯！放手！”

“花花这样轻贱玉某的真心，真是让人伤心！”他轻轻一笑，半真半假地道。随即松开我，侧身倒在地板上，右手托着脸颊，支在地板上，似笑非笑地望着我。

老实说，如果是他本人摆出这副风流多情的样子，一定是个迷人的花花公子造型，可惜这会儿他是个又肥又矮的厨娘打扮，怎么看怎么滑稽。我忍不住轻笑出声：“别说，花蝴蝶，你这易容术还真是出神入化。你怎么把自己弄得这么肥，还把身高硬生生地缩了一截儿？”

“精于易容者最基本的本领就是要学会改变嗓音和学习缩骨术。”玉蝶儿也收了轻佻的模样，淡淡地道，“玉某会的不止这些，为了易容成体型肥胖的人，还习了能使身形迅速膨胀的内功。”

“那你要每时每刻运用功力？会不会很辛苦？”我担忧地看着他。玉蝶儿笑道：“不用担心，每次运功可以保持十个时辰，我每晚休息两个时辰就可以了。”

“你一定要小心。”我蹙起眉。我身上的冰蝉香还未除尽，玉蝶儿不懂奇门遁甲之术，不可能贸然地带我走，如果他被人发现是假扮的，就危险了。

“我晓得。”玉蝶儿微笑道，“如今我们不能贸然行动，只能等待时机。虽然他们看上去似乎对你以礼相待，但你也要多加小心。”

我点点头，想到刚才他嘴里叽里咕噜的红日国话，皱起了眉：“对了花蝴蝶，你怎么会说红日国话，还会做红日国菜？”

“玉某游历四方，多年前曾在红日国住过三年，吃遍该国美食，对其民风世情也有一些了解。”玉蝶儿懒洋洋地道，蹙着眉看了一眼自己肥胖的身形，“否则借我十个胆子，玉某也不敢装扮成这儿的厨娘。”

怪不得之前他敢说出陪我到红日国伺机救我逃走的话了，原来如此。我一看到他那身材就想笑，吸了口气，想到那天他潜出船舱打探消息的事，轻声道：“对了，你那天出去看到了些什么？真是海盗攻击红叶他们吗？”

玉蝶儿嗤了一声，笑道：“哄鬼！什么海盗，那是东海抗倭军的巡逻战船。”

“东海抗倭军？”我怔了一下，“那不是燕将军统率的海军吗？”

“嗯。”玉蝶儿点点头，“那日东海抗倭军的三艘巡逻战船大概是发现关押你的那艘渔船有异，所以发出信号要求渔船停下来接受检查。渔船上的红日国人心中有鬼，不敢停下来，反而向着其中一艘巡逻船开了一炮，巡逻船便跟渔船开起火来。不过奇怪的是巡逻船每次开炮，射击的都不是渔船的要害，只冲着桅杆和船体边缘射击，似乎是想缴船围捉活人。这样浪费了一些时间，结果红日国派了五艘战船去接应渔船，巡逻船见势不妙，赶紧边打边撤了。那五艘战船便护着渔船到了珍珠湾。”

“不知道红叶的那个宗主，是红日国的什么人？”我蹙起眉，“竟然能拥有战船，而且敢跟天曌国正规海军叫板，如此明目张胆地挑衅天朝，他就不怕给国家带来麻烦吗？”

“明神岛一直是红日国明神家族的圣地。”玉蝶儿道，“明神家族是红日国最古老的九大家族之一，九大家族中，除了渡边皇族之外，神刀流斋藤家族、鬼剑宗弥生家族与明神家族是最有势力的家族。这九大家族的起源可追溯到上古神魔时代，在红日国的势力盘根错节，对国家的影响力根深蒂固，深受国人敬畏，有着超然的地位。”

“敬畏？”我挑了挑眉，为什么不是尊敬？看来这九大家族不是什么好鸟。玉蝶儿笑道：“因为这九大家族各自信奉着一只上古魔兽，他们拥有召唤魔兽的神秘力量。渡边皇族信奉的是最强大的神兽九尾狐，而明神家族信奉的则是最强大的魔兽八歧大蛇。传说八歧大蛇是八头八尾的巨大蛇类，拥有魔界的力量，是黑暗力量的起源、邪恶的代表。在上古九大神兽之战中，五战四胜，仅败于九尾狐之下。”

我心中隐隐抓住一些什么，这些魔兽神兽的，是不是与他们想引冥焰前来有关？我不由得紧张起来，催促道：“你给我讲讲这九大神兽之战是怎么回事。”

“这是红日国家喻户晓的传说。”玉蝶儿道，“相传八歧大蛇拥有可以控制三界的邪恶力量，为了一统三界，它用自己的力量，揭开风雷水火土五个祭坛的封印，放出沙之守鹤、雷之雷兽、火之九尾狐、水之矶怃、土之貉五只神兽危害人界，邪恶的气息还惊醒了鼠鲛、猫又、彭侯三只远住在红日国关西的怪物。然而，八只怪物不肯听命于八歧大蛇，于是引发了长达五百多年的上古九神兽大战。八歧大蛇虽然以其超强的魔力打败众多魔兽，却低估了九大神兽之首的九尾狐的实力，在消耗战中败北。于是，八歧大蛇将自己的魔力封印于一直信奉它的明神一族祖先的灵魂里，代代传承，希望有一天明神一族的天才后代能够启封魔力，重新唤醒自己的力量，与九尾狐决战。”

我想我明白他们想做什么了。我的身子有些冷，他们抓冥焰，难道是想复活八歧大蛇？难道冥焰是复活八歧大蛇不可缺少的人？难道冥焰就是他们所说的明神一族的天才后代？可是冥焰明明是冥王的儿子，这怎么可能呢？

“怎么会有这么诡异的传说？”我咬紧唇，“如果八歧大蛇复活了会如何？复活八歧大蛇需要做些什么？”

“据传八歧大蛇的力量在明神一族中传承，如果族中后裔出现千年一遇的天才，八歧大蛇的能力就可以在此人面临生死关头的时候被解放出来。八歧大蛇的真身一旦复出，在没有找到九尾狐决战之前，会杀死所有看到的人、动物，甚至神兽。”玉蝶儿道，“复活八歧大蛇的方法是明神一族秘传的解封印术，隐藏在被选定的天才后裔的血液里。一旦大蛇的残魂进入他的身体，就可以启动复活咒语，解放八尾的强大力量，在其体内重生。”

我几乎可以肯定，不管冥焰是不是他们明神家族的天才后裔，也一定在复活八歧大蛇的阴谋中扮演着重要角色。玉蝶儿见我脸色难看，笑道：“吓到你了？不过是些神话传说，没什么好怕的。听说这明神岛祭坛是供奉八歧大蛇真身的地方，有机会一定要摸进去看看那个传说中的魔兽长什么样子……”

“不要……”我神经质地抓住他的手，“不准去！”

玉蝶儿不信有这些神魔鬼怪，我信。因为我死过一次，知道有冥王、有冥界。既然这世上有神魔鬼怪，再多几只魔兽有什么稀奇？我不要玉蝶儿因为一时好奇枉送性命。玉蝶儿怔了一下，目光锁在我抓住他的手上。我苦于无法详细解释，悻悻地缩回手，却被他反手一握，紧紧捏在掌心里，语气有一丝异样：“为什么不准去？”

习惯了玉蝶儿轻佻的样子，此时他的态度却令我心中一紧，微微一挣，却抽不出手。抿紧唇，我转过脸，淡淡地道：“现在我们处境这么危险，不要再节外生枝。”

手被缓缓松开，玉蝶儿轻笑道：“玉某不过是逗花花玩呢，看你急得……”话音未落，他身形一闪，迅速跪到我对面，正襟危坐。我还没反应过来，已经听到门外传来两下轻轻的敲门声，然后，纸门被推开，红叶走进来，笑道：“妹妹学得怎么样？”

我装模作样地夹了一个寿司蘸了芥末和醋放到嘴里，忍住被芥末冲出来的眼泪，笑道：“还行。”

红叶见状笑了笑，用红日国话对玉蝶儿叽里咕噜说了一通，玉蝶儿低声应道：“嗨！”便开始收拾矮桌上的食材。我看了红叶一眼：“我做好的寿司要拿走吗？”

“妹妹想吃可以留下来。”红叶笑道。我眼珠儿一转，笑道：“刚刚吃了这么多，也吃不下，不如红叶姑娘替我送给九王爷，以回报他的探望之情，一定要说是我亲手做的。”

还不知道要在这里囚居多久，这位九王爷身上似乎还藏着不少秘密，不知道能不能从他那里打探到于我有用的信息，现在应该开始拉关系了。

红叶的目光在我提到九王爷的时候，只微微一闪，点头道：“好！”

我目光一转，见玉蝶儿已经收拾好东西，笑道：“我以后还可以请这位厨娘来教我做菜吗？”

红叶淡淡地道：“只是学做菜，自然是可以。妹妹听不懂她说话，不如让她将做法写成食谱给妹妹。”

“如此甚好。”我不知道红叶这样说是不是发现了什么异样，也不敢再坚持，看着玉蝶儿低眉顺目跟在红叶身后走了出去。纸门被拉上，我回想着刚刚玉蝶儿说的那些话，眉头紧紧地蹙起来。

❋ 第八十五章　安生

不知不觉被囚居在明神岛已有两个多月，我身上的冰蝉香已经散去，但玉蝶儿因为不懂奇门遁甲之术，别说带我出去了，想走出厨房都难。最近我又和他联络了一次，玉蝶儿不知道用了什么方法，知道了红日国近期好像局势紧张，天曌国皇帝因为红日国的“海盗”挑衅天朝，龙颜大怒，大量战舰驶入红日国邻海，东海抗倭军在离红日国最近的天曌国无人荒岛驻扎，大有山雨欲来风满楼之势，战事一触即发。知悉了这个消息，并没有让我轻松多少。如果玉竹没事，皇帝可能已经知道是红日国掳走了我，不过我可没有自作多情到认为皇帝对红日国发难是要来救我的。这场战真要打起来，我不死在炮火里就算万幸了。再想深一层，更觉得以皇帝的精明，除非他疯了，否则怎么可能在刚刚经历了剿灭雪狼王和平复叛变等祸乱之后，盲目地发起大规模的跨国海战呢？要知道海战相对于陆战，打起来更为艰难，更消耗国力。他现在最紧要的，是恢复民生，重建遭到战乱破坏的国家。这样想来，只怕玉蝶儿得到的那个消息，多半不实。

九王爷自从收到我的寿司示好之后，倒是常到我这小院里来。他是个风雅的人，颇能接受新鲜事物，如今他的五子棋已经下得比我好了。我将手中的白子摆到很早就发现的疏漏上，九王爷怔了一下，搁了手中的黑子，淡淡一笑：“千翌输了。”

我抬眼看他，笑了笑，将棋盘上的白子挑出来：“九王爷的心思不在棋盘上，否则妾身哪里是你的对手。”

他挑了挑眉，笑道：“夫人过谦了。”

“九王爷在想什么？”我将手中的白子放到棋子罐里，“红日与天曌之间不可避免的战事？”

九王爷的表情僵住，目光有一丝异色：“夫人如何得知？”

“红叶掳走我时，在天曌国港口动了火炮。以我对皇上的了解，敢在他的家门口明目张胆地挑衅，没有一个充足的理由，恐怕皇上没那么容易打发。”我淡淡地道，手中的棋子掉进棋子罐里，发出脆响，“后来在海上遇到了‘海盗’攻击，红日国海域这么不太平，皇上想必也是极不放心的。”

“夫人看得倒是透彻。”君千翌幽幽一叹，“可惜偏有人以为只要仪式成功……”他蓦地住了口，我却听出几分异味来。仪式？什么仪式？复活八歧大蛇的仪式吗？难道他们认为复活了八歧大蛇，真的能一统三界，所以才不把天曌国放在眼里？

“妾身实在是不明白，九王爷怎么会与红日国人为伍？”我将棋盘上的黑子一粒粒拣起来，故意显得漫不经心地道，“九王爷是堂堂天朝上国的王爷，现在却不知以什么身份尴尬地客居在红日国？”

“王爷？”九王爷眼神一黯，轻嘲道，“天曌国还有千翌这个王爷吗？”

“如何没有？当日王爷被景王陷害，皇上平定景王叛乱之后，明明下旨让王爷返京，可凤家军却出了事，王爷也下落不明。”我将黑子哗的一下倒入棋子罐，“皇上可没说过天曌国没有你这位王爷。”

“凤家军当日所为，岂会见容于皇上？”九王爷自嘲道，“千翌回京又会如何？凤家深明其中利害，否则也不会弃卒保帅。”

“所以，你宁愿背叛自己的国家？”我冷冷地看了他一眼，“便是凤家负你，皇上负你，总不是这天下都负了你。联合外贼来对付自己的国家，又岂是大丈夫所为？”别跟我说红日国人押宝在九王爷身上没有所图，我也不相信九王爷躲在红日国是心灰意冷后的避世。

他怔怔地看着我，眼中带上一抹痛色，凄然叹道：“夫人不会明白的。”

“我是不明白。”我怔了一下，他的神色有点奇怪，难道里面还别有内情？我缓了语气，“王爷有什么苦衷，不妨跟妾身说说。”

他定定地看着我，抿唇苦笑，摇了摇头：“知道得太多，对夫人没什么好处。”

“就算是什么秘密，我如今被囚禁在这里，也不可能泄露出去。”我淡淡一笑，自嘲道，“而我很怀疑，我是否有走出这里的一天。”

“夫人多虑了。”九王爷恢复了一贯的优雅风度，将刚才的失态掩饰在淡然的表情下。我见好不容易才打开他心防的一点缺口又被迅速地堵上，心知今日是再没有机会探知什么了，也识趣地闭嘴。红叶走进院子，九王爷见了她，起身道："夫人，千翌该告辞了。"

红叶对九王爷恭敬地行了一礼，却不像平日一样闷声不响地跟着他出去，反而出声道："宿主大人，宗主请你和云夫人去神社。"

宿主大人？我蹙起了眉，这是什么称呼？奇奇怪怪的。九王爷面色一凝，喃喃地道："该来的终于要来了……"

我不明所以，那位两个多月来只见过一面的明神家族宗主要见我，想来没什么好事。心底有几分忐忑，我跟在九王爷身后沉默地走出去，红叶则尾随在我身后。

踏在一地粉红夹白的樱花花瓣上，我第一次踏出这个院子，出了院子发现外面的樱花树更多。层层叠叠、漫山遍野，简直是一片樱花的海洋。这明神岛的樱花不知道是什么品种，日日盛开，终年不败，不像我前世见过的樱花，仅有春日短短一周花期。登上漫长的石阶，神社掩藏在叠嶂的樱花林中，也是传统的白墙青瓦，不过比起一般的日式建筑，这神社算得上高大壮观了。神社外面有一块开阔的平台，四周耸立着雕刻着怪异图腾的石柱，柱顶盘旋着多条狰狞的石蛇，细细一看，却发现是那些石蛇分成了多个蛇头，身子却只得一根。虽然心中发毛，我仍是忍不住多看了两眼，难道这就是八歧大蛇？

踏进神社，里面的光线骤然一暗。从神社大门进去，是一条很长很长的甬道，甬道很黑，墙上的烛台燃着跳动着幽幽火光的白烛。那些摇曳着的光线微微照亮了墙壁，墙上竟然画着大幅的壁画，就着烛光微弱的光线仍能看出壁画色彩斑斓。视力适应了甬道内的光线之后，我看清壁画上画着的都是一些奇形怪状的野兽：有灰褐色蓝耳朵、长着獠牙样子像熊的庞然大物；有浑身冒着黑白火焰、长得像豺狗、拖着两条长尾巴的怪兽；有张着血盆大口、长着三条鳄鱼尾巴的怪鱼……我看着那些画得活灵活现，像是立即要从墙壁上跳出来的怪物，心中暗惊，难道这些恐怖的图案，画的就是玉蝶儿曾经说过的上古九魔兽？一条紫色的巨蛇跃入眼中，它的上半身分了叉，生出好几个脑袋，尾巴也分了好多叉，我细细一数，果真是八头八尾。八歧大蛇？我心中暗惊，不由得仔细地打量起那巨大的妖蛇，却见那蛇的蛇头狰狞如骷髅，骷髅眼里冒着橙黄的荧光，张着大口，露出幽蓝的口腔和白森森的牙齿，血淋淋的鲜血从口腔中滴淌下来，格外地恐怖骇人。我打了个寒战，赶紧移开目光，立即又被另一头怪兽吸引了目光。那怪兽屁股撅得高高的，脑袋伏地蹲在地上，做野兽攻击的姿态。它的耳朵又长又尖，眼睛冒着白色的荧光，浑身棕色，尖利的爪子紧抓着地面，屁股后面高耸着多条摆成了旋涡形的尾巴，尾巴的尖端都拖着熊熊烈焰。难道这就是九尾狐？它的样子没有八歧大蛇那么恶心，但攻击的姿态却画得栩栩如生。我暗自惊叹，看着墙上那一幅幅壁画，心中隐约明白，这些壁画描绘的正是上古九神兽大战的场景。

走了很久，甬道内的光线渐渐亮起来，前方已经见到了出口。热浪扑面而来，甬道外面竟然是一条数丈宽的深崖，崖下不时喷射着熊熊地火，滚烫通红的岩浆在崖底缓慢地流淌，任何东西掉下去都会被它烤成焦炭吞噬。我望向天空，上面不见蓝天白云，只有泥石，此处像是在地底，因为有地火照明，倒不觉得黑暗。我的身子被热浪烤得发烫，心里却一寒，莫非这明神岛竟然是一个火山岛？而且还是个十分活跃的活火山？再想到自己住的那小院里引来的温泉，心中呻吟了一声，把这么危险的地方拿来当成圣地，这些红日国人身体里的疯狂基因和日本鬼子如出一辙。地火沟壑之间，有一道窄窄的天生石桥，仅有两人宽，供人通行到沟壑对面。我心里发毛，战战兢兢地通过石桥，被偶尔从石桥旁边喷上来，差点扫到我身上，大有将我卷下沟壑之势的地火吓出一身冷汗。脚底滚烫，我只得加快步伐，好不容易通过了地火沟壑。前方的石崖平台上是一座浮雕石门，石门门框上的雕塑是毫无悬念的八歧大蛇，盘旋成怪异的姿势，骷髅一样的蛇头无比狰狞，眼眶里仿佛安了灯泡，放射着橙黄色的荧光。

踏进石门，里面是一个很空旷很幽暗的大殿，不仅大，而且空间异常高，除了进去的门，四周似乎不再有出口。大殿十分平整，四方有多根高大的石柱，石柱上雕着奇怪的符咒文字，每个柱子上嵌着一颗大如拳头的明珠。两个多月前在战船上见过的那位宗主正端坐在大殿正中的蒲团上，穿着一身白得刺眼的和服。他身前的地上摆着一个篮球大小的水晶球，球体表面上笼罩着一层朦胧的蓝色荧光。他身后正前方的墙上，刻着一个巨大的八歧大蛇浮雕，蛇身比人身还粗，每个蛇头似乎都活生生一般。明明是静止不动没有生命的石雕，我看向它的时候，却感觉那些蛇头正在徐徐摆动，吞吐着殷红的蛇信，令人心底发寒。浮雕前有一个十余级台阶高的神坛，祭台上插着无数把明晃晃的刀尖向上的尖刀，形成一座慑人的刀山，刀山上还竖着一个巨大的木十字架，十字架上，绑着一个浑身赤裸、耷拉着脑袋，似乎已经昏迷过去的男孩儿。我看向那孩子的脸，心中剧震，险些惊呼出声，那孩子竟然是失踪一年多毫无消息的安生。

✵ 第八十六章　禁咒

“安生？”我忍不住上前几步，对那宗主怒目而视，“果然是你们抓了安生！你们把他怎么了？你们到底想干什么？”

“云夫人很快就知道了。”那宗主微微一笑，凝望我的目光中带上一丝诡异的邪魅。我微微一怔，那宗主托着水晶球伸出手来，口中念念有词，水晶球发出耀眼的蓝光，像电流一般四处放射。我还没从这诡异的一幕中回过神来，那水晶球放出的蓝光便向我张牙舞爪地扑过来，像吐丝的蚕，蓝光瞬间把我包裹成一个光茧。我大骇，想躲开蓝光的包裹，可我发现自己仿佛被人施了定身术，完全不能动弹。耳边响着我听不懂的咒语声，嗡嗡地越来越大声。那些蓝光钻进我的皮肤里，痛彻心扉。“啊……”我痛呼出声，蓝光在皮肤底下闪出一个又一个奇特的符咒，仿佛一根根尖针在我的皮肤下游动，剧烈的疼痛几乎将我的身体撕裂。这些浑蛋！我想张口痛骂，却只是嘴唇无力地动了动，眼前一黑，已痛得晕厥过去。

我仿佛被困在黑暗的海底，四周响着水泡咕噜咕噜的声音，就像置身在一片虚空之中，上不着天，下不着地。我已无法动弹，身体仿佛被什么东西无形地束缚住，胸口闷得透不过气。我要死了吗？全身软绵绵的，虚弱得没有一丝力气。前方出现一丝紫光，那光源像发光的鳗鱼，离我越来越近，待看清那紫光是什么东西，我骇得全身僵硬。那是一条八头八尾的紫色的巨蛇，模样就跟神社甬道里的八歧大蛇一般无二，紫光正是它全身的紫鳞散发的荧光，它十六只眼睛没有眼珠，只剩一个空洞似的眼眶，橙黄色的光盈满眼眶，像一只只鬼眼。八个蛇头摆着奇异的姿态，虎视眈眈地看着我。我想逃，可是身体完全不听我的指挥，那魔蛇似乎露出了讥诮的表情，八个头张开血盆大口，伴着腥臭气直直扑向我的脑门。

啊……我猛地睁开眼睛，额头冷汗涔涔。只是个噩梦，我舒了口气。眼睛一扫，发现自己仍然身处在昏迷前的大殿里，只是我身处的位置有点怪……我转头看了看，心中一紧，原来我被凌空绑在之前绑住安生的十字架上。脚下的祭台上布满尖刀，大殿里空无一人，九王爷、红叶和那个宗主统统不见踪影。那个放着蓝光的水晶球已经平静下来，放在祭台上。我的手脚被绑在木架上，已经痛得没有了感觉。我心中苦笑，难不成我成了他们的祭品？好在他们没像对安生那样把我的衣服扒光。对了，安生在哪里？大殿里静悄悄的，一点儿声息都没有，安生应该暂时无事吧？他们把他抓来这么久还没有杀他，应该是有所图谋。只是，图谋什么呢？

我的脑袋痛起来，心里又丧气又觉得无比挫败。事实上，从红叶掳走我的时候开始，这种无力还击的挫败感就一直跟随着我。幽暗的大殿、安静的空间、诡异的雕塑，滋生出一种令人心惊胆战的气氛。恐惧像发了芽的种子，枝叶从隐藏得最深的心底蔓延出来，瑟瑟地游走于全身。这是那种无法控制未知命运和对神秘鬼怪力量自然滋生的恐惧。我从来没有这样害怕过，甚至当初看着楚殇凌虐蔚景岚，接着被他丢在青楼，都没有此刻这样绝望。因为我意识到这次的危机，是我完全不能掌控的。他们不给我一丝缝隙钻空子，我的心机施展不出，又不会武功，只能任人摆布。以前经历的种种危机、险境，我总以为是凭着自己的聪明解决的，现在看来何其可笑，我只是利用了自己身边一切可以利用的人，若当别人不再为我所利用时，我便只能沦为俎上鱼肉。

大殿内响起轻微的脚步声，我抬眼望去，迎上来人的目光，微微一怔，几乎不敢相信自己的眼睛："冥焰？"

"姐姐！"他猛地冲上前来，又惊又喜，"我终于找到你了！"

"你……你怎么来的？"我激动得几乎说不出话来。在这个时候见到冥焰，其喜悦之情无异于见到黑暗中的灯塔。

"我先救你下来再说。"冥焰见我被绑在十字架上，脸色一寒，眼中喷出怒火。他凌空跃起，手中已亮出一抹银光，割向绑在我手腕上的绳子。正在此时，端放于祭坛上那个原来平静的水晶球，突然像之前一样对我射出蓝色的闪电状的光束。冥焰避开那光束的射击，从空中翻腾落地。看向那躁动的水晶球，冥焰冷笑一声，掌中泛起白光，一掌拍向正在向我发射蓝色闪电的水晶球："雕虫小技也敢拿来献丑！"

水晶球在他的掌下轰然裂开，化成晶亮的齑粉，四射飞溅，蓝色闪电的攻击戛然而止。我心中刚松了口气，却猛地痛呼出声。随着水晶球的爆开，我的身体里猛然爆出一串串蓝光，就像我之前被蓝光裹成光茧一样，似乎有无数的细针从皮肤里破体而出，一根又一根的细针冲出体外立即化成一道又一道的蓝色光束。那种撕裂我的疼痛又排山倒海地袭来，我只觉得天旋地转，控制不住地发出一声惨叫。冥焰被眼前的情形惊呆了，光影产生的气浪转眼间将他冲开数米，趺趺撞撞地退了几步才站稳，脸色顿时变得惨白："死亡禁咒！"

"快走……你快走……"我不知道发生了什么事，只担心这些乱窜的光束会伤害到冥焰。我本来就是一只饵，一只引冥焰到红日国来的饵，为了抓住冥焰的饵。冥焰单枪匹马就能潜上明神岛，闯入神社，未免顺利得有些反常。骨头像错位一样发出咯咯的响声，我痛得全身痉挛，咬牙转头，看到手臂上的皮肤正在急速地萎缩，光滑的皮肤在瞬间变得皱巴巴的，像鸡皮，青筋暴起，仿佛百岁老人经历了岁月沧桑的手臂。我心中大惊，见那些光束随着我皮肤迅速地老化，越来越暗淡，皮肤里流动的针似乎越来越少，直到最后一根光针冲出体内，身上不再爆射出光箭。身体的痛楚蓦然消失，我大口大口地喘着粗气，冷汗如雨，豆大的汗珠从额上顺着耳鬓滑落下来。我勉强抬头，见冥焰像傻了一样看着我，有气无力地道："你怎么了……"

我被自己的声音吓了一跳，那声音又嘶哑又苍老，就像一个行将就木的老人。额前的发垂到了眼前，我微微一怔，发现我的发丝变成了透亮的莹白。我骇然，心中浮出不祥的预感，难道我……变老了？转眼看着自己的手，的确像是老人的手，手上竟然还有几块老年斑。我惊惶地看向冥焰，见他的脸僵硬扭曲，眼中泛起痛苦和愤怒的泪花，一双拳头握得死紧，嘴唇竟然咬得浸出血来。

"冥焰……"我刚刚出声，他已经一跃而起，手中数道银光射出，绑住我的绳索立断。我直直地往祭台下跌去，下一瞬，身子已经被冥焰抱进怀里。他从空中轻巧地落地，我依偎在他怀里，觉出头顶微微一湿，抬眼看他，见他已然泪流满面。

"对不起，姐姐，是我不好……"冥焰痛苦地闭上眼睛。我伸手抚上他的脸，擦掉他脸颊上的泪水："傻孩子，不关你的事……"

我的手腕被绳子勒得血肉模糊，苍老的手令我心惊，我情不自禁地抚上自己的脸颊。冥焰睁开眼睛，见到我的动作，紧张地道："别摸，姐姐……"然而已经迟了，他双手抱着我，挪不开手来制止。我触到的皮肤又松又软，不像平时触摸到的那种手感。惊愕地迎上冥焰的眼睛，我在他的瞳中看到自己的脸，困惑地眨了眨眼睛。那是我吗？那个鹤发鸡皮、奄奄一息的老妪，是我吗？原来我老去之后，便是这个样子。我怎么会突然变成这个样子？我要死了吗？

“姐姐别怕，我会治好你。”冥焰将我放下来，转到他背上，坚定地道，“先离开这里，我找个地方替你医治。”

他背着我往外冲，我虚弱地伏在他的背上，有气无力地道：“不要，冥焰，我现在这个样子……你带着我逃不出去的，你自己走……”

他不出声，只是闪电般地掠出大殿，跃上地火崖的石桥。我没有力气阻止他，心中涌出强烈不安的感觉。明神家族的人不可能这么顺利就让冥焰找到我，并这么顺利地带我走。从大殿到地火崖再到这黑漆漆的甬道，我们没有受到一丝阻拦，会这么顺利的原因，除非是他们故意放走我们。他们花了这么多心思抓我引冥焰来，怎么可能会故意放我们走？除非他们后面还有更大的阴谋。我已经变成这样了，不能让冥焰再去涉险。

“冥焰……”我喘着气，轻咳了一声，“他们是故意的，你别中计，你自己走……”

“我知道。”冥焰的声音里含着强烈的杀气，脚步却丝毫不停，“别担心，姐姐，我没事，我已经错过一次，这次一定要救你出去！”

我怔了怔，想起冥焰指的可能是他拦下红叶的马车却没有认出我的那次，想必他事后知道了一定懊悔不已。我无力地伏在他的背上，轻喘道：“不关你的事，是他们太狡猾……”

“不，我不会原谅自己，我竟然认不出你，害你受这么多苦，现在变成这样……”冥焰奔出甬道，跑出神社，停下来往四周看了看。四周静悄悄的，偌大的山林，连鸟叫声都没有，静得诡异。他没有往下山的石阶跑，反而往左边的樱花林里奔去。他的呼吸粗重不稳，声音含着一丝隐忍的痛楚，“我无法原谅自己，姐姐是我心中最重要的人，可我竟然没认出你……”

“冥焰……”我虚弱地闭上眼睛，唇角微微上扬。傻孩子，竟为这个耿耿于怀。我知道他是不会放下我了，不管有什么阴谋算计，他也绝不会丢下我，只得放弃这个话题，转问道：“你是怎么来的？”

“他们掳走姐姐的时候，不是放了信让我来红日国明神岛吗？”冥焰背着我往樱花林里穿行，“远兮哥哥回来后就立即开始安排……”

“远兮？”我浑身一震，“他……他还活着？”

虽然一直不愿意相信他死了，可此刻真实地听到他还活着的消息，心里绷紧的那根弦才蓦然一松。没有缘由地，我的眼泪就从眼眶里涌出来，润湿了冥焰的脖子。冥焰沉默着，半晌，才嗯了一声。泪如泉涌，唇角却控制不住地上扬，我心中无比欣喜，一出声却哽咽了：“那日我亲眼看到他被炮火击中，我还以为他……”

“他当时受了伤，所以没能追上掳走你的船。”冥焰迟疑了一下道。我失声道：“他受伤了？严不严重？”

“姐姐这么担心他，远兮哥哥知道了一定很高兴。”冥焰闷声道。我怔了一下，感觉冥焰似乎不太开心，嗫嚅道：“冥焰……”

樱花林里突然弥漫起浓厚的大雾，前后左右一米间距离的景物都无法看见。我想起玉蝶儿曾说过这岛上遍布奇门阵法，心知我们必是陷入了阵法之中，正忧心间，见冥焰不再往前直冲，而是向左方走了几步，再向前三步，然后往右上方行了几步，眼前便豁然一亮。大雾在瞬间消散无踪，我们却置身在一片冰天雪地之中，樱花林不见了踪影，仿佛我们是被人挪移到了一片茫茫雪原之上。地上是厚厚的积雪，冥焰每走一步，雪都没入他的膝盖。

我心知这大概是奇门阵法弄出来的幻境，漫天的飞雪铺天盖地，我只觉得身子越来越冷、越来越僵硬，寒意从脚尖一寸寸蔓延上来，渐渐地，双腿没了知觉。我大概是要死了吧？想起前世，祖母过世前，说她能感觉身体的衰亡，从足尖开始，渐渐没有感觉，直到蔓延到胸口。死神一步步逼近，我却忍不住笑起来，这一世短短数年，比我前世三十年都活得精彩，至少，我爱过人，被人爱过，拥有过亲人和朋友，没什么遗憾的了。

想起来到这时空，与我有过爱恨纠缠的人，心中涌出的竟然不是怨愤，不是不舍，而是一片平静祥和，与死亡相比，一切爱恨嗔痴皆成了空。我闭上眼睛，轻声低喃：“冥焰……以后代我好好照顾诺儿……”

“姐姐？”冥焰的声音有一丝惊惶，“你撑下去，千万别睡着。我走出这个阵法就帮你解除死亡禁咒……”

“我好累……”寒意已经蔓延到腰间，腰部以下完全没有了感觉，“不要为我报仇……我只想你们平平安安……过得快乐幸福……”能让冥焰这么惊惶，这死亡禁咒只怕不是那么容易解除的吧，我心里亮如明镜，却不反驳，亦无力再与他争辩。

“不！别睡！你会没事的！”冥焰怒吼一声，想加快在雪地移动的速度，脚下却被什么一绊，猛地跌倒在地。我被摔到地上，向着雪原一处斜坡滚下去。冥焰厉声大叫，扑过来抱住我的身子。两个人一起抱着往下翻滚，我只觉得天旋地转，不知道滚了多久，身子似乎撞到了什么，才制止了下冲的力道。我缓缓睁开眼睛，雪原凭空消失了，眼前的场景换成了一个幽暗的山洞，我惨笑，看来我们还是没有走出这个奇门阵法。冥焰抱起我，紧张地道：“姐姐，你没事吧？姐姐？”

“我很冷……”寒意蔓延到腰部以上，似乎马上要到达胸口。我抓紧冥焰的手，只觉得说话越来越费力，“冥焰……代我……告诉远兮……我……原谅他了……让他不要再……背负着歉疚……活下去……我希望他以后能……为自己活着……”安远兮会明白我的意思，我原谅的是楚殇。生死皆已看破，何必还要执着于人世的爱恨情仇？这一刻我终于明白，我其实远没有想象中那么恨他，我不想自己的死亡成为他新的桎梏，让他不得解脱。

“不！我不跟他说！你有什么话，自己亲口告诉他！”冥焰的眼泪涌出来，声音含着一丝凄厉。我苦笑，感觉寒意蔓延至胸口，好冷！心里一片冰凉，死亡的气息笼罩全身，我并不感到害怕，甚至心里还有隐约的期待。意识渐渐飘散，我闭上眼睛，喃喃低语：“云峥……我来了……”

❋ 第八十七章　计诱

“我不会让你死，绝不会！”失去意识的一刹那，我的耳边仿佛传来冥焰的悲吼。我想对他笑，可是我全身僵硬得如同一块冰冷的石头。寒意漫过我的心脏，漫上颈脖，真奇怪啊，为什么我死了，还能感觉到冰冷呢？原来心脏停止跳动之后，脑波还会活动，不会马上消失。

世界在远离，声音在消逝，意识开始混乱，冰冷的身体没有一丝知觉，唇被什么冰冷地封紧，一丝暖暖的热流从喉咙里灌进来，将漫延至下颌的寒意逼退。暖流涌过的地方，越来越热，仿佛被火焰烤裂的冰，皮肤的肌理一层层地破开，灼热而剧痛，像被地狱蔓延出来的烈火焚烧。我想挣扎，想挣脱那奇异的暖流带来的痛楚，可我的全身都被禁锢着，唇上的封印紧窒而不容抗拒地将我镇住。

好痛！我低吟，想蜷起身体，每一根神经都被疼痛控制着，那把烈火像流水一般冲下，身体里的寒冰噼噼啪啪地碎裂，疼得我瑟瑟发抖。难道我不是被冻死，而是活活被痛死吗？寒冰被烈火烤化，化成了温暖的水流，疼痛稍稍一缓，我感到全身发热，但只是一个瞬间，又一轮更加强烈的疼痛再次爆发，仿佛五脏和皮肉都被撕裂般的巨大痛苦，如同被凌迟一般折磨。我想呻吟，可紧封的唇不能漏出丝毫的声音。我想弓起身子，减低疼痛侵袭，但一波又一波的热浪如荆棘一般划开皮肉。泪涌出眼眶，我疼得浑身颤抖，为什么我要经受这样的痛楚？为什么我死了还要经受这样的折磨？我做错了什么？我做错了什么？

脑波快消失吧，快消失吧，让我灰飞烟灭，让我灰飞烟灭！我本就不该来到这个时空，这是不是上天对我的惩罚？身体一阵抽搐，好痛……我呜咽着，颤抖着，冷汗像水一样渗出。冥焰，你还在不在？给我一个痛快吧，让我痛痛快快地死，我忍受不了了，我真的忍受不了了……神志恍惚间，我仿佛听到有人在痛苦地低喃：“对不起……我不该一个人来……我该听他的话的……”

是谁？那是谁？救救我，救救我吧……求你杀了我，求你……这样令人窒息的疼痛，为什么还不停止？我绝望地哭着，为什么我每一根神经都能清楚地感受到那样令人发狂的痛楚？带着荆棘的地狱之火叫嚣着冲到了足底，我全身的冰都化成了水，知觉一寸一寸地恢复到我身体里，剧烈的疼痛缓缓地消失，温暖的水在我身体里缓缓流淌。我的身子仿佛被温泉包裹着，渐渐地不再痉挛般地抽搐和颤抖。那酷刑终于结束了吗？我轻喘着，唇边的压力缓缓地松弛，仿佛是羽毛温柔地拂弄我的唇瓣，仿佛是小鸟在细碎地轻啄，我的耳边响着梦幻般令人心碎的呼唤：“醒过来吧，叶儿，求你醒过来……”

是谁啊……我想睁眼，可是眼皮重若千钧，我怎么也睁不开，身体无法动弹。我感觉那片温柔的羽毛紧紧地压到了唇上：“醒过来，叶儿，再不醒来，你就再也看不到我了……”我终于听清那声音是谁的了，冥焰？怎么我还能听到冥焰的声音？难道我没死吗？冥焰？你在说什么？心中一急，我奋力睁开眼睛，迎上那双喜悦的双眸。

朦胧的月光笼罩在我们身上，他的脸在淡淡的月色下带着圣洁的光芒，笑容缓缓地在脸上绽放。冥焰的声音从来没有这样轻柔：“你醒了……”

“我没死吗？”我仍然蜷在他怀里，身体仍然虚软无力。冥焰的脸上浮出幸福的笑容：“你不会死，对不起，我以为我一个人能将你救出去，是我太自以为是了……”

“冥焰？”我感觉出一丝异样，他的声音太飘浮，根本不像是从他嘴里说出来的。我心中一惊，抓住他的手：“你怎么了？”

“叶儿，我不能再陪着你了……”他的身体渐渐变得透明，我惊惶地抓紧他：“你怎么了？你怎么了？冥焰……”

“叶儿，你知道吗……我最大的愿望，就是希望能这样叫你的名字……”他温柔地笑着，那微笑又真实又虚幻，又安详又单纯，“这样……我就很满足了……就算是我会魂飞魄散，我也觉得很幸福……”

“不……冥焰，你在说什么？什么魂飞魄散？你在说什么啊……”我抓紧他的手，却发现我的手径直从他的手中穿了出去。巨大的恐惧扼紧了我的呼吸，眼泪如断了线的珠子滚滚而下。冥焰缓缓地伸出手，想抚去我脸上的泪珠，可我分明看到他透明的手指抚上我的脸颊，我却一丝触感都没有。“别哭……”冥焰低声道，脸缓缓地凑近我，低喃道，“我不想看到你的眼泪……不想你因为我伤心……所以，别哭了……”

他的唇温柔地落到我的唇上，我却没有任何感觉，仿佛只是和空气接触着，没有温度、没有压力、没有触觉。他要消失了吗？恐惧代替了一切，巨大的悲痛震动着我的心弦。我呜咽着，泪如雨下，惶恐地、徒劳地想抓紧那越来越淡的身影：“别走……冥焰……不要离开我……”

“放心吧，他不会消失！”黑暗中响起一个苍老的声音，一束蓝光骤然投射到冥焰淡至虚无的身影上。我吃了一惊，含泪的双眸转眼看去，见被红叶称作宗主的老头从黑暗中隐现，手中托着那个水晶球正发出蓝光笼罩住冥焰快要消失的身体。四周凭空突然跳出无数烛火，将眼前的景象照亮。我才发现我们身处的地方，根本就是之前神社的那个大殿。祭坛之上，浑身赤裸的安生仍然被绑在十字架上，红叶和九王爷站在祭坛两侧。如果不是那宗主的水晶球还照在冥焰快要消失的身影上，我几乎以为自己只是做了一场梦。

原来我和冥焰从来没有逃出这个神殿，一切只是奇门遁甲术布出的阵法带来的幻觉。我看着那宗主手里的水晶球像之前一样发着闪电般的蓝光射向冥焰，将他缠绕包裹起来。想到当初自己被这光茧包裹时身体不能抵抗的剧痛，便吃力地从地上爬起来，想制止那宗主的行为：“你想做什么……你住手……”

黑暗中无声无息地出现一个武士，抓住我往地上一扔。我跌倒在地上，全身的骨头仿佛都被摔断了。身体本身就虚弱得没有一丝力气，此际更是爬不起身。我只能眼睁睁地看着冥焰被包成一个光茧，悲愤不已：“你住手……”

“云夫人，本尊住手的话，冥子就会魂飞魄散了。”那宗主的唇角浮起一丝诡异的笑容，眼中闪过一丝兴奋和狂热的光芒。

冥子？我心中悚然一惊，他们要冥焰，是因为知道冥焰是冥子？那他们想干什么？难道也是要用冥焰来练什么邪降？我喘着粗气道：“你……你说什么？”

那宗主却不再出声，只是专注地看着前方的光茧。冥焰的身影完全被光茧包住了。那光茧裹住冥焰之后，突然离地而起，轻飘飘地从地面上飘浮起来，在空中越变越小，缓缓地移向发射蓝光的水晶球。那宗主眼神发亮，脸上闪过一丝狂热的色彩。

光茧像被水晶球吸了过去，转眼之间，水晶球也被光茧包裹起来，在那宗主的手上噼啪作响。我吃惊地看着眼前这诡异的一幕。突然，蓝色的光茧光芒四射，蓝光中混合着银白和橙黄的光束，光束中夹杂着赤橙黄绿紫五彩霞光。只听那宗主欣喜地叫了声："成功了！"随着他的叫声，蓝光、白光和橙光都渐渐地转弱，收回到水晶球里，透明的水晶球体内氤氲着一团五彩祥云，不时闪过一道蓝色的电流般的光线。一个乒乓球大小的橙黄色光团和一个同样大小的银白色的光团，像发光的萤火虫一样，在水晶球里悠然飘浮，冥焰却不见了踪影。

我骇然地望着这一幕，又惊又怒："你……你把冥焰怎么了？"

"云夫人不用紧张，冥子将全身的灵力度给夫人，如果本尊不将它的魂魄收入水晶球中，只怕此刻他已经魂飞魄散了。"那宗主看了我一眼，笑道，"云夫人应该感谢本尊才是。"

我浑身一颤，难以置信地道："你说什么？"

"云夫人还不明白吗？"那宗主走到祭台之上，将水晶球小心翼翼地放到座架上，转身道，"冥子为了解除夫人身上的死亡禁咒，将自身的灵力度给了夫人，否则夫人此际哪里还有命在？"

我明白过来，惶然地看向自己的双手，双手的皮肤已经恢复了光滑细腻，连手腕上被绳子勒出的伤痕也消失无踪。我伸手抚向自己的脸，另一只手抓过肩上的头发，脸上的触感紧致光滑，满头银丝也变得乌黑润泽。我想起之前身体如同火炙般的剧痛，难道那个时候，就是冥焰在度灵力给我？此际才算是明白他之前那些似是而非的话，心中骤然一痛。冥焰，你怎么这么傻？明知道将灵力度给我之后，你会魂飞魄散，为什么你还要这样做？

"你们把我抓来设下这个圈套，就是为了引冥焰来，消耗掉他的灵力，好抓住他？"我心中悲愤无比，"为什么？就为了复活你们那见鬼的八歧大蛇？"是了，一定是这个原因，冥焰一定是他们复活八歧大蛇的关键人物。

"大胆，竟敢对八歧大神不敬！"那武士一脚踢到我的身上，拔出武士刀向我劈来。只听得当的一声，武士刀上火星飞溅，被什么东西弹歪，武士刀险险地擦过我的脖子，刀风扫过我的脸颊。一柄金黄色樱花状的飞镖叮的一声落到地上。那武士转脸怒瞪着红叶道："纪香，你做什么？"

"真一郎，你有什么资格在宗主面前拔刀？"红叶冷冷地看了他一眼。那武士脸色一变，赶紧跪地道：“属下一时情急，请宗主恕罪！”

“起来吧。”那宗主面无表情地道。那真一郎站起来，接着道：“宗主，冥子之魂已经得手，这女子对我们再无用处，还对八岐大神口出恶言，请宗主赐她死罪！”

“宗主！”红叶急忙走到那宗主面前，进言道，“她对八岐大神不敬，一刀杀了她太便宜她了，不如把她作为祭品，等八岐大神复活之后敬献给大神，洗清她的罪孽！”

那宗主的目光落到红叶身上，淡淡地道：“云夫人怎么会知道复活八岐大神的事？”

红叶脸色一变，急忙跪到地上：“宗主，属下绝没有透露丝毫八岐大神的事给外人知晓，请宗主明察！”

“那可难说了。”那名叫真一郎的武士冷哼一声，“听闻你与这女子在天罡国的时候私交甚笃，透露了什么秘密给人知道也不稀奇……”

“真一郎，你不要血口喷人……”红叶柳眉一拧，怒声呵斥。

“不要吵了！”一直沉默不语的九王爷突然出声打断两人的争吵，漠然道，“宗主，冥子之魂已经全部到手，眼下最重要的事是准备复活八岐大神仪式，其他的事等仪式之后再说不迟。”

“嗯。”那宗主点了点头，“明晚是月圆之夜，正是举行复活仪式的最佳时机，千翌，你回去好好准备一下。”说完转眼看了我一眼，道，“将她吊起来，明天作为祭品献给八岐大神。”

❋ 第八十八章　三魂

真一郎走到离祭坛最近的柱子旁，拧动了柱子上一个蛇头浮雕，随着哗啦啦的响声，大殿一侧的上方缓缓垂下一根铁链，铁链下垂有宽铁箍。那真一郎把我拎起来，用铁箍将我的手臂和手腕拉到背后箍紧，铁链从腰上绕过，他又在背后弄了一下，然后那铁链就绷直了，缓缓升上空中，却没有升离地面太高，仅仅离地数寸，脚尖踮着才能触碰到地面。

这种悬吊法，等到明天晚上只怕我是出气多、进气少了。所有人跟着那宗主头也不回地离开大殿。我费力地踮着脚尖，控制身体的平衡，小心翼翼地半转身，望着前面的祭坛。木架上，安生奄奄一息地昏迷着。水晶球内，冥焰的魂魄在五彩霞光中悠悠地飘浮。那是冥焰的魂魄吗？为什么有两个光团？我的泪涌出来，喉咙发堵，这人世是这样险恶，便是神仙也敌不过阴险的人心。冥焰，我怎么做才能救你？他们收了冥焰的魂魄，是用于复活八歧大蛇，可是从他们对冥焰使出这么下流阴险的招数来看，只怕不是像我之前猜测的那样，以为冥焰是那个复活八歧大蛇的天才后裔。他们会怎么对冥焰？冥焰要怎样才能逃过这一劫？

头像针扎似的痛起来，长时间地踮着脚尖让我的力气迅速地流失。我缩了缩脚，失去支撑的身体立即一重，手臂和腰间的铁链顿时一紧，勒得我难受极了，只得又将脚尖踮到地上。我努力地转移注意力，去思考我目前的处境。目光移到被绑在十字木架上的安生身上，我望着他苍白的小脸，心里发痛。安生应该是被他们抓错的人，为什么他们没有杀人灭口，反而留着他的性命？我百思不得其解，头又痛得厉害，只得抛开这些疑问。我心中浮起忧惧，冥焰既然到了明神岛，安远兮应该也离此不远，为什么只是冥焰一个人潜入岛上来了呢？回想着之前意识昏乱之际，似乎听到冥焰说过一些话，说他不该一个人来，该听“他”的话的，那个“他”是谁？是安远兮吗？这么说，是冥焰自作主张，以为凭一己之力可以把我救出去，所以才偷偷潜上明神岛？我心中一酸，这个傻孩子，只怕在知道错失救我的机会之后，就抱着这样的想法了吧。那么，安远兮应该已经发现冥焰不见了吧？从我知道他还活着的那一刻起，我就知道他一定会来救我，可是，连冥焰都被他们捉住了，他来会不会也是白白送死？不……我惊恐地瞪大了眼，我不想再害人了，不想再有任何人为了我牺牲性命，特别是他，特别是安远兮！

大殿里响起轻微的脚步声，我转头看去，见红叶提了一个食盒进来。她走到我面前，看了我脚下一眼，走到柱子旁拧动蛇头机关。我只觉得身子猛然往下一坠，链子下滑了一截。我的脚触到地面，因为双腿早已吊得发麻，根本没有力气站着，便一下子跪坐到地上。

“你怎么样？”红叶走过来，蹲到我身前，扶我坐直身子，将我的腿伸直，让我坐得稍微舒服一点儿。我的手被反绑在身后，她没有帮我解开。我看了她一眼，淡淡地道：“我还能怎样。”

红叶抿紧了唇，低头打开食盒：“你饿了吧？我拿了点吃的给你。”

她拿筷子夹了一个寿司，递到我唇边。我沉默了一下，张开嘴咬了一口。我的确是饿了，而且也不准备拿自己的身子跟他们斗气。慢慢地咀嚼着嘴里的食物，我在脑中思考着红叶对我的态度。如果她还有一点人性，不知道会不会对自己做的事觉得歉疚。随即放弃了这个想法，就算她对我心中有愧，只怕也不会放了我。看来我这次是真的要命丧在这明神岛了，不知道玉蝶儿知不知道我已经被关到神社来了，只怕他待在厨房里，未必清楚。不清楚也好。我并不希望他来冒险，没有了我，玉蝶儿要想离开这鬼地方，也容易得多。

吃完一个寿司，我抬眼看着红叶，平静地道：“你可不可以回答我几个问题？”

红叶怔了一下，想是没想到我会突然跟她说话。我淡淡地笑了笑：“反正我明天就要死了，你就让我做个明白鬼吧。”

红叶脸色微微一僵，垂下眼睑，半晌，低声道：“你想知道什么？”

“冥焰对你们有什么作用？你们是不是想用他来复活八歧大蛇？”我冷静地道，“当初追杀他的黑衣忍者，就是你们的人吧？”

“妹妹真是见识过人，连我们红日国的上古传说也知晓。”红叶大概是想起因为这个害她被明神宗主怀疑，自嘲道。我自然不能说这是玉蝶儿告诉我的，只得由她瞎猜。只听红叶道：“传说中，只要找到明神家族的天才后裔，就可以复活八歧大神，可是从上古神兽大战至今，近万年的时间，为什么都没有人能复活八歧大神？不是明神家族没有通晓复活之术的天才后裔出现，而是他们找不到一样必需的东西来召唤黑暗的力量，启动禁锢八歧大神的封印。”红叶咬了咬唇，缓缓道，“那样东西，就是阴年阴月阴日阴时出生的神之子的魂魄。”

我冷笑，又是阴年阴月阴日阴时出生的神之子？原来冥焰现身凡间，会引来这么多人的觊觎，前有玛哈，后有明神家族，再多待几年，只怕四国的妖物都会盯上这块令他们垂涎三尺的肥肉。

“几年前，宗主得到八歧大神的神谕，说神之子降临凡间，大神感应到神之子的神息在天曌国。宗主派人将八歧大神的神谕带给我，让我在天曌国寻找神之子的下落。”红叶顿了顿，又道，“我最先发现冥焰身上带有神息，所以带人抓他，没想到在玉雪山上，被你阻拦。”

“以你们的武功，想抓住莫家主仆容易得很吧？怎么会被他们一路逃到玉雪山？”我道出疑惑。红叶点点头：“是，因为之前他身上的神息若有若无，我手上的神谕有时有反应，有时没有，我不是很确定，所以一直追踪着他们。可他们逃到玉雪山之后，冥焰身上的神息就开始变强了，我才决定动手，没想到你带着铁卫出现了。我不想与你多作纠缠，便撤离了。”

我想起那晚那个奇异的梦，就是那个梦，让黑龙玉产生了感应，所以带我找到了冥焰。也许冥焰也是因为与黑龙玉产生感应之后，身上的神息才完全爆发出来的吧？我看了红叶一眼，冷笑：“撤离？我可记得有个黑衣人杀了云坤，还想要我的命，要不是……有人救我，只怕我那晚便是一尸两命。”

“忍六只是发现神谕对你也产生了感应，想抓住你搞清楚是怎么回事，他不会杀你的。”红叶的脸色一白，赶紧辩解。

“可要不是你们，我不会早产。”我心中恶气难平。如果不是我早产引至大量失血而昏迷，令云峥忧心过虑，或者他服了胎盘，身子能够好起来，不会咯血，不会回天乏力。我咬紧唇，眼泪模糊了视线，语气变得凄厉：“你不会明白因为你们令我失去了什么！我不会原谅你，我死都不会原谅你！”

红叶怔怔地看着我痛苦的表情，脸色变得异常苍白，咬紧了下唇不语。我屈起腿，将脸埋进膝间，用衣料胡乱地擦去脸上的泪水，再抬起头来，脸上已带着一片漠然："既然你们知道冥焰住到了云府，为什么后来没有再抓他了，直到一年后才又动手？"我可不相信是因为有云家的庇护，如果他们挖空心思想从云家弄一个人走，也不是多大的难事，看我的例子便知道了。

"因为神谕对你也产生了感应。这件事超出了我们的预料，我们搞不清楚是怎么回事，所以要将这个消息带回红日国禀报宗主，等待宗主的指示。"红叶也不知道是不是心中有愧，倒是把她做过的坏事说得很清楚详细，"宗主让我们暗中调查此事，但你在守丧期间一直不见任何人，连冥焰也陪你住在傲雪山庄不踏出大门一步，而且我们发现傲雪山庄住着一个擅布奇门阵法的高人，不敢贸然硬闯，怕打草惊蛇，这事便拖了下来。"

我闭了闭眼睛，原来如此。我守丧期间，身体虚弱，双眼不便，傅先生便一直住在傲雪山庄，一边调理我的身体，一边教冥焰法术。原来傲雪山庄中还布了奇门阵法，而我却不知情。至于我身上也有神息，他们搞不懂是为什么，我却清楚是怎么回事，因为当时我脖子上挂着冥焰的觉魂，那块蟠龙墨玉。"那后来，你们又为什么决定对冥焰下手？"我转眼看她，思路越发清晰，"你那次来看我，送给冥焰一个荷包，是别有用心吧？"

"宗主得到八歧大神的指示，神之子降临凡世，魂魄已经分离，灵力尚未完全启封，这时候是最易制伏神子之时。宗主一开始怀疑你也是神子的化身，所以让我将你和冥焰都抓起来。"红叶咬了咬唇，垂睫道，"但是你身边有太多人保护，不好下手，所以我决定先制住冥焰。我送他的那个荷包里填了冰蝉果，还有一道灵符。冰蝉果是让明神忍者追踪他的方位，那道灵符，是为了压制他身上的灵力。"

"只是你没有料到，冥焰转头就把荷包送给了安生，你的手下误把安生抓了去。"我冷冷地道，转头看向祭坛上的安生，唇紧紧一抿，"你们留着安生的性命，没有杀他灭口，我是不是应该感谢你？"

"不用。"也许是我从头到尾的冷言冷语激起了红叶的一丝火气，她的脸色微沉，"我们留着他的性命，并不是为了你。"

"那你们为什么不放了他？"我恨声道，"为什么还要费力把他千里迢迢地运到红日国？"

“因为八歧大神的神谕，对他也产生了感应。”红叶漠然地道，“当我发现抓错了人的时候，本来是想杀了他灭口的，可是没想到竟然从他身上测到了神息。虽然没有抓到冥焰，不过阴差阳错，抓到了身上同样带有神息的安生，我自然不会杀了他，就让人将他送回红日国，让宗主定夺。”

“安生身上怎么会有神息？”我蹙起眉，心中大感奇怪，“你们是不是搞错了？”怪不得我们在天罂国怎么也找不到安生的下落，原来他早就被人带到了红日国。可笑我们哪里知道安生失踪竟然有这么复杂的内幕，还把精力白白浪费到拐卖小孩的人贩子身上。

“八歧大神的神谕不会出错。”红叶的目光中闪过一丝畏惧，却转瞬即逝。看来红日国人的确很迷信那些魔兽，我懒得跟她争辩，接着问道：“你们没有抓住冥焰，为什么后来没有继续向他和我动手？”

“不是我们不动手，只不过是没找到机会。”红叶唇边泛起一丝苦笑，“你和冥焰都很少出门，云府戒备森严，我们不容易下手。那日我邀你们来我的酒肆，就曾想向冥焰下手。我先在酒窖对他做了一番试探，结果发现他灵力惊人，我自忖不是对手，当时只得作罢。后来他对我生出警戒之心，我更难接近他。再后来我到侯府探消息，竟然发现你身上的神息消失了，神谕对你不再产生感应，而冥焰却突然灵力剧增，我们根本无法靠近他，只得一边向宗主禀报，一边寻找机会。”

我咬紧唇，想起那日红叶邀我去她的酒肆捧场，原来竟是存了这样的心思。一个你一心一意把她当成朋友的人，原来时时刻刻都是在算计你。如果我之前还有被出卖和背叛的愤怒，此刻心中却只剩讥诮和对自己的嘲弄。谈什么背叛，谈什么出卖！她从来都不是我的朋友，她从最初接近我就怀了目的，是我自己看走了眼，怪得了谁？连冥焰都比我看得透彻，我想起那日冥焰红着脸从她的酒窖里跑出来，对我说她不是一个好女子，还当是冥焰脸皮薄，经不起逗，原来，那时候冥焰经受的不是香艳的挑逗，而是充满危机的试探！

“无法靠近他？妖物才会怕神仙的灵力吧？”我冷笑着讽刺道。我才不管什么对他们的魔兽敬不敬，反正我横竖不过一死。心中却在思忖，冥焰突然灵力大增的原因，只怕是因为与黑龙玉合体之故。连玛哈那怪物都不是冥焰的对手，遑论红叶了，而我身上不再有神息，也正是因为失了黑龙玉。我冷哼道：“下面的事不用你讲我也明白了，我没有了神息，本来你们不必再对我出手，只需抓走冥焰即可，可是冥焰的灵力太过强大，你们不是他的对手，于是又把心思动到我身上，把我掳到红日国，引冥焰自投罗网，再设计让他失去灵力，取走他的魂魄，是不是？”

红叶面对我咬牙切齿的逼问，转过脸，语气莫测地道：“妹妹一直很聪明。”

“我可不敢有红叶姑娘这样随时会要我命的‘姐姐’！”我冷笑，见她脸色苍白，恨声道，“你们会怎么对安生？你们说他身上有神息，你们还想取走安生的魂魄吗？”

红叶定定地看着我，沉默半晌，抬眼看了祭坛上的安生一眼，语气有一丝奇怪：“妹妹还想不明白吗？”

“明白什么？”她的表情太奇怪，我蹙起了眉，不知道她指的是什么。红叶缓缓地道：“八歧大神的神谕对神子的魂魄有感应，它指示此次神子降临凡世时，魂魄已经分离。冥焰身体里只得两魂，还有一魂，在安生体内。”

❋ 第八十九章　宿主

“什么？”我失声惊呼，被这个消息震蒙了，“你胡说什么？”

“我没有胡说，你没看见宗主用八歧大神的内丹封住的魂魄吗？”红叶的目光看向那个水晶球，“那里只得神子的两魂五魄，还有一魂二魄不在其内。八歧大神谕示宗主，安生便是神子之魂所化。”

“怎么可能？”这太诡异了，我瞪大眼，一句话也说不出。我转头看向那个水晶球，那两个在五彩祥云里浮动的光团，真是冥焰的魂魄？只是我原以为，魂魄就是混沌一团的，没想到三魂七魄是分开的。两魂五魄？那两个光团是魂，那朵五彩祥云，是魄吗？红叶说的是真的吗？我不想相信，又觉得没有理由不相信。如果冥焰的觉魂抽离体外可以化为神器，那么再抽一魂变成人也未尝没有可能，只是，这是谁做的呢？段知仪曾说抽离魂魄是神人之术，难道这便是冥王的惩罚吗？

“不是可不可能的问题，事实上确实如此。”红叶的目光从水晶球上收回来，淡淡地道。我咬了咬唇，沉默下来，他们要冥焰魂魄的动机我已经明白了，可怎样才能阻止他们？沉吟半晌，我转了话题：“九王爷就是明神家族那个千年一遇的天才后裔？”

“你？”红叶微微一怔，抽了口气，“你怎知……”

这有何难？如果九王爷只是单纯地与明神家族有什么政治利益上的合作关系，明神宗主怎么会让他涉入家族最核心的机密里？想到那宗主走之前说的那句话，让九王爷准备一下，准备什么？这样秘密且在他们看来无比神圣的复活仪式，怎么会让一个异国人参加？除非他本人在这场仪式里担任着重要的角色。

只是我不明白，哪国哪朝的皇室对血统的检查都严苛无比，九王爷怎么会和明神家族扯上关系？难道是假扮的？

“红叶姑娘不是称他为宿主大人吗？”我淡淡地道，“八歧大蛇的宿主吗？”

殿门外传来一些声响，红叶表情一慌，赶紧七手八脚地收拾食盒，然后奔到柱子那里想拧机关，被来人阻止：“红叶，是我。”

是九王爷。红叶舒了口气，走到九王爷面前低眉顺目地道：“大人！”

九王爷点了下头，转眼看着坐在地上的我，温和地道：“云夫人受苦了。”

“将死之人，受苦也仅得这一晚了。”我淡漠地道，“劳宿主大人记挂。”

九王爷的表情微微一僵。我微嘲道：“想不到堂堂天曌国的九王爷竟然是红日国人，之前妾身对你的指责倒成了笑话了。宿主大人忠于自己的国家，也是理所应当。”

九王爷的唇角微微一抽，眼中闪过一丝痛色。红叶眼中露出一丝不忍：“妹妹何必如此，大人之前并不知道……”

“红叶！”九王爷出声打断她的话，语气有一丝轻颤。红叶咬了咬唇，欲言又止。我心中一动，看九王爷的表情，此事只怕另有玄机，如果能套出话来，会不会给明日之事带来转机？无论如何，总得试一试才知道，就算只有一点点机会，我也不能错失。不知将激将法进行到底有没有用？心思一转，我的语气不由得更是嘲弄：“难道我说错了吗？或者宿主大人自己也不知道自己该是哪国人。虽是红日国人，这么多年来却受着天曌国的教化，食着天曌国的俸禄，享受着天曌国带给你的尊贵荣华，这日子久了，只怕宿主大人也忘了自己的身份，分不清自己到底是谁的臣子。你到底是天曌国人，还是红日国人？”

这离间计对九王爷未必有用，只是刺他一刺罢了。回想之前与九王爷下棋时他那迷惘的表情和此刻复杂的神态，我也能猜测出几分他的心思。电视里的警察在黑社会卧底卧久了，也常常会产生心理偏差，搞不清楚自己的身份到底是兵还是贼，这九王爷只怕也处在这样的迷惘阶段。这些日子与他的接触，他给我的感觉并不是灭绝人性之徒，应该也有自己的理想和坚持，如今只怕他自己也很矛盾，不知应该何去何从，忠于天曌，便背弃了故国；忠于故国，便对不起天曌。

“我到底是天曌国人，还是红日国人？”九王爷喃喃自语地重复着我的问话，表情是刺痛加茫然，半晌，才怔怔地看着我，道，“我也不知道我该是哪国人，千翌给夫人讲个故事吧。夫人听完之后，也许会有答案。”

我原就是为了套他的话，听他这么一说，自是舒了口气，凝神听他细细说来。原来二百多年前，凤家有个才华横溢的祖先游历到红日国，邂逅了一名温婉美丽的女子。他们相互倾慕，过了一段只羡鸳鸯不羡仙的日子，还孕育了一个儿子。几年后，凤家先祖思念家乡，想带那女子归国，却不想那女子不愿随他回去，因为她的身份不同寻常，是红日国明神家族第七代宿主，终生担负着复活八歧大蛇的使命。两人因为理想的差距黯然分手，凤家先祖带着儿子回到家乡，从此斩断与红日国的一切联系。

九王爷清冷的声音缓缓地回荡在殿内，轻易把人带到当年那个伤感的爱情故事里：“先祖只以为这不过是他人生中一段难忘的经历，却不知道，这段感情为凤家后人种下了因果。他与那女子的儿子，身体里有一半流着红日国明神家族被八歧大神封印过神力的特殊血液，那神力虽然随着凤家一代又一代后人血脉的冲淡而转弱，但始终不曾消失。到这一代，竟然有个凤家子弟拥有释放出八歧大神的神力，成为命定的第八代宿主。”

“那个人就是九王爷？”我听得专心，没想到九王爷背后竟然有这么一段身世，完全不是我之前猜测的，他是红日国人派到天曌国的卧底，“明神家族知道新一代的宿主就是你，所以才让红叶来联络你？”

“红叶识得九王爷的时候，并不知道他就是八歧大神钦定的宿主大人。”红叶突然出声，看了九王爷一眼，反驳道，“大人自己当然也是不知道的。每一代宿主，都要释放出八歧大神的神力之后，才能确定到底是谁。就是宗主也想不到，这一代的宿主会降生在天曌国。”

哦？那么红叶对九王爷的倾慕，是真的？我诧异地扬了扬眉：“那你们是何时确定九王爷便是新的宿主？”

九王爷从红叶开始插嘴时，便不再出声，知道红叶会替他把后面发生的事讲完。红叶深深地吸了口气，道：“便是在凤家军屯兵江南，接到皇帝召九王爷回京的圣旨之后。凤家为了家族利益，选择牺牲九王爷，他们为了让那个多疑的皇帝彻底放心，竟想对九王爷下杀手，在军营中密谋加害九王爷，却不想被九王爷撞破。九王爷知道母族的亲人竟然对自己这样绝情，悲愤之下，激发了体内的神力。八歧大神觉醒时的神力将营中密谋加害九王爷的众人杀死，九王爷随后逃离军营。那一日，明神岛神坛发生异象，对宿主大人降世产生强烈的感应。宗主得到八歧大神的神谕指示，知道天婴国九王爷就是明神家族第八代大神宿主，所以传了消息给我们，让我们务必找到宿主大人，将他带回红日国。”

我记起之前凤家军流传出九王爷是吃人妖怪的传言，莫非正是八歧大蛇的魔力觉醒之时，凤栖梧等人成了魔力下的第一批牺牲品？我想我有些理解九王爷的心情了。他一直当自己是天婴国人，没想到自己的身体里还流着异国的血液，从血缘关系来说，他并不是纯粹的天婴国人，这与他二十余年来接受的教育，与他的思想，甚至与他高贵的身份产生了强烈的矛盾冲突。他或者并不认同自己血液中的异族成分，毕竟天婴国才是这个时空公认的天朝上国，国人皆以此为荣，认为四海皆是蛮夷。偏偏如今他又面临着不为天婴国所容，狼狈流落到自己一向不认同的异国接受庇护，此种心情，的确是百味杂陈、一言难尽。

“云夫人，若你是千翌，又会如何？”九王爷把他的矛盾抛给我，打断我的思索。我抬眸看他，心中涌出一种奇怪的感觉。他真的需要答案吗？真有那般迷茫吗？终究只有他自己才知。我淡淡一笑，收了嘲讽的语气，认真地道：“妾身可以问九王爷几个问题吗？”

“夫人请讲。”九王爷客气地道。

“我们不谈国家大义，不谈天下正道那些虚无缥缈的东西。”我平静地道，“我只想问九王爷，做这宿主复活八歧大蛇，你要付出什么？你能得到什么？你付出的和你得到的，是否公平？”

“夫人何有此问？”九王爷怔了一下，迟疑道。

“因为我不相信，八歧大蛇选择你来助它复生，不会没有一点要求。”我淡淡地道，“妾身是商人，知道人与人之间的关系，大多数时候都是被利益所驱动和维系。我听过很多传说，与魔鬼做交易，得献出自己的灵魂。”

九王爷身子微微一颤。红叶赶紧辩解道：“八歧大神不是魔鬼，不需要宿主大人的灵魂。”

我不看他，只望着九王爷道：“听说复活八歧大蛇需要大蛇的残魂进入宿主的身体才能启动复活咒语，在其体内重生。那么之后呢？重生之后，宿主还是宿主吗？是会死去还是被大蛇占用了身体？吞噬掉原本的灵魂，就此魂飞魄散？”就算他能活着，可当他不再有利用价值时，他会得到什么待遇？会不会比凤家对他还要不堪？毕竟倭人狡诈善变，天下皆知。

九王爷目光一闪，眼眸渐渐变得深沉起来。红叶瞠口结舌，张口想反驳，又不知道该说什么，毕竟八歧大蛇没有被复活过，他们只知道这样能复活大蛇，从来没想过复活大蛇之后，宿主会变成什么样子。九王爷定定地看着我，那些迷茫和痛苦渐渐从眼中隐去，又渐渐恢复清澈，似是而非地道："复活八歧大神是我存在的原因，也是我无可抗拒的命运。"

"命运是可以通过自己的努力改变的。"我笑了笑，"事在人为。"

九王爷深深地看了我一眼，转身往外走："红叶，将她吊回去，莫让宗主知道我们来过。"

我任红叶把我又像之前一样吊起来，心中忐忑，我给他心里种下这颗怀疑的种子，够不够呢？不谈那些家国天下的大道理，只谈自己的切身利益，蝼蚁尚且偷生，他也会担心八歧大蛇在他体内复活之后，他会变成什么样子吧？他在这世上活了几十年，难道真的甘心自己的灵魂就此消失？把身体借给一个魔物？如果我不能打动他，那明天真是没有什么可以阻止那场见鬼的仪式了。

我吃力地转过身子，看着祭坛之上的安生和水晶球，在心中祈祷：冥焰，我在九王爷身上押的这把牌，希望老天能保佑我赌赢！

✵ 第九十章　仪式

被吊了一天一夜，到次日晚上举行复活仪式的时候，我真的是出气多、进气少了。全身的感觉已经麻木僵硬，我的眼前开始出现幻觉，穿着白色和服的妖邪在我眼前跳舞，嘴里发出奇怪的吟唱，他们的复活仪式已经开始了吗？我极力想在头昏眼花的状态下分辨出眼前的状况。祭坛上似乎升起了火焰，我感觉到火灼得炙热。勉强睁开眼睛，我见到眼前奇异的一幕：大殿内跪着一群身着白色和服的武士，前排中间三个是九王爷、红叶和真一郎。地面上围着祭坛燃着一圈儿烈火，将祭坛整个包围起来，安生和水晶球都身处其中。那个宗主则站在火焰外吟唱着奇怪的咒语，随着咒语声，原本端放在座架上的水晶球缓缓飘浮起来，升到安生胸前的位置。水晶球开始发出淡蓝色的荧光，越来越亮，映亮了安生紧闭着双目的惨白的脸。

“住手……”我虚弱地出声，徒劳地阻止，却没有任何人理会我，只有红叶抬头看了我一眼，又淡淡地垂了眼睑。

轰！一声巨响从殿外传来，大殿一阵地动山摇，有粉尘从空中掉了下来。那宗主的吟唱被打断，殿内的人趔趄着站不稳身形，被悬在铁链上的我也被这阵摇晃甩来甩去。“宗主……”大殿外奔进来一位浑身鲜血的武士，捂着胸口惨叫道，“有人攻上了明神岛……”

人群一阵骚动，纷纷站起来。我心中亦是一震，是谁攻来了？那宗主转身吃惊道：“你说什么？岛上布满奇门阵法，怎么可能攻得上来？”

“阵法已经被破了！他们在岛上四处抛掷火药弹……”那武士似乎受伤极重，倒在地上呻吟。那宗主一脸震怒：“明神护卫队没有迎敌吗？”

“护卫队……都中了迷药……岛上有内奸……”那武士费力说完，两眼一翻，不知道是死了还是晕过去了。大殿内顿时一片哗然，那真一郎冲上前道：“宗主，让真一郎出去迎敌！”

那宗主脸色阴郁地看向殿门，语气阴森：“你带人出去拦住他们！”

真一郎拔出武士刀，领着殿上的众人冲出去，片刻之后，人群又急速地倒退回来。我往前看去，见殿门外缓缓走进一个持剑男子。待看清他英挺俊朗的脸，我咬紧唇，险些落下泪来，安远兮，你终于来了！

这一刻才明白，我对他不是没有期待的，我是不想他涉险，不想他为了我再受任何伤害，可心里不是没有期待过他能来救我，一如从前每次身临险境时，他都如天神一般出现。安远兮如修罗一般燃着地狱之火的目光在殿内扫视一圈儿，落到我的脸上，眼神微微一敛。我的眼泪，终于欣喜地流下来。

“杀！”真一郎暴喝一声，领着众武士围攻过去。安远兮与他们缠斗起来，殿外又拥进一些黑衣蒙面人，迅速加入到了与武士的打斗圈中。那宗主脸色铁青，转头对九王爷道：“带他们走！”红叶闻言，立即拧了柱子上的机关，将我放到地上，解开绑在我身上的铁链。我已经全身麻木僵硬得无法站立，红叶一把揽紧我的腰，将我下滑的身子扶紧。再抬头见九王爷已经将昏迷的安生放下来，那宗主凌空将水晶球吸到手上，念了几句咒语，刚刚围着祭坛的那圈火焰像蛇一样游动起来，阻拦在宗主前面。真一郎见状迅速从打斗圈中脱身而出，飞奔过来。那宗主继续念咒语，火焰呼地一下猛地蹿到半空，将与武士们缠斗的安远兮等人与火焰这头的我们隔绝开来。那宗主继续念着咒语，祭坛前面的地面突然移开一个一米见方的洞口。“下去！”那宗主命令道。红叶拎着我下了地道，其余的人紧随其后。我听到洞口被封住的声音，心中又急又惊，他们要去哪里？

地道并不阴暗潮湿，反而很干燥，墙壁上有烛火，光线虽然不强，视物却是足够了。这地道似乎四通八达，四处有热风灌进来，不多时，我被他们带到一个宽阔的圆形地厅。这地厅非常大，四面八方有八个通道口，正中有一具巨大的白色骨架，像蛇一样盘旋着，竖起八条身子，在半空中虎视眈眈地盯着闯入的众人。我看着那具闪耀着磷火的狰狞白骨，倒抽了一口气，寒毛直立，莫非这就是八歧大蛇的骸骨？

“眼下时间紧急，千翌，我们得迅速复活八歧大神，将入侵者杀死！”宗主道，“我一会儿施法将大神的残魂释放出来，你作好准备迎接大神入体！”

我被丢到地上，安生被九王爷放到八歧大蛇的骸骨前。那宗主又开始念动咒语，水晶球飘到安生的身体上方，轻贴到他的胸口上，又开始变亮。忽听到一声嗤笑，一个慢条斯理的声音在大厅里响起：“这点儿时间搞复活仪式，怎么够呢？”

明神宗主吃了一惊：“是谁？”

对着我们的那个地道口里，缓缓走出一个男子，面带微笑地道：“在下段知仪，恭候宗主大驾。”

“你……你怎么能通过地底迷宫？”明神宗主瞪大了眼，真一郎也戒备地看着他，如临大敌。段知仪摇了摇头道：“你们这些邪术太过害人，不应存于世。”说着，他嘴里叽里咕噜地念了一串我们听不懂的咒语。那宗主听他念了几句，脸色一变，也开口念起咒语，似乎是在与段知仪对抗。两个人相互念咒，地厅一阵地动山摇。明神宗主的脸色越来越白，额上竟然冒起了细汗，反观段知仪脸色虽然严肃，却比那宗主轻松许多。那真一郎见明神宗主有些吃亏，将我从地上拎起来，刀架到我脖子上，厉声道：“住嘴，否则我杀了她！”

段知仪微微一笑，恍若未闻，继续念咒。真一郎见段知仪不受威胁，架在我脖子上的刀猛地往里一压，我还没感觉到疼痛，只听到下方嗤的一声闷响，他握刀的手已经微微颤抖起来。我往发声处一看，忍不住失声叫起来，原来一把刀从他的肚子里刺出来，鲜血淅淅沥沥地滴到地上。真一郎松开我，转身看向刺他的人，挥刀向她砍去，厉声道：“纪香！你这叛徒……”

我被推倒在安生身侧，吃惊地看着红叶往右一闪，轻松地避开真一郎的攻击，反手又是一刀劈向真一郎。真一郎咚地倒在地上，浑身抽搐。那宗主目中喷火，对着段知仪挥出一道符咒，厉声道：“纪香，你竟敢背叛宗族……”话音未落，他身后的九王爷已经一刀刺向他的背心，刀尖从背后穿过他的胸口。九王爷一拧刀柄，拔出长刀，那宗主踉跄着退了一步，停止了和段知仪的斗法，转身难以置信地看着九王爷道：“你……你为何……”

“宗主以为千翌会甘愿做一个魔物的傀儡吗？”九王爷一脸平静地道，“复活八歧大蛇，只不过是你一厢情愿罢了！”

从我们进来的那个地道口传来纷沓的脚步声，转眼之间，安远兮领着几个黑衣蒙面人一马当先地冲进地厅，看来他们已经解决了大殿的战斗，随他们一起进来的竟然还有玉蝶儿。安远兮见了眼前的情况微微一怔，缓缓举起了手中的剑。玉蝶儿的目光看向我，不敢轻举妄动，因为我和安生就倒在明神宗主脚下。

“哈哈哈……”明神宗主突然狂笑起来，“非我族类，果真不可信，你们以为本尊真的中了你们的计了？”

话音刚落，他嘴里又急又快地念出一串咒语，双手按在胸口上，沾了血渍迅速在空中挥舞。随着他的咒语声，大厅中央的八歧大蛇骸骨突然动起来，仿佛活了一般，骨骼噼啪乱响。众人吃了一惊。那宗主冷笑道：“享受您的祭品吧，八歧大神！”

那大蛇骸骨似乎听得懂宗主的话，身子忽地蹿起来，八只头分别攻向众人，口中吐出一束束金色的光箭，射向他们。众人分头与大蛇骸骨杀将起来。那大蛇骸骨喷出的光箭射到墙上，墙体顿时像被炸药炸开，地厅摇晃着，不断落下碎石。罡风在地厅里刮起来，吹得衣服像旗子一样飘起来，大蛇喷出的光箭四处乱射乱炸，巨大的骸骨就在我和安生上空盘旋。我脸色发白，身子僵硬得无法动弹。众人专心与大蛇缠斗，看来在解决掉它之前都无法顾及我了。八只蛇头乱扭着，玉蝶儿瞅准机会向我这边掠来，一只蛇头跟在他身后喷出一道光箭，玉蝶儿瞬间移开，那道光箭直直射向安生。我瞪大了眼，心胆俱裂：“不——”安生也是冥焰啊，我不能再让他受伤了。一念至此，也不知道哪里来的力气，我猛地扑到安生身上，以身挡箭。然而我低估了那光箭的力道，它蓦地从我的背部穿胸而过，力道奇强，穿过贴在安生胸口的水晶球，再深深地扎入安生的胸口。

“啊……”一阵撕裂般的剧痛从胸口传来，我发出一声痛呼，耳边同时传来安远兮和玉蝶儿的怒吼。那光箭如同实质的箭一般，将我、安生和我俩中间的水晶球穿成一根糖葫芦，不曾消失。奇怪的事情发生了，被光箭射中的安生身上蓦然射出金光，水晶球轰的一声碎开，冥焰的两魂五魄在安生身上盘旋，安生的身影越来越淡、越来越淡，最后化成飘舞的金屑，消失无踪。我骇然地看着这一幕，几乎忘了胸口的剧痛。只见金屑中，一颗粉紫色的荧光团与银色和橙黄色的两魂纠缠在一起，赤橙黄绿青蓝紫的光晕环绕在三魂周围。三魂在身下排成一个三角形，刺眼的白光从三魂里放射出来，一道若有若无的人影出现在光影里，越来越清晰。白光越来越强烈，仿佛原子弹爆炸一般，将整个地厅照得犹如白昼。全身发光的蓝发少年从沉睡中苏醒，猛地睁开了眼睛。冥焰……我喜悦地低语，你没事就好了……意识渐渐地飘散，身体越来越轻，胸口又痛又冷，我闭上眼睛，坠入混沌的黑暗里。

❋ 第九十一章　冥界

我的身体轻飘飘的，四周一片黑暗混沌。我仿佛失重一般，飘浮在无边无际的黑暗之中。这场景我并不陌生，我前世死亡之时，便见识过一次。我闭了闭眼睛，这么说，我又死了吗?

前方出现一点光亮，我望过去，等那团光亮越来越近，我才看清是一个戴着马头面具的人，提着一个白灯笼，飘到我面前，朗声道："叶海花，我来为你引路。"

见到他，我是真的确定自己又死了，便笑了笑，欠身道："有劳了。"

马面人转身，飘在前面，我跟在他身后。奈何桥上，无数新魂排队等候，马面人领着我径直往前走。我看到那些惨白着脸的新魂又羡又妒的目光，低声问道："我不用排队吗？"

"不用。"马面人淡淡地道，"你跟他们不同。"

我心中狐疑，见他不愿多讲，也不多问。经过奈何桥，渡过望川河，无数冤鬼怨灵在望川河里哀哭，河岸盛开的曼珠沙华鲜艳如火，远远望去就像是鲜血铺就的地毯。这是幽暗的冥界唯一的色彩。我踏上这条长长的"火照之路"，顺着它的指引通向幽冥之狱。云峥……我在心里低唤，举目左右张望，你在哪里等我?

一只披着红衣的厉鬼扑上前来，尖笑道："瞧我发现了什么，一只生魂，好久没尝过生魂的味道了……"更多的厉鬼围了过来，垂涎三尺地望着我，但似乎忌惮着领路的马面人，不敢一拥而上，只是用不怀好意的目光阴森森地跟着我，阴风如触角般向我拂来。

"孽障！"马面人怒喝一声，"冥王的客人也敢无礼，还不闪开！"

他随手一挥，那红衣厉鬼便燃烧起来，在惨呼中化成一团灰烬。余下的厉鬼不敢再上前，只用怨毒的目光跟踪我的背影。我脊背发寒，为刚刚那厉鬼的话心惊不已，生魂？难道我还没有死吗？又觉得不太可能，我被那支光箭当胸穿透，又不是大罗金刚，哪里还能活命？

我被领到巍峨壮观的冥王殿。上次在这里，我见到了婴孩模样的冥焰，这次却不知道会见着谁。早有人等在光线昏黄幽暗的殿中，高不见顶的冥王殿里，正前方端坐着高如乐山大佛一般的冥王。我抬头，仰望不到他的面容，感觉自身如蝼蚁一般渺小。不愧于冥界之主，那种威慑的气势，任何人见了都会不由自主地匍匐在他脚下。我跪地行礼："叶海花拜见冥王大人。"

"叶海花！"冥王声如洪钟，问道，"你可知你为何在此？"

"来到冥界，自是寿缘已尽。"我恭敬地道。冥王低低一笑，温和地道："非也，你寿缘未尽，是本王请你来此。起来说话吧。"

冥王似乎没有我想象中恐怖可怕。我站起身，微感诧异："大人请我来，所为何事？"

"你助犬子度过天劫，本王一是为了聊表谢意，二是想亲眼看看，能让犬子等人抛去性命也要维护的女子，到底有什么特别之处。"冥王微笑道。

"冥焰没事了？"我心中一喜。我昏死前见他的身形出现在白光中，就知道他应该已经三魂合体，不过听到冥王亲口说出来，才算是吃了一颗定心丸。

"你如此关心冥焰，他也算得其所哉。"冥王低声一叹。我仰望着他高得看不清的面容，知道自己终于能搞清这一切事件的起源。经历了这么多事，我不再相信自己的穿越只是冥焰一时心血来潮的偶然事件："请冥王大人告知事实真相。"

"凡人活在世上各有劫难，神仙同凡人一样，也要渡天劫。冥焰是神子，本王一早就推算出他在三百岁修成肉身之时有一次天劫，却不知道是应什么劫。"冥王的声音幽幽地回旋在大殿上，"没想到他第一次应天劫，就是世上最苦最难的情劫。"

"我是冥焰的天劫？"我心中一颤，咬紧了唇。冥王叹道："不错，从他决定保留你的记忆，送你去异时空借尸还魂开始，他的天劫就开始启动了。借尸还魂需要灵魂与肉身的磁场完全吻合，才不会产生排异反应，所以他将你送到蔚蓝雪身体内还魂，但你原本不属于那个世界，他扰乱了异时空的秩序，犯下大错，原本也不是无可补救，但他看你因楚殇受苦，私自篡改了楚殇的生死簿，就注定劫数难逃。"

“他篡改了楚殇的生死簿？”我倒抽了一口气，瞪大眼，想起那次在梦中见到牛面人，说冥焰篡改了凡人的生死簿，被冥王责罚，原来竟是篡改楚殇的生死簿！

“不错。三界皆有各自的规则，生死天注定，神仙不得插手改变凡人的生死。本来你到了异时空，虽然会让那个世界的秩序产生一些变化，但影响还没有大到改变结果。而冥焰私自篡改楚殇的生死簿，中止了寿缘未尽者的命数，罪犯天条，不得不罚。”冥王将个中详情娓娓道来。我蹙紧了眉，他指的是，我的出现，让与我有接触的人的命运发生了改变，但改变的只是中间的过程，而不是结局，只有楚殇，是被强改了结局，是这个意思吗？细细思索，似乎真的是这样。这些年我遇到的事，即使没有我的存在，结局似乎也不会有多大的改变，我参与其中，并没有改变最终的结果。冥王说得不公平，不是我影响了这个世界，而是我被动地卷入他们的恩怨纷争之中。我不是他们的因，根本无法影响他们各自命运运行的轨道。只有楚殇，是因为我与冥焰的关系，导致了直接的因果。

“所以，大人才将冥焰罚到人间？”我怔怔地道，“让他灵魂分离，也是应劫吗？”

“不错。”冥王道，“他送你还魂，因你篡改楚殇的生死簿，你和楚殇都是他应劫的关键，缺一不可。所以，我将他的魂魄分离，一魂两魄化为安生，跟在楚殇身边；一魂五魄化为莫桑，跟在你身边。如果他能修正自己的错误，就能成功度劫，三魂合一，回归冥府。”

“是因为他的魂魄分归三处，所以才没有记忆？”我喃喃地问。冥王“嗯”了一声。我咬了咬下唇，怔道：“我不明白，冥焰失了记忆，我们又不知道这些内情，你用这么凶险的法子，就不怕他度不过这个劫吗？你知道他落入凡世，受到多少妖人魔物的觊觎吗？”

“度不过，亦是他命中注定了。”冥王叹了一声，语带欣慰地道，“他篡改生死簿，破坏了你与楚殇的情缘，只要重接你二人的情缘，修正错误，度劫就成功了一半。而他为了与你保持感应，将觉魂化为蟠龙墨玉赠与你。他能为你献出魂魄，除非你肯为他献出性命，否则三魂无法合一。所幸冥焰没有看错你，你是值得他用魂魄相交的女子。”

我张口结舌，被他说的话震得发蒙，半晌，喃喃地道：“我与楚殇的纠葛能说是情缘吗？是孽缘吧？”

“现在呢？也是孽缘吗？”冥王语气温和，“是情是孽，你心自知。”

我无言以对，如今我对顶着安远兮皮囊的楚殇，心情是复杂的，是情是孽，我早已分不清。我转开这个令我失措的话题：“是大人让楚殇在安远兮体内还魂的？就是为了能让冥焰度劫？”

“此其一，其二是楚殇是被冥焰强改了生死，他本身寿缘未尽，所以我让他在与他同一时间死亡的安远兮体内还魂，弥补他的寿缘。”冥王道。我蹙眉道：“这么说，安远兮被年少荣打死的时候，楚殇就已经借他的身体还魂了？可为什么我遇到他时，他根本没有以前的记忆？”

“本王不是说过，借尸还魂需灵魂与肉体的磁场完全一致才不会产生排异反应吗？”冥王解释道，“他自己的身体破得不能再用，而在那个世界那个时间里，没有与他磁场相吻合的尸身，安远兮已经是本王能为他挑选到的最好的一具身体了。”

“所以他没有记忆，性格大变，是排异反应的表现？”我怔怔地道，“不是与安远兮的灵魂共存一体？”这是我一直不敢深想的疑惑，今天终于能弄清楚了。我当初爱上的书呆子，到底是安远兮的灵魂，还是楚殇的？

“当然不是，安远兮的寿缘只有二十一年，被年少荣打死时就已经完结了。”冥王道，“没有记忆、性格大变只是排异反应中较轻微的一种，且比较容易恢复，所以他被货柜砸中便完全恢复了记忆。很多灵魂与肉体不相适合的还魂者，最后会变成疯子或白痴。楚殇的性格刚毅，意志力强，所以才能熬过排异反应的痛苦。若不是他自己答应这么做，说他一定扛得住……”

“他自己答应？”我怔了一下，瞪大眼，“大人是说，是他自己愿意借尸还魂的？”

“自然是他愿意的。”冥王道，“否则本王也不敢拿他的灵魂涉险。若他不清楚自己还魂的事，清醒过来可能会吓疯，这时空的人不像你那时空……”

“这么说，他也知道这些前因后果了？”我抽了口气，打断冥王的话，怔怔地道，“他知道自己是怎么死的？知道冥焰要度劫？知道……我也是借尸还魂的人？”

“是，他知道。”冥王肯定地道，“就是因为他知道，所以他才同意还魂。本来，他是想以一死，偿还欠你的债的。本王告诉他前因后果之后，他才明白，他欠你的，还没有还清。”

我心中百味杂陈，他选择复生，就是为了还债吗？他清醒之后，面对设计害过他的我、面对改了他生死的冥焰，是怀着怎样一种复杂难言的心情？我与他，到底是谁欠了谁，如今哪里还能说得清？一时之间我心乱如麻，想到昏迷前他还为我和冥焰在明神岛涉险，心中一抽，急忙道："冥王大人，他们与八岐大蛇的骸骨斗法，可平安无事？"

"冥焰三魂合一，恢复神力，什么魔物能挡？便是那八岐大蛇复活也未必是他的对手，何况只是残魂。"冥王傲然道，"那魔物的残魂已经魂飞魄散，以后休想再祸害人间。今次冥焰平安度过天劫，还为凡间铲除了魔物，消弭一场灾祸，其修行簿上已记上一功，随时可以重返冥府。你们此次参与铲除魔物的每个人，日后皆有福报。叶海花，本王十分感谢你，所以向你道明此事。"

知道他们平安无事，我的心一安。抬眼仰望冥王，从踏足冥界就盘旋在心头的愿望再也憋不住，我下定决心，跪到地上，恳切地道："冥王大人，妾身有一事相求，请大人恩准。"

"何事？"冥王温和地道，"你且道来。"

"我想知道，我的夫君云峥现在如何了？我能否见他一面？"我咬了咬唇，终是将心中最深的牵挂道出。冥王似乎怔了一下，叹道："痴儿，你二人缘分已尽，何苦执着？"

缘分已尽？我眼中一热，垂睫道："妾身没有非分之想，只想知道他如今的情况，请大人成全。"

冥王轻叹道："他已经投胎转世了。"

不是没有想过这个结局，可此刻听到他这样说，我心中仍是疼痛不已。云峥，你没有等我，为什么？是不是这一生令你觉得太孤苦，所以你不愿意孤零零地一个人在黑暗的地府等待数十年？闭上眼睛，忍住眼中的微热，我伏首道："大人能否让妾身知道他转世到哪里去了？他过得……好不好？"

"唉……他承载你这份痴情转世，来生也不知是幸还是不幸。"冥王幽幽地道，"叶海花，你且抬头一看。"

我含泪抬头，见殿内半空中，浮现出一幅影像。一个五六岁的小男孩坐在树荫下的草坪上，手里拿着一块画板，正在专心地涂抹着什么，他的脚边零乱地散着一地彩色蜡笔。我怔怔地看着他，他的表情恬静，眉眼和诺儿如出一辙，但我知道他不是诺儿，因为他身上穿的是21纪的衣服，背景远处的湖边还有欧式别墅。

我心中微讶，迟疑道：“他是……”

“他便是云峥，已转世到你来的那个时空。”冥王道。我摇了摇头，死死地盯着半空中的影像，仍是不相信云峥会抛下对我的承诺转世，“可是，云峥才去世不足三年，这孩子……”明显不止三岁。

冥王笑了笑：“时空与时空之间存在时间错位，这种情况是很正常的。叶海花，他转世之前，有些话托本王告诉你。”

我猛地转头看向冥王，语气带着掩饰不住的颤抖：“他说什么？”

冥王伸手往我面前一指，在距离我眼前一尺处的半空中，出现一团晶莹的红光，红光里伸出火红的触须，鲜艳的花瓣缓缓展开，一朵艳丽的曼珠沙华盛开在光影之中。我静静地看着这朵在黑暗中盛开的彼岸花，听到那熟悉的清雅温和的声音自花蕊中悠悠回荡：“我的妻子是这世上最美好的女子……”

我睁大眼，喉咙一哽，猛地捂住嘴，泪如断了线的珠子潸潸而下。云峥……

我伸手去触摸那朵娇艳的红花，那花的触须害羞地一躲，继续道：“……若我能活着，我愿意倾尽所有去爱护她，给她幸福，可是上天没有给我这样的机会。我这一生，最对不起的人就是她。我是一个很自私的男人，明知道自己不能陪她一生，仍然瞒着她、娶了她，我为了自己的余生能获得幸福，毁了她的幸福……”

云峥……咬紧唇，摇着头，我的喉咙哽咽着，眼泪像洪水一般涌出。我伸手托住那朵散发着淡淡荧光的红花，它还在我的手心低语：“……所以，我希望她以后的人生能过得幸福，我的妻子，值得比我更好的男人去爱她……她那样聪慧，会明白我选择转世，不是想违背对她的承诺，而是想让她知道，我不愿意做她的牵挂，不愿意用我留给她短短一年时间的回忆，去束缚她的心，禁锢她的下半生……”

云峥……我再也控制不住呜咽的声音，号啕大哭，云峥，云峥……为什么这样对我？我怎么可能不想你？我怎么可能不牵挂你？你这样狠心，用转世来逼我放手，你选择不等我，我就能把你忘了吗？

曼珠沙华在我的手心里闪烁着，化成无数荧红的光点，渐渐消失。我的手徒劳地抓紧，光点从我的指缝间溜出去，我伏在地上，哭得撕心裂肺。冥王幽幽一叹：“叶海花，他请本王在你助冥焰三魂合一之后，将这些话带给你，不是想让你如此伤心，希望你能明白他的苦心。”

我明白，没有人会比我更了解云峥，更懂他的心，就如他同样了解我一样。只是，心依然会痛，泪依然会奔涌，这由不得我来控制。云峥啊，你明不明白？你斩断我们的缘分，可抹不去我的回忆，斩不断我的思念，割不掉我的感情啊！

“峥哥哥，你在画什么呀？”大殿里突然响起一个娇嫩的声音。我泪眼婆娑地抬头，见半空中的影像里跑进一个穿着公主裙的小女孩，手里拿着一块饼干，高高兴兴地跑到画画的男孩身边。

“我在画今天看到的喜车上的小人儿。”男孩头也不抬地道。

“哦……”女孩儿笑眯眯地将手里的饼干递到男孩面前，“峥哥哥，我妈妈把饼干做好啦，给你吃！”

男孩丢开手中的画板和蜡笔，接过饼干塞到嘴里，眼睛发亮：“真好吃！”

女孩儿闻言开心地道：“我家还有好多，峥哥哥去我家玩好不好？我拿给你吃。”

“好。”男孩兴奋地站起来，牵起女孩儿的手，“我们走。”

两个孩子天真烂漫地手牵手，跑进不远处那幢漂亮的花园洋房里。画面渐渐推进，镜头在树荫下的画板上放大，素净的白纸上用简单而稚嫩的笔触，涂鸦着两个手牵手的结婚娃娃，男孩儿西装革履，女孩儿婚纱捧花。我的喉咙一哽，瞬时间又泪如雨下。

影像渐渐淡去，半空中只剩一团闪烁的金屑。我知道，这是真正的永别，这一生我将再也见不到云峥，如同曼珠沙华的花与叶，生生相错，花叶两不相见，花开不见叶，有叶不见花。

“叶海花，你是生魂，不可在地府待太久。”冥王的声音幽幽地响起，“你心愿已了，回去吧。”

“谢谢冥王大人。”我喃喃地道，从地上站起来，抹去腮边的泪水。我答应你，云峥，我会让自己幸福。知道你的生命能在另一个时空延续下去，我已经很满足了。你不用再受今世的病苦，能享受健康快乐的童年，一定会过得比今世幸福。马面人出现在我面前，我跟着他往殿外走去，到门口时，回头望了一眼影像已经彻底消失的半空，我转过头，闭上眼睛。别了，我的云峥！

✵ 第九十二章　追兵

我踏着曼珠沙华铺就的黄泉路，跟在马面人身后逆行。一路迎面而来的新魂旧鬼虎视眈眈，又羡又妒："她是谁？她怎么可以回去？"鬼魂们吃惊地叫嚣着，为我的"好运"愤怒不已。我充耳不闻，心思一片迷惘，一直以来，和云峥相聚的信念支撑着我，令我不再惧怕死亡。可是如今便是我死了，也不能和云峥在一起，我心里便弥漫着无所适从的委屈和悲凉。我恍惚地跟在马面人身后，浑浑噩噩地走着，都说黄泉路上没有尽头，其实怎么会没有？这天上地下，没有什么可以延续到地老天荒。

生魂的气息吸引着望川河里的冤魂厉鬼，它们争先恐后地拥上来，想阻止马面人带走我。吞噬生魂的欲望强烈地诱惑着成千上万的凶魂，它们齐集上来，便是马面人也无法阻止。厉鬼们抢夺着、拉扯着，马面人释放出来的地狱之火不断攻击着欺向我的恶鬼，然而扑上来的恶鬼越来越多。终于，一只恶鬼的爪子落到我的肩上。我浑然不觉，但只一瞬间，那只鬼爪便化成了烈焰，我被拥进一个坚硬的怀抱里，只听得耳边一声："大胆孽障！受死！"骤发的强光逼得人睁不开眼，我听到恶鬼们凄厉的哀哭。强光过后，冤魂厉鬼都不见了踪影，望川河一片寂静，无声地流淌。我抬起眼，望着把我拥在怀中的蓝发美少年，他清亮的眼睛带着历世后的坚毅。我微笑，手抚上他染了沧桑的脸颊："你没事就好了。"

"我没事。"冥焰深深地望着我，眼中带着莫名的哀伤，又似乎松了口气，"我深怕你已经……原来是生魂，幸好你没事……"

"你怕我死了，所以急着回来找冥王大人讨回我的魂魄？"我听懂他未尽的言语里包含的意思，唇边浮起微笑，"你真傻，冥焰。"

冥焰历劫成功，回到地府，我却要重返人间，只怕以后在凡间是再也见不着他了。冥焰痴痴地看着我，轻喃道："你的一切苦难都是我带给你的，对不起。"

我笑着摇头："不，我感谢你，冥焰。"这一世虽然苦楚，可我拥有过这世间最珍贵无瑕的爱情，比起前世来，我幸运得多，我真心感谢你，冥焰。

"叶儿……"他的声音沙哑起来，眼中隐忍的痛楚令我心酸。经历了这么多事，他不再是不识人间情仇的稚嫩孩童，那个淘气地叫我"老婆"的孩子长大了，他不能再那样任性了。我眼中一热，语气却佯装着轻快："真的没关系啦，以后我还可以跟人吹嘘，冥府的小冥王是我的弟弟哦，看我有多了不起的亲戚……"

他的唇角微微一勾，笑得比哭还难看。马面人在我身后出声道："小冥王大人，属下奉冥王之命送叶海花回魂，时辰快到了……"

"我知道！"冥焰的脸色一寒。我赶紧拍了拍他的肩膀，笑道："好啦，我该走了，看到你回到冥府我就安心了。凡间那些妖啊魔的，再也害不到你，快去见见冥王大人吧……"

"叶儿……"他打断我的话，语气轻颤，"我回了冥府，若无旨不得私入凡世，以后，我或许再也见不着你了……"

"谁说的？"我笑了笑，强忍离别的感伤，安慰道，"我百年之后，不就能见着了？世事漫随流水，算来一梦浮生。凡间的年月相较地府，何其短暂？咱们很快又可以见面了！不过那时候我要是老得走不动路了，你可不准取笑我……"

人神有别，无论我们曾经多么相互依赖，终将回复到各自的运行轨道，不可强逆，不可执着。这个道理，是他用经受天劫的惨痛代价领悟的。冥焰的唇边浮起酸楚的笑容，语气感伤得令我心碎："是，百年之后，又可见面了。"

我微笑着，知道他感伤的并不是时间，却也只能静静地看着他，微笑着。冥焰牵起我的手，垂了眼睑，轻声道："我送你。"

我笑着轻轻点头。有他陪在身边，冤魂厉鬼再不敢现身，路上的新魂旧鬼见了他纷纷匍匐跪拜，不敢抬头。我又来到最初睁开眼睛时看到的那片混沌之中，头顶上方投下一道射灯般的光束，将我笼罩其中。看着自己的手指渐渐变得透明，身体在光影下越来越淡，我抬眼看着他，轻声道："冥焰，再见！"

他痴痴地看着我，在我的身影即将消失之前，猛地冲进光束里抱住我，语带哽咽："叶儿，别忘了，百年之后，我在地府等你。"

我淡淡地笑起来，没有应他，闭上眼睛，只觉得自己的身子越来越轻，轻得他再也拥不住。当我觉得身体开始有重量的时候，我缓缓睁开眼睛，首先映入眼帘的，是木质的屋顶。这房子似乎在缓慢地起伏，我听到外面隐约有海浪的声音，转头扫视屋里的布置，才发现是一间船舱，我正躺在舱内的床上。

桌边有个女子正将什么东西收进托盘里，无意间转头看了我一眼。我身子一僵，那女子竟是红叶。她见我醒了，一脸狂喜地冲到床边："妹妹醒了？"

我蹙了蹙眉，还没来得及出声，她已经冲出船舱，大声道："妹妹醒了，她醒了……"

甲板上传来纷沓混乱的脚步声，玉蝶儿和段知仪最先跑进船舱，随后红叶陪着九王爷也跟了进来。段知仪见我果然醒了，抓起我的手腕替我诊脉，半晌长舒了口气，笑道："云夫人真是吉星高照，这伤已经不危及性命，不过仍需好好调理数月，否则日后恐落下病根。"

玉蝶儿面带促狭地道："到底是有个神仙弟弟的花花啊，不同凡响。"我被他的语气逗得忍不住笑起来，扯得胸口有点刺痛。看来经过八歧大蛇一事，他们都知道冥焰的身份了，心中有些讶异地看着他们几个人。九王爷见我的目光扫过去，对我笑着点了点头。我怔了一下，虽然晕死过去之前，我记得是红叶和九王爷临阵倒戈，刺杀真一郎和明神宗主，但没想到他们现在竟然和玉蝶儿、段知仪等人在一起。我迟疑了一下："你们……"

"九殿下并不真想帮明神宗主复活八歧大蛇，害人害己，所以说服了红叶姑娘弃暗投明。"段知仪见我面带困惑之色，解释道，"幸好有他们和玉公子相助，否则我们也赶不及到神社救你和冥焰。"

我有一丝恍然："护卫队的迷药，是你们下的？"

"是玉公子下的。"九王爷微笑道，"当日千翌听夫人一言，终下定决心。云夫人在岛上有人接应，千翌早有所觉，只是一直未动声色，否则玉公子暗中留给云二公子的线索，不会那么容易保留下来。"

言下之意，是他暗中帮了玉蝶儿？我心中一凛。这个九王爷果真不是无能之辈，他心里只怕一直对明神家族心存忌惮，否则不会不揭穿我与玉蝶儿暗中接触的事，就是在为自己留一条后路。原来玉蝶儿潜伏在岛上这么久，并不是没有动手脚，只是凭他一己之力，想迷倒整队护卫队，怕不是那么容易。就算他能在护卫队的膳食里下药，可是要弄到迷药，要算准时间，还要算准下药的剂量，中间任何一个环节出了差错，都可能功亏一篑。我看向玉蝶儿："你早跟段先生他们联系上了吗？"看来是玉蝶儿早已经知道安远兮他们攻岛的计划，又刚好得了九王爷和红叶相助，才能先替安远兮解决掉明神岛上大部分战斗力。

"嗯。"玉蝶儿点头道，"在冥焰上岛救你之前，书呆子就潜到岛上查探过，发现了我留的记号，费了些周折联系上我。我们碰头之后，知道想救你走还需制订周详的计划，不能莽撞，所以没有轻举妄动。哪知冥焰一时冲动，等不及部署好便只身上岛救你，中了明神宗主的奸计，既然已经打草惊蛇，便只能速战速决。本来我们已经作好硬攻的准备，不想九王爷暗中找到我，表示愿意助我们一臂之力，在复活仪式上伺机救你和冥焰，我们自然求之不得。得九王爷相助，我们很顺利地迷倒了护卫队，九王爷和红叶姑娘还在复活仪式上杀了明神宗主一个措手不及，帮了大忙。"

"原来他早已经来了……"我恍然低喃，心中百般滋味，又是甜蜜又是酸楚。段知仪离我最近，听到我的低喃，笑道："云师弟知道是明神家族的人掳走你之后，做了大量部署，除了安顿好侯府的事，还耗费巨资在江湖上寻了一群高手和一些能人异士，就是为了能将你平安救出来。"

我怔了一下，原来他还请了雇佣兵？他们虽是三言两语简单地将做过的那些事平淡讲来，我也明白那些过程一定曲折凶险至极，心中顿起波澜。段知仪接着道："只是没想到你会被光箭射中，幸好冥焰因此恢复神力。解决了明神宗主之后，他见你没了呼吸，便让我们带你的尸身走，他负责下地府找冥王要回你的魂魄，我们就一起离开了明神岛。"

"原来如此。"我想到冥焰，不由得幽幽一叹。九王爷拉了红叶上前，诚恳地道："这次事件因我们而起，希望云夫人大人大量，原谅我们。红叶当初掳走夫人，只是奉命而为，心中一直十分懊悔。"

我看向红叶，她咬紧唇，脸色苍白地看着我，轻声道："妹妹，对不起。"

为了明神家族的大业，红叶背叛了我们之间的友谊；为了九王爷，红叶背叛了明神家族。我完全能够理解她的处境，若是我站在她的位置上，也许会跟她做同样的事。我淡淡地道："姐姐也是身不由己，以后不用再提此事。"

红叶听我叫她姐姐，眼睛一亮，别过脸，眼睛有点发红。但我自己知道，虽然她在最后一刻帮了我，我和她也回不到当初，做不回亲密无间的姐妹。因为红叶的最后反戈，并不是顾着我们的姐妹情而良心发现，只不过是为了维护九王爷罢了。如果有一天，是九王爷要对我不利，红叶会不会再次背叛我？啊……我已经没有勇气去尝试了。

“谢谢妹妹能原谅我。”红叶放下心中的包袱，表情比刚才轻松多了，“幸好妹妹没事，不然我会内疚一辈子。不过你之前没了呼吸，你家二公子差点要杀人，可把人吓死了……”

我蹙了蹙眉，不喜红叶提到安远兮时的熟稔语气，这才发现醒来这么久，竟然不见安远兮。段知仪见我的目光在船舱内搜寻，会意地道：“他在外面，可要让他进来？”

为什么不？我怔了一下，点点头，不明白他为何在舱外不进来。众人像约好似的，一起退出船舱，推了一个男人进来。他站在门口，怔怔地看着我，一动不动。我望着他泛着血丝的双眼，唇微微一动：“远兮……”

他的眼神蓦地深了，快步走过来，蹲到床前。他的神情疲倦，下巴上冒着青色的胡楂儿。我细细地打量着他的脸，眼睛仔细地扫过他俊朗的眉、幽深的眼睛、高挺的鼻梁、好看的嘴唇。不知道为什么，在知道他还魂的真相之后，竟觉他这张脸与楚殇越看越神似，或者，人的气质真的是可以影响长相的。

他没说话，我也没说，只是目光纠缠着。我在他的眼瞳中看到自己的脸，苍白得没有一丝血色。久久，我微微动了动手指，刚刚抬起手腕，手已落入他的掌中，被他的大手包紧。他布满血丝的眼睛就这么定定地望着我，仍是不语。我缓缓勾起唇角，他不需要说什么，他的担心、他的痛楚、他的情感，我全都了解。他的掌心有一点儿微微的温润，很温暖。我微微笑着，轻声道：“我睡了多久？”

“三天。”他低低地道，语气微微一颤。我笑了笑，柔声道：“你有多久没睡觉了？”

他怔了一下。我轻声道：“是不是也是三天？”

他不语。我幽幽一叹，这男人，还是这么笨拙、这么隐忍。我柔声道：“去好好睡一觉，别担心我，我会好起来的。”

“我没事。”他眼中有幽深的光泽莫测地闪动着。我不反驳，只是静静地凝望他，轻声坚持：“去吧。”

有些事，我们都明白，只是，用不着把它说破。他深深地看着我，不再坚持，轻轻放开我的手，将我的手放进被子里：“你好好休息。”

我微微笑了笑，点点头。他起身走出船舱，替我关好门。我舒了口气，闭上眼睛。我还需要一点儿时间来整理一些事。我应该怎么面对安远兮？经历了生死种种，我还能理所当然地无视他的感情吗？如果可以漠视，为什么我在以为他死了的时候，一想到他，会痛彻心扉？我们之间的纠葛那样深，那些一起度过的生死经历甚至是比爱情还要深刻的存在，令我们彼此都无法放手。可是，我怎能坦然地接受他？我仍然爱着云峥，我的感情并没有随着他的逝去、他的转世而消退。天，我无法面对这样的自己，我的心怎么能在爱着云峥的同时，还被安远兮生生侵入？我怎么可以……同时爱着两个男人？我无法丢开安远兮，不忍他的心再因我受苦，可是，我该怎么对他？即使云峥不在了，这对安远兮也不公平。

舱外传来一声炮响，船身猛地摇晃了一下，我怔了怔，还没有反应过来，身子已经被震得差点抛出床去。我抓紧了床沿，胸前的伤口顿时一阵刺痛，几乎令我昏厥。门立即被推开，安远兮冲进房间，扑到我床前："叶儿……"

"发生……什么事了？"我痛得冷汗直冒。安远兮见我胸前有血迹浸出来，脸色一变："我让红叶来看看你的伤口……"

他急急起身。我蓦地抓住他的手，喘息："到底发生什么事了？"

安远兮迟疑了一下："红日国有船追上来……"

我恍然，我昏睡了三天，这么说，我们的船还没有离开红日国的领海吧？安远兮见了我的表情，赶紧道："你别担心，他们没有打中我们，我们的船行速很快，现在距离尚远，再行一段就是天曌国的领海了……"

只怕就算进入天曌国的领海，红日国的船也未必不敢追上来。红叶此际也冲进了房间，见安远兮在，舒了口气，急急地道："妹妹没事吧？"

安远兮道："红叶，你陪着叶儿，她的伤口裂开了，你替她检查一下，我出去看看。"说完，他转身往船舱外走。我唤住他："远兮！"

安远兮回过头。我轻喘道："你小心！"

他深深地看了我一眼，点了点头，奔出了船舱。外面不断传来轰然炮响，船舱不时地震动，但并不如上次被红叶掳到船上，遇到东海抗倭军的巡逻船时受到的攻击剧烈。红叶帮我检查了伤口，重新上药包扎，刚刚包好，船身的震动就开始剧烈起来。红叶小心地抱着我，避免我被抛离出去。外面的情况似乎不太乐观，我苦笑，难道我们终究还是难逃一劫吗？

⁕ 第九十三章　海战

炮火、轰鸣、震荡、地动山摇一般摇晃。红叶紧紧地抱着我，抵抗着船身的震动。这剧烈的震动令我的伤不可遏止地疼痛。外面的情况到底如何了？这艘船能否逃过红日国追兵的火炮攻击？难道我们千辛万苦地逃出来，依然会葬身大海？

又一声惊雷般的炮响加震动之后，玉蝶儿冲了进来："船被击中了，我带你们换小船！"

红叶脸色一白："真的是明神家族的追兵吗？我们撤离时明明凿穿了他们的舰船，怎么还会有追兵追上来？"

"是之前他们留在珍珠湾的那艘倭寇船，大概是收到了明神岛上的消息追过来的。"玉蝶儿看了红叶一眼。红叶的脸色更白，一脸愧色。我睁大眼："他们呢？远兮呢？"

"他们会留在船上和追兵周旋，再不远就是天曌国的领海，那边有东海抗倭军的舰船，到了那里他们就不敢再追了。"玉蝶儿走过来，小心翼翼地抱起我。我摇着头，语气里流露着一丝不自觉的惊恐，开始挣扎："我不走！"

"花花，别胡闹。"玉蝶儿第一次沉着脸呵斥我，"船被击中，万一被他们攻上来，有你在他们无法全力杀敌。"

我咬紧唇，眼眶一热，我帮不上他们的忙，只能尽量让自己不成为他们的负担。可是，可是万一……之前安远兮被火炮击中后那一幕不断浮现在我眼前，我心中涌生出恐惧，身子不可控制地微微颤抖。玉蝶儿抱着我奔出船舱，甲板上已经一片狼藉，船体果真有一些微微倾斜。甲板上的水手和船员训练有素地各就各位，还有很多装容不同的陌生人一脸戒备的表情，蓄势待发。想到之前段知仪说的话，这些人大概就是安远兮请来的雇佣兵。红日国的追兵近了，那艘装载了火炮的舰船紧咬着我们的船逼迫过来。玉蝶儿奔上甲板，安远兮正在指挥船员放小船，转眼见玉蝶儿抱了我出来，安远兮定定地看了我一眼，对玉蝶儿道：“你轻功好，抱她下去，红叶跟你一起护她走。”

我咬紧了唇，眼睛一眨不眨地看着安远兮，还来不及说上一句话，又一声轰然巨响，船体猛烈地摇晃着，炮弹击落水中，炸起冲天的水浪。安远兮猛地转头喝道：“快带她走！”说着就往船头冲去，我的目光跟着他的背影，见到段知仪和九王爷正伫立在船头，似乎是在指挥怎么避开追兵炮火的攻击。“远兮……”我出声唤他，他的身子微微顿了一下，却没有回头，只留给我一个僵硬的背影。我的鼻子一酸，眼泪盈满眼眶。

“走吧！”玉蝶儿抱着我，身形跃起，轻飘飘地落到海面上紧贴着大船的小船上。说是小船，只是相对而言，这船单看也不算很小。大船巧妙地遮挡着小船，让追兵的视线无法触及。离开大船，我才能看到那船是怎样的险象环生。甲板上的人影越来越远、越来越小，一枚枚炮弹不时落到船四周的海面上，有些击中了桅杆，有些击中了船舱。船体开始着火，越来越倾斜。我咬紧唇，眼泪终于潸潸而下。

又一枚炮弹在甲板上爆炸，落到安远兮等人站立的位置，我惊恐地望着甲板上冲天的火焰，心中被一阵猛烈的剧痛撕扯。疯狂地在玉蝶儿怀里挣扎，我泪流满面，胸口痛得一阵阵抽搐：“远兮……远兮……”

不要这样折磨我，不要让我再一次目睹你的死亡。我错了，我错了……我不该一次又一次地把你推开，我不该迟疑，从来不是你离不开我，而是我离不开你。我早已经习惯了你的守护，习惯了不知不觉地依赖你，明明一伸手就可以让彼此获得温暖，为什么我要因为不懂得怎么相处而不自然地自矜？求你不要有事，我会改，我会学，求你……只要你好好的，我绝不再推开你！远兮，求你！求你！求你……

玉蝶儿猛地点了我身上的穴道，制止我疯狂的挣扎。我惊恐地摇头，怕他还会有进一步的动作，尖叫道：“不要，不要打晕我，不要，我不要……”

“没事，花花，他没事……”玉蝶儿轻轻拍着我的背，低声哄道，“你看，他没事……”

我睁大了眼，望着大船，仅这片刻间，倭寇船已迫近大船，开始往大船上放箭。

船上众人纷纷与箭雨相搏，安远兮的身影果然闪纵在其中。我心头猛然一松，立即又抽紧，顿时感觉胸前的伤口火辣辣地疼痛。我咬紧牙不吭声，死死地看着前方的战斗。那条大船越来越倾斜，我只觉得自己的心跟着那船缓缓下沉，冰冷的感觉如海水一般从指尖漫延出来，迅速没顶，令我窒息，透不过气。

“轰！”

一声轰天的炮响如雷贯耳！那颗炮弹却没有落在大船上，而是击中了倭寇船。我瞪大眼，只听玉蝶儿惊喜地低呼：“是东海抗倭军！”

顺着玉蝶儿手指的方向，果然见到不知何时，海面上逼近了五艘战舰，一字排开，风帆上绣着威风凛凛的红色“燕”字，最前方的一艘舰船上，船头站着一个矫健的身影。东海抗倭军？燕将军……我感觉自己浮出了水面，空气吸入了肺部，压在胸口窒息的感觉骤然消失，忍不住轻哼出声。玉蝶儿看到我胸前的血渍，脸色一变：“红叶，药！”

“快把她放平！”红叶见状，急呼道，“这伤一再裂开，恢复得不好，只怕以后会落下心痛的毛病……”我听着他俩的对话，唇边却浮起浅笑，满心喜悦。没事了，终于安全了，我们终于获救了。

东海抗倭军的到来，令形势骤变，危机顿除。倭寇船被抗倭军击沉，漂在海上的红日国追兵尽数被俘。我和大船上的人被接到了抗倭军的战舰上。燕潇湘站在甲板上，初见我们一行人，竟然不惊，面不改色地道：“潇湘见过九殿下，见过荣华夫人。”

九王爷倒也镇定，不急不缓地点了一下头：“荣华夫人受了伤，先替她收拾一间舱房休息。”两人都没有提起九王爷为何突然出现在这里的话题，但我知道，九王爷上了燕潇湘的船，就别想再离开了。接下来，燕潇湘自会安排人将他送回京城，他以后的命运如何，由不得我们关心了。

“今次幸得将军相救，妾身感念于心。”我轻声道谢。

燕潇湘爽朗地一笑，朗声道：“荣华夫人无须客气，此番是那红日国倭寇挑衅我朝，潇湘的舰船早已在邻海布下天罗地网，就等着这倭寇船送上门来呢，救下夫人不过是运气罢了。”

我听他此言，心中恍然，微笑道：“之前听闻我皇因红日国海盗挑衅天朝，龙颜大怒，大军压境，只怕是将军故意放出的假消息吧？”

燕潇湘浓眉一挑，笑道：“正如夫人所料，是潇湘威慑倭寇的手段。”

果真不是皇帝的意思，他那样的圣明天子，自是不会犯下这等低级的错误，我也不用再有负债的亏欠。又听燕潇湘道："本来剿灭一群海盗不必上报朝廷，不想这般巧合，无意中救下了夫人和九殿下，潇湘会给朝廷报信，并尽快护送九殿下和夫人回国。"

我刚想道谢，只听安远兮突然出声道："不敢劳烦燕将军，将军军务繁忙，我等也不敢耗用朝廷军需，将军只需派船将我等送到听潮岛，自会有人接应我们。"

我听安远兮提到听潮岛，立即闭口不言。听潮岛是天曌国的一个大海岛，位于天曌国和红日国之间，岛上因为有淡水资源，成了远航的渔船、商船的歇息中转站，多年下来，自发形成一个热闹的海岛小镇。而我之所以知道那里，是因为从听潮岛向东五十海里，便是风暴多发的死亡地带——通往新大陆的时空之门。安远兮突然提到这个，必然有因，我自然不便多言。燕潇湘倒也不强留，以他和云家的关系，自是不会为难我们，只笑道："如此也好。"

下来问了安远兮，才知道云修带着诺儿和老夫人、安大娘、小红等在听潮岛等我们。原来安远兮此次为了救我，将侯府大半产业用于此途，又心知这一趟红日国之行异常凶险，很可能有去无回，所以早就交代云修，若过了他们约定的时间，安远兮还没有救出我，将我带回听潮岛去，云修便自行带着诺儿他们去新大陆。怪不得此次赴明神岛救人的全是安远兮请来的人，没有一个云家铁卫，原来全被他留在了听潮岛，保护诺儿他们。

一番收拾，燕潇湘派了船，将我们和随安远兮一起前来的雇佣兵送走。九王爷果真被他扣住，说九殿下身份尊贵，还是由他护送回国较妥。九王爷倒是一脸坦然，看不出有什么不情不愿。这次在红日国经历生死之劫，不知道对他的人生观有没有产生一些转变。为了九王爷背叛家族的红叶，自是与他不离不弃。落魄时还有如此红颜愿与他同生共死，九王爷也算是个人物。令人感到意外的是，段知仪竟也不随我们一起，而是留在了燕潇湘的船上，随九王爷返国。他说："师父当年之所以收云师弟为徒，是夜观星象后测出师弟身世不凡，若无正确的引导，可能会失去约束，给天下带来大祸。如今师父的顾忌已消，知仪也应功成身退。"

我想段知仪并不知道，平遥散人口中"不凡的身世"其实不是指安远兮云家二少的俗世身份，而是指他乃还魂重生者。安远兮也不留他这位师兄，只道："段师兄此番回国，是归京辅佐帝星，还是隐返巍山？"

段知仪淡淡一笑，眼中浮出一丝温暖的神色："皆否，知仪有第三个选择。"

望着他的背影，安远兮似有所悟。我好奇地问他，他笑道："段师兄大概是想求娶佳人，他对寂将军府上的平安郡主，十分心仪。"

我讶异不已，段知仪与平安？这是什么时候的事？他们是相互倾心，还是段知仪一厢情愿？要知道他俩初次见面的情形可有点……暴力！难道这就是传说中的不打不相识吗？想到平安对皇帝一片痴情，又觉得段知仪要撷取平安的芳心，这条情路只怕不会走得容易，不过，若他真能打动平安，倒不失为一位良配。平安，段先生，祝你们好运了！

精神松懈下来后我开始昏昏欲睡，这一觉睡得很沉很沉，甚至没有做梦。醒来时，见安远兮坐在床沿上，倚着床尾的床柱睡得正熟。我默默地打量他的睡容，没有唤醒他，相信从被掳的这些日子以来，不止我一个人提心吊胆，他的心恐怕也悬着不好过……然而他的心又什么时候好过过？身为楚殇时承受着我对他的仇恨；身为云崎时承受着我对他的疏离，唯有在沧都身为安远兮的时候，心灵得到过一丝平静祥和，没有记忆，不受旧痛所苦。如今想来，我倒希望他没有恢复记忆，一直做着那个傻傻的书呆子，这样我与他都不会再经受后来的苦。可这些都只是假设，他到底是恢复了记忆。将我从他的身边推离，这是不是他一生之中作的最痛苦的决定？他不敢说他是楚殇，怕我继续恨他？明明瞒着我就可以和我在一起，却理智地知道若被我发现他的欺骗，我恐怕永远也不会原谅他，所以宁肯说他不爱我、不要我……我的眼中一热，这般的近情情怯、用心良苦，还要承受着我对他的怨气，安远兮，你这傻瓜……然而你是对的，我感谢你那时候将我推离。当年的我不会理解你的痛苦，若你的欺瞒被我知晓，我只会认为你是位小人，只会更恨你。我是个多么固执的女人啊，我对你这样坏，为什么你还要留在我身边，照顾我、保护我，对我不离不弃？

泪缓缓地从眼角滑出来，胸口满胀着酸楚，又带着一丝丝甜蜜。激烈的情绪引发了胸前伤口的疼痛，我轻轻哼了一声，安远兮立即睁开眼睛，紧张地扑到床前："怎么了？伤口很痛吗？"

"还好。"我轻轻抽了口气，凝望着他焦灼的眼睛，柔声道，"让你担心了。"

"是。"他竟没有否认，静静地凝视我。我微微地笑着："对不起。"

"对不起什么？"他紧蹙的眉舒展开来，表情柔和地望着我，目光温柔如水。我伸出手，握住他的手，轻声低喃："对不起你，很多很多……"

他的眼中微起波澜，痴痴地望着我。我觉得自己的脸有些发热，勇敢地迎视着他浓烈的目光，只觉得他的目光如酒，令人微醺。我们都舍不得出声，怕破坏此刻温柔的气氛，只有两人的目光，在这令人沉醉的柔情里抵死缠绵。

船上的养伤条件不好，然而因为心情愉悦，我的伤竟好得非常快，二十多天基本上就痊愈了。再行一日，就可以到听潮岛，见到我的宝贝诺儿。站在船头的甲板上，望着前方茫茫的大海，我伸了个懒腰，只觉得神清气爽，忍不住诗兴大发："海阔凭鱼跃，天高任鸟飞！"

"心情这么好？"身后传来玉蝶儿懒洋洋的声音。我转过头，微微一笑："当然了，明天就可以看到诺儿了。"

"见到诺儿，就会见到云家人。"玉蝶儿意味不明地一笑，淡淡地道。

我怔了一下："什么意思？"

"你没想过吗，花花？"玉蝶儿抬脸示意。我顺着他的目光，见安远兮正在指挥水手升帆，全速航行，"回了云家，你们怎么办？你是他的大嫂，他是你的小叔。"

这些天，玉蝶儿将我和安远兮之间涌动的情愫都看在眼里。我们并没有明确地表达彼此的心意，经历了这么多事，我和他已经完全明白对方所想。我们都不是青春烂漫的冲动少年，有些话，已经说不出口，只要彼此知道，彼此了解就好。

我蹙起眉："你是说……云家会阻挠吗？"我的确没去想过这个，我几乎忘了我们还有身份上的阻碍。

玉蝶儿只是笑了笑，不再多言。我呼出一口气，唇角微微一扬："对我不是问题。"我的性格，从来都是决定了就去做，云家若是不同意，我会尽量争取。我是现代人啊，怎么会拘泥于这种世俗之见？以前要避嫌，要躲着安远兮，是因为我根本没有厘清自己的感情，现在厘清了，就不会再退缩。

玉蝶儿眼里闪过一抹赞赏的光芒，转头看了远处的安远兮一眼："知道吗？花花，那书呆子真是太幸运了。"

我忍俊不禁，安远兮是楚殇还魂的事，这世上除了他自己和我，再无第三人知晓，所以玉蝶儿还是口口声声地叫他书呆子，即使明知他如今半分呆气也无，也不知是否还在介意当年两人在沧都绣庄针锋相对的日子。安远兮感觉到我们的注视，转过头，见我正看着他，唇角一扬，浮出温暖的笑容。我回应地对他一笑，低声对玉蝶儿道："不，花蝴蝶，你不知道，其实真正幸运的人，是我。"

❋ 第九十四章　日出

“娘亲……”码头上，诺儿张开手，跌跌撞撞地向我跑来。我蹲下身，一把抱住他，亲上他红润的小脸蛋儿：“宝贝儿，想死娘亲了……”

“娘亲……呜呜……娘亲……”诺儿放声大哭，紧紧地抱着我不肯松手。我心中一酸，我的诺儿一定吓坏了，我从来没有离开他这么久过，真不知道我的宝贝这半年是怎么过来的？他心里有多害怕？有多惊恐？我抱紧他，心疼地哄道：“乖，宝宝别哭，娘亲再也不离开诺儿了，再也不离开了……”

“姐姐！”小红扶着老夫人走过来。我抹了抹眼泪，抱着诺儿站起来：“娘，我……”

“回来就好。”老夫人笑吟吟地看着我们。她身旁的安大娘上前一步，看着我身侧的安远兮，眼圈儿一红：“远兮……”

“娘，让你担心了。”安远兮扶着她的肩，脸上带着歉意。看来他对安大娘很好，虽然他并不是真正的安远兮，但他借了安远兮的身体，显然也承担了安远兮的责任和义务。他从小孤苦，此际有个娘真心疼他，想来他也是珍惜的。

“崎儿，你辛苦了。”老夫人温和地道。安远兮摇了摇头：“大嫂能平安回来就好。”

大嫂？我转头看他，蹙起了眉。这些天他都是叫我叶儿，怎么一面对云家人就变了？安远兮避开我的目光，敛了眼睑，我看不到他眼中的神情。我轻咬着唇，想起之前玉蝶儿提醒我的话，难道安远兮也有同样的顾虑吗？

“安大姐，码头风大，我们先回船上去。”老夫人对安大娘道，“崎儿和叶儿刚回来，也要好好休息。”

云家准备了两艘大船，一艘是接我们的，一艘是送安远兮聘请的那些雇佣兵回国的。安远兮履行当初的合约，在听潮岛准备一艘船给他们之后，合约即可结束。玉蝶儿不愿跟云家人处在一起，乘了雇佣兵的船回天曌国。临行前，玉蝶儿语重心长地道：“花花，若是云家不能接受你们，便和书呆子私奔吧，天下之大，哪里没有容身之所？”

“我考虑一下。”我笑着敷衍他。玉蝶儿认真地看着我，叹了口气：“我知道你心高气傲，一定不屑这么做，自求多福吧！”

“谢谢你，花蝴蝶！”我知道他是为我好，心中感激，“你也保重！”

回到船上，安远兮和云修正在船舱等我。见我进来，安远兮起身道：“大嫂，有件事要跟你和修叔一起商量。”

又是大嫂！以前不觉得，这会儿听到“大嫂”这两个字，竟是格外刺耳，不知道我以前称他为“小叔”的时候，他心里是否也和我现在是同样的感觉。当着修叔的面，我不好瞪他，只得做出平静的样子：“什么事？”

“之前我曾跟修叔说，若是我们回不来，让他带诺儿去新大陆。”安远兮道，“如今是否还要继续前往？”

侯府的产业此次为了救我，已经倒卖掉一大半，只留了给隐势力打掩护的一些暗桩生意，房产只保留了沧都侯府、篱芳别院、京城侯府和玉雪山傲雪山庄。侯府没了令人眼红的财富，在天曌国不是很安全吗？怎么他会这么问？

“发生什么事了？”我敏感地问。

“我向九王爷求证过茶壶的事了……”安远兮停顿了一下，“不是他做的。”

我的心里咯噔一下：“你是说……”

不是他做的，那就只剩下一个人，当今天子。我只觉得脊背一阵阵发寒，七年前，他七年前就在布置这件事了，那时候他才刚刚登基，就在扶他上位的老爷子身边安插了锦儿那个眼线。五年前，他的龙椅坐得还不算稳当的时候，就已经想好要整治云家，取老爷子的性命了。那个人，一切妨碍到皇权的人和事，他都不会放过，都会摧毁。我咬紧唇，只觉得心中一片冰凉。云家虽然对他没有威胁了，但我怎知我曾经的身份、过往的遭遇，有朝一日会不会变成他心里的一根刺？当这根刺渐渐令他觉得无法忍受的时候，他会不会像对付老爷子那样毫不手软地将我拔除？

“九王爷的话，可信吗？”我心里激烈地挣扎着，费力地道。安远兮静静地看着我，淡淡地道：“他没有骗我的理由。”

失望夹带着恐惧，令我的心凉透，我缓缓地转头看向云修：“修叔，你觉得呢？”

“夫人，如今侯府在天曌国别无牵挂，不如带小侯爷去新大陆看一看，只当巡视名下产业，再作定夺。”云修道，“侯府那边我已经布置好了，只需让留守的下人到时候上禀朝廷，夫人带着小侯爷远游，归期未定。”

修叔说得不错，云家有这么多产业在新大陆，我们都没有去看过，至于是不是长留在那里，以后再说吧。我点点头，当即作了决定：“好，我们按原定计划去新大陆。”

“七日之后即有一场风暴，我们还可以在听潮岛休息几日再出发。”修叔笑道，“我先出去准备。”

安远兮跟着修叔出去，我唤住他：“远兮，我还有事同你说。”

他站在原地，没有走过来。我蹙眉嗔道：“你站着做什么？坐啊。”

“大嫂有什么事？”安远兮没有落座，垂着眼睑道。我心中的火哧地一下冒出来了：“你干什么这样子？大嫂大嫂的，你存心噎我是不是？”

“你本来就是大嫂。”安远兮面对我的怒气，一脸平静。

“你什么意思？”我心中一沉，浮出怪异的感觉，“你知不知道你到底在说什么？”

“我很清楚。”安远兮静默片刻，缓缓道，“我很清楚，不管我以前是谁，我现在是云崎，是云家的二公子，是你的小叔，永远都不会改变。”

“你什么意思？”我的脑子完全转不过弯，像个傻子一样重复地追问。

“我的意思，就是以前种种，从现在起结束。”安远兮的语气带着刻意的漠然，“从今以后，我们只是叔嫂。”

我不敢置信地看着他，脑子里仍旧有些发蒙：“你是不是吃错药了？”

他垂着眼睑，平静地道：“没事的话，我先出去了。”

说完，他毫不迟疑地转身离开船舱。我在极度的震惊之下，竟然忘了阻拦。难道这些日子以来，我和他之间的情愫涌动，都是我会错了意吗？我不相信他真的放下了，我们一起经历了那么多事，他真的可以说放就放吗？他是在报复我吗？还是他也有和玉蝶儿同样的担忧，怕云家会反对，才故意这样说？震惊之后，渐渐回过神来，我深深地吸了一口气，不，我不会给他机会退缩的，我一定要问清楚原因，我再也不会像以前一样，什么都不问，就痛痛快快地放手。

然而想找个单独询问他的机会竟是那般不易，接下来的几天，我一直找不着他，能见到他的场合，都有其他人在场，不是安大娘，便是老夫人或者修叔。他根本就是存心在躲我，有别人在场的时候，他对我的态度简直客气生疏到了极点，没有人在场的时候，也不知道藏到了哪里，我根本找不到他。

我气得牙痒痒，恨不得把他绑起来打一顿！怒火夹杂着怨气，在我心中越积越深，安远兮！你好样的！你给我记住！

这样过了几日，修叔指挥我们的船往新大陆起航了。船在海上航行了一日，在一处海面上停下来，据他说，今天晚上就会有一场风暴，只要将船开进风眼，便能进入时空之门。晚膳后，修叔让大家都待在自己的船舱里，关好门窗，不准出去，也不准点灯。我抱着诺儿坐在床上，望着渐渐黑沉的船舱，心中不是没有一丝惊惶的。虽然修叔穿越时空之门已经很有经验，不过海上的风暴有多恐怖，我前世在电视上已经见识过了，我们的船能不能平安穿越，我心里一点儿底都没有。安大娘有安远兮陪着，我让小红陪着老夫人，此次本来是预备逃难到新大陆，所以除了铁卫和云修云德父子，修叔没有再带侯府的其他下人。毕竟新大陆是云家的大秘密，不可能让太多人知道，铁卫是云家的死士，自是无妨。

天已黑尽，船舱里一片漆黑。突然，天空中劈下一道明亮的闪电，闪电的蓝光从门窗缝隙间闪过，紧接着一阵轰天的雷声炸响在大船周围。诺儿被惊雷炸醒，害怕地搂紧我的脖子："娘亲……"

"别怕，娘在这儿……"我紧紧地抱着他，轻声哄道，"诺儿别怕……"

大雨倾盆而下，舱外狂风大作。我听到哗哗的雨声和呼呼的风声，船身剧烈地摇晃起来，忽左忽右地倾斜。我抱着诺儿，在床上竟然坐不稳，赶紧摸黑下床，抱着诺儿缩到船舱一角。幸好这艘大船是经过特殊设计的，船舱内的家具桌椅全都固定在地板上，摆在桌上的茶壶等器物也早听修叔的话收了起来，所以船虽然摇晃得挺厉害，倒没什么乱七八糟的东西掉到地上摔碎，或者是家具什么的随着船的倾斜左摇右摆。

然而船越来越晃，似乎在海面上旋转起来了。我抱着诺儿躲到柜子角，借着它和船舱墙壁制造出来的狭小空间稳住身形，令我们不致随着船体的左摇右晃倒来倒去。诺儿害怕得哭起来，我心中也惊惧不已，一边低声哄他，一边暗自后悔此次的决定。万一我们避不开风暴，不能成功通过时空之门怎么办？我应该再多考虑考虑，不该这么轻率的。突然，船体在急旋中猛地一下剧震，将我和诺儿弹出柜角，向着倾斜船舱的低矮边滚去。诺儿吓得大哭，我吓得大声尖叫，护住诺儿的头和身子，抱紧不敢松手。

“叶儿！”舱门被撞开，飓风夹着瓢泼大雨扑进船舱，迅速打湿了地板。安远兮快速奔进来，借着闪电的光线发现我们滚动的身体，立即过来扶起我，将我送到舱角，然后奔到门口迅速关上船舱门，用粗大的门闩将舱门锁紧，转身道：“叶儿，你有没有事……”

“别过来！”我瞪着他，黑暗中我看不清他的脸，“你别过来！”

诺儿在我怀里哭，安远兮语气焦灼：“你怎么了？”

着急的时候就是“叶儿”，没事的时候就是“大嫂”，这男人真龟毛！我翻了翻白眼，没好气地道：“你来干什么？你不是要守叔嫂之礼吗？还跑到我船舱来做什么？”

他似乎噎了一下，诺儿听到他的声音，哭得更大声了：“叔叔……”

“诺儿……”他试着往前走。我尖声道：“别过来！”

“叶儿，你别闹了，你有没有受伤？”安远兮不顾我的尖叫走过来，正好船体又剧烈地摇晃了一下，他没站稳，一下子扑到我面前，焦急地道，“诺儿怎么哭得这么厉害，是不是伤着了？”

我心中一惊，赶紧低下头问诺儿：“诺儿，你有没有哪里痛？”

他摇头，扑到了安远兮怀里，哭道：“叔叔，诺儿怕怕……”

“别怕别怕……”安远兮摸着他的手脚检查了一遍，确定他没有受伤，才松了口气，伸手往他身上一点，诺儿的哭声顿时停止了。我一把抱过诺儿：“你干什么？”

“我点了他的昏睡穴，省得吓着他。”在黑暗中看久了，安远兮的五官渐渐能看出几分，他的衣服似乎被雨打湿了，我从他手里抢过诺儿的时候，碰到一片湿凉。船体又剧烈地一颠，眼看着我不受控制地就要撞上一角的柜子，下一秒，我和诺儿已经紧紧地被拥进安远兮冰凉的怀抱里，只听到咚的一声闷响，他的背已代替我撞上了柜子。

“你没事吧？”我心中一跳，赶紧抬头，听声音可撞得不轻。安远兮将我拥得更紧，沉声回应：“没事。”

我沉默下来，咬紧唇，半晌，启唇道：“为什么？”

好不容易逮到这个机会，我一定要问清楚，谁知道风暴肆虐之后，我们还有没有明天？谁又知道过了明天，他会不会又跟我划清界限？安远兮沉默着，不回答我的问话。我又气又委屈，使劲儿捶了他的胸膛一拳："说话啊，为什么？什么以前种种现在结束？什么从今以后只是叔嫂？你为什么要说这些混账话？既然这样，你还跑来做什么？你管我是死是活？你想怎么样？你到底要我怎么样？你说啊……"

我越说越气，一下又一下地捶他，眼泪哗哗地往下掉。安远兮抓住我的手，将我拥紧，语气带着一丝痛楚："叶儿，别这样……"

"你是不是怕老夫人反对？"我伏在他的胸前流泪，几天来的委屈涌上心头，我呜咽道，"我们可以想办法，可以求她，争取她的谅解。就算她不谅解，就没有别的办法了吗？你怎么可以试都不试，就退缩？就放弃？你怎么可以这样……"

"对不起，叶儿，对不起……"安远兮抱紧我，低声哀求，"别哭，是我不好，是我不好，别哭……"

"你到底怕什么？"我抬起脸，泪眼婆娑地看他，"你真的不要我吗？"为什么我好不容易才想通，鼓足了勇气跨出这一步，你反而要退缩？安远兮蹙着眉，表情挣扎。他张了张嘴，又咬紧了唇，半晌，才费力地道："叶儿，你起过誓的……"

我怔了一下。他别过脸，困难地道："你断发明志，绝不二嫁，否则不得善终……"

我瞪大了眼，原来他是怕这个？他是怕我违背誓言，不得善终？我一时又好气又好笑，绝不二嫁的话只是为了拒绝乌雷诓他们的好不好？我根本就没有在云峥墓前发过什么誓，他竟老老实实地信了。不过，气过笑过之后，感动却从心底一丝丝蔓延。我抚上他的脸，将他的脸转过来，正对我的眼睛："远兮……"

是我们经历了这么多奇异的遭遇，所以知道这世上真有漫天神佛；所以知道世事皆有因果，违誓必遭报应；所以你才害怕，又想将我推开？我心中满是酸楚，远兮，你记错了，我发的誓，是"生为云家人，死为云家鬼"，而那个誓言……我幽幽低叹："那个誓言，云峥已经不让我遵守了，你可以不用担心。"

他睁大了眼，狐疑地看着我，显然并不相信我的说辞："你不用这样，叶儿，其实，只要你平安，让我能时常看到你、守着你，我已经很满足了。在海上这些天……我很高兴，不是没想过把这样的日子多留几天，但是我们回来了，不能再这样了。叶儿，这段日子我记在心里就够了……"

傻瓜！笨蛋！我听不下去了，直接勾下他的脖子，咬住他的唇，堵住他那些自以为是的话。他的身子顿时僵住了，像块石头一样一动不动，唇紧紧地抿着。我惩罚似的啃咬他的唇，他的唇瓣微微一颤，被我轻轻吮住。我蹙起眉，他的唇好冰，我的舌头轻轻舔过他凉凉的唇，他抽了口气，下一秒，主控权已被他夺回。他封紧了我的唇，强悍的舌侵入我的口中，柔软的舌头激烈地纠缠、探索、吸吮、撩拨……他的唇暖起来，灼热的呼吸喷在我的脸上，仿佛带了电，麻酥酥地令我全身发软。我闭上眼睛，酥麻的感觉从脊背迅速涌上脑门儿，像盛夏夜空中活力四射的礼花，咻地蹿上高空，砰的一声炸开……氧气从肺中抽离，眼前一片白昼，所有的事物都已远去，我如同身处在云端，全身轻飘飘的、软绵绵的，无法遏止地轻颤……不知道过了多久，他轻喘着松开我的唇。我微微睁了睁眼，他英挺的脸在我眼前，深邃的眸子里染着蒙眬的星光，如梦如影、似真似幻。我心里有个地方莫名地丰盈起来，热乎乎的，令我全身发热，脸也隐隐火烧。意识渐渐复苏，我不好意思地避开他的眼神，天啊……刚才太疯狂了……

缓缓将滚烫的脸贴到他的胸前，他拥紧我，火热的呼吸暧昧地萦绕在我的发间，我听到自己和他激烈狂乱的心跳渐渐地平缓下来。两个人都没说话，静默半晌，我轻声道："我在冥王那里，听到云峥转世前，留给我的话……"

安远兮呼吸一顿，语声微颤："他说什么？"

我抬起眼，微笑着看着他的眼睛："他说，满目青山空念远，不如惜取眼前人。"

安远兮的身子微微一颤，深深地看着我，眼中闪动着莫名的神采。我望着他，轻声道："远兮，我不想骗你，我仍然爱着云峥，我知道这对你很不公平，可是，云峥曾是我生命里最重要的人，他帮我找回了信心和勇气，让我重新相信这世间还有真挚的爱情，我永远忘不了他。"

"我也不会忘了他。"安远兮将我拥紧，低声道，"我感谢大哥，在我伤你最深的时候，还有他爱你、照顾你、给你幸福，我很感激他。"

"远兮……"我的喉咙一哽，感觉眼眶发热。安远兮的语声带上一丝喑哑："我不会要你忘了大哥，我会和你一起把他记在心里，随时提醒自己，我要好好对你，绝不能做得比大哥差，不让你再受一丝伤害。我要随时记着，大哥在看着我。"

我微笑着，泪如雨下。够了，够了，我叶海花，何其有幸？这一生能爱上这两个男人，并得其所爱。我曾经不懂，穿越时空，两世为人，历尽艰辛，我寻找的到底是什么？现在，我终于明白了。

风暴奇迹般地过去了。门窗的缝隙中透进曙光，我将熟睡的诺儿轻轻放到床上，转过头，见安远兮打开了舱门。温暖的阳光射进船舱，我踏出舱外，海面风平浪静，暮色还没有完全退尽，雪白的海鸟在微亮的天空盘旋，发出悦耳的鸥鸣。云修走过来，见安远兮踏出我的舱房，眼神微微一诧，立即恢复了平静，不动声色地道："夫人，我们已经穿过暴风眼，这里已是新大陆的海域了。"

"是吗？"我有一丝欣喜，忍不住奔上船头。甲板仍然湿漉漉的，偶见几条被暴风刮上来死在甲板上的海鱼，与暴风雨搏斗了一夜的水手们正在做着清理善后的工作。远处，红彤彤的太阳正缓缓地冒出海平面，我想奔上前，观看难得一见的海上日出，脚下却踢到一个东西，咕噜噜地滚到船舷边上。我低头一看，见是一个大海螺。我怔了一下，我认得那种海螺，那是我曾在凤歌那里见过的吟风螺。走上前，我捡起那个海螺，发现这个吟风螺比我在凤歌那里见到的那个还要大，大概也是被昨晚的暴风刮到船上来的。想起这海螺的奇妙功能，我将它放到耳边，想收听一下远处的声音，可听了半晌，这海螺里除了呜呜的风声，再也听不到其他异响。我觉得诧异，拿着海螺对准船舱，看能否收到船舱里的声音，可是依然只有风声。我拿着吟风螺仔细翻看，没错啊，这明明就是与在凤歌那里见到的一样的海螺，怎么一点儿声音都收不到？奇怪！

"你在干什么？"安远兮见我拿着一个海螺摆弄，上前问道。

"真奇怪，这种海螺，我明明在凤歌那里见过，可以收听到远处的声音，可是现在除了嗡嗡声什么都听不到。"我把海螺递给他。安远兮接过来，看了一眼："这是很普通的吟风螺，我从来没听说过这螺可以听到远处的声音。"

"怎么会，我那日明明听到……"我猛地顿住，瞪大眼，似有所悟。那日我在凤歌那里，用吟风螺听到了月家姐弟与鬼面人的对话，才开始怀疑安远兮与楚殇有关系。如果这螺根本没有收声的作用，那我怎么会听到那些对话？

"你听到什么？"安远兮问。我迟疑了一下，轻声道："我听到月娘和你的对话，说你是楚殇。"

"怪不得……"安远兮的眼神微微一敛，表情有些异样，"所以你让我查楚殇是不是真的死了，就是听到了他们的对话？"

"嗯。"我的脸微微一热。安远兮翻了翻那个海螺，淡淡一笑："这海螺是普通的吟风螺，不过，这海螺可以用来施展一种催眠术，让被催眠的人听到催眠师想让他们听到的声音。”

“啊？”我怔了一下，这么说，我那日听到那些声音，是因为我被催眠了吗？我蹙起眉，催眠我的人，是……凤歌吗？可是，为什么呢？他为什么要让我听到那样一段对话？难道……我的眼睛蓦地睁大，难道他知道安远兮就是……楚殇？可他怎么会知道？因为安远兮身上有令他觉得似曾相识的气息吗？如果仅仅是这样便让他认出楚殇，那凤歌到底……有多爱他？我思绪纷乱，心里犹如一团乱麻。如果凤歌知道安远兮就是楚殇，为什么不揭穿他呢？为什么不与他相认呢？为什么又要通过这样的方式让我知晓呢？他是什么意思？是见到安远兮在浣月亭买醉，想帮他了结这种痛苦，还是想让我原谅他？我完全猜不透凤歌的想法，凤歌，他是一个谜，我从来没有看懂过他，或许永远也看不懂他。

“远兮……”我抬眼望着他，轻声道，“你知道……凤歌爱着你吗？”

安远兮的眼神微微一闪，垂下眼睑，淡淡地“嗯”了一声。我幽幽一叹，低声道：“我们都亏欠了他。”

安远兮没有回应我，沉默地转过脸，望向海面，不发一言。我走到他身旁，与他一起望着远方那泡在海水里暖融融的太阳，轻声道：“我想，我要更努力。至少，不能做得比凤歌差。”

“叶儿……”安远兮转头看我，语气百味杂陈。我微微一笑，柔声道：“我唱首歌给你听，好不好？”

“嗯。”他轻轻点头，我望着海平面上已然冒出大半个头的太阳，启唇轻唱：

“欲辨难辨你一脸风尘，犹如欲辨难辨我命运。
易摘难摘那天际风云，犹如易近难近眼前人。
患难长路中，各自寸步难行，
如果这是爱，什么比抱拥更真。

欲问难问你可有可能，犹如易觅难觅过路人。
路若长若短，注定继续同行，
难得你共我，从过渡寻觅永恒。

当我眼前只有你，当你背后总有我，
在路途上一双一对，但背影相差算多不算多。

欲问难问你可有可能，犹如易觅难觅过路人。
路若长若短，注定继续同行，
难得你共我，从过渡寻觅永恒。

当我眼前只有你，当你背后总有我。
漫漫途上风声交错，像唱出彼此未唱的歌。

当我眼前只有你，当你背后总有我，
在路途上一双一对，但背影相差算多不算多。
漫漫途上风声交错，像唱出彼此未唱的歌。”

太阳完全跃出海面，瞬间放出万道光芒，金色的阳光温暖地照耀在我们身上，最后一丝暮色被逼退，天空烧着红彤彤的朝霞，海水也被染得通红，海鸟在欢快地翱翔，海风温柔地抚摩着我的脸颊。我转过头，迎上安远兮情浓得见不到底的目光，微微扬起唇角。我的手伸出去，握住他的手，十指交错，紧扣。我深深地望着眼前这个男人，知道自己未来的路，已经注定与他同行，或者我们还会遇到困难、遭遇挫折，或者我们还要经受磨难、经历艰辛，但只要他的眼前只有我，我的背后总有他，还有什么可怕的呢？路再长再短，有他陪我一起谱写人生的传奇，我穿越千年的时间、隔世的空间而来，寻找的，不就是心底最初最美的梦想吗？

绾青丝，挽情思，任风雨飘摇，人生不惧。
浮生一梦醉眼看，海如波，心如皓月，雪似天赐。
你自妖娆，我自伴。
永不相弃！

《绝胜篇》完

附录1：

《青楼篇》引用歌词列表

序号	章节	引用歌曲名称	词作者	演唱者
1	第01章	《温哥华悲伤一号》	陈柔铮	万　芳
2	第03章	《请你看着我的眼睛》	林　夕	王馨平
3	第42章	《恋你》	何启弘	万　芳
4	第94章	《当我眼前只有你》	林　夕	林忆莲

附录2：

《绝胜篇》引用资料列表

序号	引用书籍、文章名称	作者／发帖者	出处
1	《怀念云峥》	木　桃	读者赠评
2	《降头术》	/	百度百科
3	《最上乘天仙修炼法》	胡海牙	《武魂》杂志 2003年第4期48页
4	《先道静坐丛书之开天眼神通研究》	许衡山	百度知道
5	《中国的读书人》	李汉平	“亦凡公益图书馆”网站
6	《星象及古代占卜》《古代酷刑》	/	百度知道
7	《求人不如求己》	/	《佛理故事》
8	《小寒资料集之日本神话中的尾兽》	心随梦寒	第九中文网
9	《文案词》	东方如梦	读者赠词

备注：以上部分资料来自网络，为作者查阅到的出处，不一定是首发站。